U0117108

要有多勇敢
才能念念不忘

目非 作品

COPY 中国画报出版社

图书在版编目(CIP)数据

要有多勇敢,才能念念不忘/目非著. —北京:中国画报出版社,2009.7

ISBN 978-7-80220-524-6

Ⅰ.要… Ⅱ.目… Ⅲ.长篇小说—中国—当代 Ⅳ.I247.5

中国版本图书馆 CIP 数据核字(2009)第 113504 号

上架建议:畅销书 | 青春言情

作 者:目 非
选题策划:博集天卷
策划编辑:罗 岚
整体监制:一 草

要有多勇敢,才能念念不忘

出 版 人:田 辉
责任编辑:齐丽华
出版发行:中国画报出版社
　　　　　(中国北京市海淀区车公庄西路 33 号,邮编:100048)
印 刷:三河市南阳印刷有限公司
监 印:敖 晔
经 销:新华书店
开 本:880×1230 1/32
印 张:10.5
版 次:2009 年 7 月 第 1 版
印 次:2010 年 2 月 第 2 次印刷
书 号:ISBN 978-7-80220-524-6
定 价:23.80 元

锦瑟年华谁与度，月桥花院，锁窗朱户，只有春知处。

有时候想，爱情之所以要兜那么大圈子，付出惨烈的代价，是因为它生不逢时。拥有它的时候，我们缺乏智慧，等我们有智慧的时候，已经没有精力去谈一场纯粹的恋爱。

谁也不是天生想做信念的叛徒，我们不过在接受生活的矫正，正如理想是用来破碎的，爱情其实是用来向往的。我放弃了我那可笑的理想去包容你，与其说是一种妥协，不如说是一种成长。到底要多勇敢，才能念念不忘呢？心够大，就放得下所有的爱。

"这是一个热情故事，我想表达出爱情的万转千回，完全幻灭了之后也还有点什么东西在。"

在破碎中见到团圆，在荒凉中看到盛世，在离散后见证曾经的深情，这是我们的爱。

目录

引子：一个似乎是结束的开始

1

在欧洲待了大半年，回来时已囊中空空。我迫切要找份工作维持生计。上网、看报、投递简历、面试，忙碌了几天，收效甚微。我希望找份兼职，薪酬不必过于可观，但一定要有充分的时间供我写稿、行走，可这样养人的公司几乎不存在。

有天翻通讯录，忽然看到安安的电话号。我心里愣了下。我大约有三年未曾见她了，不知她可好？试着拨了手机号，未料一下通了。

安安听出我的声音，也是相当惊喜。我们迅速约了时间见面。

地点定在北理工南门的"雕刻时光"。安安曾经是此间的学生。这块地方以前我们也常来，看书、聊天，盛载着很多芬芳安宁的时光。

安安先到。坐靠窗的老位。还是同以前一样，一身的素，唯一的点睛是脚下一双绣花布鞋，牡丹的张扬与热闹不受拘束地流溢出来。

我以前曾开安安的玩笑，说她长了张做人小三的脸。五官冷香，气质幽婉，属于躲在人后一辈子扶不了正的。她闻言不惊不恼，道，我讨厌横平竖直的道德意识，每一份感情都有它存在的理由。她说的时候，眼角向上一弯，微漾出一脸的清亮无邪。我从没见过一个人想堕落的模样像她那般理所当然。

安安后来的情感历程证明了这一点,擦着道德边缘疾行是她一贯的姿态,这个表面波澜不惊的女人实在太渴望大海一样澎湃急剧的风浪。也许,对这个庸常的现世而言,似乎唯有被倾覆,才是存在的感觉。

我悄悄走上去,抽掉安安手里的杂志。安安抬头,幽静地笑,"你来了。"

"跑哪儿去了?"为我要过红茶,她又问。

"法国南部的一个小镇。阿尔。你或许听过。梵·高在那里画过露天咖啡馆、桥、开花的树,还有他自己。"

"不是割掉耳朵的那张吧?我说自画像。"

"大概不是。阿尔的那段日子,虽说画作仍卖不出去,他心情还比较明媚。很漂亮的小镇。"我从包里取出一沓明信片,指着其中一张,道,"纯蓝的天,河水也是蓝的,河岸是橘黄色的,妇女的衣着五颜六色,梵·高对颜色有天生的敏感,又擅长化繁就简,有一种天真的热烈。"

"锦年,倒是很像你。"安安突然说。

"我?"

"天真,热烈,活得随心所欲……"

"哪里真能这样。"我截过话头,微微出神,转头捕捉到她脸上的落寞,小心翼翼试探,"你现在,还跟那个人来往吗?"出国这几年,妈妈给我电话,偶会聊到沈家,说安安可能在国外有一个情人,每年春风谷雨都会像候鸟一样来回飞几次,维持好多年了,却迟迟没有终生之念。

安安摇头,看着我浅笑,"我于他,不过是一个退而求其次的选择。"

秋日的阳光从窗外淡淡扫进来,在桌子上留下明暗相间的影子。我们默默喝茶。跟安安相处有个好处,不必挖空心思寒暄,有话则讲,没话,也无不妥。

一直是有默契的。

　　安安是我的手帕交，跟我从幼儿园一路同学到初三。中考，她大失水准，只上了县里一所半重点高中——N中学。学校地点在郊区。离我很远，离陈勉所在的厂区倒近。陈勉，当时的我一直把他当做是妈妈一个朋友的孩子，他父母故去后，妈妈收留了他，给他安排了工作。每个周末，我都要坐中巴车到郊外给他送衣物食品。见他的同时顺便拐到N中看看安安。

　　陈勉周末有半天的假，我们三个人经常相携出去玩。去运河摸鱼捉虾，摘茨菇采菱角，也偷些农人养殖的珠蚌。下水的活一般由陈勉完成，我们只负责在岸上拣拾。陈勉大我们六岁，那时候已经是大人了。采摘完毕，他会凫到浅水区，裸着上身坐在石阶上清洗污泥。举手投足，一派自得。可我和安安看着看着就会脸红。我不知道安安在想什么，我则心猿意马地想，这胸怀也忒硬了，要是被抱着能舒服吗？

　　月亮升起，如果条件允许的话，我们会带着采摘到的丰盛的食物，在附近渔人留下的茅棚里做饭。

　　陈勉依旧干最累最脏的活，垒灶，生火，做菜。吹火的时候，没注意风向，迎面扑一层黑糊的烟灰。我和安安哈哈笑。安安掏出洁白的手绢，递给他。陈勉理所当然地凑过头，安安便小心地给他擦拭。我在边上开涮，陈勉，你艳福不浅。安安可是N中的校花。陈勉回击我，你多跟人家学学怎么做淑女，小心没人要。

　　陈勉厂里偶尔会办舞会，恰巧碰到了，我和安安也会参加。当然，近水楼台先得月的缘故，安安参加的次数肯定比我多。因为不久，她和陈勉配合跳国标的动人影姿，已成为当年厂里一景。安安修长的身体在陈勉的灵活调度下，简直美不胜收。我在边上给他们弹琴伴奏时，会暗暗羡慕安安的优雅。

　　羡慕归羡慕，并不嫉妒。少年最纯洁最无忧的时光就这么偷偷溜走。

　　大学后，我和安安分隔两地。她北上首都，我就近留在本省。我们通信联系。逢着特殊的节日，比如各自的生日，我们会去对方的城市探望。

　　我至今犹记得第一次北上看她的情景。那是我第一次出远门。我随身携带着《悲情城市》的原声大碟、李泽厚的《美的历程》以及德芙巧克力和喜之郎果冻作为生日礼物。后两者是安安的最爱。

白天,我陪安安上她们计算机系的课。黄昏,她带我坐1路车,我们反身站在车厢最后,攀着栏杆,囚徒一样看着灿亮的灯火将一街的景致辉煌地串在一起。九月的晚风从窗间流进来,温存、细软,在我们心上带出一些流水一样的波折。所谓如花美眷、似水流年,大概就是这样。

下车后,我们在大街上逛,买各种各样的零食吃。

一只猕猴桃下肚,我两只手外加大半张脸已经被污染了。安安笑我,同时用餐巾纸帮我一点点擦干净。

晚上,我们挤在一张床上入睡。安安身上有隐约的幽香,宛若寒天里的腊梅,时不时地送上一阵,待要真正捕捉,又无迹可寻。

安安,你真香。我惘然。

她抬胳膊嗅着自己,哪有?哪有?

走前的最后一夜,她带我爬上她们教学楼的顶层。靠着水塔,迎着浩瀚的晚风,安安拉我的手,说,锦年,我觉得好幸福。

那个时候,我们觉得同性间的友情无坚可摧,天长地久。

等到后来,我们彼此深陷各自的生活泥淖,慢慢将对方遗失,才明白,原来没有什么是长久。我们不过陪伴了彼此一程,也注定只能一程。谁将携我们手到达终点?我不知道,她也不知道。

西谚云,女人是男人的肋骨。那么怎样定性情意投合的同性关系呢?我是安安的什么?安安是我的什么?或许什么都不是,我们只是彼此的镜子,映照出另一个潜在的自己。就像基耶斯洛夫斯基《双生花》里的那两个薇洛妮卡。

"你还在做灵魂工程师吗?"我打破沉默,问。

"对。"安安笑。

她毕业后淡泊地选择了一份教职——在一家普通的铁路职高任计算机

老师。这是让当时很多人想破脑子也想不到的事。安安家境不错，父母在南京开有公司，原先不过是做交换机代理生意，她哥哥毕业后，接管企业，颇有远见地看中通讯市场的前景，毅然投入资金进行研发。几年后，果然遭逢通讯行业的春天，生意蒸蒸日上，公司规模越来越大。家里一直指望着安安学成归来。

即便安安不选择回自家企业帮忙，作为年年拿一等奖学金的她来说，也该找份亮眼的工作啊。比如 IBM、微软，再不济，联想。她完全找得到。连我这个读书不太用功的人都曾拿到某知名外企的 offer。

这真是一个谜。我问过她为什么。

她简单说她喜欢做老师。

一别经年，不管这世间如何物欲横流，乾坤颠倒，安安坚定地守在人民教师一线，跟她背后那个日益显赫的企业没有丝毫瓜葛。

"你呢？回来有什么打算？"她问我。

"总得养活肚皮……"我把这几日找工作的不顺向她诉来。她听后，断然道："你去畅意吧。北京办事处早成立了，但人员还缺。上次哥哥跟我聊过，技术人员倒没什么，现在最缺销售和市场人员。你有在大企业的工作经历，又有好的沟通能力，点子还多，绝对可以胜任。"

安安说得冠冕堂皇，我心里却咯噔了一下，半晌没话。

畅意，是她沈家的企业。三年前别离时，她哥哥沈觉明托她对我说："不要再见了。"

有些人是天生的冤家，见一面已经元气大伤。

安安微叹口气，道："他顺风顺水惯了，根本不知道什么是挫折，直到遇见你。……其实哥哥对你一直念念不忘，就是心高气傲无法出口。锦年，去吧，算是给他一个台阶，纵然不能重修旧好，也是朋友。"

我还未答复她，安安已拿起手机，"汪经理吗，我是觉安，你那需要兼职吗？……对，我的朋友……加上方言，会四国外语，呵呵……做过律师、咨询，媒介联络也接触过……文字功底很强，在 T 报还开着专栏，汪经理读过吗？……嗯，好的……"

搁下电话，安安郑重道："答应我，明天去畅意。锦年，我的确有一点私心，但是，没有任何倾向性。你和哥哥都是我至亲的人。"

我点点头。我首先需要钱；其次，我脸皮也厚。仰人鼻息又如何？

这天剩下的时候，我和安安一起就餐、看电影、买 DQ 的"暴风雪"吃。加杏仁加核桃加腰果。就像曾经一样。唯一不一样的是，话语间的留白似乎长了些。

我们大概已经走出了交汇的轨道，向各自的方向延伸。我们深深惋惜，又觉得本应如此。人与人的际遇，有时候像风。不必勉强捉住。也捉不住。

2

我听从安安的安排，去了畅意。

汪经理最后安排的结果是让我做全职。他说，媒介部刚成立，人手少，事情多，让我先稳定熟悉一阵。又与我谈薪酬，月薪 4800，试用期一个月，试用期工资拿一半，问我是否接受。

我信用卡上还有赤字，并没有太多可供谈判的筹码，于是点头成交。

媒介部隶属于市场部。我的顶头上司邱淑玲女士跟我一样是位高龄剩女，她以工作狂的典型症状扎实地践行了她的座右铭：爱自己，爱钞票。钞票比男人更可信赖。

邱淑玲女士待手下不薄，出差回来会给部门员工带小礼品，虽然多是钥匙链、指甲刀之类的小玩意儿，扔在抽屉里，偶尔也能派上用场；部门每次完成项目，她会请大家吃饭，档次虽然不太高，多是簋街那一带，好歹也能打打牙祭。她最大的毛病，就是自己是剩女，便把全部门的人都当剩女看，以为大家下班后都会像她那样空虚落寞没事干，于是任务一件接一件地压。每天晚上八点，大家都齐刷刷地钉在板凳上。敬业如斯。

安安有时候来电约我晚饭，我都没有空。

"这么忙？"

"是啊，你跟你哥哥反映反映，劳动密集型企业是没有前途的。"

安安笑，"哥哥这么不亲民，你还没碰到？"

"沈大人等闲人怎么见得到？再说了，就算他来探班，恐怕也不会如胡主席一般与底层人一一握手致意吧。"

玩笑归玩笑，确实，在此处工作了月余，我一次未见沈觉明。当然我不能自作多情地认为他一听到我的消息便要过来探视，也不便自讨没趣地认为他至此还对鄙人耿耿于怀，用他的话说，恨是一种抬举。

我压根不值得他抬举。

"锦年，生日打算怎么过？"安安又问。不久便要到我生日，实话说，对于生日，我并不怀隆重的心思，一个人在外谋生也时常会忘记，但是跟她哥哥一起的日子，每一年都不会错过。还记得第一次他送我一只亮屁股的小虫，最后一次，他送我一句"对不起"。收到亮屁股虫的时候，我还未曾喜欢上他，而当他说"对不起"时，我们已到了分手的边缘。

那是三年前的事。

三年，在时间的坐标中不过短短一程。但在情感的演进中，足够发生沧海桑田的巨变。

张爱玲说，没有一场爱情不千疮百孔。怎么不是呢？

"如果没有安排，到我这来吧，"安安继续说，"我看了下时间，正好是周末。"

我恭敬不如从命，生日前晚，就去了安安那里。

安安在学校附近拥有一间公寓，我是第一次登门。屋子不大，但是户型很好，南北通透，窗子一律做得很大，可以镜子一样吸纳大把大把的阳光。

我记得有个人是很喜欢阳光的，他就是陈勉。安安有很多习惯都是在遇见陈勉后改变的，比如吃辣，比如晚跑，比如热爱阳光。

为欢迎我的到来，安安特意给我做牛扒，用黄油煎，加上洋葱、香菇和培根沫。她和她哥哥本质上一样，都对情调有着一种天然的需求。尽管为了陈勉，她一而再地放低身段，但出身的烙印是改变不了的，我并不是很清楚，陈勉当年有否爱过她。

这已经是一个不必再去回首的问题。

无论安安还是我，我们最终都丢失了陈勉。曾经的三位一体，已经分崩离析。各人过各人的生活。生活是一个不断告别的过程。

然而，往事总有它千丝万缕的触角。就像现在，浴着阳光，啜着红酒，刀叉碰到金边盘沿发出清脆明亮的击打声时，我无法不去想那个秋天，当我叩开一扇门，看到安安穿着寻常家居服、挽着松散的髻、女主人一样应门时，我刹那间心慌意乱。她身后是一个如现在一样干净整洁的家。

她与陈勉总是有一段交集的。或浓或淡。我却没有权力去了解其中的细节了。

我跟陈勉，从出生就注定了不可能。然而，在可不可能还未见分晓的时候，我们已经在青涩年华铸下了最沸腾的记忆。感情如果是错误，也已经长成歪扭的大树，无从拔除。我青春的伤口如同初恋会在记忆中永久地标记。这真的与道德无关。

时间沉沦之后，在一个人的旅途上，我曾经幻想过与他的见面。那个时候，我想我已经拥有了足够从容的心境。明白很多事时光自有解决之道，不必强求，也不必强舍。我想我会上去跟他打个招呼，轻轻说声"嗨"。他也许还记得我，也许已经忘了。这不重要。

重要的是，我们彼此在生命中交叉，留下永久的牵念。

锦瑟年华谁与度，月桥花院，锁窗朱户，只有春知处。

我的青春已经遁去，谁来陪我度这锦瑟华年，还没有答案，但是毕竟生命的秋光还不曾凛冽。不妨用旧日的鲜花着锦，来应这急景流年。

安安举杯，说祝酒词："笑，全世界同你一起笑；哭，你便独自哭。"她是个小资文青，喜欢张爱（玲）、杜拉（斯）。人家的名句张口即来，文雅得可以。

碰杯。喝到醉眼蒙眬。我们躺到地毯上，看彼此都很喜欢的一部老片——《两生花》。安安喜欢里边的音乐，据说是根据但丁的《神曲》谱的曲子。叫：《迈向天堂之歌》。在影片结束、呈现黑屏、唯音乐缓缓流溢时，安安闭上眼，跟着节奏轻轻哼。

如果我没有记错，那歌词翻译过来就是：既然我只能用迈向天堂之歌来呼唤你，就让我们在天堂相遇。

3

生日的阳光不紧不慢，不多不少地注入新的一天。

我睁开睡眼的时候，鼻子已经嗅到了烤面包的味道，一定撒了小葱和蒜，是那种让人食欲大开的香气。原本四体不勤、五谷不分的安安越来越向贤妻良母的标准靠近，不知那个改变她的人是谁？

我咽咽唾沫，爬起，这时听到厅里有小孩细声细气的声音，"妈妈，我不要吃牛奶。"

妈妈？安安什么时候做了妈妈？

安安的声音，"不吃牛奶不会长个儿。虫虫要长得很高很高。"

她儿子叫虫虫？

"那是不是像爸爸一样？可以跟爸爸一起打篮球。"

爸爸？

我困意顿消。胸口猝然升起一个大大的问号,又化作浓重的惊叹号。

我立马趿鞋出去。清晨柔和的光线罩在一桌香气四溢的食物上,光线后边是一个差不多五六岁的小男孩,歪坐在椅子上,捧着牛奶,痛苦不堪地喝。

"你是谁?"他看到我,趁势放下杯子,问。

小男孩头上顶着一层薄的小黄毛,春草一样刚刚生出,一双眼睛却骨碌碌转动,看上去鬼灵精怪,像《聪明的一休》里那个一休哥。

我吐下舌头,做个鬼脸,"我是鬼——"

男孩咯咯笑,"骗人,鬼才不会在大白天出现呢!……那个,你爱喝牛奶吗?"

"牛奶不好喝吗?"

"不好喝,腥的,爸爸也不爱喝,可是妈妈说,不喝不会长大,我觉得她在骗人,我看爸爸就长很大很大……"

在我怀疑自己是否在梦中时,安安端着煎鸡蛋出来了,脑后挽着松松的髻,几缕掉下来,贴在脸边,在光线的抚触下,温婉无比。她荡着轻快的笑,俯身对小男孩说:"虫虫,叫锦年阿姨。"

小男孩学我刚才那样吐下舌头,说:"她是鬼。"

我伸手去抓小男孩,男孩猴子一样爬上椅子,边跑边挑衅。意思是来啊,来抓我啊。我们俩在房间里转圈圈。安安在边上劝:"别闹了呀,快吃饭。"

我到厨房,倚着门,"嗨,不够意思啊,这样重大的事都没跟我说。"安安扑哧笑,"他叫虫虫,是孤儿院里的孩子。逢着周末,我会把那边的孩子轮流接到家里来过。这都是陈勉在时留下的习惯。昨晚因为你来,我把虫虫放隔壁了,隔壁有个跟他一样大的女孩,虫虫老说要追她。"

我忽然有了点印象,"那,他说的爸爸是陈勉?"陈勉也是孤儿,他怜己及人,在跃过生存线,手头渐宽的情况下,尽自己所能给如他那样的孩子一点成长的光与亮。

"嗯,那边的孤儿都叫我们爸爸、妈妈。他们觉得这个称呼比叔叔、阿姨来得温暖。"

我心头热一热，又陡然凉一凉，问："那么陈勉，在哪儿？你一直知道？"

安安不言语，低着头拌菜，留给我一段白皙似藕的脖颈，我不禁想，她是否也这样给陈勉做过菜呢？低着身段，留着一截温柔。陈勉在睡眼惺忪起来的清晨，隔着厨房玻璃窗飘进来的紫灰色的晨曦，双手交叉挽住她的腰，一低头就在那脖子上刻下寸寸甜蜜。我被我的想象激得心乱如麻。

一阵后，安安抬起头，沉静地说："锦年，我知道你在找他，我也确实知道他在哪里，但是对不起，他不让我告诉你。"

我确实一直在找他，找了很多年，找到连我自己都不敢相信还能找到他，于是，原先迫不及待的想法开始逐渐消弭，只有找的意义，而不去在乎结果。我相信，两个活在彼此时间之外的人，因为惦念，可以享有某种完整的私密空间，可以超越时光，握手、跨越。

可是，我并没有料到的是，陈勉与安安有如此富足的联系，这种了解，好比在我自以为私密的空间戳了一个洞，我忽然有一种被欺骗而至沮丧的感觉。

我尚记得，陈勉出国前，给我留一张机票：我要走了，等不到你，也要走。

我没有追随他而去，因为尚没有勇气去蔑视世俗，尚以为我们各自的人生还有其他的走法。他是一个执恋的人，我不是。我需要经历人生更多的加减乘除。

要等到在之后的人生里磕碰兜转，无从突破时，我才怀疑当初的选择，然后焕发精神、孤注一掷。

三年的孤单旅程，我以为我想明白了，可以把自己收拾得干净一点了，但形势显然与我的想象背道而驰，我每一次的准备，似乎都跟不上这急景流年的步伐。

我告别出去。外面阳光明明，晒得人脑子发昏。

4

下午，我接到顶头上司邱淑玲女士的电话。她打哈哈说："怎样，晚上没约吧，一起吃饭吧。你也知道的，没男朋友的唯一坏处就是没人可以搭伙吃饭，周末总让人无聊。"

邱淑玲女士在我入职后，迅速把我引为"天涯沦落人"，无聊的时候会叫我吃饭、逛街、泡吧。她喝醉的情况下，我负责送她回家，她家里养有宠物一堆，见她烂醉归来，都会体恤地围着呕吐的她乱转。动物的眼神比人还懂得疼惜，可惜的是女强人邱淑玲需要的终归是个温暖的怀抱，而不是一堆温暖的毛皮。她吐后，会直愣愣说：其实我也想做宠物。唉，真没什么意思。家里从一枚钉子到一张双人床，从一朵胸花到一打玫瑰都是我亲自买的，可有什么好骄傲呢。

再强悍的女人终归需要感情的慰藉。工作，不过是拿来填塞一下空虚。

我没过问过邱淑玲的情感，她也一样，这也是我们可以交往下去的前提。人与人交往，很多时候，需要的不过是见证自己的非孤独，而见证本身其实很孤独。

我迅速答应陪上司去吃水煮鱼。用的是陪，因为她买单。我们俩能一拍即合，除了都"剩"得孤独，还有个共同点就是无辣不欢。无论是对食物还是情感，我们都有极其辛辣的口味。边吃边肆无忌惮品评男人，这也是一大快事。

赴约前，我翻箱倒柜，刻意收拾了一番。因为邱淑玲女士极重形象，她秉承的信念就是"剩下的都是精华"，内心再不堪，公众面前绝不能做出顾影自怜的姿态，一定要抖擞精神，谈笑人生，完美诠释自爱自重自立自强的新时期女性形象。

七点，我准时赶到菜百对面的"麻辣诱惑"。不知道邱淑玲怎么会挑了这一家，我并不陌生，若干年前，我就住在附近，这家店我常来光顾。

若十年前，还有沈觉明陪我吃。他素不吃辣，却被我逼得没有办法。

——我们两个比赛吃辣椒。

——小姐我认输行吗？

——不行。

他眼泪汪汪地跟着我吃了一只又一只。

若干年前，感情虽然不温不火，可即可离，但是至少有个人愿意陪你发神经吃辣椒。

不知是不是周末的缘故，店里异常火爆，不少人磕着瓜子，举着免费茶在等位。

我到领位面前，正要说"找邱女士"。手机响了，正是邱淑玲，她很抱歉地对我说：不好意思，临时有急事处理，要放你鸽子了。不过，既来之，则安之，你就一个人在那吃吧。我给你报销。

可是——我想说可是我今天除了带嘴，没带 money。邱淑玲已经十万火急似的挂了。

"小姐，几位？"领位员拿个小纸片，已在问我。

"一……一位。"我想了想，似乎还有一张信用卡，大概还能再透支一点。反正报销，不吃白不吃。

领位员抬头惊诧地扫了我鲜亮的衣服一眼，又垂下，问："介不介意等位？"

"介意。"我想今天是我生日，她又在征求我意见，我自然要表明真实意愿。

领位员为自己一时客气羞赧，为难道："啊？对不起，已经满位了。"

我往人满为患的餐厅扫视一周，发现在我曾经坐过的靠窗的老位上，仅有一个男性的背影。手一指，便道："那边，那个先生就一人吗？"

领位员看过去，"是的。"

"他一人占四个位子？"

"本店最小的桌就是四人位的。"

"这是严重的资源浪费。现在不是提倡建立节约型社会吗？你反映反映。"

领位员忍俊不禁，"要不，我帮您问问他介不介意拼桌？"

我遥遥地看着领位员走到那位先生面前，轻声慢语地说着什么，那先生仰着头，交涉着，领位员抿着嘴朝我乐，一个劲点头。不久，领位员到我身边，轻快地说："那先生愿意。"脸上的笑容还未散去。

"他说了什么，你这么开心？"我好奇。

领位员笑道："他说美女他不介意。我跟他说保证养眼。他说要不打个赌，那个，要是他觉得您那个，就……"

她结巴没说下去，我已经明白，他们赌到我头上了。

我看看我自己，平时不饰打扮的自己，今天还算光鲜：薄呢面料的黑色裹身裙，纤腰处扎上亮眼的桃色漆皮腰带，颈中绕一圈象牙白项链，脚蹬桃色高跟鞋。既不失熟女风范，又能装装 80 后骗骗人。

就算长得不国色天仙，他要挑剔，好歹我还有内在美。领位小姐这个赌一定会赢。"赌多少小费？"我问。

领位小姐脸红红的，"开，开玩笑的。那个先生比较好玩。"

当我优雅地款步走过去，含着标准的礼仪微笑拉开椅子，抬头，准备与对方来个惊鸿一瞥。魂已经掉了。一屁股，极其失态地蹲下去，目光像兔子遇到狼一样惊惶失措。

没错，那个信手在白开水中过滤掉辣味再往自己嘴中送食物的男人正是我的老板的老板，沈觉明先生。

他还有一个身份，我的前夫。

"见到我，你总是失魂落魄。"他总结陈辞。

如同三年前，他有鹤立鸡群的洒脱气质，刚愎自负的强势气场，以及处处拈花的不良习性。

"嗨……"

"别跟我打哈哈。"他从食物上抬头，盯着我，眉毛渐渐拧紧。我有什么不对吗？

"那个，你，你没怎么变，还那么招小服务员喜欢……"我结巴。

"可是你却惨不忍睹。"

"……"

"你怎么穿这一身衣服，来吃水煮鱼？太搞笑了。……居然用粉色腰带，还粉色皮鞋，你以为你是 loli？还黑色，紧身，晚上有什么打算？"

"不好意思。辜负你的调教，我的品位一贯差。……怎么，来了这里？"我起疑了。

"怎么，你就不能表现出哪怕一点点重逢的快乐？"

"我有一点点快乐，但没严重到要表现出来。"

他嘴唇抖了下，"过得怎么样？"

"还不错。"

"听说你跑了很多地方？"

"也不算很多。说起来，也就七八个国家。"

"把我全部忘了吧。肯定是的，忘得一干二净。"

"偶尔也会想起。"

他目光一亮，"平均一年几次？"

"没计算过。"

"你怎么还跟以前一样？"

"咋样？"

"对我无动于衷。"

"是你说不要再见。"

"你在这里看到我，是否心里暗藏了一抹嘲笑？"

"没有，因为是巧合，不算食言。"我微笑着。沈觉明给我斟酒，"人生难得几回巧啊，喝一点。"泡沫溢了出来，在桌布上留下黄辣辣的一圈。

干杯。下肚。腹内微凉。觉明带几分醉意，说："我们每次见面都很戏剧性，你还记得初相识吗？"

我怎么不记得。我认识沈觉明很久很久了。

那大概是高一的时候，学校组织去杭州春游。我和小敏等五个女生结为一组，相伴赏玩春色。走走停停，不多时发现与其他人等混在一起了，那应该是一群大学生，有着我们羡慕的昂扬的青春的脸庞。

看过没有残雪的断桥，见到有密集红鲫鱼背的花港后，天作美似的下起小雨。雨轻敲在湖面上，泛起圈圈涟漪，宛若少女豆蔻心事。那群大学生还剩了零星几个与我们杂在一起，小敏深恐辜负良辰美景，忍不住与那些人搭讪："哎，你们，是什么学校的啊？"

"Z 大。"其中一个脸上长青春痘的男子热切回答她，脸上其实也有期待相识的明亮表情，"你们呢？还在上中学吧？"

"嗯，我们是 W 市一中的。"

"W ？"那男子眼睛蓦地闪光，猛然扭头唤，"觉明！"

观鱼的人潮中便走出一男子，典型的江南人氏，肌肤白皙，脸面干净，带一脉书卷气，我莫名觉得眼熟，又暗笑自己，不会因为人家长得好就觉得熟吧？看小敏她们，也有跟我一样似曾相识的眼神。

男子用眉头略略询问了下，走近我们。

青春痘男指着我们道："她们也是 W 市的，全是你老乡。"

"是吗？"男子微笑着面向我们，左脸现出一个浅浅的酒窝，给他凭空带出一分可爱来，"你们住 W 什么地方呢？"

小敏突然红了脸，抢着一一介绍我们的区域，说到我时，觉明轻点头道："我也是那里的。某某路某某号。"

"安安。"我脱口而出。

他错愕后立时笑道："你，就是她老念叨的，锦年吧？……认识下吧。觉安的哥哥，觉明。"他伸手。

我扑哧笑。立时想起写《与妻书》的那个林觉民。意映卿卿。语文老师充满深情地念这份遗书兼情书，唾沫星子落在我书本上。

他反应够快，立时挑挑眉毛，"明亮的明，不是那个黄花岗烈士。"

我忍住笑与他握手，道："你跟安安很像。"

"她多半剽窃我了。"他说。

也许是这种时段的男女都唯恐天下不桃花，旁人哗哗起哄，"合影留念，留念。"

觉明也很大方，"小朋友，来一张吧。"

之后，我们在细雨中共行一程。他跟我说些闲话，多讲安安年少的糗事，很有演讲天赋，穷形尽相，把我逗得前俯后合。我揉着腰看他，他的眼睛在雨中会红红地闪光，像小兔子一样，让我生了些莫名的恍惚。

"想什么呢？"他停下来看我。

我不能说他像兔子，只偏头看西湖，烟雨空蒙，杨柳依依。

之后收到了觉明寄来的相片。我和他的合影。我们都维持着清淡的笑，有点心照不宣。用小敏的话说，就是有点夫妻相。

我不知道她说没说准，我们确实做了夫妻，但又迅速分开了。

有一种感情，可即可离，可分可合，算爱吗？

有句诗：清禽百啭似迎客，正在有情无思间。

"有情无思"这四个字似乎差可比拟。

5

人说士别三日，当刮目相看。可是这句话放在沈觉明身上就不太合适。

原先他还有点绅士风度，给我夹菜拿纸，间或来几句幽默，目光掠向我时，眸子颜色加深，屡让我产生深情的幻觉。但几句话没过，又老样子，吵了。

当然，罪责也许在我。

我跟他讲我手提因没装杀毒软件，系统瘫痪，辛苦一年写的旅行笔记全部泡汤，我的专栏约因而被取消。他挖苦道："你活该。你知道你这种情况在我们 IT 业叫什么吗？在网上裸奔。你叫人敬佩的不仅在裸奔，而在于居然坚持了一年之久。那个，锦年啊，你有没有觉得不太方便？一个人过。"他像我妈妈一样苦口婆心。

"大不了明天就装杀毒软件呗。"我装迷糊，手撑着下巴，认真地说。

"那如果，家里电器出了故障，发生火灾，又或者半夜三更来了小偷？再严重点，地震？你怎么办呢？"

"谢谢啊，你总是为我考虑得很周到。电器故障我按照维修卡找厂家修，找不到，花几个钱总会有人抢着上门服务。火灾呢，我找 119。小偷呢，110。地震？哦，北京不太可能。真要地震了，来不及跑，死了就死了。"

"那哪行，老人家都说好死不如赖活着。"

"那你说怎么办？"

"有个人在身边总好一点。"

"哦，养条狗会不会更好一点？都说动物的感官比较灵敏，地震前，它们会狂躁不安。"

"裴锦年——"沈觉明咬牙切齿，他已经嗅到了冰凉的拒绝的味道，那下一步，没猜错，他会果断地退出。果然，他腾地站起，恶狠狠道："可以了，我知道你一直没有放弃，在找，找下去吧。你那两只小蹄子反正适合走路。你别拽，以为我好像怎么舍不得你似的。"

"算了，是我不识趣。"他辱骂完自己即撂桌子走人，剩我守着一桌菜，我醒悟过来，连连招手道，"哎，买单啊。"

服务员被招来了，"小姐，你要买单，现金还是刷卡？刷卡，好，有密码吗？有的话，请跟我来。……总共……啊，很抱歉，你的卡不能透支了。"

我在沈觉明跨门槛时，及时叫住："请等下。沈先生。"

他回过头，揶揄："对了，忘跟你说，谢谢请我吃饭。"

"我什么时候说请你，就算请我们也该 AA。"

沈觉明讶然，"小姐，你以为在国外？"

"那，能不能借点钱？"我很真诚，"我不够。"

"没钱你也出来混吗？"他语重心长，"你年纪也不大啊，长得也有模有样，怎么就养成骗吃骗喝的恶习呢？"

"你借不借？"

"你以为对我凶就有用吗？"他潇洒转身。

几十双眼睛齐聚我身上，放个凹面镜，可以煮鸡蛋。真当我骗子了，要不就是靠卖弄姿色混顿水煮鱼吃的。这个档次实在太低。

我把钱包里的所有现金都翻出来了。总计 1 块，不够他点的那瓶干红。"对，对不起啊，我是不是只要付我那一份就好呢？他点的，不关我事，你，你们该找他，他还没走，应该……"我结巴着说。

服务员呆愣愣看着我，大约听不懂普通话，就在我盘算怎样抵押自己的时候，沈觉明先生终于良心发现了，大步返回，将一叠钱放在柜台上，转身将我拉走了。

我觉得他的手好烫。是感受到了同志的春天般的温暖吗？

坐在出租车上，我头晕。沈觉明在眼前摇，摇成一堆苍蝇。"卡斯特"果然后劲绵长。

醒来的时候，是夜里。天光幽幽地铺进来，在地板上映出纤长的格子形状。有一挂月羞怯地倚在窗棂边，很像待嫁的新娘。

月亮你放胆进来吧。我说。

心里说的。嘴巴没空干这等事，渴得要死。我伸手熟门熟路地去拉床头柜上台灯的按纽。只听哐当一声，一样东西掉下去了。心一震，残存的酒意倏忽散了。这才看清，原来这里，非我的蜗居。

就在此时，门开了，门外的灯光追在开门人的身上，使他看上去像一尊放在展览厅壁龛里的佛像，光芒万丈。

我看着他。

"在下沈觉明。"他说。

我点点头，"这是哪里？"

"不记得？"我眼一刺，灯亮了。昏黄的灯光在室内转啊转，长了翅膀一样。

"看看。"他又说。

我环顾。真的不太记得了。没心没肺如我，已经忘记很多事，只知道把有限的生命投入到无限的，为自己快乐的事业中去。

"只是略微装修了下。换了几样家具。"沈觉明淡淡地说。他换了睡衣，靠近我时，散出淡淡的不知名的香，要心很静的时候才能闻到。这香气是熟悉的，在记忆里撩拨过我。

"还没看出吗？"

我想我看出了，他身上的香水味提点了我。这里是若干年前我在北京的巢穴。准确地说，是我和他的新房，我答应他的求婚后，他买了送我。这房子，装过我和他很多火辣的时光。

我口干舌燥，有压迫感。他最好不要离我太近。

可他不，还在侵略。我看地上那团阴影，在与床只有一公分时，猝然跳起，粗鲁地推开他，"我上洗手间。"

我还穿着那条黑色的紧身裙，胸前有点点污渍，身上散发着可疑的酸臭。我也许吐过，但不记得了。我的记忆一向有洁癖。

他跟着我进洗手间，扔给我一件衬衫。

嗯？我没打算洗澡。

只打算洗脸。我要走人，赶快。

水刷刷撩上我发烫的脸时，我问自己为什么。

为什么？怕他吗？

当年，在这屋子里，我问他："男人要不高兴起来会怎么样？"

"你不高兴吗？"

"如果我是男人，会长长长的胡子，会烂醉如泥，会调笑名妓，落魄江湖。可事实是，作为女性，我有足够敏锐的痛苦神经。"

他哈哈笑，"可以暂时麻木。"

"怎么做？"

他靠近我，"无师自通。"

我闻到他身上的隐香，屈曲回旋，迷药一般。我略挣扎，"可是我们并不两情相悦。"

"打个赌，这种事不需要什么两情相悦。"

他好像很生气，恼怒加剧了力量，让我在撕心裂肺中记住了第一次的疼痛，也借此忘记另一种疼痛。

卿卿……他高潮时叫我卿卿，甜蜜而绝望，悲伤而无助。我和他，怎样的开始？

有怎样的开始就有怎样的结束。

三年来我们不闻不问，比着谁更冷漠，比着谁更无谓。我们也许都自以为可以甩掉过去，再拥有一份蔚蓝的晴空。

三年，让我们更清楚，还是更糊涂？

我洗罢澡出来。沈觉明已卧在沙发上睡着了。

我趴在阳台上看月亮。月亮被云层笼住，在似与不似之间。

6

沈觉明醒得比我早。在清晨的光线下哗哗翻报纸。

看我走出房门，他抬起头，板着脸孔说："麻烦你在 15 分钟内撤离。"

我回："放心，我相信只需要 5 分钟。"

他点点头，正色，"我太太待会儿过来。我想就算她不介意见你，你大概也不好意思赖这里。虽然脸皮厚是你特色。"

太太？

我在怔忡后焕发出盎然的笑意，"是熊猫盼盼吗？恭喜修成正果。"我说的是顾盼，在我和他结婚后尚对他死缠烂打的那位。

沈觉明气急攻心，狠狠剐了我一眼，"快滚！"

我怕他下一步要老拳相向，连忙冲向卧室，不晓得怎么回事，拉拉链的时候，手急剧一颤，链坏了，卡在半截。我露着大半个背，上不去下不来。情感也一样，到一定程度。

发了会儿呆，只好出去求觉明，"帮个忙。"

我窘迫地对着他，"帮我，修下拉链。你看，跟你在一起连衣服都欺负我。"我说得可怜兮兮的，与此同时，胸腔一热，竟觉得委屈，好像拉链是他给扯坏的。

他把我转过身。

我说："沈觉明，你……"

"说下去。"他没帮我修。他是学理工的，会修插座、电器，包括其他高科技的东西，我相信只要他愿意，拉链不在话下，可他好像存心要我难堪。

"几分钟了？"一停顿，语言就变了味。不好意思，沈觉明，我不是存心让你难堪，只因在我三年后的计划中，你不是主角。你一直希望我能把自己弄得井井有条一点，像钟点工一样，把房间把行为把语言把感情收拾干净。我想我经过三年的沉淀可以做到了，所以，不想被你的对往日的惦念破坏。

"你已经食言了。"他冷冰冰。

"食言就食言，前妻回来问候下有什么问题吗？"我扬眉。

"没什么问题，就是在这过夜不太合适。"他的手落在我的后背上，而不是拉链上。我觉得背部那一块凉凉的，又很痒。蚂蚁在爬。

"这样是不是很刺激？"我讥讽。

"不错，"他伸手抱住我，声息在我颈间盘旋，"我太太很快来，在路上，也许已经在楼下了，上楼梯了。……你同样刺激吗？我记得以前你追求刺激。"

他埋下头，朝我裸露的背部吻去，手在我腰间加大力度，我被他掐着不能动，只觉得一阵滚烫在背上蔓延。

他这是在干什么？既然三年可以对我不闻不问，既然我们已经选择告别。他是个恋旧的人，但我们似乎并不适合怀旧，也不适合游戏。

门铃在我心烦意乱的时候响起来了。我心尖一颤，掰他箍在我腰间的手。

他把我转到他面前，眼神低低的，覆着我。黑色瞳孔有如梦的效果。

"你快点。拉链。"我头一垂，说。

"怎么办呢？我擅长破坏，不擅长建设。"他梦呓一样，似调侃，似玩味。

走投无路，我套上沈觉明的衬衣。

7

门外站着邱淑玲女士。在这个风和日丽的周日上午，她穿着中规中矩的套装，一手提笔记本电脑，一手拎一大袋子的材料，活像一个上门推销的保险业务员。

看到我，她飞速抛过来一个暧昧的眼色，凭这，我一下醒悟，她其实早就知道我的身份。也正因此，她对我还真厚道。很多个加班的日子，她都示意我可先回；很多个寂寞的日子，她都找我消遣，原来不是自己无聊，而是怕我无聊。原来沈觉明从我一入职就密切留意着我，昨天的不期而遇大概也出自他们的合谋。这也不难猜想，这正是沈觉明的一贯伎俩。无意的邂逅比主动约见更易于维护与修补他的骄傲与自尊。

我本想要调侃下沈觉明，奈何他先发话，冷冷的，"你可以走了。"

我哦一声，便这样结束了我和我的前夫三年后的重遇。

此后，一切如常，就像涟漪消散后的水面，平静无波。我和他基本没什么联系，偶尔在过道、电梯、会上见到，不过是我们大家的老板，跟我私人没什么关系。

我想我们也就这样了。

真正的疾风骤雨来自又一年的春天。

我在报纸上看到了陈勉的名字。他现在做了一家跨国企业的投资顾问，不日要回国参加该企业在外十周年庆典。

我在急促的心跳中，有点恍然若梦。

打电话向安安求证。安安告诉我："确有此事。"

我于极度兴奋中忽视了她言语的寡淡。

我算着陈勉的归期，策划着该如何与他见面。买了一块新表当做见面礼，因为我以前送给他的那块，被他摔烂了。

摔烂的手表有一个凝固的时间：7点11分。那天我结婚，他赶来阻止，在听闻我的理由后，把手表砸烂，把我们的感情停顿。

他不久后出国，为了逃避一段没有办法面对的感情。

这一躲就是很多年。

他走的那些年，我以为我可以和另一个人寻得幸福，获得安宁，结果没有。我的婚姻没有经过多少考验就自动崩碎。觉明也许还留恋，正如我对他不是没有感情，但是，他的骄傲无法容忍我在感情里的骑墙，而我在陈勉之后没有办法交出一颗完整的心。

在我为重逢做准备的时候，我未尝不会一个激灵想起觉明，他在听闻我归来时，是否也是如我这般忐忑又激动的心境。不免怅然起来。

怅然之后只有淡淡的歉疚。

　　四月十二日，陈勉归国。我给他电话，没有打通。想来我保有他的那个号码，早就过期了。感情是一种很容易过期作废的东西。

　　那天一整天的忐忑，寝食难安，晚上给安安电话，希望能得到陈勉的消息，她没接我。后来坐不住，穿戴齐整，就去找安安。

　　下过雨的缘故，北京显出难得的眉清目秀。杂气已经过滤，只剩了草木的清幽气息。空气有点凉，湿气落到裸露的肌肤上，冰蚕一样滑溜。

　　进公寓的时候，鼻子忽然闻到一股淡异的馨香，犀利的香味淡中带苦，悠远缥缈，丝缕不绝。

　　我想这是什么花？便循香过去。几步后停住了。园子里有一条拱廊，我在拱廊的这头，那香花树在拱廊那头，树下，有一对人影。

　　女方靠着树，身形纤弱；男方圈着树，魁梧葱茏，连带着把女子也圈在内。

　　女子脸偶尔一闪，摇曳出眼睛里的光泽，也不知道是不是泪。男子也许先前刚说过什么，此刻没了话，只是凝视。夜风淅沥秒椤，很安静。

　　他们像一幅画，若干年前，他们一起跳国标的时候，我就觉得配合得天衣无缝，如诗如画。

　　我猝然背过身去，悄悄走了。

　　夜真凉。我抱住自己。可是春天不是来了吗？

　　为什么我所有的准备总是要迟那么一步，而我所有的不备都来得那么突然。

　　这是一个无法逃脱的流年。

　　回去后，我在灯下理我的心情。窗外有风声，一点点叩开记忆……

锦年——呼啸而过

1

初见陈勉的那年,他有 20 岁了吧,历经了同龄人不曾领教的沧桑,是个有点故事的青年了。我才十四,单纯,多梦,经常一惊一乍。

那是个雨天,下午三四点的光景,天已经黑得像夜晚。雨下得大,和着风铺天盖地地涌来。屋子在巨响的衬托下却分外安静,只有我翻书的沙沙声落满全室。晕黄的灯射在纸面上,在边上搭出浓重的影子。彼时,我正以空前的热情投入地看《简·爱》,非常喜欢罗切斯特与简满含机锋的睿智对话。

"你觉得你跟我有点相似么?简。"罗切斯特说,"我有时候对你有一种奇怪的感觉——特别是,像现在这样,你靠近我的时候,我左肋骨下的哪个地方,似乎有一根弦,和你那小身体同样地方的一根类似的弦打成了结,打得紧紧的,解都解不开……"

我觉得我的左肋骨下方有一种绷紧的感觉。

钥匙开锁的声音。啪嗒——门推开了。我愕然抬头,看到妈妈,以及她身后的大男孩。

那男孩子瘦高个,看上去狼狈而局促。身上湿哒哒地淌着雨,面目呈现出被雨水浸泡过的湿白,像过期的面包。

我审视着他，对比着罗切斯特的相貌，想寻出一星半点的相似：罗切斯特应该是四方脸，花岗岩雕刻的五官，眼睛又黑又大。面前的先生脸部线条要清圆柔和些，细看的话，下巴中央似有一道浅沟，将其一分为二，像余光中那首诗，一边是大陆，一边是台湾。眼睛也不大，眼梢略向外挑，瞳孔是褐色的，这种眼睛不笑的时候产生不了任何温柔的联想，但是笑起来，估计会比较羞涩。罗切斯特个子中等，胸膛很宽，我面前的先生高高瘦瘦，豆芽菜一根，有点营养不良。总之，除了同样的其貌不扬外，这不速之客与我心中的罗切斯特毫无相像之处。我酝酿了一下午的浪漫情怀宣告破产。

"嗯，他是，嗯……"妈妈介绍他时居然有些吃力，踌躇一阵后，方说，"陈勉。"

"晨勉哥哥。"我自以为是地叫道，又补充，"我叫锦年，妈妈说是'锦瑟年华谁与度'的意思，周邦彦的词，你听说过吗？你叫晨勉，是不是就是少壮不努力，老大徒伤悲的意思？"

"耳东陈。"妈妈对我的啰唆狠狠剜了眼。

我赶忙闭嘴，一低头，注意到"豆芽菜"球鞋破了，想里面一定汪了一团不太好受的冷水，连忙弓身去鞋柜掏爸爸以前穿的拖鞋，放到他脚前。那脚局促了下，后退一步，有一块泥啪嗒从鞋面掉到地板上。他慌忙弯腰去捡，我一脚踢掉，说："我家反正很脏的，我妈妈巨懒无比，你先换鞋。"

他犹豫片刻，即脱下那双烂鞋，露出的脚趾已被水浸白了。他套进拖鞋时，呼了口气，侧过头，与我目光碰上，彼此笑了下。那一瞬，我们仿佛拥有了某种默契。

妈妈烧了水，找了爸爸的旧衣服，让他去洗澡。

他嗫嚅着，"不用，我，我这就要走。"

妈妈眉眼似乎很矛盾，蓦了发狠，"你去哪儿？你还有家吗？"

他目光迷茫，踌躇了下。这一停顿就没走成。他半夜发烧了，又倔犟不肯吱声，等妈妈早上发现的时候，他已经陷入昏迷。

那个冬天，我一直在医院陪护他。

关于这个意外来客的身世，我只知道是妈妈一个朋友的孩子，那个朋友所在的市遭遇了百年难遇的大水灾。灾后，家园毁灭，妈妈的朋友感染了重病，不久辞世，临走前，托妈妈帮他的孩子找一份能够自立的工作。

妈妈最终给他在郊外找到一份工作。那个时候，我跟陈勉已经相当要好了。他每周三次骑车送我去老师家学琴，两个小时后接我回，如果天气许可，我们都要溜达到崇安寺玩。那是个小吃云集的地方，还有许多游街艺人玩杂要，闹哄哄乱腾腾一片，充满着俗世的快乐。人间的烟火终于盖过寺里的香火，和尚被吓跑，庙就成了空庙，成为孩子们藏猫猫、仇人决斗、恋人偷情的绝佳地方。

陈勉和我有时会歇了车溜达进去探险，绝大多数时间只是把自行车踩得飞快，把行人吓得鸡飞狗跳。我跟陈勉在一起有一种释放的快乐。所以当听说他要宿在厂里，周末都要轮班时，我气咻咻地责问妈妈干嘛要安排他到乡下。妈妈挥手，"小孩子待一边去。"陈勉却瞅了个机会跟我解释："我以前坐过牢。正经的单位恐怕不会接收。"

他期待着我吃惊。可是我却睁大了眼无比仰慕地说："你真的杀了人？为民除害？"

他笑，觉得我武侠小说看多了，但笑后很认真地跟我说："我爸以前在我们镇广场摆摊，你知道吗，摆摊是要交保护费的，就是有些黑社会的，把一块地归为自己的地盘，谁要在那块地上做买卖，都要按人头缴费。"

"凭什么呀？"

"凭拳头，你要不交，他就用拳头说话，揍你。有次，我爸没有卖出钱，一个子儿都没有，交不出来，就被那些人打。我赶过去时，爸爸已经被踢得奄奄一息，可是围观的没有一个人劝。我恨不过，从地上拣起一块砖头就朝那人砸去。真准哪，那个人的后脑勺被我敲个正着，哼也没哼一声，就倒了下去。"

场面有点血腥。陈勉也立刻停止了叙述，嘴角一抹冷嘲凝结了很长时间。他为那个冲动付出了沉重的代价。

一个有望通过学习改变命运的学生，命运最终向他背过脸去。

他出狱后，很长一阵，找不着工作，街道办害怕无业游民成为社会不安定因子，给他安排了扫街道的活，他每天天不亮出去扫，有时候会碰到往昔的同学，没有一个愿意逗留时间同他搭话。他由此知道，进过那个地方就像在你脸上刺了字，不管你有理无理，它会羞辱你一辈子。

陈勉后来离开了小镇，去城市寻找机会，先后做过夜总会保安、餐厅服务生、建筑工地工人，最长的一份工作是开货运。生命浪荡在路上，却从来没有诗意可言。很多时候，在高速上开，他眼皮一搭，就睡着了；醒来的时候，看到车子歪歪扭扭地在黑暗中独自挺进，都要后怕良久。然而，久了后，对生命的一丝留恋也慢慢耗竭，因为太累太累了。生命在周而复始地运转，都是与臭鱼、煤炭、废五金打交道。在小地方的加油站，有时候会碰到装扮俗丽的女子，与他们搭着话，嘴是笑着的，眉头却是锁着的，他的同伴有时候会以浪费一包烟的代价随她们出去一小会儿。他从来没有，他宁愿抽烟，因为听别人说，女人这个东西其实也是毒品，没尝着不想，尝到了时时想，费用还高。一包烟便宜点也就几块。

积了点钱，陈勉决心给父亲租个店面，堂而皇之地做生意。就在刚盘下一个铺子，要搬进去时，家乡遭遇了大洪水。父亲在等到救援的时候，出现幻听，听到孩子哭，不顾别人劝阻，径自跳下去救，等到救援人员把父亲拖上来时，父亲已经奄奄一息。高烧持续了一阵，父亲在一个晚上清醒过来，让陈勉拨通了一个电话，打给一个叫许素仪的女人。父亲撑到那个女人赶来，将他托付给了她，才安然合眼。

许素仪就是我妈妈。

陈勉对自己的身世未尝没有起疑。但当这个世界留给他的最后一点温暖都被剥夺干净后，他实在没有什么精力去追问，只当自己是浮萍，漂一阵过一阵吧。

这都是陈勉后来零星跟我说的。

我热爱陈勉。不只是因为他的经历对彼时空白的我而言是一种填充与丰富，也因为他是我青春一抹不可抽离的底色。没有他，我的青春无从附丽。

2

我乐观,崇尚自由,活着务求痛快,对新鲜事物保持十二分的兴趣,谁能想到这不过是物极必反的缘故。

我原也有一个幸福的家庭,爸爸是公务员,稳定清闲;妈妈下海经商,时有应酬。无论多晚,爸爸必要等着妈妈回,给她盛一碗熬得稀烂的百合莲子粥,妈妈吃时,爸爸在后给她"松筋动骨"。

松着松着,总会附加一些甜蜜的东西。妈妈很吃他这一套。

妈妈出差,爸爸总要像恋爱中的毛头小子一样依依不舍。一边啰唆地嘱咐那套妈妈都听出茧来的旅途注意事项,一边拉妈妈手,极尽留恋之能事。每次他们告别,都要提前半小时预热。

可就是这般恩爱,也能飞逝成烟云。

我五岁的时候,父母离婚,原因不明。我只知道与"欺骗"有关。

爸爸一直在努力修复着与妈妈的感情,可是妈妈很决绝。爸爸毕竟只是个普通男人,几年后累了,与别人成家,并且生下一个儿子。妈妈自此更加极端,每次他来,都当陌路。

经常是这样的场景,爸爸陪着我在屋子里疯玩,外边门响,爸爸的身子总要颤一下。妈妈进屋,爸爸抬起头,嗫嚅地叫:素仪。妈妈连眼皮都没抬下,直接进卧房。门砰的一声,爸爸浑身的劲一松,落在我黑白分明的眼睛里的是一张尴尬至极的脸。

然而,我分明见过妈妈的落落寡欢,分明听到妈妈辗转难眠时的叹息声。妈妈此后再未缔结姻缘,默默地选择在时光中老去。

也许,对妈妈这样的女人来说,感情乃至婚姻都是刚性的,没有任何调解的余地。可是对爸爸来说，生活是韧性的。他需要一份爱情，更需要一个正常的家庭。

我上二年级的时候，爸爸来我家告别说是要回老家北京。那是我和妈妈见到他的最后一面。

爸爸似乎是大病了一场，头发稀疏，脸色蜡黄，走路的时候，颤颤巍巍的，没行几步，额上就会涔涔出汗。所以，当这样的爸爸诚挚地对妈妈说"要跟她说几句"时，妈妈并未如往常一样断然拒绝。

爸爸跟了妈妈进书房。

我很怕他们吵架。他们吵架我站在哪边我尚未有明确的立场。好在这样的担心是多余的，自始至终，房间内未传来山呼海啸的声音。半个钟点之后，爸爸出来，半掩的门露出妈妈怔坐床上的剪影。

爸爸在我身边蹲下，"锦年，爸爸以后不能老来看你了。你要好好学习，听妈妈的话。妈妈不痛快的时候，让她说几句；妈妈累的时候，你主动奉承几句。你妈妈，她，看着很强悍的一个人，实际上跟孩子一样。有时候，刀子嘴，豆腐心……"

"死要面子活受罪。"我接过去。

爸爸微微笑了，笑得怆然。

"爸爸，你刚跟妈妈说什么了？"

爸爸的眼珠子转啊转，透出点点调皮，他附到我耳边，轻声说："我刚强吻了你妈妈，然后跟你妈妈说，爱她。锦年，等你长大了，你心里有什么话，一定要表达出来，哪怕被拒绝。"

这是爸爸告诉我的最后的话。

两年后，爸爸心脏搭桥失败，永久地倒在手术台上。爸爸合上双目的时候，妈妈毫不知晓，依旧龟缩在一个人的爱恨中。

待妈妈知道爸爸亡故的消息时，距离爸爸过世已经去了大半年。恰逢春节，我和妈妈在商场采买年货，妈妈要称笋干，干货铺围满人，妈妈转了一圈，尚未觅着空处，正好有一人转身，妈妈连忙去抢空位，靠近的时候，抬头。冤家路窄，正是爸爸的后妻。

那阿姨比妈妈苍老，也难看，但是眉眼间有一丝温顺是妈妈不曾有的。

妈妈仪态从容，与对方淡笑着打了个招呼。若非她转身时拉我的手急剧颤抖，我都以为妈妈已经云淡风轻。

"等下。"阿姨叫住匆匆离去的妈妈。

妈妈回过身时的目光又一次平淡若水。

阿姨说："我那有裴成保留的你的东西。你，找个时间来拿吧？"

妈妈不明白什么意思。

阿姨略笑下，说："你不会不知道吧？他走了，心脏一直不好。手术前，他有不好的预感，特意跟你告别，怕你难过，就说要回北京。"

妈妈依旧不明白，眼神空洞，等阿姨走后很久，她还是木头桩子一样矗立在人山人海中。那一刻，她彻底孤独。

她以为她扔出去的东西她不再稀罕，事实证明不是。

她以为她只要想拣，不过是弯腰低头做做姿态的事，事实证明不是。

人生中没有什么事不可原谅，但是妈妈没有学会宽容，所以只能在往后舔噬悔恨。

我去取了爸爸的遗物：妈妈的照片，妈妈的戒指（离婚的时候，妈妈还了他），还有就是，妈妈做知青那会儿，给爸爸写的信。他每一份都整齐地保存着。

那个惨淡的春天，妈妈把信一份份烧掉。她的心从此灰飞烟灭。

此后妈妈从一个兢兢业业的业务骨干蜕变为一个混日子的中年妇人。生命的意义，只在于怀念。如果说，还有一点小小的期待，那就是我了。她把那个被她扔掉的人树为我学习的榜样。在我成长的路上，父亲如影随行。

他，知书达礼、学富五车。他温良恭俭让。他儒雅潇洒、风度翩翩。

他不过是妈妈的幻象。

我被逼着练琴，学书法，背古文，默英文单词，参加各类竞赛小组。妈妈不是个坏人，但绝对不是个好脾气的人，我一出问题，她就用书本抽我。

所以，当陈勉降临我家的时候，我长长地吁了口气。就算妈妈不把她的变态兴趣转移到他身上，至少在我被妈妈抽巴掌的时候，总有个人会为我开口求情。

陈勉病重住院的那些日子，我就开始拍他马屁。用零花钱给他买全套金庸，只因看到了他问隔壁床借书被拒时的狼狈。

阳光好的时候，我推他去楼下病区花园晒太阳。我把兜里的零食掏出来，无非是果冻和话梅，问他，你要吃什么？他摇头。我说，给你大的吧，但你以后要对我好。

他吃一点，拼命地咳，身体里好像有只鬼，要拼命咳出来。我用拳头捶着他。那个时候，忽然就领悟了，总有些人比你还要倒霉，也总有些人比你走运，这都是没有什么法子可想的事。烦恼多是天定的，快乐却是自找的。只要你觉得快乐，你就是快乐的。所以，我要快乐。

陈勉病愈后，按妈妈的安排去了郊区一个机电厂。妈妈对陈勉的态度一直有些怪异，说不上好，也说不上不好。无聊的时候会损陈勉几句，比如笑话他夹杂方言的普通话，但是轮着别人笑话他的时候，她又会像护雏的母鸡一样气势汹汹地跳出来为他辩护。爸爸走后，妈妈有些神经质，所以我并不以为意，要说妈妈对我，还不一样。

每个周末，我和妈妈都要坐上长途车，带着食品和衣物去看望陈勉。一般中午能到。我们三个人就着陈勉从食堂打回的几个菜吃上一顿。妈妈问他累不累，习惯不习惯，他答不累、习惯。他的话非常少，并且言不由衷。我是这么想的。因为你从他的话中根本不要想得到满意的答案。话仅限于回答，对他来说，就是这样。而且，他总能利索地封死对话可能展开的途径。当然了，背了妈妈，我和陈勉依然有默契，经常是一方抬头的时候，另一方也恰巧在注视你，于是就勾勾唇角，心照不宣地笑下。有时候，陈勉会背着妈妈塞给我他用废料做的模型，以前是飞机、枪之类，看我没兴趣，就改为笔筒、花瓶、收容袋之类女孩子喜欢的，他做得既实用又很有慧心，我常常当做礼物送给安安。

日子翻到上世纪九十年代，妈妈那个国营单位改为股份公司，薪酬体制也相应做了变动。妈妈是销售，实行提成制，没业绩没提成，她必须外出开拓客源才能养得活家。就这样，她陡然忙了起来。于是周末的探视任务由我来完成。

我想这应该是我和陈勉共同的期望。

记得第一次单独去见他。我迷路了。

迷路起于我的贪玩。那是个挂着薄雨的秋日，我跳下车后，看到不远处有一农人正骑着三轮车过坡。路滑兼车里果实累累的缘故，车硬是踩不上去。我见状，放下给陈勉装食物的网兜，过去推车。

在我的帮助下，车子顺利地上了坡，农人扔一个苹果谢我。

我咬着苹果，带着"一览众山小"的豪情环顾四周：南面是一大片开阔的田畴，收获后的田地有着悲欣交集的复杂面孔。天空浓墨重彩，视线交会处，云层低得好像在吻别即将冬眠的土地。西面是一大片林子，深厚浓酽，有森森的神秘气息。东面则露出一带河的背脊。雨的激荡下，有温婉与雄浑的双重美感。那大概就是京杭大运河了。我生来爱水，决定看看去。

可运河看着很近，实际上离得挺远，它似怕我一样，我每前行一步，它便后退一步，茫无终点。慢慢地，我不知自己身处何方，所为何来。我的目的似乎只在于攻克那条害怕我的河。

差不多有两个小时，我才摸到河边。河岸坚实，河面苍茫。雨大了些，击在水面，翻出腾挪的浪纹。时不时地，有船过去，有轰隆响着的轮船，也有轻摇慢划的渔船。透过半露的帘幕，可看到船里人家的生活模样，厨房、客厅、卧室。家在漂流，这给了我异常浪漫的想象。

那日，我就坐在岸边，看一只只船，徜徉于漂泊的梦境，直至陈勉汤汤水水地寻来。

他站在我身后，手里拎着被我忘掉的网兜，脸上的惊惶已经过去，只剩了漠然。他大概在雨中等了太久的时间。

"好玩么？"他把装着红烧肉的兜扔到我面前。

"好玩。"我未改色，目光盈盈。我从来就不怕陈勉。他生气尤其不怕。

他说，下次你别来了。人丢了，我负不了责。

我说，下次我还要来。人丢了，你就在这里找我。我又指着烟雾里的船说："陈勉，我长大后想买只船，坐在船上，去很遥远的地方。"

他没好气地说："你为什么想去那么远的地方？"

我说："好玩啊。陈勉，除了 W 市，你去过哪些地方？"

他想了下，好像那些个地名是个珍宝，他不想那么轻易掏给别人看，"广州、深圳、大同、郑州、武汉……"

"这么多？"

"我跑货运嘛。有很长一段时间，一直在路上。我跟你相反，那时候，就想着停下来，好好睡一觉，醒在自家床上，床头有热饭吃。"

"这样——"我感叹着，总觉得我的理想比他的要唯美一点。

这块地方，后来成了我们经常光顾的所在。有一块很大很平整的青石，上面坐个人就是一块望夫崖。石块后，有一小排野生的桑树，树下疯长着离离的草。运河上方刮过来的风有微微的鱼腥，但是浩瀚敞亮，像明镜。

我原本并不会游泳。有一次下岸抓螺蛳，被浪涛卷进河内。陈勉怕我淹死，便下决心教我。

那是十五岁的夏天。中午时分的日头火气十足。光线弥散在天地间，网一样，无处可逃。农人都在午睡，四周静悄悄的，只有轮船的马达和风流转的声音。

我和陈勉在浅水区。底下有松软的沙子，也有嶙峋的石头。他跟我说着要领，手如何，脚如何，呼吸如何，而后手托着我的肚子缓缓前行。我总是怕痒，咯咯地搬他的手。他不耐，就把我往河里扔。我呛了水，没头没脑地挣扎，他才拉我上岸。在他的魔鬼训练下，我花了一周学会了游戏。

学会之后的我，有点如鱼得水，整天整天，就想泡在水里。

相反是陈勉，在我学会后，没了兴趣，坐在岸边的桑树下看我，手里点一支劣质烟。烟雾在炙烈的光中无迹可寻。只有他的目光，高高的，远远的，如同在别处。

我们来游水的时候，陈勉往往会多带一条外衣。等我上岸后，让我披上。然后载着我回厂区，洗澡换干衣服。

我知道他这么做的缘由，我十五岁，虽然处在青涩年华，但身体已然有了变化。先是胸部的萌芽。洗澡的时候，总会为那一点点的膨胀而感到绝望。穿裙子前，里头必要衬一件白色小背心，穿下后，要努力地把背心下摆绷直，间接地让胸部形状保持平坦如男生的肌肉。然后，我步安安后尘，也来了初潮。在听妈妈介绍说，那玩意儿将每个月准时到达，比你最忠诚的朋友还要依赖你时，我再次陷入绝望。即便是现在，我还老想着，造物主对女人实在不公，一方面要让她们承受分娩之苦，另一方面还要为每月无用的卵子买单。

那时候的我们，走路总是弓腰虾行，每个月那几天，更是忐忑不安，关心屁股比关系学习更积极。我由此知道，作为一个女性，青春的开始，并不让我们由衷地骄傲。

陈勉是一个二十岁的青年男子，我又为何能够坦然于他的目光下呢？只能说习惯。

他看过我，并且不以为意，我自然也就跟他泯灭了男女大防。

但他内心底也许并不如他所表现的漠然。记得有次我游水上岸，正逢一群农家少年过来网鱼，见着我，一个个眼睛发亮，一边追着看我衣服内里的风景，一边说着阴阳怪气的话。陈勉跳下岸，把衣服扔给我，二话没有，就跟人打，疯了一样。

他一个人打跑了五个，也受了伤，嘴角有一挂血丝蚯蚓一样溢出来。

我把他嘴角的血抹去，手抽离的片刻，他握住了我的手腕，目光有些动荡，但只是一瞬，即放开。

回过头，他说："还游吗？"

"游。"我说，"我没什么损伤，你别跟他们计较的。"

他回过身，蹙着眉，"你就愿意给他们看啊？"

我低头，狼狈道："没有。"

阳光烧到脸上有点烫人，那个时候，我明白陈勉也是一个男性。

后来，游泳就越来越少。到安安在附近求学后，便更不可能了。陈勉在我心里渐渐还原为一个哥哥，虽然我总是对他直呼其名，他也不乐意叫我妹，但是安安总是"你哥哥你哥哥"地提醒着我们。我真的以为我不过多了个哥哥。

为着我喜欢吃鱼，他每周总要提前十分钟去食堂排队打饭。如果没有，他会去附近农家饭馆买。

为着我喜欢溜达，他每周仅有的半天休息都花在跟我行走上。春天，我们一起抓蝌蚪养着，结果发现全是癞蛤蟆。夏天，我们在午后安静的稻浪间钓黄蟮，总是不能如愿。秋天，我们去山上偷梨，看林人闻声出来追，我边跑边吃，待被抓住的时候，看林人会惊讶地发现我们两手空空，因为果子全装到我肚子里了。冬天的时候，我跟陈勉期待下雪。要是没有，就去运河边的旅馆吃鱼头粉丝汤。陈勉会喝一点黄酒。窗外有腊梅的枝影，幽香入怀。一年，就这样平静而快乐地过去。

我只觉得我喜欢。陈勉大概也是。虽然我们从来不说"啊，我很高兴"之类。

很多事情不必说。时光如同流水，年少的我以为，会一直隽永而绵长地流。

3

在我隆重地把安安介绍给陈勉前，他们其实已经认识。

陈勉因着身体的缘故，晚上会去附近的 N 中跑步。那段时间正逢安安第一节夜自修结束，她也会到操场走一走，以清醒下脑神经。

操场上人不多，他们两人的存在便由此突显。一个慢慢走，一个呼哧呼哧跑，陈勉一圈圈地撵过安安，安安一圈圈地避让陈勉。时间久了，慢慢就成了默契。对于陈勉来说，这是无心的开始，对安安来说，这是有心的追求。少女的豆蔻心事，一片乌云都能联想到彩虹。安安爱情名著看多了，对这个冉冉展开的世界有着比别人更浪漫的期待。

她用目光默默地追逐着那个背影，等背影从视线中消失，便抬头望月。年轻时候的月亮又大又饱满，月光弥散天地，笼住众生一夜的温软好梦。

这样哑巴一样地持续一阵后，两人终于开了口。

陈勉在她身边刹住，"这位同学，请问你们学校哪有小卖部吗？"

安安看他满头满脸的汗，知他是口渴，便说："那边教务楼有，不过有点绕呢。"停顿片刻，她自告奋勇，"我带你去吧。"

路上，安安问："你不是这里的教工吧。"

陈勉说不是，问她："你几年级？"

安安说，高一。陈勉微微点头，说，跟我妹妹一般大啊。安安道，你妹妹也在这个学校？陈勉摇摇头。

此后，安安便执一水壶在操场等。待陈勉跑完固定的五圈后，拿过去给他，略带一点羞涩地说："是在我们水房打的。因为，因为看你老去小卖部买水不方便，毕竟挺远的。"

安安看他没接，又慌忙补充道："这，这水壶是新买的，干净的，我，我没喝过……"

陈勉一笑，拿过水壶一仰脖就咕咚咕咚往嘴里灌，样子很豪爽。

陈勉不是个会说感谢的人，他对人最大的诚意就是善意的微笑。他这样笑的时候，眼睛会呈出类似小动物一样的琥珀色，眼光若湖水一样平和安宁。安安的心便在这温顺的眼光与温柔的月色中一点点沦陷。

等到我把安安拉到陈勉厂里，隆重地介绍给陈勉时，他们已经相当熟了。

"当当当——当，这是大家闺秀沈觉安小姐，年方二八，聪明美貌、娴雅淑静——"

安安和陈勉彼此对了下眼，一同笑出声。

"啊，"我颇扫兴，"认识啊，不会吧……还是我魅力大，我的朋友自然就成了朋友。"

安安拉了拉我衣袖，将认识的经过说给我听。

"就认识了？"

"嗯。"安安抿了抿嘴，溢出一点笑影，"不过真的不知道是你哥。真巧。"

"是妈妈收养的。"

"那也是哥哥。"

"你觉得他怎么样？"我来了兴致。

"很好啊。跟我哥哥有得一拼。"

"你哥哥？就是那个看上去很奶油的。"我见过她哥哥八岁时的照片，只记得是一个肌肤白皙、面容清秀的男孩。

"我哥才不奶油，现在很帅的。"安安说，略蹙了下眉，"不过，我并不喜欢哥哥这类。"

"那是为什么呢？"

"不晓得，也许是生活中见到像哥哥这类的太多了。"

安安家境好，除开同学，她的交际圈子中都是有钱人家的子弟，那些子弟并不似大家想象中的纨绔，相反都很有教养，然而，教养一多，就有某种虚饰的空洞与繁缛，缺乏寻常人家孩子那种生猛粗鲁的生命力。

安安其实是个很矛盾的人，看着安静斯文，骨子里却有暴烈的追求。她喜欢的爱情故事多是像《呼啸山庄》、《牡丹亭》这样的，激烈，疯狂，为情能生能死。

大概人都是这样的，认为生活在别处，对于围绕自己的习以为常的生活都有一种颠覆的愿望。但是彼时的我尚不能理解，只觉得像安安这样的女孩子能毫无成见地欣赏陈勉，真的很不容易，所以很开心。

不久后,我在陈勉床头看到一本朗文英汉字典。翻开来,扉页上有安安秀气的字:陈勉君:好好学习,为时不晚!

似有调笑的意味。我非常好奇,问陈勉:"安安送的?"

"生日礼物。"陈勉颇得意。

"安安是个书呆子,把你也看成书呆子了,你哪里需要这字典?"

"怎么不用?"陈勉接道,"我们厂前些时进了些高档设备,说明书全是英文的,我看不懂,就问安安,安安后来抽空教我语法和单词。"

"你还会英语?说几句听听。"我总是只能抓住现象而抓不住本质,在当时的我看来,普通话都说不标准的陈勉说英语那是天下第一号好玩的事。

"你别闹了。"陈勉脸红了。

"说啊,就说:你好吗?我很好,谢谢你,你呢?我好得很。"

陈勉低低道:"那最后的,我只会说我也很好,而不是我好得很。"然后他用他带乡音的英文念完那几句比较白痴的对话:How are you?I'm fine.Thank you,and you?I'm fine,too.

我乐不可支。陈勉道:"你笑什么,安安说我是标准伦敦腔。人家安安从不笑我。幸好没找你做老师,光会挫伤人家积极性。"

现在想来,那个时候,安安就做起了陈勉的英语家教,当然是免费的。

他们俩最大的突破应该是一起练国标吧。怎么开始练的呢?说来还比较话长。

陈勉他们厂厂长与安安他们学校校长正好是一对。大概某个枕衾贪欢的时刻,那一对,觉得彼此的厂子和学校也该联谊联谊,润滑润滑,增加感情,培养火花,就跟他们一样。于是,学校先是组织学生每月去厂里劳动半日,公开的说法是,培养孩子们吃苦耐劳的精神。但在我看来,更多可能会起到洗脑作用:嗨,同学们,好好读书吧,读书考大学才是王道,不好好读书,看吧,只能跟这帮人一样做苦力,赚每个月可怜巴巴的一点小钱。

然后有一阵,城里开始兴起跳交谊舞,风气刮到郊区,厂里开了禁,学生们也心潮澎湃,觉得时髦。厂长与校长一合计,好吧,合办一个舞会吧。

厂里最标致的小伙子非陈勉莫属，又是先进工作者，这个挑大梁的任务非他莫属，陈勉怎么推也推不了，也不习惯跟别的女生手拉手，只能问安安。安安没意见，这对组合就产生了。国庆篝火晚会，两人拿得大奖。

那次比赛，我特意去看来着，给他们加油鼓劲。

篝火熊熊燃烧，红艳艳的光把两人的舞姿衬托得泼辣动人。我忘了拍手，怔怔地想，如此闷骚的两人，也有激情焕发的时刻。艺术的力量当真不可小视。

我旁边坐着陈勉厂里的女工，女工们交头接耳，啧啧议论。一看上去挺有见识的女工道：跳舞最容易出事。你拉着我我扶着你，一不留神就是敏感部位。我赌一辆宝马，陈勉这小子看上那女学生了。你看那眼光，那手势……我急了，侧过头，说，我赌一辆悍马，这是不可能的。"悍马是什么马啊？我赌一辆种马，那女学生对陈勉也有意思。"看上去更有见识的一男工插过来。

然后，某个晚上，我跟陈勉在山坡上看月亮。

我抱膝，怔怔地看着月宫里模糊的形状，喃喃说："碧海青天夜夜心，嫦娥后老悔……"

"你什么时候博爱了，月球的事也管。"陈勉说。

我瞥眼看他，"嗯，火星在哪里，我也想管管。"

忽而跳起来，拉他手，"咱们跳火星上的舞吧。"

"我不会。"

"不会我教你啊。"我拉住他的手比划一个姿势。陈勉说："这是弯弓射大雕的姿势。""就这姿势，火星上的人就这么仇恨我们地球生物的。"

我又拉着他射了几次弓，总觉得火星上的舞蹈果然不及地球上的舞蹈来得赏心悦目，并且火星人锦年也不及地球人安安与陈勉相配。我比较矮小，抓着他胳膊的样子，像在练吊环。

我放了手，在他跟前蹦啊蹦，"我要长高。"我大声说。陈勉那家伙居然也跳啊跳，"我还会再长的。"

"你好讨厌，安安面前怜香惜玉得不得了，在我面前，寸土必争。"我咬牙切齿。

陈勉道："礼尚往来,安安对我比你对我好多了。"

我们跳啊跳的,跳到安安来了,陈勉立刻摆出绅士状,"锦年这孩子,老大不小的,一会儿学田鸡跳,一会儿学蛤蟆功。"

哎,我叹口气,在陈勉眼里,我是孩子,而安安不是。天可怜见,我比安安还要大三个月。

此后,我经常做的事,就是舞会的时候,为那两个出风头的家伙伴奏。三人凑合演一台戏吧,好歹,我也算在内。虽然是角落里那一个。

以我高中时候的情商来看,安安是不可能对陈勉有什么想法的,她长得漂亮,学习出色,家境优渥,她的人生瑰丽得如同阳春三月的天气,一日比一日晴朗。她只要顺顺当当地走下去,必然有成排的王子等着她挑挑拣拣,她怎么可能留情于这每月赚一点小钱没文化没情趣还有前科的浑小子?

可事实证明,我的情商是比较低的。皇帝厌倦了山珍海味,尚会依恋青菜豆腐,在顺风环境里长大的安安最不耐烦的体验大概就是再顺风下去。游离于常规秩序之外才会给她的内心带来些许的刺激。那么陈勉无疑是个比较合适的人选。

至于我和陈勉的开始,不晓得是不是潜意识里觉得受了冷落,想要弥补的结果。

4

有个晚上,上完钢琴课,我和陈勉照例在崇安寺溜达玩。

我跟他说,你有没有觉得安安的名字有点像尼姑?他笑道,你怎么这么坏呢?我说,觉安,觉安,下部发展就是崇安了,这庙就跟给安安造的一样。

"瞎说什么？尼姑哪兴住庙的。"陈勉摁摁我脑袋，怀疑我脑子进水了。可是我们俩脸上都有心照不宣的属于恶作剧的笑。

在一个大排档坐下。他给我要一个鸭血粉丝汤，自己则要一碟花生米，外加一瓶啤酒。

他把粉丝汤里面的辣椒、生姜给我剔除掉。他知道我不爱吃辣椒，也讨厌姜。我吃着粉丝，问他："你怎么知道我爱吃这个？"

他笑道："我注意到了，你喜欢吃任何跟雨一样长长细细的东西，粉丝啦，面条啦……鼻涕不知道是不是。"

"你有时候很坏。"我笑，问他今天有什么好事这么大方。他说，他设计的一样产品，被厂里采纳，申请了专利。他拿了一笔奖金。

"是用你的名字吗？"我已经很有维权意识了。

他不以为意，淡淡地说："能采用，对我已经是莫大的肯定了。"

"其实陈勉，你很聪明。"我感叹了下，又道，"你其实也爱读书吧？"

"没那回事。"他否定。

"不可能。我看到你床头好多书，还很深奥，跟安安一样。"

"都是，消遣的，从安安他们学校借的。"

"安安帮你借？"

"我们一个工友的老婆就在安安他们学校做图书管理员。"

"那么，你喜欢我吗？"我的思路总是跳得很快，事实上我这句问话，跟他前一句回话丝毫粘连不上，可我居然恬不知耻地用上了"那么"。

他抬头迷惘地看我一眼，没说话。我继续道："你肯定喜欢安安。"

他急了，"你别胡说。"

"肯定的，安安很漂亮，又很温柔。我都喜欢。"

"我，我觉得你更可爱。"陈勉低低地说。

我愣一下，转而漫天欢喜，膨胀得不行，"真的吗？你说我比安安好看？"

他好笑，"没说你比她好看，只是可爱一点吧。"

我丧气，"你就会让人空欢喜。"

　　突如其来一场雨。我和陈勉仓促地摸进寺庙, 共坐门槛上, 看帘子一样瓢泼的雨。风很大, 从底部往上吹, 卷起腾腾的烟尘, 便有雨雾轻萤一样落到我们身上。我打个哆嗦, 陈勉伸出手, 想是要拥我一下, 但离背一寸的地方, 便停下, 放弃。

　　如此静默了一阵, 我莫名生了点不安。跟陈勉近距离相待不在少数, 可是发生在这单调寂寞的雨夜里, 似乎就不一样了。雨清幽阴冷, 总让人有趋暖的念头。抑或我也逐渐长大了, 再不是那个没心没肺的傻孩子, 有了少女纤细的敏感。

　　陈勉似乎也不安, 然后我们几乎同时张口: "我们——"

　　我耸下肩, 表示男士优先。他说: "锦年, 你有没有觉得空气很甜？"

　　我使劲嗅了嗅, "桂花嘛。"

　　W 市喜好种桂花, 一入秋, 空气里都是或浓或淡的甜香。

　　"我们去内殿看看吧。"陈勉侧头看我, 目光收缩了下。

　　我们穿过正殿, 发现内殿前的园子里果然散种着几株花树。却不是桂花。因此树比桂花树还要高大, 开一种黄黄的花, 被风雨剥蚀, 落花在地上堆了一圈, 隐隐的幽香却蕴绕在空气里。

　　我跑到花下, 仰脖细看间, 忽听到了内殿传来细细碎碎似哭又似笑的声音。我疑为鬼, 正惊惶之时, 嘴巴被陈勉捂住。

　　"是人。"他声息沉沉的。

　　"我们要不要去看看, 是受伤了吗？"

　　"他们好好的。"

　　"就看一眼。一眼嘛。"我好奇。他踌躇了下, 不是很坚决, 我趁势往内殿凑了凑, 便在破败的佛龛一角看到了一对交缠在一起的忘情的恋人。

　　他们在吻, 嘴唇剧烈地摩擦着, 手绳索一样互相捆缚, 混沌的声音里含着绝望和痛楚, 好像陷在深渊里。

　　雨丝从漏缝的屋檐旋下, 纷纷扬扬, 无止无歇, 正如他们无法自持的爱情。这样的场景延续了很长时间, 我偷窥的热情也渐渐化成悲伤, 因为这场景太像一场葬礼。

如果是在为爱情送葬，两个看似主角的，不过是挣扎中的殉葬品。

回去的时候，我和陈勉的手牵在了一起。我的冰凉，他的滚烫。

我们的少年情事大概就是从那一日起。

算起来，已经到了高三，学习任务最严峻的时刻。当然，人在压力下往往会有反弹的表现。我们班上有那么几对秘密早恋的摆出天不怕地不怕也不怕高考的架势公然在一起。一起上下学，一起吃饭，一起做功课。我的同桌小敏跟我的后桌朱大伟开始眉来眼去。有次，在外边小饭馆，我看到小敏跟朱大伟紧紧地挨在一张凳上，两人极肉麻地你半勺我半勺地挖冰激凌吃。小敏媚眼如丝，跟发情的母猫一样。我扁扁嘴，未打招呼走了。

那个周末，借口生病，我跑去安安她们学校。

安安学校比我们更严，因为是寄宿学校，晚上的时间都被学校侵占了。六点开始自习，一直到九点半，然后十点熄灯睡觉。安安说："我觉得我们像饲养场的牲畜，不用动脑子，按着作息填时间就行。还是你们好，居然还放假。"

"我还不是逃出来的。"我坐在安安的床位上。她的床铺整理得干干净净，靠内侧一溜全是书，《简·爱》、《傲慢与偏见》、《边城》、《十八春》，还有《牡丹亭》。

我还在用琼瑶、金庸消遣的时候，安安已经用《牡丹亭》熏陶与提升自己了。后来成为一个资深文青的她，在中学已露端倪。

安安顺着我的目光看到《牡丹亭》，伸手抽出来，"这书蛮好看的。唱词很漂亮，读着读着还会被逗乐，小春香挺幽默的。"

她这是鸡对鸭讲，我读的书很少，尤其是阳春白雪。

安安翻开，轻轻念一段：原来姹紫嫣红开遍，似这般都付与断井残垣，良辰美景奈何天，赏心乐事谁家院。朝飞暮卷，云霞翠轩。雨丝风片，烟波画船。锦屏人忒看得这韶光贱。

我怔怔地看着她，安安眉如远山眼如秋水，肤如凝脂手如柔荑。整个人安谧娴静,要是换上古装,真怕似从画轴中出来的人物。这样的女孩子,谁不怜惜?

"你傻盯着我干什么?"安安回过神。

"哦,安安,有没有人暗恋你?"没办法,我一张嘴,就俗。

安安摇头。

"肯定有的。不过我觉得你一般不会喜欢上别人。"我说。

安安笑盈盈看着我,神情略带微妙,"为什么?"

"你是个心高气傲的人。"

"再心高气傲,碰到自己喜欢的人,也会低到尘埃里,还要开出花。"

哎,我只能叹气,跟安安说话,简直不在一个重量级。

"我去陈勉那混顿饭吃。你去不去?"我有仓促败逃的感觉。

"我不去了,下午要模拟考。你把这衣服给他。"安安把陈勉的夹克衫叠好,装在一个背心兜里,递给我,"他纽扣掉了,我给他钉上了。"

我记得陈勉自己会钉纽扣啊,他几乎会做一切家务,洗衣服、刷盘子、拖地……包括钉纽扣,他还说他不喜欢安安,骗人。我心里突然涌出一股莫名的烦躁,波澜涌动却无法道明。

在食堂吃饭,我终于对陈勉发作。

"茄子油这么大,你们厂里又不会用什么好油,你还买。豆腐一点味也没有,吃老棉花似的。豆芽据说用一种化学成分泡过的,会吃死人。红烧肉,一块瘦的也没有,你就考虑你自己……"

"你,怎么了?考试得零蛋了?"陈勉蹙蹙眉。

我白他一眼,"你才得零蛋。我看着你烦。"

"我怎么惹你了?"

"我——"我猛扒白米饭。也不知道这脾气从何而来。

"别噎死。慢慢来。"陈勉这会儿倒有点从容不迫。

吃个半饱,我站起,"我走了。"

"我还没吃好。"

"我走又不是你走。"我转身跑，陈勉拿了饭盆追出来，"等下。别浪费食物可以吗？让我吃完。"

我脑子一闪，闪出个鬼主意，说："嗯，你慢慢吃，我去那边山上等你。"

陈勉很快寻来了。那个时候，我的脚已经如愿负伤。这山上有一种长满锯齿的藤蔓植物，一被缠上，就会划一道长长的口子。血淋淋的。

陈勉看到我小腿一条一条的，倒是很心疼。他一心疼就急，骂我，"叫你等我的，你怎么一分钟也等不了，脾气能不能改改，别那么任性，你多大了，十八岁了，同学，古时候，像你这么大岁数已经是几个娃的娘了。活该。"

实话说，我蛮喜欢陈勉骂我的，他只有在骂我的时候话才稍微多些。而且他骂我时我总会感到一种异样的温暖，觉得被重视。虽然没人给我写情书，没人抛媚眼，但有个不爱说话的人为了你还愿意大费周章的说话那也是一种成就感。

"还有哪里伤着？"

"脚崴了。"我撒谎不用打草稿的。

陈勉蹲下来，脱掉我的鞋，轻轻握住我的足底。

"好痒。"我笑。

"你还笑。"他手部用力。我惨叫下，他微抬过头，与我目光相撞。林子里的阳光一丝丝绕进他眼内，亮得惊人。

"锦年。"他手一松，突然叫我。

林子静悄悄的。有鸟扑棱棱飞起，飘下几根杂毛。

"嗯。"我扭过头，心烦意乱。

想到自己的计划，又撇过头，"我走不了路了，你背我吧。"

他定定看我。

我嗔，"你看我干吗？"

他揽臂抱住我。我惊诧了下，这个举动在我计划之外，我不过是要他背我，然后逼他承认喜欢我，可他居然把我胡乱塞在怀里，像偷了东西似的见不得人。

我抗议,兔子一样耸动着。

"别动。"他阻止我。他的怀抱烫得吓人。

"你为什么这样?"我垂着头,手抓住他的衣襟,脸大概很红。

"不是你让我这样吗?"他说。

我脸红了,轻轻撒娇,"冤枉我,我,我只是让你背我。"

"有什么区别吗?你就是在勾引我。鬼东西。"

我被他洞穿心思,有点不好意思了。

他换了个舒服的姿势,坐在地上,横抱着我,捏我的脸,"别害羞,我喜欢被你勾引。"

我侧过身,把头抵到他胸前,手则缠到他背后,一个字一个字划:坏蛋,大坏蛋。

他轻轻转过我的头,看我。这双素日冷静的眼已经完全被融化了,像一滩春水,漾着丝丝的暖。

"锦年,我不敢喜欢你。"他低低说。

"为什么?"

"我,配不上你。"

"你怎么这么封建呢?你又不是长工,我又不是小姐。我喜欢你,陈勉。"我大声说。然后好像是为了对得起这个宣言,我鬼使神差般攀住他的脖颈。他的唇在落下前,说了声:"你不会后悔吧。"好像在征询我的意见,可他根本没给我后悔的时间。

触到一起的时候,我们都轻轻颤了下,有一道闪电从心里惊悸地掠过。

他反复吮着我的唇瓣。我也那么做。我们两个旱鸭子都发现唇是这样柔软,甜蜜而柔软,挺好的。

因为是第一次,因为觉得美好,我们反反复复,吻了好多次。林子里的光漫无目的地洒着,天罗地网一样,捆住我们最初的心动。

5

那些个日子，一有机会，我就逃课去郊区。当然是趁妈妈出差不在家的日子。有时候晚上来不及回，陈勉不敢让我住他们厂女工宿舍，怕被人看穿招来闲话，就在运河边的小旅馆开了房间。

他收工后，就在旅馆叫两个菜吃晚饭。饭后，我们去运河边散步。

那个夏天，暑热早早地到来。我们在桑树下看水，听汽笛。旁边都是虎视眈眈的大蚊子。

他紧紧抱着我，说，让蚊子都叮我。

我们爱意初萌，身体有着异样的反应。滚烫而眩晕。仿似得了高烧。

他不停地亲我，喃喃叫着我的名字。少年时候的沸腾，我想我大约一辈子不会忘记。

有个夜里，我们回旅店。我先冲完澡，换了衣服在院子里看花，老板娘被惊醒，睡眼惺忪地起来给我送葡萄和瓜子，我谢过她，她突然对我说："陈勉不是你亲哥哥吧。"

我脸烫，低头没说话。

老板娘道："每次上我这边来买鱼，都是留给你吃吧？"

我仍不说话。

老板娘继续热心道："我觉得你们挺配的。你是 N 中的学生吧？哎呀，你别看不起陈勉啊，他虽然没读过大学，可我看他顶聪明的。我这里有什么坏了，他都会修，再复杂的都可以。人也挺好的，上次我老头子得了肠炎，疼得死去活来，半夜三更的，我一点办法也没有，想到他给我留过电话，就试着打过去。他真来了。哎，我就一直琢磨着有个闺女好了。不过，你们要成，好比我做了把月老，也很开心的。"

我咬着唇，偷笑。

陈勉出来后，老板娘留给他一把扇子，嘱咐几句，离开了。

"老板娘很热心。"陈勉看着她的背影。

我说："当然了，她要有闺女，你就是她家女婿了。"

我们坐在花荫下。陈勉摇着扇子，多半扇着我，扇了一阵，说："下次别逃课了。上次啊，代你妈妈参加家长会，老师说，现在到了高考最紧要的关口——"

我说："可是你，恨不得我天天逃课。"

陈勉笑，"我只是心里想想罢了，可不敢耽误国家的栋梁。"

我撇嘴，"考不上才好，这样，我们就一样了。以后，我们在运河边盖个房子住，你做工，我养鱼。整一出《天仙配》。"

"你妈妈不气得吐血。"陈勉又笑，"你那周游世界的梦呢？"

"你不是不愿我走嘛。"

"可是，如果是你的心愿，我倒愿意你去实现它。"他庄重地说。树影婆娑在他脸上，有参差的美感。

"一起吧，你带着我，或者我带着你。我们，谁也不抛下谁。"

他无语。一阵后，浅浅叹了口气。

大概就是在那一天，他下了寻求发展的念头。

在认识我之前，他的人生已经非常跌宕了，他对我说过，对未来没有什么期许，只想在一个安静的地方平平淡淡地过活。可是遇到我之后，为了成全和承担这份爱，他不得不选择再一次的流离。

生活真是富有戏剧性。我在安稳中向往颠沛的命运；陈勉在颠沛中渴望现世的安稳。可是从来是命运在选择我们，不是我们选择命运。

高考前夕，陈勉来学校找我。

站在窗口，用目光一排排焦急地搜寻，天热的缘故，他身上都是汗，白衬衫贴在肉上，浸出一块一块的肉色。外语老师顺着一溜斜逸的目光看到他，高跟鞋哒哒至门口，有点狗眼看人低似地不耐烦道："你找谁啊？"

"哦，裴，裴锦年。我是她哥哥。"陈勉在正规场合一直有点拘谨。

我腾的站起来，斗牛一样撞开外语老师，"你怎么来了？"我抑制不住欢喜。

陈勉拉我离教室稍远些，说："我待会儿就要坐火车去广州。"

我雀跃的心陡然落到平地，无比失落，"多久，出差吗？"

他说："不是出差，会比较久。"

我怔住，仰头苦巴巴地看着他。他整了整我稍嫌凌乱的头发，说："别这样啊，又不是永远不见。"

"你别走嘛，我很快就考完试了，然后我们就可以光明正大地恋爱了。"我摇着他的胳膊，可怜兮兮地说，"我三个礼拜没见你了，本想这个礼拜逃课去看你的，我买了你爱吃的香肠和肉松，还有椰蓉的老婆饼。对了，待会儿我逃课，我们去崇安寺……"

"别。"他的目光从我脸上微微移开，失神了会儿，回过来的目光已经很坚定，"就因为想长久地跟你在一起，才不得不暂时离开你。锦年，我一辈子不出去，一辈子只能仰望你，最后失去你……外面天地总要广一点，我也许会找到机会。"

"我不介意你怎么样。"

"可我介意。"陈勉说，"你还小，可我已经不算年轻，我必须现实一点。"

隔壁教室琅琅的读书声传出来。陈勉侧耳听了阵，回复笑靥，"伸出手，我给你一个礼物。"他从口袋里掏出一个玳瑁发夹放到我手中，"你的头发长了，还乱糟糟的，要记得捆住。"

"嗯。"我点头，想了想，"你也伸出手。我回你一个礼物。"

"真的？"他欣然摊开。我用指在他掌间写字。他掌间的纹路模糊而杂乱，据说这是命运多舛的象征。

"你写什么？"他问。

"猜。"

"礼物还要猜，我哪里猜得着你的鬼心思。"

"你笨啊。"我又写一遍,这回划得轻,他手一痒,便包裹住我,"等我。好吗?"他睫毛轻颤了下,目光殷切。

我点头。他微笑。下颌现出一道浅浅的沟,沧桑得可以。

告别回教室的时候,我在门口折过身,看到他还木木地站着。鲜辣的阳光自他身后包抄过来,他身前身后的空气里围满淡蓝的粉尘,宛若一场尘梦。我眨了眨眼,无法控制地恍惚。

6

陈勉一走杳无音信。两年后,我才接到他的电话。

两年后的我已经是南×大的一名学生。好动不拘的我在新鲜而刺激的环境下已逐渐淡忘年少别离的隐痛。我加入社团,结交朋友,跟别人一样,在属于我的阳光大道飞驰。如果时间再久一点,我会把与陈勉的情事当做交响乐章中一个旁溢的滑音,那玩意儿只具备装饰作用,并不决定整体音效。我会记得他是我哥哥,不爱说话,但很聪明,是我少女时代走神的对象。

就在我的记忆趋于明暗交界之处,沈觉明出现了。

觉明是安安的哥哥。高考那年,安安去了北京,我则就近考了南京。在高一我与觉明意外认识后,我们其实曾有过短暂的通信联系。那时候,班里盛行交笔友,每天中午,生活委员在门口发信的时候,是我们怦然心动的一刻。谁的信多,谁就会成为被人艳羡的焦点。在这上头,我自然不能落后。最盛的时候,我交了八个笔友,有同学的同学,有同学的同学的同学,反正就是曲里拐弯搭些关系。沈觉明是偶然闯入的一个,谁叫他给我寄照片呢,让我轻易拥有了一个地址。其实也没什么好写的,我就是附庸风雅抄几句诗，那时候我刚过对古典诗词的迷恋期，喜新厌旧地热衷起云里雾里的朦胧诗。他回信很短，一般就是把我抄的诗用他的意思翻译一遍，很像在完成我交代的功课。然而因他翻译得比较搞笑，收他的信也是乐趣之一。不过等到我喜欢上陈勉后，就没有兴致与余力做这等小儿科的事。高三那年就再没给他动过笔。

我一直以为他把我忘记了，正如我把他忘记一样。可他其实并没有。

大学生活一周后，他打我宿舍电话邀我晚餐。

"我，沈觉明，晚上 7 点某某饭店某某厅见。"

我还没反应出他系何方神圣，那大神已自顾挂了电话。

这晚我有课，那变态老师会点名，但是，想来想去，又不能做一个没有信用的人，只得以两根鸡翅的代价托同学代为填坑喊"到"。

推开雅致的红色镶金边的包间门，里头的先生让我很有"士别三日，刮目相看"之感，比之四年前那位温文的大学生，时间在他身上可说抹上了珍珠一样眩目的成分。该先生闲靠沙发等人的样子，明明很颓靡，却有股说不出的幽暗魅力。大概男人是需要世事的历练的。

他大概等久了，见我进来，面目与身子均没动。待我跳到他面前，说"嗨"，他才抬抬戴表的手腕，说："有没有时间观念？"

"不好意思，堵车。"我坐到席位，解释，"我晚上有军理，要点名的。其实不想来，你以后能不能让我把话说完再挂电话，我又不是你员工。"

他这才抬头看我，目光有点轻佻，眉头却是蹙的，让我觉得我似乎有点不识抬举，人家谁？请你吃饭，你不奴颜恭膝感恩戴德已经不对，居然还挑三拣四、得了便宜卖乖？

"这样嘛，我真有面子。"他站起身，叫过服务员。

菜单交在我手里，我胡乱点着。只要是那种色泽亮丽的，均在我的考虑范畴内。作为穷学生的我，那时候对荤菜有着异乎狂热的兴趣。点完后，沈觉明过目，居然毫不绅士地将我点的菜一道道推翻，重新换上清淡的口味。

待服务员走后，我忍不住说："既然如此，何必我费那事点菜？"

该厮慢条斯理回:"女士有优先点单的权利,而男士有最终否决权。看你搭配的衣服,就知你点菜品位也不能恭维。"

真看不出来,沈觉明是典型的大男子做派。当然,撇开这个,当晚就餐还是相当愉快的。回忆起以前写信的日子,感觉如水年华在手底哗哗穿过,遗下好不美妙的参差涟漪。他喝得有点多,定睛看我时,红红的眼像兔子一样。"锦年,后来为什么不写了呢?"他俯视我,一双眼仿佛直直看到我心里,让我生出莫名的胆怯。但看他还记得我,我又很有虚荣感。所以饭后,当他问接下如何消遣时,我直说,不如夜游南京城吧。

九月中旬,白天尚有余热,晚上被风一吹,倒落下些宜人的意绪。马路上车流、人流还在汹涌。霓虹片片闪烁,耀过一张张陌生的脸。路边地摊也摆出来了,吃的、用的、娱乐的,应有尽有,生机勃勃。我和他穿过这样生动的市景,又成为市景的一部分。我走得快,走一程,会停下来等他。他接到我目光便微微一笑,彼此没有多少话,就像在烦嚣中守住一方静谧。

后来,累了。我把他拽上一辆公车。这时候,人影、车影都疏淡了,夜开始有了梦的迹象。车里人不多,我靠窗坐,他在我身边。

他身材魁梧挺拔,我只觉得我似全部笼在他的阴影下。不晓得为什么,莫名觉得热,也觉得不安,平素有点话痨的我只好淑女样歪头看窗外流动的景致。街灯、长椅、店铺、梧桐,无不静美多姿……

可能是寂寥的缘故,车里有个女孩子不甘寂寞地把随声听里的乐曲放了出来。是老歌,低低的,含糊的,配曲很拙劣,在往常听可能会挑剔,可夹在这夜的静谧中,便好似有了游荡的灵魂,很能贴近心窝。

觉明忽然探身对我说:"你看看外边走过去、走过来的人,明明跟我们离得很近,却与我们无关,都是错肩。你有没有这样的感觉,好像只有身边的人才是真实的?"

我再次感到了他身体的热度,夹杂着令我心慌意乱的陌生气息,向我包围过来。我也不是没有亲密接近过男人,可这个分明很独特,为什么会这样?是他用了香水,还是夜色?我百思不得其解。

他大约感觉出某种天荒地老的意味，车子不停地向前，好像永远没有终点，而车里的劣质音乐，还在生生营造洪荒漠漠的味道。

世界引退。只有身边人才是真实的。

沈觉明就此进入我的世界。

此后，他时常把我约出去吃饭。我其实也想要要大牌，不能他一呼我就应，可是奈何我对美食、对玩乐没有免疫力。他与我吃饭的时候，多在打电话，吩咐工作，应酬客户，举箸次数很少，很让我觉得占用他宝贵时间是一件非常无耻的事。我能做的就是快快吃完，而后像被施舍的难民说"饱了，谢谢先生"。

在我饱后，他才扔下手机，随便吃上几口，再送我回校。

我不知道他对我什么感觉，我也不知对他什么感觉。绝大多数时候放松愉悦，偶尔会莫名紧张，主要是他倾身靠近我的时候。他总是突如其来靠近，让人毫无防备。他身上有香，淡淡的，能感觉气场，让心像失足一般扑通一下。

中秋节，他为慰我思家之情，把我叫至他家吃团圆饭。

他跟他父母介绍我是安安的同学。他父母虽然是大商人，但是毫无架子，看上去很是可亲。他母亲对我尤为关注，席间不停地为我布菜，堆得我吃不过来，间或又问琐碎：我家里的情况，学校的情况。我一一告之。后来话题就到安安身上。她妈妈说觉明虽然顽劣但她从不操心，她担心的是安安，安安看着柔弱，其实很有主意，秉性坚硬，但是坚硬的东西更易折。"锦年啊，你看她，离了家就跟放归天空的鸟，乐不思蜀。节假日不晓得回来，电话也懒得打……"

我便用我们年轻人的想法劝着她。

后来去参观觉明的房间。

他的房间带一个小露台。一仰头便看见云丛簇拥间的一轮明月。月晕生华，氤氲出万般变化。一低头，地上铺出窗子模样的温暖灯花。院子里的桂花开了，幽香蕴藉，似有若无，诱人捕捉。

觉明端来月饼和瓜果。我们一人坐一边，边吃边比赛说关于月的诗。觉明自然说不过我，很快败下阵来。败下阵的人，要罚酒。他便一口口地喝。

后来他醉了,靠着躺椅睡。

我则靠在栏杆上,想着今夕何夕兮这样旖旎的诗句,无非用酸腐来做多情的催化剂。

夜露升起。我目光微微潮湿。等明月转过一个弧度,我转身,一转身就撞到某人怀里。觉明不知何时醒来,并悄然立于我身后。

他趁此轻轻扶住我的腰。

低低凝视了我几下,便凑过头。

在特殊氛围下,人是不会抗拒的。我感觉他的温热拂在我的眼睑上,但只是扑面逼近,他尚不敢掠夺我的唇。

"锦年。锦年。"他叫我的名字。月色浓郁。

他那时就对我动了情,或者更早。早在我们邂逅的刹那。他说他相信偶然,相信命运,相信感觉。初遇那一刻,他锁闭了好几年的心忽然打开,他用他全部的坦荡和美好迎接一个人的到来。可他不会想到,他予以如此盛礼的人却还没做好接受的准备。大概世上没有一帆风顺的爱情。爱情这一路,峰峦叠嶂,荆棘丛生。

沈觉明待我不错,只不过方式跟别人不一样。他从没向我表白。也许,对爱情他有更虔敬的心思,越郑重越踌躇,并不纯粹地怕拒绝、求自保,而是怕自己的理想幻灭。他在社会上摸爬滚打了这么多年,知道其间的声色犬马和虚情假意,他不是没人爱,但他愿意把一穷二白的自己呈给一个唯一的爱人。可谁能担得起理想,谁不是俗世生活的庸众?

觉明生日那天,家里人给他庆生。他早就约过我,并叫人给我送上特意买的裙子。并不是那种夸张的礼服,只是宝姿的一款还比较清纯的短裙,嫩黄色的,领口处有蝴蝶结,很有春天的斑斓感觉。

结果那天,我因忙着搞系里的活动忘了。后来听他妈妈说,那晚他跟吃错药一样,火气极大,把所有人都得罪了,搞了个不欢而散。

好些日后,我看到那条裙子,才想起爽约了。因为系里在搞扶贫帮困活动,要带孩子们去游乐园玩,我作为负责人要事先踩踩点,便跟他约下午三点在游乐园门口碰面。

结果，老天不作美。吃过中饭雨就撒黄豆一样噼里啪啦地落下。

我打电话过去取消行程。电话没打通。想想他也不是笨人，就没再管。

到四点多，我拿了饭盆去食堂，良心突然踢了我好几脚，只好转去附近小卖部打电话。

电话通了。没有人说话，却有啪嗒啪嗒一样的雨声。我手一颤，骂他蠢的话也没张口，挂后就打车过去。

远远地，在雨雾横斜中有他的车影。黑色的一点，像沧海中的一粟。有被风吹雨打之虞，但是还是叫我略略放下心。他总该躲在车里避雨吧。

但是出租车近前的时候，我的心立刻又悬起来了，带一点点愤怒。他居然水淌淌地靠在车身上。他妈妈说他发了神经，大概是的。

我跳下车，跑过去。

他抬头看我一眼，神色在雨的侵袭下，居然有点冰凉。

"你——"我站在他面前，欲数落他，看他并不狼狈的落汤鸡模样竟然胆怯，嗫嚅说，"我，下雨了，没，打通你，你电话……"

他说："我从来没有被人耍过，这是第二次。我在想这是什么原因……"

我看他如此神色，愈发气虚，情急下勾他手，"我们进园吧，还有一阵才关门，我请客。"不晓得是不是我手心的热度，他居然昏了头一样随我进去。

园子里压根没人。雨敲在水潭里，击起硕大的水花。活动的器械，只旋转木马和高空缆车等有限几样供应。

我们在服务员狐疑的目光中坦然地玩着。人生的快乐，就在那一撒手中。这是谁说来着。坐缆车时，我说给觉明听。

"……你不觉得吗，就是不要畏惧别人的眼光，让自己随心地放纵一回。人生有几回可以放纵呢？何不趁青春年少？沈觉明，我从来就是个马大哈，做事全凭心，逞一时意气。做完，又不擅长把东西归整到位。所以你，原谅我。"

缆车缓缓升到高空，从窗子向外看去，整个古都笼在茫茫的烟雨中。

我和觉明又一次在洪荒中凸显出来。

我和他。整个世界都被我们踩在脚下。

"来。"觉明拉过我,忽然把我抱在他膝上。这是非常暧昧的姿势。然而既然世界已经隐遁,既然人生的快乐就在那一撒手之间,又有什么陈规陋俗需要拘泥?

"喜欢吗?"他紧紧抱住我。湿漉漉的面颊。

透过风雨迷雾,一切都已混沌。喜欢或者不喜欢?不需要回答。

如果没有陈勉的电话,我想我可能真的会忘记他。

世界在我面前一点点打开,瑰丽、新鲜、精彩纷呈。年少时的爱意只是特定时间的特定感觉,它不会是什么天长地久。

但是,陈勉来了。

当时是夜里十来点钟,室友们纷纷回巢,洗漱的洗漱,闲侃的闲侃,弹吉他的在楼道口占据有利位置,交换秘密的凑在门边窃窃耳语。正是闹腾纷乱之时。靠门的同学接过电话,压住听筒,冲我神秘地一笑,"锦年,男的。大概是你表叔。"

她说的"表叔"其实就是沈觉明,有次他送我回,不幸被同学看到,在众人促狭的目光中,我介绍,"我表叔。"当然大家不会信,但是此后,我每有异性电话,室友们一律戏噱称"表叔来了"。

我接过听筒的时候,几乎也以为是沈觉明,因为明天是周末,他很有可能请我娱乐。

"晚上好,表叔。"我张口说。

听筒里静了静,我能听到风声,哗哗的,仿佛铺天盖地。

就在对方似乎要说话的时候,咳嗽率先冲来了,牵一发动全身,绵绵无绝期,到最后,对方已经有气无力到只能干喘了。我怔了下,感觉不对劲,记忆里只有一个人有肺病的后遗症。我突然想起来了,内里涌出一阵悲怆,像告别了一个模糊的假期踉跄回到故地,我几乎是哭着喊:"你怎么了呀,怎么咳这么厉害?你在哪里啊?我马上过去。"

陈勉辗转一圈后漂到了北京。

　　早先他在东莞做机修工，没白没夜地加班，觉得没有出路，受同事怂恿，合伙做生意，结果被骗。那是一段极其难熬的日子，他身无分文，白天出去碰运气，站在广场，像牲畜一样等待主顾领走，不计较能卖多少钱，包吃包住就好。晚上睡火车站候车室，饿得前胸贴后背，闻到方便面的味道简直是受酷刑，那时候他的愿望就是等有钱了，买一大箱方便面犒劳自己。后来，一个偶然，在车站碰到安安，安安以其执著说动陈勉去了北京。出于自尊，陈勉一开始并没接受安安介绍的职位。工作是自己找的，可是，凭他的能耐只能在固有的圈子里转，钳工、钣金工、机修工，都是流汗吃力的，混口饭没问题，却不可能有特别的突破。有次，正好去安安学校检修机器，中午的时候，安安请他吃饭，就在食堂解决的，却还是让他如坐针毡。她同学的频频看顾，让他意识到，如果不改变自己的境遇，有一天，他与锦年在一起吃饭也会遭遇同等眼光。不是别人势利，而是你们就不在一个层次。癞蛤蟆要吃到天鹅肉，除非天鹅掉到地上，或者癞蛤蟆飞上天。陈勉终于撇下面子，去了安安介绍的大公司转行做销售。

　　他想学着去做一个白领，可是发现要融进去异常艰难。比方说，虽然都是中国人，可大家偏偏都爱起个洋名字，话里话外爱夹杂着几个洋单词。他经常听不懂，不得不请教，却鲜有人愿意费口舌解释。有次，前台海伦跟他说，我们大家给你起了个英文名字。他挺高兴的。问叫什么。海伦掩口笑道：White。他喜滋滋笑纳。不久之后，从人家边叫他边瞟他鞋子的举动中，才知道给他起这样的名字无非是嘲笑他穿皮鞋的时候衬白袜子。

　　他还犯过很多低级错误：单穿衬衫的时候没把最上面的纽扣松开；大家一起吃饭的时候，经理夹菜他转了桌；体恤怀孕的同事把她分内的事做了结果反招来仇恨……这些小错，一句话的事，但没人会来主动提点你，只能指望自己在某天茅塞顿开。

　　虽然是销售，很长一阵子，他没有办法出去打单，被支使去这家那家公司讨债，在别人的公司，他没有自己的办公室，自己的办公桌，只是兜来兜去，赔着笑脸，帮人打杂，只为在下班的时候，跟对方主管怯怯说一句：

某总,我们的钱什么时候打过去呢?

陈勉不是个扛不住压力的人,他的自尊有反作用力,越是屈辱越能激发他的斗志。但是有一天,他发现情况好像变了。大家对他恭敬起来,不再叫他 White,不再要他去传达室取快递,出纳跟他说销售有交通费、招待费的名目,该报报,经理破天荒带他出去见客户,向他传授机密。然后有天,经理问,跟沈先生是不是很熟?陈勉说不认识。经理笑着说,别瞒了,他妹妹跟我说,你们是从小玩大的朋友,好得像穿一条裤子似的。

陈勉方知,安安一直在打探他的近况,在知道他的困境后找她哥哥通融了情况。陈勉为留得最后的尊严辞职。之后,他在一家化工厂做质检。污浊的环境与没白没夜的工作将他的病根勾了起来。他时常咳嗽,被工厂劝退。躺在花 300 块钱租来的没有暖气没有窗户的小平房里,他感到了绝望。

绝望让他想到锦年。那个滚烫的夏天,阳光透过林子铺洒到彼此身上,气温与体温和在一起,他觉得自己好像要燃烧了,汽化……不远处,运河上的汽笛声声低吼,时轻时重。他是不是做了一场梦呢?

他于是问安安要了电话,打过去。

在医院里,他靠在我身上,把两年细细诉来。

我哇地哭了,因看到内心的惭愧。我安然享受天之骄子的待遇,他却在阴暗的角落为生存挣扎。

7

那晚,接了陈勉的电话后,是沈觉明将十万火急的我送至北京,然后将孤独地躺在租房内奄奄等死的陈勉送去了医院。

托人找医生，办床位，上下跑着交费。幸亏他跟过来了，否则我都不知道怎么处理。

其实那晚，下飞机后，我曾自私地跟觉明说："待会儿我打车，你就别跟着了。该去哪去哪。"

他大概从没见过我为一个人如此郑重的模样，虽然不舒服，但也难免好奇，说："别这么快杀驴，跟你说我还有用。"

幸好他来了。幸好他还有头脑，否则靠我一人，除了哭还能干什么呢。

陈勉做了一个常规的手术，术后病情稳定。

觉明陪我待了两晚，很快就不耐烦了。也许是他看出我的感情，这是他从来没有得过的。我和他固然相处得不错，更像朋友间的欢娱，没心没肺，没有约束承诺，也没有将来，只是浮萍偶然碰到，擦一下肩头问声好那种。我从来未曾为他流过泪、伤过怀，犯错了，轻描淡写几句也就过去了。而他，经过我的几次漫不经心事件后，大概也唯恐自己不幸沦为了浮萍，向我交心的时候选择不惊动我，如果得不到回应，他会收回，保持退场时失落的优雅。

陈勉动手术的那个晚上，他去外边吸烟。回来后，坐我旁边的塑胶椅上，腿伸直，说："他是谁？别跟我说是你哥。"

我根本不想在这时跟他争执这个问题，径自看着手术室门，没做声。

他继续："对你来说，这也许是个次要的问题，对我来说却很重要。你回答我。"

我听出他语气中的正经，这才回过神，简练地说："是，我妈妈收养的哥哥，没有血缘，他是我的初恋。"

觉明没了声息。

陈勉不久后被推出，医生道：一切皆顺利。我守在病床，满心都是劫后的欣慰。我忘了觉明，对于他，我再次选择用"漫不经心"来伤害。

也许要越过青春，才能知道青春是多么自恋的一段时期。那个时候的我们喜欢一切虚幻但是闪光的东西，比如肥皂泡，比如烟花，比如一个伤害你的男人。因为我们有精力和时间去承担失败，去接受大起大落的爱恨。而那些被无视、被扔掷的,因为安全系数太高,缺乏挑战的刺激,被青春自动格式化。

我,在年轻的时候,因缺乏智慧,也不能例外。

有时候想,爱情之所以要兜那么大圈子,付出惨烈的代价,是因为它生不逢时。拥有它的时候,我们缺乏智慧,等我们有智慧的时候,已经没有精力去谈一场纯粹的恋爱。

陈勉睡了一晚,又输过液,精神大好。久别重逢,他说我漂亮了,我嗔怪着他几年不留音信。他叹口气,跟我诉说经历。说完,道:"当时想,要混不好,也就不见你了。"

男人总要现实些,知道感情是多么脆弱的东西,没有经济的维系,哪有天长地久可言。

沈觉明敲门,点头示意我出来。

陈勉问:"他是——"

我回:"安安的哥哥,你住院是他帮忙的。"

"哦。"陈勉恍然了下,欲起身当面致谢。我制止他,"你别动,我帮你谢,一样的。"

等我站起来,沈觉明大概看不下我们的黏糊劲走了。

"等等——"我一路追到电梯。

他最后停下来,侧过身,"怎么啦?"下巴不耐烦地微扬着,这副看人的样子让我觉得我好像欠扁。

见我要动嘴言谢,他赶忙封住,"别谢我。我从来没想着帮他。"

我狡黠地笑了,伸出手,"嘿嘿,我们是哥们儿,说什么谢啊。我只是想问你借钱。我还需要钱。"

"谁跟你哥们儿。"沈觉明拂落我的近乎,"我不是慈善家。"

我决定不跟他啰唆,直接动用武力——欠身过去就抢他公文包。他也没跟我夺,我顺利摸出他的钱包,他囊中羞涩,里头只有300块现金,我统统拿走,同时相中一张金卡。

"有没有密码?"

他挥着手机说："我打算报警，告你抢劫。"

"打吧，把我抓去派出所，让警察叔叔教训我一顿，然后你再把我保释出来。你要不嫌烦的话，我挺乐意受教育的。我是好孩子。"我又套热乎地挤下眼。

他摇头笑了，露出满口可做黑人牙膏广告的洁白牙齿，"给我个理由。裴锦年。"

"什么理由？"

"你凭什么对我理直气壮？"

"我……"我张口要说，忽然胆怯，是啊，我凭什么强盗一样拿人信用卡，他是我谁？安安的哥哥，安安的哥哥又不是我的哥哥，就凭我们俩长着一副夫妻相吗？可那也有待于时间去证明啊。

"说啊。"他不咸不淡地逼问。

"嗯。"我清了清喉咙，"你不讨厌我，我知道。"

"我很讨厌。"

"你其实不讨厌，要不你先问问你的心。"

"你怎么能这样肯定？"

"我，眼睛毒，我看到你的心，它说——"

"说什么？"

"把我的钱统统拿去吧，我的全是你的。"

沈觉明摇头，无耻之尤大概指我。可他偏吃这一套。

他笑后有点惘然，"你对别人也这样吗？我说对床上那位仁兄。"

"他叫陈勉，你该尊称陈先生。"

"陈勉？"沈觉明眉毛挑了挑，"陈勉，陈勉。"他念了几声，恍然，"想起来了，安安去年曾央我给她朋友介绍份销售的工作，是他吧。"

"是的。"虽然安安从没告诉我她跟陈勉在京的事，但我已从陈勉嘴中得知。

"见鬼。"沈觉明嘟哝道，"我以为是安安的男朋友才鼎力相助，没想到——"他尖利地瞟我一眼，气冲冲地进了电梯。

这人真没素质。我心想，转过身。蓦然看到陈勉，站在走廊的出口，他居然过来了。

我连忙上去扶他，怕他误会，未免忐忑，然而陈勉只是靠着我，没说什么。

安安下午就来了，很显然是沈觉明多嘴了。

她额上有密密的小汗，显见是接过电话后第一时间杀过来的。这样的热切，连我这样迟钝都能猜出她所系何在，可她却要生生刹住自己的感情，对我笑，"锦年。"

她的笑容有一半的尴尬。去年，我来京跟她共度生日，她应该已经知道陈勉的行踪，却对我守口如瓶。我一直以为我们亲密无间，原来已经有了隔阂。

曾经的三位一体，曾经的温润岁月，原来并不是一种平衡的关系。

总会碎掉的。

但是我对安安并不生气。相反，在她面前，我不仅有谢意，也有愧意。我感谢她把陈勉从一无所有、贫病交加的状态下带到北京；我也惭愧，安安可以义无返顾地找他，而我却几乎忘掉他。

爱满而溢。也许是我太过幸福，因而并不知道惜福。

我热情地招呼安安坐。她找张凳子，机械地坐下。陈勉在床上输液，本是闭着眼，此刻睁开了，对安安安静地笑。如此，安安才微微地放松，敢与陈勉的目光相接。

"没有事了。谢谢你哥哥。"陈勉温言。也许是一语双关，恕我有点麻木。

"我……"安安似乎有点惭愧，低下头，良久说，"我应该明白你，以后不自作主张了。"

陈勉嘴上还是有淡然的笑，看上去亲切，其实疏离。安安似乎要说什么，有点拘束。我站起来，"我去那边问问退房的手续。"

我留安安和陈勉独处一室，我不是很清楚他们会聊什么，也不是很清楚他们有什么纠葛。但是回想陈勉与安安的过去种种，他们生出点情愫，虽然在意料之外，却也在情理之中。感情这种事，谁又能把握呢。

我与护士小姐没边际地闲扯一通，回去，安安已出来了，靠着门边的墙，仿佛在回味，也仿佛在忧伤。

楚楚可怜的模样，真叫人留恋。

"安安。"我叫她，"一会儿一起吃晚饭吧。"

安安说："不了。"

她必是不能容忍让自己在爱的人面前成为一个处处受制的配角。安安看着隐忍，实际强韧又高傲。

安安摸出一把钥匙，"让陈勉搬过去吧，我租的房子，已付过一个季度的房租。"她把地址抄给我。

还是安安心细。陈勉自己租的那间破平房简直没法住。没有浴室厨房不说，暖气也没有，虽说已过完冬，但是北地春寒料峭，比冬天还要寒冷。最叫人无法忍耐的是，四面墙没扇窗，关上门，跟住在墓地没啥区别。我本来也想着出院后坚决不让陈勉住那鬼地方。

我接了钥匙，陪安安下楼。在医院门口，我踌躇再三，还是问："你爱陈勉吗？"

安安说："是的。"

没想到安安回得这么干脆。我倒是怔忡了下。在怔忡中，安安离去了，脚步款款，跟她哥哥一样，退场的时候，保持着失落的优雅。

落日余晖擦着青色屋角切过来。一群鸽子冷冷地掠过。

8

说服陈勉接受安安的馈赠是相当困难的事。但是出院那天的窘迫遭遇出人意料地帮了我的忙。

陈勉说，医院离住的地方不远，坐公交吧。

我们便坐公交。

非上班高峰，可 300 路车还是拥塞不堪。因为天冷的缘故，窗户紧闭，空气因而污浊。没过多久，陈勉的脸就憋红了。我知道他想咳，却害怕遭人白眼。但是咳嗽是抑不住的，憋的后果只有更加可怕。咳嗽最后冲出来时，如开闸之水，汪洋肆虐。周边人纷纷退避三舍，硬生生在如此狭窄的空间让出一圈空余来。

我们是空了，别人是更挤了，有人看不惯，对乘务员嚷嚷说："哎，管不管啊，别有传染病的……现在人怎么一点公德心都没有……病着，病着打车啊。"

我要回击，陈勉拉住我，断续说："算，算了，我们下站下。"

我伸手环住他，"你对着我，我不怕。"陈勉将脸伏在我发上时，我能感觉他身体竭力控制的颤动，这个时候的他不过是一个脆弱的孩子，我是他唯一的依恃。

回他那间小黑屋前，考虑到屋子冷，我和他一起去超市买了个电暖气。

刚进院子，迎面碰到房东。她眼睛朝着暖气瞟来瞟去，清清嗓子说："电费是不包括使用这个的。如果用，得额外算钱。"

"多少？"陈勉问，他房子没有装分流器，无法确知用电量。

"100。"房东道。

"怎么要 100 呢？"陈勉有些急。房租一个月才 300。他平时除了用个灯泡根本没有什么耗电量。

"100，都算便宜呢。你不看看这电暖气什么功率。你要一天到晚开呢，我不都得算着呀。"

我气不过，对陈勉说："咱就不住了吧。这破房子，没暖气，没窗子，还要受人气。"

"哟，你这 300 块钱想住豪华公寓啊。"房东拖着声腔道，"北京有的是房子，想多大多大，想多好多好，有本事你找去啊。我还不想收一个有病的人在这里呢。晦气。"

沉默。我感觉陈勉抓我的手小鱼一样跳了下。片刻，他沉声问我："你说的那房子，租了吗？"

"租了。"我倍感振奋，"租金付了，精装修，家具家电一应俱全，已经找人打扫过了。"

"咱走。"陈勉说得坚决。

房东这时有点慌，拦着我们道："怎么说走就走呢，不是要住满一年的吗？说住一年，我才把房子租给你们的呀。当初有很多人看中这房子的。我租给你们这也是一个条件啊。"

"不好意思，你留给别人吧。"我们绕过她。

这天的经历，给我们上了很生动的一课，真正是，身无分文颜面无，腹有银两气自华。

搬进新房的第一个晚上，我被咳嗽声惊醒。起身，拧亮灯，灯光随着门铺至客厅，陈勉蜷身一上一下俯伏的背影便凸现在眼前。

我倒一杯温水给他。他坐起，接过，说："吵你了。"

也是因为怕吵我，他坚决不愿与我共处一室。

他喝了几口，略略平复了下，握着杯子看我，不知道是不是灯光昏暗的缘故，他的目光看上去有点迟滞。

我靠近他，想问他"好点没？"可看着那空洞迷茫的目光，忍不住凑上前亲他。他想转开脸，已经被我攀紧。

"别，没好……"他仍旧抗拒着，终于难敌我辗转的热情。如果温度可以给人希望，我愿意焐热他；如果病痛也能过人，我希望为他分担。

灯光与夜色镶嵌在一起，昏昏沉沉。这如同我心底的感情，已分不清是思念还是怜惜。

"我很害怕。"他喘着气对我说，"怕我让你失望。这两年，没见你，就是对自己失望透顶。"

"其实，不是你的问题。"

"对，我没错，可我要背负我的命运。"

"你还是回去做销售吧。自尊不要那么强，安安是好意。"

"锦年，你知道看到你和沈觉明在一起的时候，我什么感觉吗？"

我说："对不起。"

他眼睛灼烫，像淬过火，"刚刚我一直在想，尊严，尊严究竟是什么？赤贫如我，守住尊严，与其说是对生命中高贵的东西保持敬意，未若说是在为自己的软弱寻找借口。我什么都抓不住，只能靠虐待自己来证明自己，以为在别人眼里是光辉，可是一个渺小如尘芥的人，谁会多瞥你一眼？在残酷的生活面前，只有身份、地位、金钱是实在的，安全的。无论用什么方式得到，必须要得到。否则，你，就算不跟沈觉明在一起，也会跟别的人在一起。爱情以及生命中的美好，于我都将是一种奢望。"

我听着他的激愤，竟说不出劝慰的话。

我也许可以说，我不是这样，我不会为钱去交换爱情。然而，对陈勉来说，要享受这个物质世界，难道不该是往上走吗？有个很弱智的故事，讲穷人晒太阳都觉得幸福，富人就算朱门酒肉臭也不幸福。我不能说谁绝对幸福谁绝对不幸福，但这个故事要不是穷人自己 YY 出来的，就是既得利益者为稳定秩序给穷人打的精神鸦片。

陈勉又道："锦年，我原本对人生没多少期望。生活不如意，连父母都遗弃了我。我跟你说过的，我不是我爸亲生的，我只是他领养的孩子。至于我父母是何人，我没追问。一开始是愤恨，后来是觉得无聊。谁生的有什么要紧，跟我什么相干。我没有受过出生的丁点好处，现在大了也不再需要什么恩惠，当然抱歉更不需要。我，和那个也许还在的父母，就这么遗忘江湖吧。锦年，我现在只有你。"

我的心像一张密布划痕的唱碟，泛出星点尖锐的疼痛。

我于惭愧于疼惜中紧紧将他拥抱，以为自己的胸怀足能够把他的一生收容。现在想来，当时的念头真的很幼稚。

灯光暗了。

9

陈勉放下自尊要一份有发展前途的体面的工作。我反正没有自尊，厚颜无耻地让安安约见沈觉明。

饭局安排在家里，因为在外边档次高的请不起，低的不受人家待见。我知道沈觉明先生对吃的环境和氛围还是很讲究的。

晚上，安安和她哥哥如约而来。安安拎一盆绿植，开蔵蕤的白花，放到室内，满室皆香。

沈觉明两手空空，只带了一张嘴，一半来吃饭，一半调笑我。他一上来就指着我的围裙说：什么时候成贤妻良母了啊。

"一直是啊。只不过你没机会见识。"我笑呵呵回应。

陈勉也从厨房出来了，他与沈觉明差不多年纪，也差不多身高，可是两个人站在一起的时候，差别还是显现出来了。无关长相，只关气宇。

安安为两人介绍："陈勉，这是我哥哥；哥，这是锦年的哥哥。"

我接一句："补充下吧，陈勉，裴锦年的男朋友。"

闻言，三人均变色。反应是不一样的，陈勉是错愕，安安是失神，沈觉明是心花怒放，我真的不知道该厮干吗要这么为我高兴，我也不是那种嫁不出的人，就算嫁不出也轮不到他为我操心。

沈觉明笑容可掬地摇着陈勉的手，"久仰大名，如雷灌耳。"

"哪里哪里。"陈勉连连自谦。

我和安安进厨房收拾，安安的表情已经风平浪静，只对我说，我哥他估计很失落。

"没看他那么高兴，他不定想，终于有个人可以管管我了。"

"不是的，他跟你交往两年了吧？"

"谁跟他交往。"

"你也许不承认,可跟你说,要不是他对你有点意思,吃过一次两次饭后,他绝对不会再答理你,哪怕你是我的好朋友。"

"这样啊,我很荣幸,不过他也没跟我表白啊。当然说了也没用,感情的事,不能勉强,我只把他当,表叔。长辈。"

"表叔?"安安困惑了。

"亲切到可以揩点油的那种。"我心情很好。

菜一一端到台面。

沈觉明与陈勉正坐在沙发上攀谈。说攀谈,是尊重沈觉明先生了,称审讯可能更确切。因大多时候,都是他问陈勉答。他趾高气扬,陈勉卑躬屈膝。他像达官,陈勉像斗民。如:

"你哪里上的学?"

"……柳州。"

"什么学校?"

"我只念到初二。"

"……怎么认识锦年的?"

"我父亲与她母亲认识。"

"现在哪里高就?"

"失业待岗。"

"以前在哪里做?"

"最靠前的一份工作是一家化工厂。"

"做什么?"

"质检。"

"安安说你做过销售?"

"托你的福,就在你公司,不过没有入门。"

我听不下去了,放下菜盘子,道:"沈觉明,你以为你被人称声什么烂总,就能居高临下俯视众生啊？"

"小姐，我惹你了吗？"沈觉明仰起高傲的头颅。

"哎，有点素质好不好，到人家来做客，就礼貌一点，做不到，装得礼貌一点也行啊。"

"请告诉我我哪里失礼？"

"你这盘问的语气就很失礼。我告诉你，我最看不惯你这号人，你以为你过着人上人的生活就是你本事啊，无非你运气好，会投胎。要不是我们芸芸众生在给你做着分母，你能做分子啊。拽什么拽。"

沈觉明大概从来没听说过这号理论：他出头是因为别人都缩下去的缘故。略略迟钝了下，他立刻反击："裴锦年，你怎么像只老母鸡？"

"你说什么？"

"好像我伤害你的什么了，你要跳出来护雏。"

我偷瞄陈勉，陈勉面目平和，嘴角略翘，带着点看好戏的态度注视我和沈觉明的口舌之争。

"我……"我有点怯场。

"你什么呀？被我说中了，心疼？"

"心疼？哈哈，我就心疼。我就看不惯你。"我只能耍无赖。

沈觉明笑容怒放，几乎有些挑衅地说："看不惯怎么着啊，我就拽了，那个什么，你男朋友叫什么来着，陈，陈先生，你失业在家，估计也不乐意被女人养，需要鄙人帮忙弄口饭吃的话请张嘴。鄙人的好心情只在这一刻。"

"有本事兼济天下，马路上乞丐多着呢——"我顶嘴。然后我见鬼一样听到陈勉不卑不亢地说："谢谢沈总肯帮忙，我的确需要一份工作。"

我歪过头。这哪里像陈勉的作风，即便要求沈觉明提供一份职业，也不该在这样受辱的情境下。

沈觉明脸部迅即掠过缥缈的笑，刻薄道："你能做什么？有在通信行业工作的经验吗？能分析解决各类信令数据故障吗？有 GSM 网工作经验吗？参与过大厂家的方案吗？英语几级？抱歉，保安、仓库保管、客服我都不需要……"

"你说的那些，我都没有经验，但是我可以学。起步虽然迟了点，但我有诚意。"这番憋屈的话，出自自尊心极强的陈勉嘴中，简直让我听不下去。我打断："沈先生，可以了吧。"

"哥，"安安也插嘴说情，"让他在你那里学点东西吧。他技术若做不了，可以做销售，以前有个肖经理也说他有潜质。"

"搞清楚，不是我们求你，是你刚说了大话，你想反悔，无所谓啊。"我吹冷风。

沈觉明晒笑，对陈勉，"你要我看在两位女士的份上帮你一把吗？"

"如果方便的话。"陈勉从容答。

沈觉明扭头，"我会考虑。先走了。"走前，他眼角余光掠过我，我感到了仇恨的火焰飒飒作响，可是我兴高采烈，差点手舞足蹈。我追在他屁股后头，殷切道："沈总走好啊，不远送了。"

一周后，我和陈勉双双回了南京，因陈勉已经被畅意聘为正式员工。

火车上，我问他何以会如此低三下四。陈勉淡然一笑，"尊严，也要分人分场合。"

我说："你小心点，沈觉明那厮气量小，搞不好他会给你小鞋穿。"

陈勉看我一眼，缓缓道："你跟他很熟吧。别看你们斗嘴斗得凶，旁人看在眼里，反觉得你们交情不一般。"

啊？我傻眼了。

10

陈勉到了南京，即被派到一线熟悉业务，我们实际上并不常见，相比起来，见沈觉明反倒容易些。第一次，是我主动，问妈妈要到钱后准备还他。

跟他打手机，他不知道是不是吃错药了，摆出官架子，冷冰冰道："不好意思，找我秘书预约。"

我差点"靠"出声，借钱是大爷，我还懒得还呢……可谁叫咱良心大大地好，还是毕恭毕敬地预约去了。

会面被安排在两日后下午，我提前十分钟到达。沈觉明的秘书安排我在小会议室等待，说："沈总正好来了个客人。"听在我耳朵里，是他故意要放我鸽子。

沈觉明姗姗来迟。他进来的时候，我已经歪在皮沙发内睡着了。

他拿本宣传册砸到我身上，我吃痛，醒来。想要愤怒几句，他先开口，"你睡相特别难看，以后别在大庭广众下丢人。"

"我丢谁的人了啊。"我嘀咕，也不跟他一般见识，"日理万机的沈觉明先生，耽搁下你的时间，我是来还钱的。"说着，我从书包里掏出存折，"总共56498，我还你，56500。你别找了，多出来的当小费。"

他打了分机，不久后，他秘书拿了两元钱过来。我讪讪地接过，道："咋这么客气呢，咱谁跟谁啊。"

秘书走后，沈觉明盯了我道："气色不错啊。有男朋友滋润就是不一般啊。"

我窘迫道："怎么这么说呢，那，什么，不是被你派在开发区吗，我都好长时间没见人了。"

"声讨我来了？"

"不。要谢谢你，下次我们请你吃饭。哦……你，精神倒是不怎么样。"沈觉明的确有憔悴之相。

"还不是被你气的。"他刚脱口说毕，即冷下脸，烦躁道，"没别的事了吧？"

下逐客令了，我乖乖地背上书包。

走至门口，却听沈觉明叫我，"锦年。"这一声，分明很软。我侧过身，他蹙着眉,手向前伸了伸,真分不清是留恋还是厌恶。我咧嘴笑了。他说:"你笑什么,你父母没教你起码的礼仪啊,再见都不会说。"

我忍住笑,"再见,表叔。"

"再见,表侄女。"他煞有介事。这个人,我实在难以想象他如何管理一个企业。

但是前不久,陈勉在电话里却表示了对他的欣赏。他这样跟我说:"沈总对底下人很好,疑人不用,用人不疑,听得进意见,能容人。公司的薪酬、福利机制也非常健全,下面的人个个铁了心地为他卖命。"

"对你呢?"

"是我气量小。起初觉得他放我到基层,天天做最机械的活,是有意整我,现在觉得他做的是对的,做任何事都得一步步来,我必须先知道最底层的砖瓦,才能了解殿堂的奥妙。上次跟师傅一起出去谈判,哦,我们的一些活是外包给小厂家的。我因为去得早,在对方工厂转了一圈,拍下了对方工人在厂间抽烟的场景。后来谈价格的时候,我拿此作证据,硬生生迫对方降了2个百分比的价。沈总知情后,给我发了5000块钱的奖金。"

"你能不能不要老沈总沈总的。"我心里是高兴的,说不上是为沈觉明的风度,还是为陈勉良好的开局。

陈勉笑道:"行,私下咱不这么叫。锦年,你生日我争取赶回来跟你一起过。"

结果我生日那天,陈勉被临时派到苏州去处理一起售后纠纷。

我收到他电话,也没怎么失落。因我每天都像在过节,轮到真正的节日,也就显不出特别的隆重。

我在食堂美美地吃了顿,额外馈赠自己一只肥硕的鸡大腿。我们食堂没什么好吃的,只鸡腿是一绝,同学们打赌必拿鸡腿做赌注,若是在学校请客,鸡腿也是必不可少的一道菜品。名声传出去后,遭到附近学校的学子垂涎,每次购鸡腿,必要早半个小时排队。尽管如此,也未必能如愿,只能望别人的饭盆兴叹。

我吃得满嘴流油,正抹嘴之际,"鸡群里一鹤"引起了我注意,不只我在注意,其余人等也在骨溜溜转眼珠。哎,那家伙要不引人注意实在太难了,因他虽褪下了西装革履,一副成功人士的派头还是难以掩盖,何况该成功人士还张头四顾,摆出殷殷寻人的架势。

我拿起饭盆,从他身后跃过去,"嗨,找谁呢?"

他好像已经料到我会从一边蹿出来,一丝诧异也没有,蹙眉看着我的饭盆,说:"吃了?"

"你不会来找我吧?"我醒过神。

"你说我干吗找你?"他一双眼斜觑着我。

"不晓得,兴许你也想吃我们食堂的鸡腿。不过现在没了。想吃的话,我明天给你买。"我抬头看看四周,发现自己已经有沦为景观的迹象。正在我琢磨着如何全身而退的时候,有女生来救场了。

"觉明哥哥。"该女生巧笑着面对他。是个会让男人心尖一颤一颤的美人儿,一头直且黑的长发,一双大且媚的杏眼,最可怕的是还有一口嗲且甜的娃娃音(若干年后,我在一位叫林志玲的台湾同胞身上听到同样的嗓音)。

"你怎么不给我电话就来了?不过,真的很惊喜。"女生嗲里嗲气地说。

我敲敲饭盆,朝沈觉明挤眉弄眼了下,就退出了大款和女大学生的暧昧风景。

晚上在教室温习英语,状态破天荒地好。回到寝室已快熄灯。上铺小潮从床上蹦下来,急急道:"你可回了?"

我莫名其妙。小潮道:"表叔打了好几次电话来。我上上下下爬到脚抽筋了,书根本没法看。要不是看他面相好,早骂了。"

正说着,电话又来了。我抓起,未及发声,对方的咻咻怒气就传来了。

"裴锦年——"

"你怎么知道这回是我?"

小潮在边上笑,"他每回都这样开场,好像整个宿舍就是你一人的。"

"你先前为什么走开?"

"你不是有约吗?"

"是有约……也要容许我给你介绍一番啊。"

"没这必要吧。我又不是安安。哦,沈觉明你是不是有恋童癖?"

"你说什么?"

"你怎么尽喜欢我们这些不成熟的家伙。"

"谁说我喜欢你?"

"嗯,啊,那什么……你有什么事吗?"

"本来有要紧事。此刻,没了。"

"好吧,那,晚安。"

"你敢挂电话?"顿了下,他突然软声说,"锦年,你下来,我在你学校门口。"

听着360度转弯的声音,我的心像系了皮带似的嗖地紧了下。

沈觉明正靠着车静等,不知在想什么,目光淡远,神出鬼没。指间含着烟,抽的时间少,烧的时间多,红红的烟眼明明灭灭,很像一朵幽静的花,不知道什么时候开的,也不晓得什么时候将亡。

其背后是岑蓝的夜,镶一牙薄月,风吹起的时候,有云袅娜着游荡过去,将月覆灭。已经是春天,风轻触枝枒、捎动发丝的时候并不觉得凉,反倒暖暖的,渗到心上,有草木萌芽的感觉。

此情此景,不知道为什么让我想起王维诗的意境。

"人闲桂花落,夜静春山空。月出惊山鸟,时鸣春涧中。"

人在静中沉寂久了,才能感觉出自然纷扰的律动;相反,久居闹市,也会有大隐隐于市的惊喜。动与静的关系,可能在每个人身上都会存在,但是却需要用心去沉淀。

他没看到我,因为我站在一蓬树的暗影里。观察用好了角度,会有异样的发现。就像此刻,我眼中的沈觉明,与往常并不一样。他不是表叔,也不是朋友的哥哥,也不是那个与我斗嘴的简单明朗的大男孩,是什么呢?我不知道,只是心内突然起了点莫名的烦恼。我背过身,想不声不响地回去。

就在我转身的那刻，有声音清楚传来："锦年，来看看这个家伙。"

我心咯嘣了一下，肋骨紧了。

偏过头，沈觉明并未朝我看，但是完全感知了我，包括刚才我无礼的注视和浮想联翩的揣测。

"过来。"他这才朝我眨眨眼。

我到他身边，他摊开左手心，里面有一个尾部亮闪闪的小虫，随着掌心的松开，小虫背着灯笼飞走了。

"锦年，生日快乐！"

我没有回应，因这礼物实在太别致，让我一时之间无法表达内心的真正谢意。

"很可爱的夜晚，不在外面走走可惜了。"也不待我回答，他接着说，"你一定不介意请我吃点什么吧？你虽然小气，但心肠还不赖。"

我们一前一后向学校附近一条林立着各类廉价饭馆的街道走去。

天好的缘故，马路上有不少游荡的学生。夜排档也摆出来了，挤在马路边，飘着家常的香气，营造出人间烟火的样子。

我拉开一张白色塑胶椅，"就这里吧，我常来，这里的螺蛳不错。"

便扭头对大师傅吼："酱炒螺蛳一份。你要什么？"

沈觉明要了啤酒和几个小凉菜。

我给他斟满，我倒酒技术不好，泡沫肆无忌惮地涌流出来，沿着杯口堆到桌面上，仅一会儿，泡沫就跳着隐去，恢复了液体的本来面目。

我跟他干了一杯，"谢谢陪我过生日啊。"

"谢谢请我吃饭啊。"

螺蛳上了，我嘬着吃，忙得不亦乐乎。沈觉明在边上道："你情色功夫敢情好。"

我一惊，螺蛳差点滑到喉咙里。看沈觉明，他脸上还浮着怠懒的笑。

他说："突然想起看过的一篇散文来，上面说，南方人爱吃螺蛳，又吸又吮，所以吻技高，北方人不吃螺蛳，情色功夫就差。"

我忍俊不禁，"你不也南方人吗？"

"可我从不爱吃这类玩意，很不雅观。"他盯着我一抽一抽的嘴，"你好多习惯都很没风度，可不知为什么，落到你身上，又觉得挺自然，没法让人讨厌……"

"我俗呗。你尝尝。"我挑一个给他。他立马摇头。

又喝酒说话若干，直到三瓶啤酒见底，螺蛳壳堆满桌子。抬头看天，依旧月白风清，可我脑子开始沉了，只好趴桌上，声音从臂弯中细细地出来，"今天这个女孩子，是你女朋友吗？"

"交往中。"

"什么系的？"

"外语，今年就毕业了。她爸爸和我是生意上的朋友。"

"这就是所谓的门当户对？蛮好。叫什么名字？"

"顾盼。"

"啊，好名字。就是走几步还要回过头看看，很有风情的样子。"

"依我看，都没你有风情。"

"你说什么？"我猛直起腰，沈觉明今天说了太多爆炸性的话。他慢悠悠喝一口，解释："风情可不是风骚，是道德的一点点倾斜。"

我还是不明白。

"它是很多细节。比如，你会给我写那些乱七八糟的信，把人的胃口吊起来，可其实不知道你想干什么。你自己都不知道干什么，是一种天性。……我记得你给我抄过一句诗，提到忍冬花，"沈觉明挂着淡淡的笑说，"我苦想那是什么花，怎么没听说过，就查百科全书。"

"其实我也不知道。"

"你还抄一句诗，如果你现在没有房屋就不必建筑，如果你现在孤独就永久孤独。我想什么意思啊？我幸好不是流浪汉，也有很多朋友，否则就被你咒死了。"

我大笑。

沈觉明接道:"你就是有这种本事,让我深觉无聊,还要为你无聊下去。然后等你不写信了,我又觉得更加无聊。很空。"他殷殷看我,"你不写后,我才觉得,你和你的信已成了我生活的一部分。"他拿起纸杯,将剩下的酒喝光,也因此掩饰了突然喷涌的情感。

"你考到南京我挺高兴的。肯定比你妈还要高兴,因为我终于不需要过为你的信发疯的日子。"他手肘支在桌子上,用臂弯将自己笼住,一阵后,狠命摁了摁脑袋,"我好像醉了,刚才的话你就当醉语吧。"

我愣愣地说:"好的。"

他站起身,没有任何结语地拂袖而去。

11

陈勉的努力有了起色。待到我放暑假的时候,他已调回总部在销售部门供职。

他托我给他租房子,我存了私心,就在我学校附近找了一间。房子不大,四十平米。麻雀虽小,五脏俱全,可以洗澡、做饭,屋子略有装修,也不算太旧。我之所以相中是因为喜欢那家阳台。是个弧形的,比较开阔。若是摆上一张藤制的躺椅,旁边配几盆叶片很厚的绿植,是个极好的休憩之所。

也因着此,这个暑假我没心急火燎地赶回老家。

我怀揣着对待婚房的庄重心思,打扫与装饰。屋子是我的风格,带一点热带海洋气息,墙壁刷成淡蓝色,如被烈日焚过的天空,窗帘布缀满椰子树和帆船,桌布爬着斑斓的不知名的鱼。犄角旮旯散放着海螺和贝壳。

陈勉夸奖我说挺清凉的,每天都梦到自己在潜水。

我在学校住。只周末的时候,过来瞅瞅他。其实我不愿用"瞅"这个字,但没办法,他实在太忙了,除了工作,还要充电学习。我就算成心做了饭等他,估计饭菜凉了,我饿昏过去了,他也不会有丝毫感应。

就算有时间与他相对,他多半在干自己的事,有时间同我说上几句,肯定是请教英文语法。我后来也就知趣,不打扰他。所以很多个我以为可以花前月下的时光,都交付给了静悄悄流逝的时间。他在橘色的台灯下研究技术、管理、销售以及英文,我歪在床上看纷乱的杂书。柜子边插着我爱吃的优酪乳,看到兴奋处,我就哧溜吸一口。那段时间,我上下五千年地求索,心无旁骛、优游书林,有时候问陈勉什么,也不必要他回答,一个嗯,一个啊,时间充实,灵魂喜悦。后来再没觅着这样安静的时光。

陈勉也会关心我,我睡着了,脸上热出汗,他一边看书,一边给我扇风。我有阵子迷恋吃鸭脖,他总给我买,直把我吃厌了事。清晨,他上班前,会给我做好早餐,留张温馨的纸条,比如今天气温如何,适合干吗干吗。我离开房子之前,也会给他纸条,我写得很具体:Charming,我给你买了文曲星,就放在你书桌上。我要去兜售安利,今天可能不来了。要陪小潮剪头发,还要看电影……

Charming是我给他起的英文名,谐音,来自我某次灵感突发。因为充过电、有过几次成功的抢单经历并且修过边幅后的陈勉已经脱胎换骨。从外形看,他鼻梁高挺,嘴形丰满,衬出因瘦削更显高耸的颧骨,一脸峥嵘线角,点面清楚。从气质看,他看上去谦恭,内里又存傲气,摆明了一团和气,眉眼又抱着疏离,是个让人想近又近不了的人物。不若沈觉明,简单、热情,没有什么心机,什么都摆在台面,喜欢他的人恨不能肝脑涂地报答,不喜欢他的人横眉冷对抱胸袖手。陈勉从不允许自己有敌人,但是他也没有真正的朋友。沈觉明也许是个例外。

真正的对手难免惺惺相惜。沈觉明在发现陈勉的天赋后,不计私人恩怨一力培养、提拔,在我看来,也是非常了不起的举动。也没几年,他输在陈勉手中，我问他是否悔恨当年栽培，他只说：恰恰是我职场生涯做过的最有意义的一件事。塑造一个旗鼓相当的对手，需要魄力，也需要胸怀。

话转回来，这一日，我在超市做完促销已到晚饭点，因超市离畅意较近，我打算过去看看陈勉，瞅瞅是否能混顿饭吃。

下班时分，有三两的人出旋转门。

我到前台，报出陈勉的名字。前台问过我的姓氏后，打内线，不久捂住，说："稍等，陈助理正在通话中。"

我一直不知道陈勉的正式职务，现在想，有可能是销售部的助理吧。这个身份于他倒也是合拍。

陈勉的通话比较长，前台干脆放了电话。为了解闷，我同她攀谈，"陈勉是在销售部吧？"

"他前几天调到总办，做沈总的助理。"

我很吃惊。

"是的，陈助理一直做销售，这次调换部门，只是为方便做一个项目。沈总亲自带。"前台解释了下，又脸漾自豪的笑，"你见过我们沈总吗？我们同事私下里讲，他们两个要一起出马，如果对方是女老板，肯定没有拿不下的。"

我也笑。不久，前台把电话打通了，冲我点点头，"陈助理让你去顶层。顶层是我们的咖啡室。"

我进去后，赫然发现陈勉和沈觉明坐在一桌谈笑晏晏。我突然想，男人的胸怀(特指优质男人的胸怀)，是否要比女人开阔。因为在他们的生命字典中，感情不是那个最宏大的词。女性，则容易斤斤计较于情感，而后落入凡俗的陷阱。我不要这样。我要怀揣周游世界的梦想，缔造蓝天大海的胸怀。

很不幸，沈觉明先发现我，朝我抬了下下颌。我蹭蹭过去。又不知出于什么心理，在与陈勉打招呼前，我先去注意了沈觉明的脸色。他不甚愉快，搅着咖啡道："寡淡无味，跟速溶没什么区别。"然后抬起头面向我，正经说："好久不见。"

我巴结着说："哪有机会天天见您。"

他遂站起，瞥着陈勉说："给你们 15 分钟，待会儿继续开会。"

我知道晚饭泡汤了，陈勉也料到我找他的原因，给我要了一角乳酪蛋糕和一杯爱尔兰咖啡。

"你们很忙？"我问。陈勉略略跟我讲了下刚接的项目，因为有机会上战场，他倒是一副摩拳擦掌、意气风发的模样。

"没压力吗？"

"压力也是动力啊。"陈勉道，"以前做的都是几万的小生意，这次是千万的单量，竞争对手是 500 强企业，怎不让人兴奋。"有些男人是狼性的，陈勉就是。"对了，我明天出差去 W 市。"他又道。

"我也回。"我连忙跟道，"正好妈妈想我了。"

"我也不能带着你啊。"

"谁要你带。你别以为我一时半刻都离不开你似的。"

"哪敢这样想。"陈勉笑得眉目疏朗。

我们边说边笑。我无意抬头，忽瞥到了沈觉明的身影，就在外边观景阳台，手撑着栏杆俯视着整个城市，那背影临空而举看着很自大，却因暮色苍茫的缘故，又不可避免地呈现出一种被吞噬的落寞。不晓得为什么，我在刹那间稍稍失了神。

陈勉随他的老板沈觉明赴 W 市打单。

我回家，跟妈妈共享天伦。妈妈最近心情不错，因她手里的几只股票一路窜红，高唱凯歌。每天下班后，她都会很慷慨地约我外出吃冷饮,逛商场。

妈妈听说陈勉进畅意的事后，也很为他高兴。特意花不菲的钱给他买了一件雅各时丹的 T 恤，就是那个胸前有高尔夫球杆标志的牌子，妈妈觉得人要混到那种地步才算得成功。瞅妈妈心情好，我决定跟她摊牌，说我和陈勉的事。

"陈勉很出色。"

"基因好啊。"妈妈脱口而回。我心里一跳，想到陈勉说过他不是陈正东的儿子，妈妈知道吗？

"陈正东很优秀吗？你不是说他混得挺惨的吗？"

妈妈警觉，"你想说什么呀。"

"妈妈，我——"

妈妈突然悟到什么，有点惊悚地上下瞅我，"哦，你是不是，你们是不是——你老实告诉我，你们到底怎么了？"

我没料到母亲反应那么大，想也不能隐瞒一辈子，心一横，说："我喜欢陈勉——不止是喜欢，想毕业后——"

"你敢！"妈妈河东狮吼，把路人吓了一跳。

妈妈又气急败坏道："你怎么会看上他？他什么人啊，打过架，杀过人，没有文凭，现在混得不错，可能说不定是人家看你面子体恤可怜他吗？畅意不是安安家的企业吗？他有什么前程？"

"他靠自己的本事，不靠任何人。"我回。第一次觉得妈妈原来很势利，又道，"那又怎么样？人钉在耻辱柱上还一辈子超不了生了？再说了，那是他的错吗？你跟我说过的，他进牢是为他父亲，杀人是为自保。他之所以这样，就是出生的不公，他要生在我的环境，别说大学，别说赚点小钱，什么成就都能取得。"

听到"出生"两字，妈妈缄默了，她头疼，我看得出来。妈妈最后看我一眼，目光已经很软弱，"我不允许你们在一起。绝对不是看不起他，是——"

"是什么？"

妈妈摁住脑袋，"反正不能，等我想想，能不能告诉你。"

我不知道妈妈怀揣着怎样的秘密，心里隐约不安，像挑在担里的水，左右晃荡，不免要飞溅起来。可是，翌日下午，当陈勉来电说终于得空要约我重游运河时，我马上把妈妈的隐忧忘得一干二净。

我们约在崇安寺碰面。我早早到，在无聊的等待过程中，我给陈勉买了块表。一个上海的老牌子，以使用寿命长著称。其实，时间的形态一如生命，我希望他能够一直戴下去，固守住我此刻的心。

陈勉迟到了。一小时后才仓促赶到，他说："还以为要爽约了，沈觉明安排了晚宴请政府官员，本要我做陪，不过听说咱们约了，他就放我走了。"

"你跟他说了?"我瞪大眼,不明白自己为何这样介意。

陈勉摸摸我的脑袋,"你担心什么呀?小鬼。"他扣住我的手,我们第一次像一对恋人一样光明正大地坐上了前往郊区的中巴车。

血红的阳光从玻璃窗内倾泻进来,把我们半边身子晒得发烫。陈勉迷糊着眼睛,头一点一点的,仿佛要睡去。我则侧着脸看窗外:蹒跚蜿蜒的黑色小径,流溢清香的冬青树林,跳着色泽的闪光河面,还有顶着酷日三两行走的路人。一切熟悉又陌生,一如多年前。每次启程,我都感觉自己像一只首次迁徙的夜鸟,在暗中前往不能了解的终点。

到目的地时,天色已然暗下去,山前零星地散出几点灯光,淡淡的,融在暮霭中。那条曾被我无数次踏过的小道上,铺着半枯的落叶,被骑车回家的工人渐沥地碾过。"去厂里吗?"我问。"好。"陈勉答。他微露缅怀的气质。嘴角有上扬的笑,可见他对自己此番重回故地,还是踌躇满志的。物质的确能够包装人,不仅是面相,还带来内心的满足。

门卫已经换了人。以前胖胖的慈和的老爷爷换作了满脸青春痘的小保安,并且坚决捍卫自己的权力,不肯让我们进去。

陈勉想想索然,日子是寻找不回的,也没有再寻的必要。缅怀一如伤感都是优越感的体现。我们便摸去原先吃过鱼的农家旅馆住宿。老板娘在柜台上寂寥地就餐。陈勉叫一声。老板娘张着嘴认了半天,才恍然道:"小陈啊。"然后热情起来,"怎么来了?衣锦还乡?"

陈勉笑笑,并不多话。

老板娘指着我,"你,那个妹妹么?这么大了,越来越标致。"

客房很快开出来。老板娘又迅速在小院里支出桌椅,"还吃鲈鱼吗?今天有新鲜的蚌肉。"

"好的,都来。"

我们在院子坐下,老板娘跑前跑后地忙,忙得也很快乐,"很久没人来住了。我家老头子和孩子们都出去打工了。这里就我守着。有时候闲得慌。也去政府部门反映,说把运河好好整顿,可是政府的人总是很懒,说不好听点就是急功近利，短期内没好处，投资又多的项目他们不做。"

我暗暗笑，我想在陈勉眼中，这运河不开发总比开发好。

菜很快上完，分量都很大。

我剔着蚌肉，蘸着陈醋，一点点吃。黛色的屋檐上方冷冷地现出一弯月牙，院角一棵不知名的花树吐露芬芳，地上一层碎花，在晚风中此起彼落。

我望着陈勉，心旖旎湿润起来。

情随物移，景由心动，大致就是这意思。

晚上，我们去运河看星星，躺在肥油的草地上不知怎么睡着了。夜半被马达声唤醒。睁眼只见水天一片黑色，慢慢地才看清一棱一棱的浪峰。耳朵里滚进一阵阵浪涌，沉郁持久，间或被马达的尖锐刺破。风过来的时候，有鱼腥和水藻的味道，空旷、清醒。陈勉双手交握搂着我的腰，我舒适地枕在他的胸前。相通的气息，相通的体温，让我很想忘掉一切。

"锦年，你记不记得你在这里说要坐一只船去很远很远的地方？"

"嗯。"

"我说我只想在哪里安定下来，要睡到自然醒，醒来的时候有热饭吃。"

"嗯。"

"可是我想帮你去实现梦想，我相信我有这个能力。"陈勉仰望着浩瀚的星空，豪情四溢。

"我也相信。"我迷糊说。

他猛把我的身体翻过来，我趴在他身上，就像一个扎实的拥抱。他低低地凝视我，眼睛在夜色里清亮如星。

"锦年，你慧黠，灵动，很独特。……以前，你在我们厂里弹琴，我会在一边听。想象着有一天，你在舞台上，被一束镁光追踪，面颜如月光纯洁，你手下的音符错落如同流水，是我无法，无法追及的……我一直会想，我大概会坐在观众席最后一排，然后在你谢幕前第一个离开。"

"这是为什么呀？"我问。

他把我往上拉了拉，捧着我的脸，说："我怀疑我能否拥有美好。"

"傻瓜。"

"不过现在,我有了信心。"说毕,他以脸颊轻触我,气息全罩在我脸上,热热的,痒痒的,像虫子一样,让我昏头昏脑想起十八岁那个密吻如蚊的夏季。初恋的记忆一下子被激活。我箍住他的脖子,去捕捉那风帆一样饱满的唇。我想扬帆驾驭这次旅程,横冲直撞,直捣黄龙,但最终还是被驾驭了。我心里的灯不争气地自动关了,在黑暗中,随他沉浮。

他隔着衣服反复抚摩着我的身体,终于无法自持,将我的裙摆撩起,"可以吗?"他的嗓子很哑,声音完全被喘意隔住了,眼睛则亮得惊人,堪比这月色下粼粼的河面。我身体起伏,是被激情灼烧的战栗。意乱情迷,我什么都思考不了,只能闭上眼,随他融化。

后来,我一直想,若非沈觉明那个电话,我们是否要铸下大错。又想,若没有沈觉明那个电话,也许我们反能孤注一掷。什么伦理,什么道德,什么秩序,什么规则,让它们统统见鬼去吧。

12

沈觉明的电话来势汹汹。不知道是不是与陈勉挨得近的缘故,他在电话里头的威胁与咻咻怒意我听得一清二楚。

"我不管你在哪里,在干什么,不管你用什么方式,限你三十分钟内赶到酒店……不要跟我讨价还价,没有任何条件……后果自负。"

陈勉以为项目出了意外,跟我略解释几句,十万火急地去了。

我继续待在河边,有一点恍惚,一点游移,方才的激情经过沉淀,已经成为一鳞半爪的碎影。在脑海前闪回的时候,宛若在播放别人的情爱。

我难以分清我刚才的火焰是为着爱他，还是爱自己青春的幻象；是为一份凝固在记忆里的习惯，还是为尊重这份不离不弃的承诺。或许都有。感情在时间中发酵，回到心上，最终只是一份无从用理性分析的茫然。

那么自己是愿意的了，如果没有沈觉明的电话，我和陈勉的关系此刻已有了质的飞跃。我又问自己。答案是肯定的。我从来不违背自己的内心去做事，可是为什么，此刻，在陈勉离开后的河岸，我这样一遍遍地分析自己，好像怀揣一份怀疑在内。我觉得自己无聊，便以砂石击打水面。水与月的缠绵被搅散，惊惶地跃出动荡的金银碎片，又圈圈回归寂静。正是夜色最浓郁之时，我脑袋又沉了起来。

再次醒的时候，大概四五点的光景。夏日天色亮得早，曙色已爬起，粉蓝一条缀在远天。天空经过一夜的休整，分外清澈。

我打个哈欠，揉着被蚊子叮得红肿的手臂，睡眼惺忪地朝旅馆走去。

快到的时候，赫然看见旅馆前有人。准确地说，是有人在擦车，擦得很是带劲，让我联想到"虎虎生风"这个成语。这旅馆外客向来少，即便来几个，也多是附近厂家工人们的穷亲戚，像这样看上去有点档次的私家车等闲见不着，若这等精力过剩的神经质司机更是难得一遇。我非常诧异，诧异之后便有了一窥究竟的冲动。

但是在我扬声打过招呼，惊见对方尊容后，便恨不得将自己的舌头咬断。

那卖力擦车的家伙正是沈觉明。

他缓缓直起了腰，眼睛略略迷糊了下，然后像看到真正的猎物一样睁圆，放出灼烧的光。

他怎么来？他不是急着把陈勉叫回去处理问题吗？我还在一惊一乍的时候，一桶脏水已泼面而来。事出突然，我毫无防备，被浇个结实。水是他擦车剩下的，带着隔夜的腐臭与汽油的刺鼻味道。

啪。他把水桶摔在地上，却冷笑着说："不好意思啊，没注意。"

我本能地想反击，但因为狼狈，居然说不出话，只汤汤水水地淋着，手足无措，看上去就像一个犯了错受到家长惩罚的小孩子。可我做错了什么？

一愣神后，我往屋里逃。他两步三步跟过来。

"你想干什么？"我冰冷瑟缩。

他好整以暇，"这旅馆是你开的吗？"

"你凭什么泼我一身脏水？"

"教训你啊。你才几岁，不好好学习，就知道跟人鬼混。"他居然说得冠冕堂皇、理直气壮。

"我怎么样关你什么事？"

"我哪里想管你的事，是你妈妈见你夜不归宿，通过安安，辗转找到我那里，问陈勉在哪？我说你们约会去了啊。你妈妈急得直跳脚，要我马上把你们找回来。……我也不知道我是你家谁？半夜三更满大街找……原来你们躲在这里啊。够隐秘，够……"他说到此，竟然气得发抖。我怔忡一下，敢情他看到我和陈勉在运河边的画面。脸微微烫起来，可转念又想，那怎么样啊。他生什么气？于是我嘴硬道："要教训也是我妈妈，你凭什么？"

"凭什么？"他嘴角翘了翘，突然抓住我的腕，把我逼到楼梯拐角口，双目精光闪闪，一句话似乎就要脱口，又咽回嘴里，只眉眼闪过一丝沉痛。他放低声，"凭我认识你这么多年。我相信偶然，二十一岁时，你偶然进入我的生命，我一直把你当做是命运的馈赠。"

我第一次听他讲这么文诌诌的话，只觉得好笑，便真的咯咯笑起来。

他恼羞成怒，手上力加大，指便与我缠到一处，我无来由地一阵心慌，仿佛预感他要做什么，挣扎着扭过头。

"想躲？"他仿佛咕哝了这么一句，便沉沉凑过脸，声息渐要相杂的时候，楼梯滚下一串脚步，老板娘救我于水深火热中。

沈觉明手一松，我趁势挣开，溜回自己房间。

在刷刷的水洒下，我身疲腿软，脑子如糨糊，黏住了，只滚过几个单调的名字，闪过几个错落的场景。

与陈勉在草丛中翻滚，仿佛是多年前的余绪……

妈妈按着脑袋，微弱地说：总之你们不可以……

沈觉明握着我的腕，目中奇痛……

跨出浴缸，我用手把镜子上的蒸汽一点点抹干，然后看到自己一张矛盾的脸：脸色是苍白的，可嘴唇却奇异地红。

不知道怎么回事。

我闭闭眼，下意识要换衣服，却发现无衣物可换。昨天来前，实际上并未准备过夜。别说外面的衣服，就连内衣也没带。这小店也不提供睡袍。我只得拿浴巾将自己裹住，而后匆匆洗掉一件被沈觉明污染的衣物。

推门出去的时候，愕然发现沈觉明在，正仰面躺在房内床上。他怎么说服老板娘开的门呢？

顺着声音，他撇过头，原本烦躁的脸渐渐舒张，竟是安然自得地欣赏。

我吼："你滚不滚？"

他坐起来，轻佻说："这个时候，我能滚吗？"

双腿弹跳起来，似要靠近我，慌乱中我口不择言，"沈觉明，我知道你喜欢我，可我不喜欢你。我知道我是你的初恋，可你不是我的。对不起，你要再这样无礼，我叫人了。"

沈觉明的脚步便顿住。嘴角的笑却开得更盛，他讥诮道："见过自大的人，没见过像你这样自大的。谁说我喜欢你，谁说你是我的初恋？就凭你昨晚草地上的行径，也配吗？我不过把你当成……"

他没说完即摔门而去。

13

下午，我回到家的时候，妈妈颓然坐在沙发里。

"刚刚我跟陈勉谈了。别问我说了什么，总之我不会把你嫁给他。"妈妈抬抬眼皮子，仿佛已把精力全部透支，再无余力与我多言。

"我愿意，谁干涉得了？"我属于那种越挫越勇的人，阻碍只会激发我的血性。

妈妈道："你这脾气跟我一样，我会告诉你原因。可别接受不了。"听到这样的回复，我有些无着无落。除了陈勉的条件，还有什么理由可以分隔我们？还有什么原因是我接受不了的？我躺在自己的床上，怔怔地想着，只是不去排列可能的答案。我害怕。

黄昏时分，有电话进。妈妈抢在我前头去接。果然是陈勉，两三句后，妈妈把电话交到我手里，在旁边虎视眈眈。

陈勉道："我没事。项目没有问题。是你妈找我。"

我瞥瞥旁边的妈妈。

"你妈看不起我也正常。你别怨，她也是为你好。……总之呢，我会努力，尽量让你妈满意，给你一份体面的生活。"

"陈勉，我妈她势利鬼。我不在乎。"

妈妈摁掉了电话。

"你没有权力。"我冲妈妈吼。

妈妈脸上有点伤痕，"你以为我愿意吗？锦年，妈妈是为你们好。"

妈妈在这个晚上告诉了我那个上代人的陈旧故事。很奇怪，面对这样一个颠覆性的结论，我居然不觉得沉痛，只觉得深深地无力。

想听这个故事么？不必点沉香屑，泡碧螺春，就带着耳朵吧。

故事发生在我外公身上。

外公曾是知名学者，某民主党派团体的领袖，做至某部部长；外婆呢，出身穷苦人家，参加过抗日、解放战争，苗红根正，是妇联干部。妈妈曾一再追述过家里当年的煊赫：车如流水马如龙、花月正春风。

爷爷当年只是外公司机，因为会来事，外公将他转为正式干部，在部里任科员。爷爷当年常带儿子到许家拜会。爸爸因而得识妈妈。不过那时候，公主一样的妈妈并不十分看得上老实巴交的父亲。

好花不常开，好景不长留。那一年，反右斗争开始了，外公被架空，外婆受牵连，许家开始走背运。以前经常走动的亲戚、熟人纷纷划清界限。爷爷一家也不再登门。

妈妈当时处境很惨：刚填好入团申请书，被告知作废；政治课老师拿她的思想小结作为批判材料在班上散发；同学们一个个都不怎么答理她；下午自习课后的自由活动，是妈妈最难挨的时光。看着同学三三两两地闲聊天，拉帮结伙地搞活动，她就好像被大部队甩下的老弱病残，那一份凄惶只有操场东头孤零零的老杨树以及渐褪的夕阳能够看到，因她总是一个人在那儿扔篮球玩。后来，爸爸出现了，起先就在场沿看着妈妈投篮，妈妈技术实在太差，他终于看不下去了，主动上去教她。就在夕阳将坠未坠的两个多小时内，他们一日日积累了情意。妈妈问他家怎么不来走动了，爸爸讷讷地说，他爸爸在活动。

所谓的活动，是参加革命派。妈妈又问，那以后斗我爸爸的时候，可不可以通融下？爸爸讷讷地道，我不喜欢斗人，可是我爸爸说这是政治。

后来，运动越来越激烈。裴家时来运转，许家呢，越来越倒霉。外公被遣送到东北林场劳改。外婆受牵连，挂着牛鬼蛇神的牌子扫厕所。外公曾劝外婆离婚，因外婆成分好，离婚后可少吃不少苦，可外婆坚决不同意。外婆是个粗线条的女人，却对满腹学识的外公真心欣赏，死心塌地爱慕。她吃着苦，也不放弃希望，她相信外公，相信组织。果然，到"文革"结束，拨乱反正，外公翻了案，分配到一所名牌大学，居然与爷爷一个系。当然以前的司机也不知怎么混到了教授职称。

那一年，各院系重新落实安排学科带头人，外公因为资历威望和学术成就被选为院长。公示期间，爷爷拿着礼物携全家来看望外公，论起前事，颇有自责的口气，外公连连表示理解。妈妈与爸爸的婚姻也水到渠成。看上去，两家人的生活一如这个天翻地覆的时代就要翻开新的篇章。

可是外公的院长交椅还没有坐热，却出了事。教育部接到举报，称外公在林场劳改时曾强奸妇女。妇女生下一子,外公为顾及政治生命,没有承认,转送他人。该女子迫于名声和压力自杀身亡。

这子虚乌有之事不知怎么传了开来,愈演愈热,迅速成为当地人茶余饭后的谈资。烈性的外婆气愤填膺,认为是有人为争职务狗急跳墙行污蔑之事,要学校调查,还外公清白。可外公拦住了她,将事实告之。

原来在外公看林子期间,曾教一少女读书写字,有个大雪天,下山的路断了,他们孤男寡女困在山里达一周,就这样出了事。那女孩一直很仰慕他,怀有身孕后,瞒了他偷偷生下。他知道后,为了自己的名誉和前程,强迫女子将他们的孩子送了人。运动结束后,他回市里,也自动选择忘记那段往事,再未与那女孩有过联系。这回听说女孩身亡,外公非常痛苦。原本想保全政治生命无情地伤害那个女孩,结果政治生命还是因此结束了,他觉得是受了惩罚,也在瞬间对所谓名声权力心灰意冷。

外公主动辞去职务,此后吃斋念佛。靠女性的直觉,外婆知道外公对那女子的思念不止是愧疚,心中的偶像破灭,她也是郁郁寡欢,一日恍惚中出了车祸。外公在几年后,也随她而去。

母亲靠父亲的劝慰才度过那段悲惨的时光。为避免母亲触物伤神,父亲主动要求调至 W 市定居。

外公在病逝前,曾恳求妈妈务必找到并善待那个孩子,告诉她,他给孩子起名陈勉,就是少壮要努力的意思。收养孩子的人叫陈正东,曾经跟他在林场待过。

妈妈对这个从未谋面的异母弟弟有一种说不清道不明的感触。她恨他,因他的出世毁掉了父亲的高大形象,也因他,她家破人亡。她确实去找过陈正东。陈正东当时境况不好,一个人带着一个小孩艰难度日。妈妈提出收养。他因为和孩子有了感情没有答应。妈妈内心里其实也并不愿意,倒也舒了口气。只每月给那边寄钱,良心就此慢慢安稳下来。日子一天天流逝,那个弟弟渐渐不再成为心中的刺。

没有多久,妈妈的平静生活再起风波。她无意中了解到外公强奸案的举报人竟是爷爷。当年爷爷是那起事件的唯一获益者，继外公之后，他坐上院长之位。妈妈忽然想明白，爸爸其实是知道的，所以才远避 W 市，并且瞒她那么多年。她不可能原谅爸爸，哪怕爸爸其实是害怕失去妈妈而选择隐瞒。妈妈用快刀斩乱麻的方式结束了自己的婚姻，并且决定一辈子不谅解。

直到父亲过世后，妈妈才顿悟很多事。每个人的恨不可避免地都需要一个附着物，但是那些被她恨的人是否真有罪？包括爸爸，包括弟弟。上代人的恩怨，下辈人有必要背负吗？

妈妈再见陈正东，其时，陈正东已病入膏肓。而她的弟弟，早几年，因为维护被侮辱的父亲失手打死了人，在牢里度过了青春最凛冽的时光。阴暗、封闭的牢内生涯以及出狱后不受人待见的辛苦日子，塑造了一个冷漠、寡言的青年。

他就是陈勉。

14

"他是你舅舅。"妈妈说。

"我、不、信。"我一字一字回复。牙齿咯咯响，僵硬得好像石头碰石头。与其说不信，未若说信了。

"你曾跟妈妈说第一次见他就觉得熟悉。"

"……"

"你熟悉只是因为有血缘。"

"不是，我熟悉，只是因为我喜欢！"我拒绝别人给我下结论，"外公跟他做过 DNA 测试吗？外公说过他有什么特征吗？他怎么就一定是陈勉，而不会是另一个人？陈正东后来没有嫁娶吗？就算不结婚，他没有偷过情跟外公一样有一个果子？父母亲连养父都不在了，谁来证明他的身世。就你一句话吗？"我机关枪一样扫射，实际上非常无力。

妈妈平静道："外公跟我说过陈正东没有生育能力，也是因为这个原因，他娶不到老婆，并且愿意收养一个孩子当亲生的养。他一直不敢跟陈勉说真相，就是唯恐自己那份天伦享受不到。当然 DNA 没法检测了，证人也都不在了，别的可能也未尝没有。可你们就愿意这样以身试那哪怕微乎其微的可能？"

我不敢。我望着妈妈，第一次觉得爱这个词汇原来很软弱，它可以瞬间摧折。

我心头五味杂陈，但是最清晰的一味属于"同情"。我同情陈勉。虽然同情是他顶憎厌的一个词汇。他好不容易对人世建立了一点信念，此刻又要沦为虚无。

"我以前的日子，活着不过是填完人生。可是现在，我有了你，有了期待。"我记得他对我说过。那么以后呢？妈妈讲的那个故事势必会无情地毁灭他对人世的唯一念想。

念至此，我拉住妈妈的手，急急地说："妈，你跟他说了吗？我跟他有血缘的事？他当时怎么反应？"

妈妈虚弱地摇头，"没有。我只揭他老底，辱骂他，说他在做梦。"

我的心好像从高空坠落到地上，稍微地停顿了下。

妈妈侧身看窗外。玻璃上沉淀着屋内的情景：橙色的灯火，错落的人。远远的，如另一世界。妈妈叹口气，说："我这样做，不只是体恤他，也是不敢面对他，怕他恨我，恨我父亲，恨这个社会。恨是最危险的一种情绪。现在他不过是怨，怨自己，怨出生，怨命运。我希望不久后，他能认命。"

我以前一直以为所谓悲剧就是让人落几颗眼泪的，不是生离就是死别，现在才感受到真正的悲剧，是自己无法把握自己，连把握一下都是多余。

陈勉今天在电话里跟我说，他会努力的，让妈妈满意，给我幸福体面的生活。他哪里晓得就算他成为世界最顶尖的人，也无济于事。命运早就埋伏好了陷阱，而送他入陷阱的那个人是他最在乎的女子。

从来没有哪一刻像现在一样，我恨不得让自己消失，让自己从未认识他。

按照妈妈的教导，我必须移情别恋，越早越好，让他死了这条心，然后在灰烬上慢慢再长出希望的小芽，或许，他能够就此收获另一份人生。

我不知道，在我扼杀他之后，他还能不能再生希望。妈妈说："能。"人是有韧性的。我说："那你为什么不嫁呢？"妈妈哑了口。转头又对我说："妈妈情况跟他不一样。妈妈老了，他还年轻。你要爱他，就要他不爱你。你要磨灭他的幻觉。"

这真是千古奇闻。我自问做不到，除非我不爱。

妈妈懊悔道："早知如此，我就不让你去看他了。我就是不知道你怎么会看上他？你喜欢他什么？他有什么好吗？"

我不知道他有什么好，我也不知道我看上人家什么了。喜欢就是喜欢了……那些青葱岁月，必要刻画下一生一世的承诺吗？也未必。也许某天，我的青涩感情也会随时间灰飞烟灭，可是，已经没法去证实了。无论我爱，还是不爱，离开他、伤害他是唯一的事情，就像死亡一样避不可免。我和他的感情就停顿在这一刻，退不了，进不得。我还要附加上永生的愧疚。

15

暑假剩下的日子，我出去远足。一个城镇一个城镇地走。等到重新见陈勉的时候，已经开学了。

这是陈勉第一次来学校找我。他略有点局促地站在宿舍楼前的梧桐下，手里扛着一箱可爱多圆筒冰淇淋,如果推一把自行车,很像幼年时走街串巷吆喝"卖冰棍"的小贩。正是黄昏时分,道上人来人往,川流不息,唯陈勉是固定的风景,也因此备受瞩目。

陈勉看到我时,目内有了被解救的轻松。他疾走几步,将箱子给我,"快拿上去,要化了。"

"这么多,我吃不了。"

"馋猫,不是给你一个人的,分给你同学。"

做了销售后的陈勉,居然比沈觉明更通人情世故。沈觉明就从未给我们寝室的姐妹送过东西。

在这样酷热的日晒时分,没有比享受一支甜蜜又清凉的冰淇淋更叫人喜欢的,室友们纷纷问是不是表叔送的。

我心里低回了下,馈赠者是我真正的亲戚,真的很荒谬。

室友们不待我回答,已经趴到窗口。小潮夸张道:"不是表叔哎。锦年,你把人撤了?不过,你艳福真不浅,这个也一表人才。不仅一表人才,还很体贴哎。"

"不是的。他是我,哥。"我第一次在人前介绍陈勉为哥。

"你哥啊,从没听你说过,肥水不流外人田,给我们介绍介绍……"

"好。"我简要地应付着,下楼了。

我请陈勉在教工食堂吃晚饭。已过饭点,食堂的人稀稀落落,只有几个阿姨在收拾残羹冷炙。

"有点凉了吧?"我问。

"凉一点好。"陈勉抬头,"你好久没去我那儿了?学习忙?"

"啊。"我无法回应。陈勉兴致却好,跟我讲他上次配合沈觉明攻克千万大单的经历。沈觉明走正规路线,他曲线救国,对拍板人的情况进行了跟踪调查,知道该人与其小姨子有暧昧关系。他一面拍下两人的照片,一面又通过关系与其太太保持联系。最后,夺到单子,很难说不是该人投鼠忌器。

我对此不知如何评价。在我受的教育中，要挟人的隐私毕竟不是什么光彩的事。然而商场如战场，等你成功了，这些阴损手段就可以堂而皇之地被称为"谋略"。

饭毕，陈勉有东西送我。

是施华洛氏奇的蓝色包装盒，我打开，里头是一条水晶项链。设计颇奇特，链身是羽毛形状，吊坠为心型。不知为何，令我想起这样的话：心中有鸟，我愿就此折翼。

"上次陪客户逛街，在专卖店我看中了这一款，觉得很适合你。你喜欢吗？"

"花很多钱吧？"

"你喜欢就好。喜欢吗？"他殷殷地问。

"嗯。"我使劲点了点头。一低头，看到陈勉的手腕上戴着我送的表。我的心又止不住酸涩起来。

沉默了下，陈勉以筷击我，"怎么回事？你今天安静得反常，让我心虚。"

我勉强笑了笑。

他凑近我看我脸色，"让我看看你出什么事了？"

我掉过头，眼神游移，"陈勉，你说，一段感情可以维持多长时间？我看书上说，其实爱情是很短暂的。"

"你怎么会想这个？你这样，我愈发不放心走了。"

"你要去哪儿？"

"就是上次的单，对方一直想把价格再压压，我们在价格这方面无法通融，最后折中了下，以考察的名义，带对方企业的人去欧洲游一趟，我作陪。"

我不知为何反轻松了一下，"挺好的机会，你去吧。"

陈勉脸带一点遗憾，"锦年，我真想跟你一起去。"

等到陈勉从国外回来的时候，世事已然有了莫测的变化。沈觉明一纸调令，派他去北京组建办事处。

陈勉并未起疑，反倒是踌躇满志。临走前，他很隆重地请我吃西餐。

在烛光闪耀中，他柔情地说："我爱你。"

我垂下头，凝视桌子上半边阴影。

"你等我几年，两年、三年，最多不会超过五年，我一定有能力给你幸福。"他抓我的手。我没有缩。隔壁桌有人在对吻。他也轻轻托起我下巴，一双眼睛明亮动荡。

"锦年。"他喃喃地唤我的名字。我像被点了穴道似的无法动弹，一任他摩挲我的唇。唇破启的刹那，我突然打了个哆嗦，别过去了。陈勉的手停顿在我发上，默默地，没有话。

"看，看电影好吗？我请。"我见不得陈勉的失望，仓促找话。

"好。"他抽手，定定地看我。

记得那天看的是《霸王别姬》。从此知道什么是爱的无奈。"力拔山兮气盖世，时不利兮骓不逝，骓不逝兮可奈何，虞兮虞兮奈若何！"当李宗盛和林忆莲那首"当爱已成往事"的歌响起时，我泪流满面。在散场的晕黄灯光下，陈勉抹着我的脸，有点抱愧自己无知无觉，"你哭的时候为什么没有声音呢。"

没有声音，那是因为无法出声。有一种眼泪，只能硬硬地吞回心里，就像有一种感情，注定见不得光。

散场后，我们坐到电影院前的台阶上。

起风了，天有些微微地凉，陈勉把我的脑袋搬到他肩上。

"我们像不像五线谱上两个音符？"他低头对我说。

"嗯，两只打盹的呆鸟。"我好累，好想睡过去，再不醒来。可是偏生耳朵里灌满了那首歌："往事不要再提，人生已多风雨，纵然时间抹不去，爱与恨都还在心里……"

这是我最喜欢的一首歌，也是我最爱的一部片子。陈凯歌此后再无超越。我的人生呢，一样。

16

将陈勉调走，是妈妈找沈觉明商量的结果，实际上，沈觉明并不愿意放陈勉走。他们两人性格互补，配合正默契。不过，话说回来，北京是个大市场，或早或晚，都要开发，派陈勉过去探路，也未尝不好。

妈妈接下给我约法三章：一、不能主动给陈勉电话；二、不能偷偷去北京找他；三、找时间明白告诉他，不喜欢他了。理由是，喜欢别人了。最庸俗的话往往最有效。陈勉是个自尊的人。

一刀两断，痛到什么都不留，才是真正的慈悲。这是妈妈跟我说的。有些事情，没有前景，那就不要做，连幻想都不要。

心是那么容易见异思迁的东西。

我不知道这是残酷，还是善意。

我跟陈勉的通话渐次少了下来。起先，他每晚都会来电，但我从不接。小潮一次次为我圆着谎，到后来，陈勉忽然说："我知道她在，你让她跟我说一句话，她不希望我打来，我绝不会打。"

小潮很难做，我去接。

他在电话里久久沉默。

我心虚，说："一直很忙。"

"锦年，你什么时候学会撒谎？"

我无话。

他又说："你告诉我，你怎么了？是我不好吗？你告诉我你想我怎么样？你让我怎么样就怎么样。锦年，我，很……"他说不下去了，声音颤抖。

我想说，我不是故意伤害你。我只是没路可走。话到嘴边，又咽下。

陈勉挂了电话。

　　而后，电话过渡为不定期，有时一周，有时半月，有时一月。多半他应酬醉酒的时候，在听筒里，只是一遍遍叫我的名字。

　　冬天来临的时候，我生了病。是感冒引起的，而后发烧，久久不退。我由此知道我做不了一个无情的人。

　　妈妈接我回家休养。我终日只知看书，将《天龙八部》看了三遍，想一个问题，如果，段誉在不知情的情况下与他的妹妹成婚，又能怎么样？这个社会会因两个小儿女的情爱发生怎样的变化？也许什么都不会有吧。可是人类社会必须要有秩序，这个秩序维系着它的繁衍，尽管没落是所谓生物与非生物共同的结局。爱，是有秩序的，有条件的，是现实的，不是一场为所欲为的幻梦。

　　当然，小说可以人为地改换皆大欢喜的局面，生活却存不了侥幸。陈勉不是段誉，我也没福做王语嫣。

　　将近元旦的时候，陈勉把电话打到了家里，妈妈不在，我接了。

　　他问我病情，很是担忧。

　　我连说，已经好了，什么事都没有。

　　病问候完毕，我们彼此陷入沉默，欲挂未挂之时，我说："对不起。"

　　他嘿嘿笑了。我第一次听到他这样的笑，好像嘲讽又好像豁达。他说："就这样吧。"

　　元旦，沈觉明携女友来探视我。

　　他新任女友便是那位操娃娃音的顾盼。两人俱是衣履风流，衬得蓬头垢面的我愈发委顿。

　　妈妈与沈觉明倒是相谈甚欢。谈股票，谈金融，谈国家大事。

　　我跟顾盼没有参与的热情，歪在一边看韩剧，间或评点里头男人帅或不帅。

　　"哎，"顾盼发现新大陆一样夸我的项链漂亮。我摘下来，大方地供她浏览。

　　"破碎的心？是故意这么设计的么？"

"?"我凑过头，居然发现那吊坠中央不知怎么有一道裂缝，以前从没发现。

"飘落的羽毛，飞翔的翅膀？"顾盼抚摩着，"有没有特殊的含义？"

"心中有鸟，它想从此折翼。"我怔怔地念着。心中有欲望的鸟群，它低低地盘旋，为了获得永远的安宁，必须统统折翼才好。

我的心收回来，看到沈觉明在审视我。

"觉明，我也想要。"顾盼在边上撒着娇。

妈妈约请沈觉明晚宴。下午我到的时候，只见沈觉明一人在。

"熊猫盼盼呢？"我张头四顾。

"有点礼貌可以不？她叫顾盼。走了。"

"怎么不吃了走？"

"她有点事。"

"我妈呢？"

"你妈也有点事。"

"哦，原来如北。"我坐下来，点菜。新的一年，可感觉不到什么喜气。

饭菜上前，我与沈觉明面面相觑。总要说点什么，可是经过陈勉的事后，连带着我跟他都似隔了千重山万重水的样子。他春风得意马蹄疾，我春花秋月等闲过。

"你好像变了个人，很安静。"总得说话，沈觉明先开口。

"是吧，也许，大概，就这样。"

"你妈妈为什么不接受陈勉？"

我歪了歪嘴，最后说："是我见异思迁。"

沈觉明大跌眼镜。

我一时无聊，恶作剧，仰起小脸，温温存存地说："觉明，你喜欢我吗？"

沈觉明一愣，那声"觉明"估计唤得他骨头都酥了。他愣怔半分钟后，意识到我在开玩笑，勃然大怒，"要喜欢你我不姓沈。"

我咕哝道："真有骨气啊。沈觉明，祝你在爱情跑道上一圈一圈跑，没完没了。"

他拿过打火机，扑哧点着火苗，好像在掩饰心情。

饭菜上了，我饿死鬼投胎埋头吃。而他食欲不振，要么玩火机，要么托腮出神，要么打各种无聊电话。

饭局快完的时候，妈妈来电，要觉明送我回。

我说我有脚，我想去崇安寺走走。沈觉明火了，"有脚就剁了，你不守信诺，可别破坏我。"

沈觉明送我到楼下。出车的时候，我想我看到了陈勉。

他就站在楼道口的阴影中，提着行李，尖锐地看着我，目光渐次从我过渡到沈觉明身上。

沈觉明无知无识，把我的手放在他的掌心。

"锦年，再叫我一声。"

"什么？"我没有抽手，迫使自己面向他。这晚有月亮，我的眉眼不知浸满忧愁，还是假装甜蜜。

"我的名字。"

"哦，觉明。"余光所及之处，陈勉攥住了拳头，但他没有挥手上来打。因为，是锦年的选择。锦年放弃了他，为一个更显赫的人，一个更明显的前程，她放弃了他。他可以不去信她妈妈，他不能不信锦年不接他电话的暗示。

他的目光暗淡下去，转过身。脚步橐橐的，好像一下老了。

妈妈在沙发里异常疲劳，刚刚或许又经过了一场艰难的对话。

妈妈说："他是我弟弟。我不想他那样。可是……"

我明白。

我进卧室。桌上有陈勉送我的随声听，只因为我老早以前（大概是高中时代了）跟他说过，我们有个同学，每天夜里听一档读书节目，讲一个悲戚的爱情故事。

他从语气里听出我的羡慕，然后买给我。

这是索尼一款超薄型的，时价上千。陈勉不是奢侈的人，他自己什么都舍不得花，衣服都是几十块小摊上买的，理发剃最简单的平头，一双运动鞋可以穿几年，明明很帅气的人总是很落魄，可是对我异常大方，他只知道要给锦年最好的。

我伤害了他。那很深的一刀剜在他心上，也剜在我心上。

那个随声听后来一直陪伴着我。陪我练外语听力，陪我录多明戈的高音 C，陪我在茫茫的旅途想念一个人。

尽管后来又发明了 MP3、Ipod 等各种更轻盈更便捷的数码玩意，我还是用它。尽管它已经过时，沦为时代垃圾箱一个笨重的影子。

17

我不知道我的新生活从什么时候开始。大概是那一天吧。我跟一个男同学拎了球拍去体育馆打球，路上买冷饮的时候，遇到沈觉明。

他们公司在我们学校开招聘专场。他特意赶来了。

我把男同学介绍给沈觉明。

"孙兵，这是畅意的人，你有没有给他们公司投简历啊？"

我同学有点拘谨地与沈觉明握手。然后，当晚十二点多，沈觉明打电话到我们宿舍。

"如果我没有行动，你是不是打算跟那小子开始第二春了。"

"吃醋了吧，别说我没给你机会。是你说，要喜欢我就不姓沈。"

"就让我食言自肥吧。"

"……"

然后我跟沈觉明开始似是而非，似非而是的情感路程。可能就像我曾经给过的谶语,在爱情跑道上一圈圈反复,无始亦无终。

到大四,功课渐轻,同学们都踩着大学生涯最后的鼓点,开始一场场纯洁的校园之恋。大概只有我的恋爱充满功利性,像在演戏。

觉明每隔一到两周来找我。我们吃饭,走路,偶尔看电影。

觉明上班很累。可是因为我喜欢走路,他就弃了他的车,陪我走。沿着秦淮、玄武,挤过人群,穿过闹市,走入弄堂,与"偶然"劈面相逢。

"咱们去对面酒吧坐一坐。"他实在走不动了,提议。

"我不去。"

"求你了。要不你给揉揉脚?"

"沈觉明,你几岁,怎么这么衰?"

"锦年,别人谈恋爱,只要花银子,不要奉上腿的。"

"谁跟你恋爱?爱,爱是什么,我怎么不爱你啊。"

"你爱都不知道,怎么知道爱不爱我?"

那一天,他把我摁到影壁上。

"干什么?"我有点慌。

"伸出手,对,十字架的姿势。"他抓住我的手,往两边放。我的背靠着石壁,又凉又硌。

"我不想拯救全人类。"我说。

"先拯救眼前这一个吧。"他凑下。我歪过。他的唇停在我脸上,凉凉的。他显然很不舒服,个子太高。把我的手放下,抱住,把吻落在发上,"你能不能长高点。吻你都兴味索然。"

我本来想愤怒几句的,可是他恶人先告状,我还实在生不了气。

"你知道什么叫爱了吗。"他放开我,忽然说。

啊?我回过头。他眼睛里有一丝惆怅,"像我这样,为了不让你生气,要想办法掩饰。"惆怅很快消失了,他挥手打车,"不陪你玩了,我们回去吧。"

跟觉明交往就是这个样子,说不上好也说不上不好。我不情愿,他从不逼迫我。也因此,他与我一直若即若离。我们好像在玩一场心怀鬼胎的游戏。

18

这一年外公忌日，妈妈决定北上祭奠。

按照外公当年的遗愿，他的骨灰被撒入当年下放过的林场江边，其间的深意不言自明。依我的直觉，外公在生命的最后关头可能悟出了自己对那个女孩的爱。

就算不爱，感情怎经得住愧疚这把锉子天长地久般地磨？此情可待成追忆，只是当时已惘然。爱，在愧疚中永生。

祭祀完毕，我跟妈妈沿着江边走。四月，江冰开始消融，春潮涌动。

妈妈说，原打电话想叫陈勉来。我想爸爸一定想见见他的儿子。可是陈勉没有同意。

我不做声。我久未有陈勉的消息，偶尔从沈觉明牙缝听得一星半点，都是没有实际内涵的。每每鼓着勇气，追问沈觉明，沈觉明总是浮一抹狡黠的笑，"我买机票，你去看他呀？"

我知道我不能。只能任心上芊芊蔓蔓地长出绳索。

"你和觉明怎么样？"妈妈又道，"他不错啊。有教养、有学识、有气魄，长相好、人品好、家境好……"妈妈很少用排比句来夸赞一个臭男人的。这次居然用了两组，可见沈觉明做足了功夫。

"妈妈，你不老。杜拉斯七十多还找情人呢。"我瞟她一眼。

"你这丫头，敢调戏你老妈。"妈妈横我一眼，"妈说的是真心话，优越环境下长大的孩子，其实心思最单纯、阳光。我觉得你跟他比跟陈勉来得合适。"

"什么叫合适呢？相敬如冰？举案齐霉？"

"就该这样嘛。"妈妈没听懂我的暗讽。

回旅馆。用过餐,妈妈嘱我去买明天回程的火车票。我摸黑颤巍巍地下楼。我们住的地方说是旅馆,其实是镇文化宫的宿舍,两间,带厨房。一晚一百块。这个破落小镇连个真正的旅馆都没有。楼是八十年代的建筑,很老,楼道也没有灯,木楼梯踩上去会发出踏踏的回声,伴着楼体的晃动,仿佛随时有倾覆的可能。

走出楼道,像走了一个世纪,蓦然的光明刺得我眼疼。我久久睁不开眼睛,久久不敢相信——

陈勉站在光线中,提着行李。他接受妈妈的邀请,来了。

我们呆呆地站着。面目恍惚。都是缺了灵魂的脸。

是我先开的口,"你,来了啊。"话说得没有任何意义,声气从未有过的胆怯。我怎么会这样?

他依旧看我,目光渐次酷烈。

"是,是先进去见妈妈,还是,去,去江边祭一下你,哦,我外公。"我又说,说完就后悔,我怎么能出这样的选择题,万一他选择后者,我要陪他去吗?在他的气场下,我感觉自己越来越懦弱。

他说去江边吧。

我有点窘,手指着,"往前走八百米右拐……"

"你有事?"

"我,我打个电话。"

"给谁?"

"不给谁,订票。"我经过他,努力压得平静无波。

他伸手挡住我,冷淡地说:"请指路。"

说要我指路,却攮住了我的手腕,反客为主地拖我向前。他的手心滚烫,我才知道他原来也在压制。

到江边的林子,他撒手,我趔趄了下,靠着树,站直。

午后的光有些收敛,在林子上围虚虚地涂了并不光彩的一圈。地下还

106

是没有完全醒来的坚硬的土地。一两星的草略有几分嫩意，其余的，一律枯黄，在风中心慌意乱。

我想理直气壮，终于没理没气，像这春寒料峭的阳光，徒有虚张声势的外表。

我抬起头，屏住呼吸，大着胆子看他。

他略微齐整了些，衣服的搭配，显出了自己的味道。潦草不羁，很像远行客，倏忽来，倏忽走，停顿的只是假期。

此后一直是这样，每次见他，他总是与记忆里不一样，不过下巴上一道浅沟却一贯地沧桑迷人，像岁月的疤。

就这样僵持了一阵，最后他败下阵来，走上前，蓦地抱住我。我没站稳，踉跄地往后仰，跟他一起跌到枯黄的草木上，我闻到土地和将生的植物的味道。

我仰面躺着，看着他猩红的眼慢慢凑近我。

不该吗？

什么是该，什么是不该？

我完全没有理智去想。他的脸贴着我的脸，呼吸杂着我的呼吸，痛苦寸寸感知。我心里没有灯。

"陈——"我张口，他吻住我，温热的舌把我所有的语言都卷掉了。

他的吻多而密，好像积攒了好多好多年，在瞬间全部爆发了……

很久之后，我已经仰躺在他怀里听江声。

多年以前，我们在运河边看星空、听船鸣，便是这副姿态。我个子小，他总可以把我全部拢在怀里。天冷的时候，把我围在他的风衣和棉袄中，我钻出半个头，探头探脑，活像一只刚出壳的鸡，充满了对世界的好奇。

风掠过江面而来，啪啪地敲着树梢，填充着我们之间的空白。

肯定不是从前了。气温这么低，沉默让人窒息。

现在。

"喜欢他什么？"他问。

"……"

107

"我知道我现在比不上他,但是,起步不一样,我求你再给我一点时间。"

我迟钝地摇摇头。

"你不信我?"

"不。"

"我不信你不爱我?"

"别说了。"

他发火了,把我转过身,"我知道对你来说无所谓,我不过是你一个用旧了的玩偶。你有余暇,瞥一眼,再把玩一下;没有,扔一边去,没关系,反正还可以找到更好的。可是,可是你对我来说,却是全部。"

我默默地看他。他在我过于平静的面颜中嗅出了恐慌,道:"你不能这样,不能。"

我知道我不能这样,但我能怎样?

他不知想到了什么,忽然推开我,我摔在地上,仰头看他。

他说:"你妈妈给我电话,我断然拒绝了,我对自己说不能去,被你作贱过的心要彻底地烂掉,你不值得我这样去爱。你从来没有真正爱过我,你不过小孩心性,玩着自己的青春,我是偶然掉进你生命的风景,如果我不进,也有别人,大把大把,我从来不是什么必然,从来不该心存期待,你怎么可能属于我?我真蠢。我这会儿真看不起我自己,就这么下作吗?就为了亲那么几口巴巴地赶来?值得吗?不值得……"

被林子浸润过的阳光带着灰紫色的暗影,他的面目在我面前越来越遥远。我重重点头,几乎是笑着说:"我也一样,看不起我自己。你别来打扰我好吗?我就是这样一个爱慕虚荣、朝秦暮楚的人。你早点清醒,看清楚:你眼前的人,是世界上最无耻的人。别亲我啊,别那么用力,真的不值得。"我用手背挡住嘴,迅速爬起来,朝另一个方向奔跑。

跑了好久,我转身望向来路:夕色沉淀进林子,他的影子已经模糊。

那一刻,我的眼泪肆虐喷薄。我觉得委屈。也就在我觉得委屈的这一刻,我惊悚地发觉,我爱上了他。

诚如他所言，以前我对他的情感包含太多杂质，很大程度属于青春的骚动与叛逆，但是现在，在知道我们拥有消泯不了的血缘后，在无情地伤害他之后，在日复一日的愧疚与自我折磨中，他反而占据了我的心。

19

回到旅馆，陈勉和妈妈在说话，轻言细语，一副体贴入微的样子。他已在职场混了这许多年，早就修炼出将情绪收放自如的功夫。我自问不能，直接把自己关进另一间房。

晚些的时候，妈妈哐哐敲门，叫吃饭。

"我不饿。"我回给她。

妈妈咕哝骂我。然后就听得陈勉说："别管了，饿她三顿，你看她吃还是不吃。"

我愤愤想，我偏要把自己饿死。

可是，我显然没骨气，挨到后半夜，就已饿得前胸贴后背。犹豫了一阵，我看看身边酣睡的妈妈，悄悄起身，准备溜到厨房找些残羹冷炙。

万料不到宿在另一间的陈勉还未睡，点了个台灯，曲着身卧在沙发上看书。我错愕后正要后退关门，他发话了："厨房有粥。温的。"眼睛没抬，语气舒缓，好像跟我没什么别扭。我也不好再使小性子，去厨房，果然闻到米粥的清香，揭开锅盖，还有缕缕热气，让我不禁想，陈勉是隔一段时间就用小火煨着，以便我随时能喝上热粥。心猝然涌起热浪，感伤如碗上的热气氤氲。

回过神的时候，发现陈勉就在我身后。

我不言不语又扒了几口，随后放下碗，低头说"谢谢"。

我侧身要走，他挡住了去路。

我抬头。他接受我的目光。在午夜的寂静中我们相顾无言，却分明多了些情感性的东西。

良久，窗外传来尖利的刹车声，我陡然惊醒，说：我总是要走的。

我总是要走的。陈勉曾经也对我说过，像一阵风，呼啸而过。我们所在的地方不是起点，也不是终点。我们都只在途中。

陈勉哂笑，说："我有个事，想听你的意见。"

"我想离开畅意。"他顿下来。

"为什么？"

"我没有办法心平气和地面对我老板。"

"其实……"

"我跟他在一起，会想那说话的嘴也曾经热吻过你，那挥动的手也会把你抱在怀里……"

"去哪儿？"

"朗恩。"

"朗恩？它不是畅意最大的竞争对手吗？"

"嗯。照理我不应该。他对我不薄。但是，做什么事还不都得为自己考虑？朗恩给我的位子和薪酬都高。女人不是顶在意这两样东西吗？权力和钱，我以前的女朋友就是为了这个离开了我。"

我被讽了下，良久，道："你既已决定，我能干涉你什么？"

"你自然可以干涉我，只要你觉得你有干涉的权力……"他从高处凝望我，目光有一丝期待的亮。

"……抱歉。"我经过他，走得仓促，擦过桌椅，发出丁零当啷的声音。妈妈在梦中咳嗽。

20

陈勉的辞职在畅意引起了极大的震动。

这两年，出于对他能力的首肯，沈觉明已经把部分一线的客户交到了他手里。如果他去朗恩，很有可能会把这些大客户带走，给畅意造成的损失将不可估量。

那些日子，沈觉明一直在周旋、挽留。可是，因为陈勉入公司后，没有签过"保密协议"和"竞业限制协议"，所以沈觉明没有实质性的筹码；而提职加薪，对一个去意已决的人来说，也没多大诱惑。剩下的只有良心的审判，可是良心是为有良心的人准备的。做这一行，尔虞我诈见多了，"良心"这两个字说出来，会叫人笑掉大牙的。

一场纠纷持续月余，以沈觉明的失败告终。其间，他给过我电话，问我是否能说服陈勉签下"竞业限制协议"。

我说，我恐怕不便干涉。又问，影响大吗？

沈觉明道："我也不是缺他不可。只不过目前我们正在做 SK 的项目，他已经介入了一段时间，虽然还不知道这次标底和其他重要信息。但是他跟我合作这么长时间，估计会猜出七八分。SK 是我们年内最大的项目，也很有把握，他一走，就充满变数了。我估计朗恩挖人也是打的这个算盘。如果你想帮我，就来我公司一趟，我跟你说些具体的事。"

我去畅意是临时起意。下午我在动物园逛，看到一只因抢不到食物吃而哀哀哭泣的大猩猩，觉得像极了沈觉明，而动了恻隐之心。

下车后，我径奔沈觉明所在的十六层，前台认识我，并未予以阻拦。

楼道静悄悄的，看挂的铭牌，十六层只有总经理办公室和董事长办公室。

1601 的门开着，可见里头是个大套间，前面应该是秘书的位置，后头进去才是觉明的办公室。

秘书室很奇怪地没人，我径自闯入，然后觉得不太对劲，因为听到了争执的声音。里头那间办公室虽紧闭着门，声音兀自顽强地传出来，其中一个尖利的，当属于女声。我想这个时候进入可能不太合时宜，就退出，到旁边的洗手间，决定略事等待。

洗手间干净而奢华，镶着金色缠丝花卉的镜子雍容古典，大理石台面有清朗通透的云纹，巴洛克风格的台柱上攀爬着长翅膀的天使，台上用具一应俱全，均是欧式风格，有繁复的花纹，绿植随处点染，一脉盎然春意，再加上恩雅鬼魂一样的音乐，这厕所让我觉得有可能来自沈觉明的设计。

在镜子前捕捉完一曲，有高跟鞋哒哒过来了。我拧开水喉，装模作样洗手。来人立在我身边。不言语，却很有气场。我暗想，此人系谁，如此派头，微一抬头，便看到一张光彩照人的脸。

我不禁笑起来，不是"林志玲"是谁？

"嗨。"我打个招呼。

"林志玲"却绷着张脸，一副不认识我祖宗三代的轻蔑样。我只好讪讪，"不好意思，认错人了。"

回到觉明办公室，他的门敞着，那么刚才与他吵架的女子当是"林志玲"了？无法想象嗲声嗲气的她怎么骂人。

沈觉明见我，很是诧异，"怎么不先打个电话。"

"要预约就不来了。"

"哦。坐。"他略有狼狈，我一扭头就看到茶几上有泼翻的咖啡，褐色的液体流到纯白地毯上，很刺眼。这名贵的地毯因这亵渎恐怕要被沈觉明扔掉的吧，我微觉可惜，也觉得"林志玲"脾气忒大，摔别的不好，摔咖啡。

"喝什么？"沈觉明没有想到给我一个解释，也许我们之间并不需要，彼此没有承诺，他除了我有别人，似乎也说得通，我还不一样，心里有人想着更为可怕。

"不喝了，我来帮你，告诉我他的电话，另外，你有什么嘱咐？"

沈觉明仰躺在老板椅上，想了会儿，说："我想知道，关于 SK 他到底掌握多少内情，当然你不能直接问，得旁敲侧击，帮我激怒他。"他支过身，一双精光闪闪的眸子扫到我脸上。

片刻后，我拨通了陈勉的手机。

"是我。"

陈勉听出我的声音，微讽道："做掮客来了？如果是沈觉明让你劝我，我看你还是不要说下去了。"

"陈勉，你这样做不地道。当初，是他收下你，你目前的成就除了自己的努力，不能不说是他给你机会。而且，你要知道，在职场上生存必须具备一些起码的职业素养，信誉起到举足轻重的作用，出卖企业的结果不但要付出法律的代价，还要付出市场上的代价，甚至是以整个职业生涯做赌注的。"

陈勉在电话那边笑了下，说："这话是你想说的，还是人家教你的？"

"我也这么想的。"我错愕下。

"你就认定我要出卖畅意？"

"如果不是，你可否光明坦荡地跟畅意签竞业限制协订？当初他们没有来得及跟你签，完全是因为信任。"

"信任？是工作疏忽吧？"陈勉冷嘲，又道，"我凭什么签？他保护了他公司的权益，却侵犯了我作为劳动者的权益，劳动者的权益直接受到宪法保护。"

我心内一堵，沈觉明把一张纸条递到我面前：为什么离开畅意？报复？

我机械道："你在畅意不是做得好好的，就这么心胸狭隘吗？就为私人关系报复沈觉明？"

陈勉可能怔了下，道："心胸狭隘，报复？我在你眼里就是这么一个人？你从不愿主动给我电话，可为了他，你不惜破例？你宁愿我不好受，也见不得他有任何损伤……我背信弃义，以怨报德，小人行径，你怎么全看到了呢，还是你也觉得我这种人就是胚子坏……不错，朗恩的顾永宁找我，是想利用我，我现在很庆幸我有被利用的价值。你告诉沈觉明，我会参与 SK。"

不知道怎么挂的电话。我有点失魂落魄,对沈觉明道:"对不起。"

"算了,"沈觉明倒并不沮丧,相反脸上有轻松的神情,"晚上一起吃饭?"

"不了。"我游魂一样往外走,他跟在后,"我叫人送你。"

我摇摇头。沈觉明也未坚持。

陈勉如愿进了朗恩,SK 的项目似乎要进入朗恩的囊中,就在所有人都觉得畅意输了时,忽然异峰突起。

畅意起诉朗恩不正当竞争,在法庭上用的证据便是我打给陈勉的一段电话录音。

——不错,朗恩的顾永宁找我,是想利用我,我现在很庆幸我有被利用的价值。

我从没想过,单纯如沈觉明也会利用我的。可是谁说沈觉明单纯呢?是我在一相情愿地描摹罢了。

当然录音不过显示了朗恩挖人居心叵测,陈勉离开畅意为私人目的,要说犯下什么法律条例倒也称不上。但是被舆论哗哗一顿爆炒后,朗恩与陈勉的形象也就一落千丈了,SK 根本不可能不考虑商业精神和舆论压力而将生意继续给朗恩。这事纷扰了一阵,到最后,赢家还属于沈觉明。

我与沈觉明的关系就此冷下。

我永远无法忘记在法庭上,当畅意的代表放出录音,陈勉在瞬间向我投来的一瞥。那一瞥惶恐、尖锐,不可置信,我们建立于往昔的情感大厦瞬间坍塌。他也许再不会去信任一个人。

休庭后,看陈勉离去,我追过去,"停一下,我有话说。陈勉,不是我……"

他置若罔闻,毫无停留。背影坚硬冷漠,如对面大楼的玻璃幕墙。阳光跳到上面,辗转相焚,抖出刀子一样的光芒。我于他已是陌生人。

我突然腹疼,痉挛到不可抑,便蹲下身。我怔怔地想这可好了,这可好了,裴锦年,你可以如愿了,他一辈子也不会跟你有交集,一辈子也不会原谅你。

沈觉明把手搭到我肩上时,我狠狠地甩掉了。

沈觉明道:"我必须这么做。"

我站起，看着他笑，"是啊，我本来就不值你一桩生意。很好。"

回校后，我心无旁骛加入求职行列，精心做简历，认真准备面试，我非常庆幸有事情可做。

用心的回报是五月份，我接连收到了三家大企业的 offer。一家在南京，一家在 W 市，一家在北京。最好的工作是南京这一家，某外企做咨询。最差的是北京，一家民营的法律事务所。几乎没有多大犹豫，我选择了北京。有什么理由呢？北京是最远的，我希望尽快离开此地，越远越好。

沈觉明守了我将近一个月，最后终于在我持之以恒的冷漠下失去耐心。

那是五月一个夜里，他跟在我身后，从自修教室到图书馆最后回归于那条到宿舍的小径。

"锦年，没有功劳也有苦劳。"

"锦年，我也不是机器，走不动了。"

最后：

"裴锦年，不必对我摆这样的脸色，我利用你没错，你没利用我吗？你当我是什么？不过一个替代品，不，连替代品都不如。你觉得我卑劣，他不卑劣吗？我不过以其人之道还治其人之身。你想我怎么样？工作给你面子安排了，他要走我百般挽留，我沈觉明什么时候这么低三下四。你当我蠢，要无条件地把公司拱手相让吗？嘿，我这么多年，一个劲地用热脸贴你冷屁股，也受够了。我有时候宁愿跟别人吵一架，还能有个活气，还能知道别人在意我。好，没关系，我们反正从来没有开始，也无所谓结束。"他掉头离去。

我隔了几秒后，才转过身，看他的背影被路灯拉得越来越长。我无滋无味地想，明天太阳升起，我又多了一个路人。

论文答辩终于结束，我迫不及待要释放自己，便坐火车去南方一个小镇玩。

那个小镇是散步的好地方，有一条河横穿整个镇子，河边密植各类长着肥绿叶片的大树，将六月天里酷热的阳光挡住了。堤上草长莺飞，水中野鸭乱窜，一派生机勃勃的景象。

因为天气的缘故,河边并没什么人,除垂钓者外整汪碧绿的水就属于我和群鸭。我坐在岸边,赤足在水中随波荡漾,同时掰着面包喂鸭,鱼也跟过来凑热闹,吸着水面上的残渣。

黄昏将小镇染上古铜色的时候,我便去市集逛逛,看卖臭豆腐和卖玉米棒子的为争地盘吵架,看相面的瞎子煞有介事的做法,看孩子们举着冰棍在人群穿来穿去,只觉得烦嚣的俗世生活也让人感动。

那是一段无所事事又心灵自足的日子。人在他乡,太多近前的烦恼不必去想。

其实生命也是一个游走的旅程。每一程都在中途,想清楚此,便对很多滞障有了全新的认识。

接到安安电话时,我正给旅店老板娘的孩子梳辫子。

安安说:"我哥他,被人打了。"

"打?究竟出什么事?"我颇诧异。

"有个晚上他应酬回家,因为喝了酒不能开车,就顺手招过饭店门口的一辆。结果那车好像就专等着他。开到郊区后,司机将他拖下,拳打脚踢了一通,然后扬长而去。"

"伤势重吗?"

"还好,就是行走不便,这些日子一直在家休养。看他的状态,很颓废。锦年我想,跟你们分手有点关系吧。"

我明白安安的意思,她希望我去看看她哥。人之常情,本没什么,但我不知道以什么身份去看顾他。略略踌躇下,我便道:"我走前会跟他说再见。"

安安叹了口气,突然低声道:"陈勉的情况你知道吧?他离开了朗恩,因为顾永宁把责任全推在他身上,他现在在一家小企业做业务。从头开始。"

我心里咯噔了下,良久无言。

安安继续道:"有次他酒醉把我当做你,哭了,那是我第一次看男人流泪。我问他还对你耿耿于怀吗?他说:是很难释怀,但或许是我的问题吧,冥顽不化,早该知道一切是泡影。也许要很久很久以后,等我达成目的,站在她面前。那个时候，她的眼神对我至关重要。也许一切到那时候就会终结……"

21

我选在离校前去探视沈觉明。

他家位于市郊，不通公交车，只能打车去。路修得倒好，宽阔的柏油路，直达半山别墅区。旁边一溜森森碧树，兜出一地的清凉。的士司机开得很欢，间或跟我聊几句这半山有钱人的腐败生活。

到时已至午后。沈家洋房外有一圈苍老的围墙，疑是上了年代的建筑，阳光踱到围墙上，点到即止。墙体的阴影于是分外浓重。让我想到一本书名：《一个王朝的没落背影》。

我被人领进时，沈觉明正在练书法，地上摊了一张张用过的宣纸。

"不流点血大概是见不到你的。"他抬头，气定神闲。

"出去玩了，不知道你的事。……兴致这么好，练字？"

沈觉明忽然叹了口气，瘫坐到边上沙发，"不然怎么样呢？想自己究竟怎么得罪人了？不如修身养性。"

"嗯，你性情粗野，脾气暴躁，是应该好好修炼下。"我说。

"怎样，没大碍了吧？"我又问。

他上下拉扯了下自己的筋骨，"没破相，没残疾，对方放了我一马。"

"法制社会，他敢做什么？报警了吗？"

"没报。"沈觉明冲我不知所谓地眨了下眼。然后迅速转移话题，"我想买个房子？你觉得哪个地段好一点？"

117

"你怕?"

"哪里,心情不太好。"

"真是奢侈,我们心情不好最多买身衣服,你买个房子。"

随便聊着,仿佛我们已经忘记了过去的不愉快。

"我也写几笔吧。"我无聊,拿过毛笔,在沈觉明刚写的宣纸上挥毫泼墨。不知不觉中,他就停在了我身后,"你临谁的字?柳公权吧?"

"嗯。"我知道我写得不如他,他习王体,很有功力,刚留下的那一排行书,行云流水,秀颀纷披,还真有点王羲之"翩若惊鸿,矫若游龙"的感觉。

他忽欠身握住我抓笔的手,"我带你写几个。"声息在我耳边划过,我的半边脸便热辣辣起来。一笔一画,一撇一捺,只觉得不是我在写。

也不知写了多久,他放了笔,轻握住我的腰,"想你了。"

"可我没有原谅你。"

"我也没做错什么要你原谅。"

风掠过园子里的树,发出细碎的声音。如此静默了下,我抓开他的手,说:"我要回去了。"

他凝眸,"你这也叫看望病人吗?"

"怎么不是?"

"探病不是都要送点水果什么的吗?你怎么可以两手空空?"

"你家不是满筐满筐的?"

"我家有是我家的事,你带不带是你的觉悟问题。"

他的无赖,有时候很能让人绝倒。我只好答应他去外边买。买了两只梳朝天马尾的菠萝送去时,正好在门口碰到了他下班的父母,他父母以前见过我,连忙道:"锦年啊,来看觉明吧,快进快进!"

我架不住他父母的热情,只好再正式地慰问了沈觉明一番。

三日后我又去了,他打电话给我的,说:"我就这么让你烦吗?你数数看,还有几天可以见到我。以后想找个发火的人都找不着。"他知道我要去北京。

可能是为了补偿,也可能是其他不为我知的理由,剩下的日子,我几乎天天去。

旧事我们不提，反正都过去了。以后呢，还轮不到现在操心。就这么耗着吧。

他家有个老式钢琴，我偶尔会抚上一把。

他说，这钢琴在他家就是个摆设。安安不会，他也不会。他以前一直觉得对艺术欠缺热情的妈妈买下它完全是出于暴发户心理，现在想想，可能预感到它会遭逢主人。

"送你了。"他大咧咧地说。我一喜。他又道："只有在做我太太的情况下。锦年，你有没有觉得我好像不年轻了。"

这是沈觉明第一次向我求婚。当然我可以当玩笑。

我弹琴的时候，会不经意想起少女时期给陈勉工厂的舞会伴奏。陈勉在人群外看着我，他觉得我是他不可企及的高点。现在他还会这么说吗？他对安安说，也许一个眼神就能稀释我一个巴结的眼神。如果需要，我或许可以这么做。

琴键掠起灰色的往事。时间走了没多久，我怎么就觉得它旧了。

没多久，觉明买了新房。房子就在我学校附近。他明知我要走了，依然买下，理由不过是等我以后回母校的时候可以顺便瞅瞅他。

这可能也是一种手段，经历过录音事件后，我会这么想。

离开南京前一晚，沈觉明郑重地邀请我参加他圈子的一个派对。

那个聚会还是颇好玩的，大家玩各种游戏。其中一个，是男人们轮番带上面罩，去握台上坐着的三个女士的手，然后说出哪个是他女朋友，好多男人都栽倒了。沈觉明是少数几个幸存者之一。原因很简单，我练过琴，指上有茧。他因为认出了，所以有奖，奖品就是大庭广众之下，可以湿吻他的女朋友。真不知道这馊主意是谁出的，我怀疑是他。总之，从高一算起，交往也有七年，我们发生了第一个真正意义上的吻。原谅我不予以描绘，因为我心不在焉。

绝大多数时间，我很安静，跟一个落单的小孩子玩。他叫邦邦，三岁的样子，他向我诉苦，说自己好无聊好寂寞的。白天，爸爸上班了，只他跟维尼小熊在一起，小熊又是个哑巴，只知道傻笑。

"姐姐，"他最后央求，"你能不能跟那个叔叔,给我生只会说话的小狗狗，这样我以后就不会寂寞了。"

大家听了都笑。我想了想，一本正经地说："这个，要看那个叔叔有没有本事。"

"谁说我没那个本事？可以试试。"

送沈觉明回到他新居的时候，他以此话挽留我。

"这个？"

"你只需要配合。"他抱住我，"第一步，仰起脸。"

"沈觉明——"

他吻了我。

"这叫搅拌。"他郑重跟我说。

"然后呢？清洗？"

他笑，"你很聪明。"他横抱起我，低头摩挲着我的脸，叫我"卿卿"。

"为什么这么叫？"

"我是觉明。"

真的要跟他生一只小狗吗？

墙上的钟当当敲响十二下。灰姑娘回到现实。水晶鞋没有了，马车变回南瓜，仆从不过是老鼠。

"童话结束。再见。"我跳出他的怀抱。

拧开门的时候，身后忽然哐当一下，飞来一样东西，我吓一跳，低头看地上，原来躺着一把钥匙。然后听到他的声音："这把钥匙，我用得不大习惯，你帮我配把好看一点的。"

我知道他的意思，给我留把钥匙，打他的心门，当然门不会永远为我敞开。

22

　　七月十日，我独自去北京报到。事务所很忙，一进去，即投入紧张而琐碎的工作。我起先寄住在高中同学小敏的宿舍内，没找安安，是怕碰到陈勉。小敏大学考了北京印刷学校，毕业后分配至一家出版社。他们单位条件好，单身有宿舍，小敏为欢迎我的到来，买了张上下铺的床。下班后，小敏从单位食堂打几个菜权作晚餐，晚上我们一上一下卧谈，继续享受学校生活的待遇。

　　然而好景不长，没多久小敏从小道消息打听到他们社里将进行最后一次分房，因为房源有限会优先提供给结过婚的职工。在北京房子可是大事，其价值犹在爱情之上，小敏于是走马灯似地相亲，妄图在两个月内解决自己的终生大事。成效还是很显著的，不久后，就有一个长得颇似林俊杰的家伙经常过来享受小敏的爱心晚餐。我这灯泡瓦数实在太高，只好想办法搬家。

　　因在北京人生地不熟，又不喜欢找中介，便辗转托同事帮忙。

　　这日周五晚，我加完班回家，看时间已过十点，想小敏她男友应该走了，便回去。

　　到宿舍，却看到门上留有条：亲爱的锦年，今晚你随便找个地方住好吗？敏。

　　大概小敏终于想把生米做成熟饭了，因为他们单位的分房活动已经如火如荼开始了。我把条取下，夜游去了。

　　浪荡了好久，抬头四顾茫茫，不晓得到了哪里。北京的街道不分大小一样地川流不息，楼与楼不分高矮一样地日理万机，男男女女不分老幼，一样地行色匆匆。这是一个快节奏的城市。

　　我累了，招手打了车。司机问去哪，我脱口说："北理工。"

到了北理工我才醒悟安安已经毕业,做了一家技校的计算机老师。但是,既来之,则游之吧。我在校园内寸寸挪动。

北理工实在谈不上漂亮,缺山少水,教学楼也规矩死板,风光与南方大学不可同日而语。但是,学生都是一样的,闪过去的都是一张张青春的脸庞。

我坐在道旁的木椅上。身后大概种有花树,时不时地,便有甜香渗入口鼻,令我想起安安身上莫名的香。

我跟安安挤在一张床铺上。我们面对面,窃窃私语,时不时便要笑一下,实际上也没说什么特别好玩的话,但那时候就觉得什么都好笑。

总是在上段话和下段话的间隙,我闻到安安的香,比香水好闻,因为带着肌肤的热感,磁力一样诱惑着你凑上去。

不晓得我身上有没有属于我自己的体味,也不知道是什么味的,亲近如陈勉从没告诉过我。

陈勉。我来北京,可有一星半点与他有关,我内心有没有不为自己觉察的火苗?他此刻在哪里?还那样恨我吗?

我闭上眼,陷入胡思乱想中……

忽然跳起来,因想起以前跟陈勉短暂住过的小房子,带弧形阳台的,阳光很充足,不知有没有找到住家。我理想中的房子应该是那样的,小小的,但是很温暖。我要把它租下来。

当晚我回事务所熬过一夜。一早就凭着想象中的地址去找那房子。

一切顺利,我说的标志性建筑,的士司机居然知道,一路飞奔拉我过去。周六的街道畅通无阻,我七点不到就到了那边小区。

我在小区四处走动,杀了半个多小时,实在忍不住就上去。

我敲门。反正脸皮厚,如有人应,看着像新住家,我就问501是不是这里,对方至多生气地一指,"对面。"然后啪嗒关上门。

里面很快传来橐橐的脚步声,好像对方就等着应门,都不例常地问上一句:"谁啊?"

门开了,我跟对方都傻眼了。

对方首先从惊讶中露出笑脸，"锦年，你怎么来了？"

她是安安，穿着朴素的家居服，趿着平常的拖鞋，长发松软地盘在脑后，眉眼温婉可人。

"你，是来找陈勉的吗？"

"我，我……"我反不知说什么，我从没想过这里会住着安安，看样子，她和陈勉是住在一起了。

"快进啊，他跟孩子们下去买油条了，哦，我们收养了些孤儿，孩子们嚷着要吃油条。"安安毫无局促，俯身抽过一双拖鞋。我看到她身后的家布置得干干净净，我跟陈勉以前用过餐的桌子上铺着碎花的桌布，上面已摆好了碗碟，米粥的香气漾出来。

我心慌意乱，连忙道："不了，我只是，顺道过来，还要上班。"

这真是一个拙劣的谎言，但我脑子一片混乱，来不及编织更合情合理的借口，只想着突围，不要与陈勉遇上才好。

我狼狈地往楼下跑，犹听得安安在身后喊："那有空再来啊。"

我跑出楼道，还是无能思考。晨曦却已经掠过屋檐，粉蓝、橙紫地混在一起，无声地唤着世界。一天又开幕了。

生活早已有了新的契机。

我定了下神，往前走，几步后怔住。因看到陈勉带俩小孩正悠闲地冲我这边走来。一个较小的跨坐在他脖子上，另一个牵着他的衣襟，手里摇晃着一兜油条。

陈勉低着头跟男孩说着笑话，男孩蹦跳着表示着高兴。

这是一幅很温馨的家庭画面。

——我们收养了孤儿。安安说。我们。

我的心再次纷乱。我躲到一边，看他们的身影一寸寸消失于楼道，心里只觉得天翻地覆地难过。

时隔这么久，我依然为陈勉，为我们未竟的梦锥心难过吗？

23

我不久有了房子，是觉明买给我的。那个时候，我已经准备嫁给他了。

某年某月某一日，就像一张破碎的脸。难以开口道再见，就让一切走远。

沈觉明发来一份书面求婚信，很像一份公函。

鉴于沈某爱慕裴小姐多年，专情用心，没有功劳，也有苦劳，其情可悯，其行当嘉，故拟将裴小姐的一生奖于他。妥否？请批示。

我盖上名章，寄回给他。

他收到后，飞过来，帮我搬了新家。

接受沈觉明后的很多事我已经模糊。只记得有段时间我疯狂地迷恋辣椒，非要吃到鼻涕眼泪一起流才好。

我流着眼泪笑着对觉明说："我们来比赛吃辣椒吧。"

"小姐，认输行吗？"

"你为什么不吃辣？你怎么能不吃辣？不吃辣是人生一大损失……"我喋喋数落，因我知有个人很能吃。

他毕竟不是他。觉明勉为其难地吞下几颗辣椒后，晚上腹泻不止，去医院输了液方好。

他在北京恹恹躺了几天，看我一副悻悻的模样，以为我愧疚，说："幸好你没让我吃河豚。"

"我让你吃你就吃吗？"

"如果你不想活，我豁出命陪就是了。"

"这是情话吗？"我坐他身边。

"如假包换。"他捏捏我的鼻子。

我知道有些事必然会发生，但是没想到会发生在这样的情况下。

他给安安打电话。一接通，眼睛都发光了，"……你，谁啊？……喔没事，就是她娘希望她十一回家……"

我本在饮水机上接水，手一抖，热水浇在手背上，红了一片。

现在是晚上十点多了，陈勉接了安安的手机。安安在干吗呢？为什么不便接？洗澡？我仿佛听到了哗哗的水声。

我拎着烫伤的手到沈觉明身边。

他张口想说安安，被我用手背挡住，"很疼呢。"

他抓起我的手，看着我的眼睛，吻着红肿部分。

"男人要不高兴的时候会怎么做？"我问。

"你不高兴？"他看着我，眼睛像火炭，燃烧着残存的空气。

"如果我是男人，会长长长的胡子，会烂醉如泥，会调笑名妓，落魄江湖。可事实是，作为女性，我有足够敏锐的痛苦神经。"

"是吗？我可以叫你忘记。"

"怎么做？"

他横抱起我。

"只有这个方法吗？我们并不两情相悦。"

他冷笑，"打个赌，这种事不需要。"

沈觉明激情四射，像跳华尔兹。

我却没法说清第一次的感觉。带着全身心地投入，却忘记倒在哪个人的怀里。谁的怀里要紧吗？快乐都是一样的。

"卿卿。卿卿。"沈觉明大汗淋漓，手缠着我的手，唇婆娑着我的唇，"我爱你。"这话说起来像一个欷歔。

"小鬼，你勾引我。"谁在喘气。林子里的光要微弱很多，运河边的渔火也不够强烈。

我在想着谁？

窗外好像起了风,沙沙拍打着窗棂,北京的秋很是短暂,冬天要来了吧。冬天是寒冷的,那什么都不必去想,就这样吧。

结婚的温度足够了。

我休假回南京结婚。说结婚,无非就是登记。我已跟觉明商量过不奉陪繁琐的婚礼。虽然沈家家大业大,极想风光一次,觉明还是很听话地以忙等理由把他父母搪塞过去了。

登记前几天,我和觉明常在用过饭后去校园溜达。

南方的秋味正浓郁。空气里混合着栗子与桂花的香气。树叶黄了,在地上铺一薄层。觉明把叶片踩得窸窣响。有次,他为了寻找学生时代的感觉,找了辆单车,载着我在校园里一圈圈跑。

可即可离,未到成癖,这算不算爱呢?

我以额头抵着他的后背,心累的感觉却接踵而至,就双手环抱他腰身。他身上有好闻的阳光味道。属于人间。

"安安今早来电话,恭喜我们。"

"嗯。"

"她可能不回来了。反正,咱也没打算办,就是请亲朋吃顿饭。"

"我明白。"

"安安恋爱了,以前一直心高气傲,谁也看不上,现在身价摆得很低。"

"都一样。"

"是啊,我何尝不是。"

"得,你卖给我是多少钱一斤啊。"

"免费。"他说。

24

登记那天，云淡风轻、秋高气爽。沈觉明抬头说"天公作美"，然后，把钻戒套到我指上，夸奖我："手指纤长，天生适合被婚姻圈住。"

事实证明，他无论哪句话都说错了。

刚发动车要启程去民政局，他就有来电。放下手机时，他的脸色非常难看。

"怎么？"

"有点事，我必须过去处理下。你等我。嗯？"

"我还能跑吗？"

他走后，我去了南图，翻一宗案例。中午时分，饿了，便蹩出来，拐进弄堂一家面店。

那店门面虽小，人流却不断。我找不到单独的位，只好与一位男子拼桌。男子正热火朝天地吃着番茄打卤面。感觉很好吃。我要了相同的。

面尚未上，我手机响了，以为是觉明，看号码又很陌生。刚接通，里面的声音迅即扑来："你在哪里？"

我没听出对方是谁，道："哪位？"

"在哪里？"对方又勉强说了遍。从语气，我才惊觉是陈勉，有点蒙。良久道："如果参加晚宴，下午七点。非常欢迎。"

"如果想见你呢？"

"到时会见到我。"

"你，在怕我？告诉我你怕什么？"

"不，不是，我，真的不知道地址。"

我语气艰涩。可出乎我意料，我对面的男士忽张嘴很响亮地说：某某

127

路某某号某某商厦斜对面某某面馆。

"坐着别动,我马上就来。"陈勉听后说。

收了电话,我愣愣地看对面那男子,他脸上有语重心长的表情。

"嗨,别怪我多嘴啊,我以前追女朋友也很辛苦的,最讨厌一吵架女孩子兔子一样撒腿就跑,又不见你又不接电话。男人嘛,有时候很累的,考验差不多就行了。"

他用餐巾纸抹抹自己的嘴巴,站起来,"祝你们能在一起。"

我无语,我结婚这一天,第一个祝福来自陌生人,居然祝福我跟别人白头。

我想过逃走,但最后没有。我想他要找到我总会有办法,我逃不了。未若趁这个机会,把我们的疙瘩理清楚,彼此过好余下人生。

一个小时过去,陈勉未来。服务员过来收拾残羹冷炙,暗示人多,我可以走了。我问服务员要过菜单,点了一盅他们这最贵的汤。如是几番,我零零散散点过三次菜后,饭店安静下来,服务员不仅不来赶我,还给我送上免费的普洱,那意思大概是助我快快消化,待会儿把晚餐也一并解决。

我再看表的时候,时间已至四点。忽然心生怀疑:我大约没有接过他的电话,只是潜意识里想在嫁人前见他一面。他怎么可能来找我?

奇怪的是居然也没沈觉明的电话。难道,这结婚也出自我的想象?但指上的圈是货真价实的。

想至此,我招手准备买单,却从窗外瞥到陈勉了,他正跳下车,朝餐馆过来。我立即缩手,眼瞥向别处,装着没发现他。

他到我面前,拉开椅子,平淡地说:"让你久等。"那态度熟稔得就好像是我丈夫。

"你骑的是什么马?"我恶狠狠瞪他一眼。瞪完,方知不该。

服务员这时凑过来,一脸巴结的笑,"先生,你要点什么?"

陈勉拿过菜单,哗哗翻着,"你吃过了吗?要不要再吃一点?"

我想我已吃了三顿,肚子恐怕要支撑不住,晚上搞不好穿不上觉明为我准备的晚礼服。然而晚上,遇到陈勉,还会沿着它固有的脚步走吗?

交走菜单，陈勉双手交叉笼在一起，小心地看我。我垂头避过他的目光，却与他腕上的表撞上，依旧是我送他的那块，很旧了。

"你来参加婚宴吗？"我压了压心神，说。

"沈觉明今天大概顾不上跟你结婚。"他语带讥讽。

我还在惊讶，他已经抓住我的手，摘下无名指上那枚亮闪闪的钻戒。服务员正好上第一道菜，陈勉把玩着戒指，说："你要吗？"

服务员惊诧莫名，对着这还有点分量的钻戒吞咽口水。

"给你了，拿着玩吧。"陈勉抬手，却也不看她。

服务员看看我，又看看他，还是觉得像玩笑，没拿，讪讪走了。

"你别太过分。"我去抢戒指，却被他捏住手骨。"谁过分？"一双褐色的眼睛有彻骨的寒冷。

"你对觉明做什么了？"我打了个寒战。

他笑，直视我，"你做噩梦吗？你有没有一点愧疚？你总说良心，你能告诉我你的心是黑还是红？这么久，你一张嘴就是质问我的人品？没错，我坐过牢，在世人眼里总是要不堪一点。问题是，你分得清是非好坏吗？他对你真的好吗？全心全意？"

我手被捏得疼，想哭。哭什么，自己也分不明，只觉得各种情绪如浪涛一样汹汹涌上心来，却在决堤的瞬间偃旗息鼓。

情绪给掏空了，只剩了茫然。此后的时间，我大约只有臣服于他。

五点二十六分。上的士之前，我看了手机最后一眼，而后关掉。

今天，我跟陈勉的最后一晚，我知道一定是最后一晚。无论爱恨，都会跨越。

客房的门甫一关上，陈勉就把我往床上推。

"你疯了？"

"我疯了。"

"你不能。"

"我也知道不该，不该找你。"他凑近我，眼睛红得似要流血，可转瞬一软，涔涔的仿佛有泪,"我求你最后一次,成吗? 我什么也不要,尊严、理智,什么都不要。你招惹我,求你招惹一辈子。……我知道我恨你,不想答理你。可没有办法,当安安说你结婚,我发现自己那样烦躁,才想,原来,我对你的冷漠都是假的……我没法不在意你。别跟人结婚,你不能……"

他的痛苦深入肺腑,他把潮湿的脸埋在我膝盖上。

我脑子混乱,只心在被微妙地牵动,旋涡一样,我还能去管什么?

我于是毫无道德感地接受了他随后汹涌而来的吻和爱抚。

这样地浓烈、窒息,我们怎么可能属于亲人? 亲人的感觉应该是流水潺潺,舒缓平稳,只有情人才能爆发出这样的强度。

我不信我们的血缘。不信。可就算不信,我敢越雷池吗?

不能,若能,我早就不会沦落至现在处境。

我惊出一身冷汗。

"陈勉。"我摆正他的脸。他的脸上写着欲望。

"嗯,锦年,我的小鬼。"他含糊着。

"陈勉,你听着——你是我舅舅。我无法爱你。这就是所有的原因。"

他没反应。

我一鼓作气将外公的故事告诉他,"妈妈不跟你说实情,是怕你恨。我不敢告诉你,是怕有了道德的枷锁后,我们的爱成了罪。我们没法面对。现在这样子,你恨我,至少你光明正大地恨。我呢,我可以偷偷去想你。我决定嫁人,反正不能跟你在一起嘛,沈觉明对我也还不错。我不能全心全意,又何尝要去约束他? 对他有点不公平,可怎么办呢? 今晚之后,我就把你藏在心里,一心一意对觉明,你也不要为难他,跟他没有关系。然后,你把我忘掉吧。我们曾经有一段,我一点都不后悔。"

沉默。他脸色煞白。眼睛一眨不眨,仿佛停止了转动。良久,他才愤怒地回应:"许素仪在放屁。……你信?"

"……"

"我不知我父母,但是我也不会接受随便谁给我安个父母,谁有权力主宰我？她以为她是上帝？"

"……"

"锦年，你觉得我像你的亲人？"

这种事大约不是感觉的问题。

"你计较？妥协？"

这种事也不是计较与妥协的问题，它太强大太冰冷了。"陈勉，我们活在这个社会当中，必须遵循法则。没有什么是例外。"我说。

"你信是因为你想信。你不够坚决不够爱。"他摘下手表，疯了一样重重地摔在地上。一道裂痕迅即张开，时间凝固：7：11。

此岸与彼岸的分野。我们永久地停顿在此刻。

25

"我再问你一遍，"陈勉手搭在门把上，哑声说，"你跟我走吗？"似乎已经预料了我的答案，他没等多久，就使力转开门，走了。

静下来的时候，我听到了雨声，卷着天与地一般地落下来，仿佛天空太过悲伤，眼泪决了堤。

而我除了木讷什么都没有。

等我终于抓住自己的魂时，已不知道什么时候了。拉开窗帘，只看到几星灯光下的雨下得越发仓皇，又兼起了风，雨脚被吹得一阵阵乱颤。

我去退房。一抬头看到总台后方的钟指向9：20。

心里惊了惊。然后听到服务员谦逊的声音：已经付过账了。您可以住到明天上午十二点。

　　我哦一声，边疾步走边低头掏手机。沈觉明可给我打过电话？他一定急疯了吧，不知道他一个人怎么支撑场面的？我涌起深深的愧疚，可是我有什么办法？

　　冷不防与人相撞。"对不——"话未完，我见鬼似地发现撞的人正是沈觉明。

　　他笑容硕大，不过眉眼冰冷，"很刺激吧？结婚之夜跷了老公与别人幽会。"

　　"我……"

　　"你这是赶着要去哪儿呀？"

　　"我……"

　　"你觉得，那个傻瓜还会等着你吗？"

　　"觉明，如果，你觉得我……我们就不结了。"我的回应异常艰难。

　　"不结？"他冷笑道，"你说结就结，说不结就不结，把我当猴耍呢。知道我今天怎么过的吗？公司的新技术被人在网上曝光，我一天都在求爷爷告奶奶，力求把损失压到最低。可有用吗？心血不算，上千万的代价，就这样泡汤。即便这样，我还想着出天大的事也不能影响结婚，可你去了哪里？宾朋都来了，新娘却不在，我给你扯谎。"他喉头急剧地动了下，嘴唇颤抖，"裴锦年，没有一个女人像你那样让我乖乖等那么久，可也没有一个女人给过我这样大的羞辱。"他恶狠狠地甩开我，转身大踏步进入雨雾。

　　"哎——等等——"有个女人狼狈地追过去。我才注意到原来顾盼是跟沈觉明一起来的。

　　我知道对不住沈觉明，也对不住陈勉，我的人生没有这样困顿过。

　　该怎么办？

　　只是瞬间，沈觉明已消失在雨中。

　　我是凌晨回去的，已做好了最坏的打算。雨下了大半夜已经停了，天边泛出鱼肚白，城市的人尚在酣睡，天地呈现出一片史前蒙昧状态。

　　我没有开灯，俯身脱鞋，想去书房熬这黎明前最难熬的片刻。轻手轻脚穿客厅的时候，才注意到黑暗中一点摇曳的火光，然后有人的温度贴过来。

132

我收脚立住。

　　眼睛适应黑暗后，便看到落地窗外渗进的夜光笼着一个身影，是沈觉明躺在摇椅里，前后轻晃着。光线打亮他的侧面，那脸愈发凹凸立体起来。下巴有青黑的一茬，是憔悴的胡子在寂寞地生长。

　　"站着做什么？"沈觉明开口，语气温沉，听不出有别的意思。

　　我讪讪，"你要睡不着，我们谈谈。"

　　"说。"

　　我走至墙边欲开灯，他说："别让我看到你的脸。"我抬臂的手便一沉，反倒有了破釜沉舟的勇气。

　　"结婚没意思了。我收拾收拾就走。是我对不起你，我道歉，但是不求你原谅。"我说。

　　他久久无话。半晌开口："客人怎么交代呢？"

　　"我出面，承认是我的问题。"

　　"我的面子呢？结婚夜，老婆与人偷情。"

　　"你说话注意点，一、我还不是你老婆，二、没偷情。"后一个理由明显不够气壮。

　　他嘿嘿冷笑了下，说："偷情也不必这么卑劣吧。"

　　"什么意思？"

　　"有证据表明是陈勉把我的技术泄露的。"

　　"你胡说八道。"

　　沈觉明骂了声脏话，恶狠狠道："裴锦年，你真值钱啊，怎么娶你要花上这么大的代价？"

　　我冲去房间，砰的一声，脑袋撞到门柱上。

　　我抚住脑袋，"我也不想跟你结婚。不结不结了。"

　　他走过来，慢腾腾道："我想结呢？"

　　"为什么？"

　　"有些磨难如果一定要受，也要你陪着我。"他一字一句，喉咙很哑。

天亮后,我们一前一后如参加丧礼一样肃穆地去了民政局。办事人员以为来离婚的,叹气说:"这个月已离了五对了。你们想好啦,这可不是儿戏。"

"想好了。我们结婚。"沈觉明说。

办事人员惊诧地张大嘴,又迅速笑,"不好意思,瞧我这嘴。恭喜啊,祝你们百年好合,白头偕老啊。"

新的婚姻,建立在一片狼藉的废墟上,摇摇欲坠,不知道什么时候会崩塌。

我们几乎没有任何交流。晚上各睡各的,白天反正见不着。有时候去他父母家走走场,装恩爱由他负责。我天天窝家里看书,就等着把婚假消磨掉,回北京继续过我的单身生活。

地狱一样熬了十天,我打算回北京销假。

下午去超市买了点菜,打电话给觉明,"晚上有事吗?没别的意思,我明天一早的航班,一起吃个饭吧。"

"……不好意思。"

"好,那提前道再见!"

要说我一点失落都没有是不确切的。我一直不是一个能忍受沉闷的人。但纠结若此,局面也不可能在短期内改变,所以算了,反正要解放了。我自己振作,择、洗、切菜,热热闹闹准备,我总可以给自己做顿丰盛的饭菜吧。

忽然很想念妈妈。妈妈是美食家,一有闲暇,就喜欢拿菜谱研究各式菜肴,时有创新。妈妈觉得做菜是一种艺术,人活着,一定要有一个爱好,作为享受生命的途径。我的婚宴,因为事出突然,妈妈未及参加,她接受业务单位的邀请,出国考察去了。当然,大人们都不把那次当婚宴而只看做普通的庆贺晚餐。我们俩一个未出席,一个略迟到也就没受到多大的批判。

登记前一晚,妈妈给我越洋电话,为自己的缺席抱歉,又用自己的经验谆谆叮嘱我,婚姻需要养护,要看到别人的优点,宽于待人,严于律己。我说,"不能对别人对自己都宽松些吗?"妈妈说我,"你呀,你永远对自己像大海一样包容。"

可惜现在，不是我包容的问题。

费时一小时十五分钟，我做出三菜一汤，都是以前很爱吃的。

端到松木桌上，看着袅袅热气，觉得终于有了点家的味道。其实家不在于人多人少，在于室内的某种嗅觉。我要求不高，不要总是冰冷如霜就好。

我舀了几口汤吃，顺便夸奖了自己的手艺。然后找了瓶红酒，倒上半杯。

我举了举，想说点祝酒词，词穷，最后说："祝妈妈玩得愉快，祝陈勉忘掉过去，祝觉明生意兴隆。祝锦年，成为伟大的律师。"

我抿了一口，沈觉明的藏酒确实不赖。

这时门锁转开了，是觉明归来。我有点无措，结巴道："你，不是说有事？"

"我有事要问你。"他依旧冰冷。

我不懂他的意思，保持沉默。当然兴致也败掉了。

他坐到我对面，像审犯人一样说，"你要坦白告诉我。"

我说："知无不言，言无不尽。不过你态度要好一些。"

他面无表情，"C5 的技术漏洞你是不是跟陈勉提过？我记得我有次无意告诉过你。你当时对我用 C5 参加投标表示了激烈的反应，但是我也告诉你，在竞标结束前，C5 漏洞绝对能够修补好。"

"我不曾跟任何人提过。"

"那他怎么会知道？别跟我说，要想人不知，除非己莫为。"

"我不知道。"

沈觉明看我眼睛，似乎要从我眼睛里找出蛛丝马迹，但他注定要失望。

"裴锦年，你别跟我装，C5 的事情，除了几个技术人员和你，没有别人知道。"

"为什么不是那几个技术人员？"

"他们都签过协议，违约会付出惨重代价。"

"那就只能怀疑我了？你还怀疑我什么？上次新技术被曝光是不是也曾怀疑过我？不过是找不到证据。"

他咬牙切齿，"你以为我不敢动他？"

他站起，取出几张照片扔在我面前，是陈勉跟一个人在酒店吃饭的画面，很像是监控录像的截图。

"另一个是我的工程师。他身上有协议和受贿的储蓄卡。"

我震惊。

"我没有告他，是因为安安。"原来他早知安安与陈勉的关系。是啊，他怎能不知，他接过陈勉的电话，怎么听不出他的口音？"你现在怎么想，也想求我吗？"他继续说。

我摇头。我不知道我摇头是表示不想求他，还是不相信陈勉会做出这样的事。

我放下碗筷进屋换衣服。我要走。跟沈魔鬼多待一刻我就要疯掉了。

换衣的时候，思路慢慢清晰：我记得陈勉是在我结婚当天才从安安嘴里知道我要结婚的，知道后，立即从外地匆匆赶至南京。而沈觉明接到出事电话是一早。陈勉怎可能先知先觉地安排下这一切？然而，陈勉见我时，却是明显知道沈觉明要出事的。这当中有怎样的玄妙？顾盼是怎么回事？她怎么能跟着沈觉明一起来捉奸？是她通知了沈觉明，她在其中扮演了什么角色？

我拎着行李经过沈觉明，短暂停留了一下，"沈觉明，警告你一下，你有时候太过情绪化，找全证据再吓唬人。"

26

终于回到北京。我狠吸了几口超标的空气，扬眉吐气。

不久后，沈觉明与陈勉的恩怨也摸出个头绪。畅意与朗恩竞标，陈勉所在的和佳作为朗恩的代理商，在竞争白热化时期，用C5的漏洞说事，为朗恩赢得一局。不仅如此，陈勉还利用畅意两个销售总监之间的矛盾，把其中一个挖出来，培植成朗恩的 A 级代理，从而又剥夺了畅意部分资源。了解这些，对沈觉明迁怒于我，也不是很介怀。偶尔想起来，还觉得陈勉不够厚道。毕竟当初在危难中，沈觉明拉了他一把。但从另一方面，也不得不说，陈勉是个有心人，进一家公司，不止是学一门手艺，他把太多东西看在眼里，每一样都可以在日后成为武器。

陈勉说过，人活着，首先得为自己考虑。如今这社会，弱肉强食，优胜劣汰，早就不是厚道人优游的黄金时代了。讲厚道，谈公德，很多时候不过是为自己的软弱和失败寻找道德的借口。也因此，在这件事上，我没有太明晰的立场。

沈觉明狼狈收拾残局的时候，陈勉赢来事业的春天。因为连续打下几个漂亮的仗，好几家公司都向他伸出橄榄枝，其中包括朗恩。据说，朗恩亚太区的总裁特意绕过中国区总裁顾永宁找其谈话。至于提供什么职位，陈勉会不会接受，众说纷纭。

除此，还有众多小道消息尾随，据说他业余为公司作培训，用烟做教棒，被一致认为很酷。在 R 大读 MBA，时有女生围堵。真是众人拾柴火焰高。潦草的陈勉现在可以用"不羁"来代替。出身、历史反而蓬勃地造就他的传奇。成功，翻手为云覆手雨，可以篡改一切。他用自己的经历诠释了那个运动品牌：一切皆有可能。

然而"可能"之后的付出是什么，几乎没人知晓，也无须知晓。付出必须要得到回报，如果没有，再惨烈的付出也没有丝毫价值。

就在陈勉在舆论的火焰中越蒸越烫时，他突然销声匿迹，消失得彻底，几乎没人知道他的行踪。余波动荡了一阵，便自然而然平息。忘记一个人原是容易的。

我和沈觉明仍在僵持中，南北相隔，没有联系。唯一的纽带来自我们各自的母亲。他母亲婉转地表示要抱孙子，沈家不缺一个人的钱，希望我辞职回南京。我母亲则从另一个侧面阐述两地分居的坏处，我这等于给别人腾地方,也叫我不要学她,该示软就示软,女人认错不丢人,而男人们需要尊严。

我从不是个刚硬的人,也不是一直都觉得自己理直气壮,无聊的时候,出点事的时候,也会想起他,曾经试着给过他电话。不过真的不凑巧,每次他都没有荣幸接到。

有好几次打家里,均是顾盼代劳。顾盼的嗓音我想不听出都难。

"锦年,要叫他吗?"顾盼嗲嗲地说,有着几分压不住的得意。

"不必。你们,周末愉快。"

既然他有他的精彩,我想我没资格干涉,结婚本只是为赌气,哪日,他烦了,一拍两散就是。

这日,我去企业办事。回来,同事琳达说有人来找我。我估摸着是案件相关人,也没兴趣问。琳达却一脸兴奋地坐到我身边,"就是那个传奇人物、草根英雄,陈勉,你熟吗?听说他以前坐过牢,从底层一步步做起的。"

我一惊,却很正常地说:"偶然碰到的。不熟。"

琳达继续道:"在你位子上等了你十五分钟,然后走了。"

"没说什么事吗?"

"没。我给他倒了一次水,搭讪了几句,可惜人家惜字如金。不过,真的很有味道,听说还是单身。"

我坐到工位上,心思茫茫。陈勉这些时日去了哪里?他又因何找我?

一阵后,我翻案上卷宗,无意间发现里面夹有机票,票面上有淡淡的铅笔字:

我等你。等不到,我也会走。

很明显这是陈勉最后一次呼唤我。我猜他失踪的时日,必是去寻找自己的身世之谜了。只可惜,他没有找到任何可以证明我们没有血缘的证据。走投无路,他才出此下策。他希望我能孤注一掷,跟随他远离熟悉的人群去守护住我们的爱,哪怕为世俗不容。

可我能吗?在陌生的地方我就能够坦然承受他的爱而没有任何阴影?

这样离开沈觉明我能够没有任何心灵的谴责?

我心哆嗦得厉害。这样的选择题,我没法做。没法做就是不敢做。我一直以为自己够决绝,够放纵,可实际上也是被社会框架拴死的人。我超脱不了。

而爱,真的很可悲。它是受约束的。

半个月后的某个时刻,我坐在办公室里,一片死寂。慢慢地,心里响起轰隆声。是飞机脱离跑道跃上天空的声音。陈勉独自去了异国,他只能选择放逐自己,忘记锦年。而锦年呢?她的心是否同样地逐云而去?

27

我不要命地干活,以求麻木。

老板最爱我这类拼死干活又不计报酬的员工,提前把我转正。我开始独自接案子。白天忙忙叨叨找证据,晚上,还要推杯换盏地应酬。回到家,有时候衣服未及卸去就会昏睡过去。同事们逐渐忘记我结婚的事实,我大概也以为是,但是沈觉明来提醒我了,在事隔半年后。

他来的时候是周末,但因为快过年的缘故,公司应酬特别多。

我那天因为生了些凉薄的感慨,喝得有点多。合作单位的一位叫赵一行的小伙子抢着送我。

我在他新车上呕吐了。吐完后,自己好像清醒些,连连说"对不起",拿起自己的围巾和外衣就抹那摊秽物。赵一行制止我,"没事没事,我自己处理。"

他扶着踉跄的我上楼。

"钥匙?"

"哦,钥匙。"我蹲下身,把包里的东西掏得满地都是,却依然没找着。

这个时候，门开了，现出一个颀长的男人身影。赵一行和我都吓了一跳，以为走错人家了。

"对不起啊。"赵一行先说，拉我，"是803吗？"

"没错啊。"我挠挠头皮，这个时候手腕一疼，我被那人抓住了，"你看看你自己都成什么样了。"

赵一行惊道："你是——"

对方愤怒道："我是她老公，你可以回了。"

"沈——"我酒意散掉大半。

"别丢人现眼了。"他一直把我拖进卫生间。

脏衣服是他扒掉的。他拿过水洒，直接朝我身体冲。水一开始很凉，我浑身瑟缩，残存的酒意一下去了。

"你出去。"我居然有羞耻意识。

他面无表情地看我，退出了。

我在浴室待了很长时间，想他所为何来，是否会提离婚，想他怎么这么憔悴，以前容光焕发的他不知丢哪里了，想我们到底怎么了，怎么可以半年不闻不问。

跨出浴缸的时候，发现没有拿睡衣。

我只得好脾气地叫他："沈，觉明，麻烦帮我拿下睡衣，在床上。"

他过来了，推开门，没拿任何东西，直接抱起我。

我分外羞耻，"你，干什么？"

他狠笑，"我什么不能干，你大约忘了，你是我妻子。"

"我，可我不想。"

"那你想谁？刚才那个浑蛋？"他把我放到床上，即压住我，热辣辣的吻铺天盖地袭来。我去推他，反被他捆住手，我急道："你这是强奸。""怎样，你是律师，告吧。"他的吻蔓延下去。我慢慢停止挣扎。

"锦年，你不能服软？我不找你，你不会找我？我在你心里一点位置都没有？"他眼里有一抹奇痛。我从未见他如此神情，内心恻然。他叹口气，

140

箍住我，紧紧的，仿佛要把我全部揉进身体里。

室内全是我们深浅不一的喘息。

早晨，他赖床。我去楼下买早点，顺便去药店买了紧急避孕药。

我吞药时，他出来了，"吃什么？"

我连忙去藏药，他眼明手快，一把抢过。看后，像烫手似的，他将剩余药扔至垃圾筒，"就这么不愿意要我的孩子？"

"还没到那时候。"我老实说，"我们关系不好，随时可能离婚。"

"是你想离吧？"

"我们，要不别拖了。拖着，对双方都不好。你父母那里也不好交代。"

他面目扭曲了几下，笑得有点狰狞，"我觉得这样挺好。"话毕，即穿衣离去。

过年的时候，我听妈妈的劝说回南京。

用那把已经有点尘封的钥匙打开那扇有点尘封的房门的时候，我有点忐忑。

第一眼我望向的是主卧。我发现自己在意。我把行李放在侧卧，换了新床单、新被褥，而后去婆家问候。

婆婆对我回来很是欢喜，拿着我送给她的礼物，说了一箩筐的好话，而后拉我的手，说："我也有东西要给你。"

带我至楼上，她从梳妆柜里掏出一个首饰盒，拿出一只通体透亮的翡翠镯子，"这个是觉明他奶奶留给我的，现在可以转给你了。"

我要推辞，知道推不了，只好接受。

婆婆又拉了凳子跟我在阳光下讲话，数说觉明的不是，要我多多包涵他。我只得言不由衷地说，觉明很好，真的很好。

话兜了一圈，又回到生孩子的事上，"觉明年纪不小了，反正要生的，晚生不如早生。也不要你们费心，孩子我们来带。我和你爸呢，干完这年就都退了，公司全交给觉明，以后我们就等着抱孙子，享天伦。"

我嗯嗯啊啊，无法明言，最后转移话题，"安安回来过年吗？"

"明天就能到。这孩子，前些时那场病可吓死我了……"

我这才惊觉沈觉明上次来北京可能是为安安，可我居然麻木到什么都不问，当下有些负疚。

安安的病跟陈勉有些关系吧。

其实不如大家都庸常地活着吧，不要那么执著，执著不见得是好事。

"觉明去哪儿了呀？"婆婆看看钟，然后给她儿子打电话，"我说你呀，这会儿敬业干什么啊，锦年都等你好一阵了。"

我脸有点烫，其实我回来未曾通知他，不是要给他惊喜，而是我现在已经不习惯给他电话。

觉明来得很快，他冲进屋的时候，我感觉到了他的喜悦，虽然他什么都没表露。

"锦年回来，你怎么不事先跟我们说声呢。你看今天都没准备锦年爱吃的菜。"婆婆向他抱怨。他回说："还不是想给您老人家惊喜。"

"几点到的？你怎么就不能直接送她来呢，哪有让媳妇自己打车的。"

他煞有介事，"中午去接的。她飞机晚点，我在机场可等了她将近两小时。你知道你儿子的时间多宝贵，一寸光阴一寸金，这还不够诚意？"

我扑哧笑。他回瞪我一眼，防我出卖。

晚饭后，陪婆婆看了会儿电视，觉明就急着要回家。我提出想留下来，明天方便接安安。觉明皱眉道："咱家离机场更近。"婆婆好热闹，道："要不，今晚睡这里，反正也有你们的房间。"

"妈，"觉明朝母亲使了好几个眼色。婆婆方道："也好也好，你们夫妻俩今天回家，等明天安安回来，大家就都别走，热热闹闹过完年。"

"你该不该打？"在路上，觉明道。

"还不是想给你老人家惊喜。"我学他的话。

"你有那心才怪。"觉明毕竟是快乐的，不流露也是快乐的。

"安安，病了？"我提起这个话题。

"嗯。失恋。有点接受不了。"

"哦……你知不知道她跟谁？"

"你会不知道？就别装了。"他剜我一眼。我闭上嘴。

"那王八蛋，有种别回来。"觉明骂。

我只能沉默。

他骂够了，问："你们都喜欢他什么呀？"

我继续沉默。

他忽然烦躁，发狠道："你和他，当我们兄妹什么呀，都是放身边备用的，是不是？你们以为我们没有自尊？因为爱，就可以任你们为所欲为？"

我还是没有话。

沈觉明送我回到家，心情极度不好，开车走了，整夜未归。有时候想想，我和他就算想庸常地活着，阴影总是散不掉，就是不知他为何不肯放手。

安安瘦了很多，但是瘦得很有风骨。一双眼睛愈发灵秀，笑容恬淡隐忍，身材颀长，走路飘飘似仙，更见神韵。

我与她久不见面。因为陈勉的缘故也起了隔阂。

"安安。"

"锦年。"

再见面，我们只是素淡地笑笑，笑里有温度，却不够滚烫。想起那些与她一床厮磨的日子，感觉像是隔了梦的距离，再度不进。

"做律师很忙吧？"

"还好。你呢？做孩子头特琐细吧。"

"孩子们都很可爱。"

"做老师也挺好，有寒暑假。你一般做什么？"

她眼睛里忽然起了层薄薄的雾，可是想到什么？寒暑假，陈勉与她一起出去玩过吧。

雾没有肆虐,安安淡然说:"去旅游。这些年倒是走了不少地方。"

"最喜欢哪里?"

"贵州。在那里住了大半个月呢。"她脸上露出回味的光,肌肤若细瓷一样白亮。贵州,有安安最美好的记忆。

我们的对话越来越简短,越来越表面化,因为有禁忌,不能深入。

我和安安,跟我和陈勉,只能到这个程度了。

那个晚上,我提出跟安安一起睡,谁也没反对。

在一张床上,我们肌肤的温度辐射出来,终于唤回往昔的情感。

"锦年,你幸福吗?"

"我不晓得幸福是什么。"

"哥哥其实很爱你。但是,我知道,你不够爱他。"

我有点茫然。

"锦年,你就算不爱哥哥,也请你不要说出来。他一帆风顺惯了,受不了失败。可是他已经在陈勉那里失败了几次。"

她终于提了陈勉。

"其实,C5 的漏洞是我跟陈勉说的。陈勉在和佳业绩还不错,但是他需要一个大的 case 来证实自己。恰逢他代理朗恩和畅意竞标的那个案子。要是没有什么问题,哥哥一定会赢的。我想,哥哥赢了那么多,他从小到大,几乎没什么失败,读书不用怎么努力就能拿好的名次,大学里,考都不用考就能保研,工作也不必找,现成的公司等着他做老板,刚出道,又遇到好时机。他真的很顺。相反,陈勉就坎坷多了。我想哥哥为什么不能输一次!"

我由此知道,安安很爱陈勉,为了他,不惜牺牲家族利益。那么陈勉接近她,是为了利用她吗?

这个推测很叫人不舒服。可如果不是,他为何毅然撇开安安背井离乡?

"锦年,陈勉从来没有爱过我。虽然他待我很好。这是我在他走后悟出来的。但是,如果再来一遍,我势必还是走老路。不管怎么样,跟他一起过的日子是我最美好的回忆。虽然只是回忆,可还是庆幸有这样的回忆。"

安安的眼泪在夜里终于渗出来，顺着耳根，漫过发丝，掉到枕边。

"安安。"我抹着她湿润的面颜，只觉得惭愧。我好像就是那个占着茅坑不拉屎的人。我必须要把自己的情感收拾干净。既然我那么懦弱，我就不值得去怀念一份感情。

28

觉明送我的新年礼物是一袭性感夜衣。

初一晚上给我的。那时候，我在稀里哗啦的炮仗声中捧着睡衣去洗澡。他说："等下，穿这个，送你的新年礼物。"我接过他递过来的衣服，展开，脸刷地红了。是一件金色桑蚕丝的吊带睡裙，前胸是镂空的蕾丝，后背衣带交叉，可露出全部的脊背，完全是调情用品。我恐怕没勇气穿。

"可以，不穿吗？"

"不可以。"他命令口吻。

我洗完澡，还是穿着原来那身像修女一样严实的分体式睡衣，没敢看他，径自回侧卧，关门，睡觉。

前些时一直睡婆婆家，光明正大地跟安安赖在一起。今晚，婆婆赶我们回了。大概是他做了工作。

他不久推门进来了。拉亮灯，我目光一刺——因他只穿着内裤——又迅速一闭，竭力稳住心头的鹿撞。

"谁允许你睡这里？"他过来抱我。我抗议，"我不去那里。"

他看我反应激烈，恍然，说："哦，我跟别的女人从来只在侧卧。"

我立即弹跳起来。

他嘿嘿笑了下,"这算吃醋吗?"

"沈觉明,你怎么能……"我想说他几句,忽见他目光一沉,"怎么,就允许你?跟你说我还没完全消化那晚的耻辱,只要想起,就对你没兴趣。"

他把我放下,真的走了。

其实那晚是我把自己送到枪口上的。我辗转很长时间,实在无法容忍自己安然睡去,就去敲他房门。推开,站在黑暗中,我问:"沈觉明,你跟别人什么感觉?"

他估计也没睡着,清清朗朗地说:"跟别人,都是别人在取悦我;跟你,都是我在取悦你。有时候想想,自己犯得着吗?你又不爱我,我这不是作贱自己。"

"我们离了吧,何必要自己堵得慌。告诉你,我很堵,一刻也睡不着。另外,我也不想听你说我把你当后备这样的话。到底谁把谁当后备,你想要我就要,不想要就不要——"

他大怒,跳起来,老鹰抓小鸡一样把我抓到床上。

他解我的纽扣,面色铁青,口气却依旧吊儿郎当,"你想要就直说,何必拐弯抹角呀。"

"你,谁想要你?"

"你也别以为我好像舍不得你,你谁啊,我只是等着玩够你。"

他强迫我套上那调情用品,像个嫖客一样对我。

我左右闪避,气得浑身哆嗦。

"裴锦年,你不爱我就没资格要求我。"他钳子一样捆住我双手。

我挣扎道:"沈觉明,我想听听婚姻对你来说意味什么?你不缺女人,你总不会需要一个摆设。如果是摆设,别人会不会比我更适合一点?"

他冷然道:"适不适合由我决定。……总有一天,我要你离不开我,就像我现在离不开你一样——"他神色开始有点悲哀,悲哀让他进入状态。

他咬着我的肩头,克制自己不叫我,但我在钻心的疼痛中,感觉出了他压抑着的喷薄的情感。我的手最终抱住了他。

那次后，我的肩胛骨附近有了一片月牙的形状，属于他。有话说，只有伤口才与爱情有关，因为这是血肉的联系。

年后，沈觉明开始像候鸟一样每半月来京探我一次。绝大多数时候只是做爱。每次开始都意料不到，有时候是吵架，吵着吵着，他发狠，堵我的嘴巴。有时候我安静地在电脑前查资料，他掩过来，搂住我的脖子亲昵。有时候是在车里，他突然停住，有了难耐的欲望。有时候，他半夜醒来，把我弄醒。一开始就跟强暴似的，总是伴随激烈的反抗，但随着深入，慢慢地就变为沉沦。这好像成了我们的鸦片，让我们时不时地麻醉。他说，要让我离不开他就像他现在离不开我，我不知道是不是指的这个，如果是，他成功了。

但是，我们依然没有推心置腹，没有开诚布公。有些人学不会让自己软下去，比如我，比如他。

我跟安安恢复了交往。起先是觉明的缘故，到京后他会把安安叫出来，一起吃餐饭。我从觉明难得的语重心长的唠叨口吻中觉出他对这个妹妹的关切，之后，我便常约安安出来逛街或其他休闲。她有时会来我家，但我从没想过去她的住所。

有次安安在我那跟我一起做饭。她手机响。她看了显示，仓促奔出厨房接。对答的语言不够流畅，脸上的表情既欢喜又惊慌。我心中立刻有数，多半是陈勉了。

她收了电话回来的时候，整个人明显不在状态。洗过的菜重新又洗了一遍，切黄瓜的时候差点砍到手。我不晓得出于什么心理，一把夺过她的刀，淡淡地说："是陈勉吧。"

她斜过脸，急忙辩解："不，不是的……"过于强烈的否定证实着我的判断。

我说："安安，陈勉有没有告诉你，我跟他有血缘，他是我舅舅。"就这么脱口而出，就这么镇定，除了心死，是否还包括着厌倦了安安这副躲藏的表情。

安安很震惊。

　　我又说:"我也是很晚才知道的,所以,没有办法,才与你哥哥结婚。所以,你也不必再忌惮我。我跟他隔着永不会靠近的距离。"

　　"可是,可是为什么,陈勉他……"安安结巴。

　　我说:"他需要时间跟自己妥协。你给他时间。"

　　"那么,锦年,你呢?你也会妥协,爱上我哥哥的对不对?"

　　看着她殷切的目光,我说,或许。

　　最后我嘱咐她,不要将我和陈勉的关系告诉他哥。然而安安还是告诉了。安安的本意也许是好的,想要宽慰她哥,让她哥不必为我和陈勉的事耿耿于怀。可她哪里知道一生将情感奉为神明的觉明哪会忍受得了自己的婚姻这样被玷染。

　　接他电话时,南方已经是春暖花开。

　　我与他算起来,也差不多一个月没见了。工作之余,或者周末一个人就餐时也会生出空空荡荡的感觉。我不清楚是不是想念,但是我清楚地知道听到他声音时我很高兴,甚至有撒娇的冲动。

　　"去哪里了呀?"我问,语气轻软。我指望着他说,想我了不是?可他只是说:"你回南京一趟。"语气不愠不火,听不出什么热情。我暗自叹了口气,放下旖旎的心思,也很端庄地回:"我看看安排吧。"

　　原本想周末回,这日正好结了一个案子,老板放我假,便订了第二日的票。坐在飞机上时,发现自己居然有那么点"小别胜新婚"的期待。我闭上眼,想他。脸烘烘地烧了起来,我用手摸了摸,在心里对自己说:要对他好一点。

　　天公不太作美,刚下机,就迎来一场大暴雨。雨点噼里啪啦地砸在车玻璃上,掷地有声。世界在瞬间换了模样。不过没有关系,我心情够明媚。

　　打开门,屋子里一股冷清的湿气迎面扑来。虽然地板没有蒙尘,摆设也还井井有条,但这个家还是不像一个家。觉明平时恐怕也不大住。念此,我蓦然起了内疚,内疚促使我蹚着水,去超市买菜买食物。我要给这个家增加一点烟火气。

　　一桌丰盛的菜做好后,觉明还是没有回家。

为了给他惊喜，我只好忍住给他电话的念头，蜷在沙发里，拿杂志消遣。也许是太累了，看着看着一歪头就睡去。

是被沈觉明拽醒的。时间大概已到了后半夜。屋子在雨声包围中，清寒寂寥。我还处于迷糊阶段，只见头顶氤氲的光晕，若飞蛾一样晃啊晃。

"手臂。"我感到了疼，甩着，同时面向沈觉明。他怒气冲冲的脸跟天气一样让我觉得倒霉透了。

"我问你，"他开门见山，气势也很盛，"你跟我交往、结婚，就是因为跟你那舅舅不可能了？"

我嘴唇哆嗦了下，"安，安安……"

"是不是？"他吼。

我最见不得人家跟我来硬的，很快调整情绪，昂然赴战场，"没错。但是，你也别忘了，交往与结婚也不是我单方面想成就成的事，是你送上门来的。"

沈觉明冷笑，说："我再问你，我在酒店逮住你那天，你们是在一起对吧，你们，明知有那层关系，还——你不觉得很恶心吗？"

我想沈觉明辱骂我没有关系，但是他有什么资格轻贱一段感情？我从没觉得我和陈勉有什么卑鄙之处。情生于懵懂长于岁月而困于现实的束缚，年少的时候谁不将之奉为纯粹？就他沈觉明干净啊。当下，我用一个灿烂到足够击败阴霾的笑回击他，"尊敬的沈觉明先生，我坦坦荡荡地告诉你，我爱他，跟结果没有关系，跟社会的禁忌与屏障也没有关系。我们不能在一起，就是因为像你这样的道德先生太多了，你们一个个都自以为是上帝，或者上帝的走狗，管理着这个被你们当做玩物的社会。但是我宁愿做魔鬼，或者做魔鬼的朋友。你恶心？后悔？没有关系，正好，我愿意正大光明地去想一个人。"

沈觉明气得浑身颤抖，指着门，"你给我滚。"

我拉了门就噌噌往楼下跑。

一冲下去即后悔，大雨仍在倾盆，凭什么我要滚？但没有退路，只能冲进去。

衣服很快就淋透，贴在肌肤上，冰一样凉。该死的沈觉明居然没有追出来。雨这么大，他明知我什么都没带……我在雨里咬牙切齿，我发誓这一次，一定要跟他彻底了断。他不肯离，就走法律程序。我会找到他出轨的证据，某些人一定巴不得提供给我。

半个钟点后，我已经没力气愤怒，软软地靠在马路边的一盏交通灯下，像一棵被暴雨打蔫的草。我真是昏了头了，居然回南京，居然想体恤他，居然妄想跟他妥协和解？我嘿嘿笑了，雨丝钻到嘴里，我冻死他都不会管我，我何必在这里痴等他怜香惜玉？

我立直身体，招手打车。雨雾茫茫，鲜有出租车掠过。

我又掉头回家。不久后，有车停在我面前。喇叭摁得叭叭响。我没理。他嘟哝着钻出来，几步后，扳住我的肩。

我嘶叫："放开我！"

他压着火："回家再说。"

我推他，"我没有家，也不认识你。"

他伸手强行箍住我，狠狠拖。

"你，你浑蛋。"我忽然哭了，号啕大哭，而后打之掐之踢之，疯子一般，"你不知道下暴雨啊？你不知道我什么都没拿啊？你怎么这么狠心啊……我专程回来看你，还给你做饭。你以为我非要对你好啊……你有本事冻死我，永远不要答理我……我要跟你离婚，我受够了你……"

他喉头动了下，好像是叹了口气，然后抱紧我，"好吧，是我浑蛋，我浑蛋，因而会爱上魔鬼。我虽然贵为上帝，又有什么办法？还不得乖乖听魔鬼的话。"

似调侃，声音又说不清的哀戚。雨雾肆虐，我冷得直打哆嗦，除了向这具暖和的身体趋近，其余已经混沌。

回到家，我脱了衣服爬上床，禁止他进屋慰问。

他在客厅踯躅了很久，还是进来了。

我直愣愣地盯着天花板。赌着气。

他捧住我脸颊，我拒绝看他。

他又叹气，手动了起来，轻轻地摩挲着我的脸部轮廓，然后凑近我。

他没有说什么原谅不原谅的话，只是轻柔而细微地舔着我湿哒哒的额、眼睛、鼻子，然后是肩上他留给我的牙印。

小心翼翼的，虔诚庄重的。我是被他祭奠的神。

然后他进了我的被窝，把我整个地团在怀里。"别生气了，把寒气都传给我。"我真的伸手抱住了他。屋外仍有雨，啪啪敲着窗，我与觉明吵吵闹闹，拖泥带水，可是终归离弃不了了。

"锦年，我们不要斗气，好好过吧。"这是醒来时，他对我说的话。

阳光已经如瀑布一样泻进屋子，蓬壁生辉。天空经过一夜的濯洗，清明干净。觉明的脸贴在我面前，亲切如大男孩。

"我今天不上班，陪你。"他说。

我以手探自己额，真扫兴，居然没有发烧，不由得低低道："我怎么连病也不会生呢？我但愿死了，让你后悔莫急。"

觉明说："就你这种糙皮厚肉，还可以再淋半个小时。"

我伸腿过去，狠狠一下。他惨叫一声，然后八爪鱼一样缠住我，"夫人，给我一点安全感。就一点点。"

"我想想——给不给呢？"

我们吻了。

29

沈家希望我留在南京做全职太太，相夫育子。觉明也说要维持一份两地的姻缘很难，希望我能做出牺牲。可我有事业，并且这个事业还在蒸蒸日上——我跟我们老板合打的几个官司均告胜诉。老板觉得我很有栽培前途,非常器重我——所以,我和觉明还是只能做候鸟。

做候鸟固然有不利的方面,比如说,因为没有束缚,双方受诱惑及至出轨的几率会加大,但反过来,好处也很多。因为相处时间短暂,双方的缺点来不及充分暴露,现实的琐碎因而也没有机会磨损。那些陈年的破碎光影,更是带着水纹底下的微微错位,隐身于缱绻的情感之后。托尔斯泰说,人都是河流,有湍急和凶险处,也有静美处。我想我大约进入了人生中比较平缓的地段。

我们事务所有了钱,决定做些公益事业,专门设立了"法律援助部",老板将这烫手的山芋交给我,由我主管。

在国内来说,法律援助,为那些打不起官司的人免费打官司,善莫大焉;但是,对事务所来说,是很有风险的。免费、吃力不讨好是其次,主要容易得罪人,有时候,因为捅了天,当事律师很可能遭到报复,事务所被吊销执照的情况也未尝不会发生。老板虽然大发爱心,还是一再叮嘱我小心行事。

我就任的第一件事,就是为一个偏僻乡村的女孩出头。她十三岁就被学校的几个男生强奸了,其中一个是校长的儿子,那家伙警告她,如果她敢告诉家长,就会使他们家人死光光。女孩出于胆怯和愚昧,一次次忍了。因为没有接受过性教育,自己怀孕多月,也不知晓,父母也未在意。及至有一天,孩子的姑说,这娃是不是得啥病了,怎么这么浮肿?母亲领女儿去医院一查,五雷轰顶,居然怀孕六个月,因为身体构造的原因,不能流产,生产还不能打麻药。女孩吃尽非人的苦头生下孩子,一生就此毁掉。校长不仅拒不认账,还反咬一口。女孩成天生活在窃窃流言中。她父母想搬走,换个环境,可又能搬哪里去?而且,凭什么,有些人造孽却得不到惩罚?

我去见他们的时候,场面极为心酸,十五岁的女孩子已经完全是妇人的模样,身材走样,臃肿,笨重。她在逗孩子玩,孩子扬着手叫她"姐"。

女孩的妈妈抹着泪说:"就当是我生的吧。否则,孩子长大后怎么做人?我的娃已经毁了。"

经过调查取证,我们事务所帮女孩提出诉讼。因为证据确凿,案子很快结掉，犯罪人就法。

两个月后，我去那边回访，却在回家的路上遭到意外袭击，腿骨被打脱臼，在医院足足养了一个月，才算恢复。

因着此，觉明坚决不让我吃律师这碗饭，亲自去事务所帮我办了辞职手续。老板惋惜地说我天生是做律师的料，有正义感，思路清晰，反应敏捷，而且属于越挫越勇型。觉明说，不好意思啊，我宁愿这社会少一个称职的律师，也不愿自己丢一个哪怕不太称职的老婆。老板握住觉明的手，"明白明白！小裴以后多回娘家啊。"我的职业生涯就这么咔嚓结束了。

其间自然也并非顺利，我跟觉明口角不断。我说要都跟我似的，吃点小苦头就退缩，这国家还有希望吗？他说，这是社会问题，跟我个人没有关系。死你一个人，社会健全不到哪里去。我说，就你这样的人存在，这社会才恶行猖獗。他说，你别跟我犟，别人我管不着，我不希望我老婆送命。

病愈后，我便回到南京，尽职做主妇。每天清晨一拉帘子，迎接阳光的到来；晚上，一闭帘子，送走一天的光明。日子固然无趣，却也十分齐整。觉明还算模范，但是作为一家企业的负责人，应酬毕竟多，很多时候都是我一人守空荡的家，与书本、花木相伴。偶尔他打电话来说晚上回家吃饭，我便雀跃地像上了战场，用铲勺去实现自己的价值；要是他连着十来日出差不归，我会渐生幽怨。我终于明白怨妇是怎么炼成的了。

我辞职后这个无所事事的夏季，沈觉明用这种"可鄙"的方式让我依恋上他。

我迷恋他身上的味道，试着调配香水，给他的衣柜里喷。前味是清凉薄荷，中味是冷香，后味近于雪茄的烟草味道。他走来走去，嗅着，"怎么这么怪？"

我们用过晚餐，我把围裙系到他腰间，"为表示你的诚意，你好歹洗一次碗。"

他啊一声，做个痛苦不堪的表情。我道："又不要你死，至于这么崩溃吗？"

"我很累，累死了。"他大声宣称。

"你是懒。"我自己去洗。

洗的时候,他悄悄过来,抱住我,说:"我给你讲大象和蚂蚁的故事……"

"你有这精力,不如帮我一把。"

"那不行,两码事。"

我冷不防以筷击水,想泼他一下,可是技巧掌握不好,很倒霉地浇了自己一脸。他乐不可支,说我,人笨心眼坏。

干完家务,他有时会发出邀请,"去你亲爱的母校走走?"

"好热的。蚊子也多。"

"你越来越懒了,肚子上长小肉了。"

他其实乐得不去,把我抱怀里,还有别的运动消化。

他说:"你有没有觉得其实爱一个人很容易的?"

"我爱你?"

"当然。"他自信满满。

我不能否认。我只知道,现在要有人来与我争夺他,我必然会精神抖擞地上场。

"觉明,国外有个真人秀节目,就是把孤男寡女关在一起,他们很容易就做爱。"

"不然做什么呢?"

"我觉得你把我拴到你身边也是有预谋的。对不对?"

"我要你爱我,这就是我的阴谋。"他亲我。

在他的热吻中,我很容易地就晕头转向了。

就在我继续挣扎于甜蜜与痛苦并重的主妇生涯时,却注定有事发生。

顾盼找我。开门见山:"裴锦年,还记得我吗?我想同你谈谈。"

谈话地点约在畅意附近一家茶室。时间为中午。我先到,顾盼随后来。她着一身白,白色衬衫、白色西装、白色阔腿裤,干净利落,英姿飒爽,典型的 OL 派头。凭心说,这白,也只有她这样既瘦且长的人才穿得出效果。

"不好意思,临时有个事拖住了。"顾盼依旧是娃娃音,但是经过职场的历练，少了那种奶声奶气的成分。

"无妨。我反正时间多。"我已点了伯爵奶茶；她便为自己要了冻顶乌龙。

"少奶奶的日子过得怎么样？"她倾身冲我笑。一头乌黑的直发，顺势倾泻至两侧肩头，瀑布一样垂坠的质感，让她平添妩媚。我尽管对她没有好感，却不得不说，她是个尤物。

"相当无聊。"我回。

"你是身在福中不知福，多少人羡慕你。"

"说得没错，可别人羡不羡慕跟我无不无聊有什么关系。找我什么事？"

顾盼啜口茶，目光有点轻蔑地扫过我，掂量片刻，才开始讲她与沈觉明的瓜葛。她似乎知道自己在心理上占上风，说的时候从容不迫，该渲染渲染，该卖关子卖关子，娓娓道来，把个平淡无奇的故事讲得风声水起。

去除枝蔓与夸张成分，我约略理出他们交往的脉络：一、两家因长期有生意往来，建立下一份基于利益的交情。顾同学与沈同学自小便熟；二、顾同学大学期间，与沈同学貌似开始交往。两家极力怂恿，乐见其成。不过，沈同学不很热衷，原因是该厮情商较低，开化较晚；三、顾同学毕业后，主动请缨去畅意工作，职务就是沈同学的行政秘书，这期间，顾同学是否在教化沈同学暂不能凭一面之词下结论，不过沈同学并不寂寞倒是；四、在顾同学以为春天到来之时，沈同学移情别恋，突然翻脸。顾同学与之大吵大闹（这一幕，我似曾见识）；五、顾同学不甘心，竭力找我的纰漏，在结婚那日，果然捉奸成功。

听到此处，我忍不住打断她："我很好奇，你是怎么知道我去了酒店？你不会一早起来就盯着我吧？"

顾盼嘴角上翘，带点得意，"用不着我亲自上阵，自然有人告诉我。"

"你说陈勉？"我无法置信，努力回忆了遍当初之事，颤颤道，"你们俩为了共同的目的合起来布局？你盗窃畅意的技术发布网上，陈勉做你的道具跟我演戏？你们让沈觉明人财两空？然后，你又让沈觉明相信是陈勉伙同他的工程师进行了贿赂性盗窃？"

155

顾盼笑,不置可否。

这个判断有动机,具备实际操作性,可我怎么老觉得不大对劲。陈勉和沈觉明两个大男人被一个大脑不见得有多发达的女人支使得团团转,说不过去吧?而且,陈勉是在我结婚当日才从安安嘴中得知我结婚的消息,当时他正在上海与人谈生意,二话不说,即赶赴南京,他怎么可能有机会与顾盼合谋?沈觉明知道陈勉握有他的核心技术,也没认真追究,说是为安安,这理由总有些牵强,他一直是公私分明之人,曾经为公司利益不惜得罪过我,怎可能为妹妹一个不确定的男朋友置公司长远发展不顾?

我筹谋再三,对顾盼换一种说话思路,"觉明要知道你盗窃了畅意的技术,会出现什么后果你想了吗?"

"哟,怎么能这么说呢?"顾盼不知我在试探,急于撇清,"明明是陈先生策划的啊。某某会馆的服务生可证明他与畅意的许工吃过饭。饭后出来,某某街道派出所的民警在醉醺醺的许工身上搜到一份合同和一张储蓄卡。"

她怎么知道得这么清楚?除非自己亲自策划。陈勉很可能是被栽赃。若然合谋,他不至于蠢到要给人留下这么多把柄?他是个谨慎的人,然而他又为什么要去找许工程师呢?故交,吃顿饭?如果陈勉没有问题,那就该是许工程师在顾盼的授意下主动找陈勉吃饭。出事后,许工程师已被畅意开除,他也不可能在同等行业任职,可要猜得没错的话,他混得不会差,肯定没有经济之虞,因为他或者受了顾盼极大的好处,或者与她有了某种切己的交换。具体是什么,不妨查查他的欲望和最新动向,总会有蛛丝马迹。可是,陈勉在那天,为什么也知道了沈觉明要出事呢?我略略放下的心又提起。我忽然发现自己好像低估了这个似乎只会向男人发嗲的女人。人不可貌相啊,谁说漂亮女人就是花瓶呢?局设到此,纵有漏洞,也很不错了。

我点点头,"真的小看你了。不过你大概没料到,被你这么一搅,沈觉明居然还会吞下苍蝇与我结婚。"

顾盼有点黯然,"说的是,难以想象。不过,"她又恢复欣然道,"还是有点用的,至少你们的婚姻名存实亡,他和你结婚,纯是为了报复吧。"

我想起与觉明分居的半年，每次给他打电话，屡能听到顾盼的娃娃音。无论当时还是现在，我都有吞苍蝇的感觉。只不过当初，我一心巴火想着早晚离婚不屑去介意，现在却有了深重的被冒犯的感觉，仿佛掀开一袭华美的袍子看到内里爬满虱子。

"我想告诉你，我们现在很幸福。那些属于历史事件，我不打算追究。"我不失风度。

顾盼望向窗外，良久轻飘飘道："是么，我是否也可以说，我很幸福。无论是不是过去……你有没有发现，觉明身上有一种让人沉沦的异香，每年他生日我都要送那款三宅一生的香水——"顾盼闭上眼，沉溺其间，她现在看到什么？觉明的肉体吗。我终于无法忍受，"你想怎么样？"

顾盼睁开眼，"你们两个吞苍蝇的能力超强啊。咽下垃圾居然吐出糖，终于修成正果啦。"她半调侃半讽刺道，话锋又一转，"可我不习惯吞苍蝇，我不傻，不想被利用就利用，利用够了就卷铺盖滚蛋。我毕竟还有一点撒手锏。"

"畅意的核心技术？你终于承认是你盗窃的了。"

顾盼淡笑，"就当告诉你吧。没错，核心技术还没发布。"

"你不怕我就此指控你？"

"你是律师你也知道，作为沈觉明的太太你不具备指证的资格。反过来，你或者沈觉明指控我，都无所谓，在指控前，他的十来亿投入就化作水漂。"

顾盼居然还有这样一种破釜沉舟的疯狂，看来沈觉明真的是给了她太多美好的感觉，就算要入地狱也不怕了，按她的逻辑得不到他恐怕跟进地狱也差不多了。我暗自叹了口气，良久道："你今天这番找我，是希望我给你腾位子吧。可问题不是我不给你腾位子，如你所言，你们也过了非常清净非常甜蜜非常幸福的大半年，那时候怎么不求姓沈的把你转正呢？我可是一直在等着离婚的通知。又如你所言，我和他吞苍蝇的能力超强，可是消化能力却不够好，尤其是他。我不清楚，他将怎样消化你这件事。是你有十足把握他爱你深到可以不计较，还是你觉得他白痴到永远不会知道真相？"

顾盼不动声色说："所以，我找你，希望你主动离开他。让他用更深的

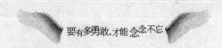

耻辱感来消化和压制这件事。"

"难道我脸上刺着蠢字?"我有点忍无可忍。

顾盼笑道:"还有件事,我不妨告诉你,我已经打探到陈先生的下落,他目前状态很糟糕。"

"你找到陈勉?"我眼睛都红了。可他娘的,顾盼还那么优雅,"是啊,前阵子在美国,黑户。移民局三天两头找他。他老鼠一样躲着,住地下室,打一些零工,很落魄,身体还不好。我帮了他一把,给他一份工作,派他去了英国。我知道你很关心他,我们作个交换怎样,我可以资助陈勉在英国读书,然后想办法让他移民澳洲。你和觉明离婚,对我们今天的谈话守口如瓶。你愿意移民澳洲,我也可以出出力。"言至此,顾盼居然从包里拿出一纸协议,详细罗列各自要承担的权利义务。不打没准备的仗,我服了她。

我做律师,见过的合同不计其数,可是今天这份合同让我震惊,面前这个风度很好的女人让我恐惧。

我一贯以冷静与镇定自负,然而类似于近乡情怯的道理,面对陈勉与觉明这两个我生命中最重要的人,我的脑神经休眠了。

我按了按太阳穴,说:"容我考虑。"

* * *

30

顾盼走后,我还在茶室逗留了一阵。虽然顾盼对陈勉的承诺很打动人心,但是合同我是不能签的。沈觉明要知道他被两个女人摆在台面上明码标价地交易一定会疯掉的。疯掉前,也会先把我杀掉。

然而,不签归不签,我心里怨气难消。出了茶室,我便气咻咻地去了畅意。

觉明在开会，吩咐前台把我带进他办公室。走过秘书室，我注意到，虽然办公物品配备齐全，人选显然还未物色好。虚位等谁？顾盼也有顾盼的好吧。

三宅一生。

那般好闻的味道，原来还是出自顾盼的调配。

我想起我自制的香水，喷在衣柜，觉明嗅着，怎么这么怪？对情调的挥霍，我自愧无能。顾盼才能跟他匹敌吧。

顾盼穿什么内衣？床头灯调什么色系？配什么音乐？

什么姿势？

我酸，酸的时候发现自己其实也很庸俗。

头却痛了起来。

我掏出小镜子照：还是以前那张脸，只不过尖下巴变圆了，那是安逸的象征。黄豆一样的眼睛没有任何神采。脸部神情有灰突突的挫败感。

我幸福吗？

怔忡。

听到脚步声，我收起镜子。沈觉明推门进来，"怎么来了？"

我说："无聊。"

沈觉明看看时间，"中饭吃了吗？"

我吃了一肚子茶水和气，很饱，"吃过了。"

"走吧，陪我再吃点。"他过来拉我，瞅出我状态不好，"要真无聊，到我这边谋个事？"正好途经秘书室，我说："做你秘书可以吗？"

他脸色一变。

"你秘书呢？"我一指空位。

沈觉明说："前任走后，一直物色不到合适的。"

"那不如把前任留下。"

他绷住脸，"听到什么了？"

"是顾盼吧。"

"只是前任。"他努力平静。

159

进电梯，有员工向他问好，目光小心地划过我。

这样的目光是否划过顾盼。那个时候，她和他也是为人瞩目兼非议的一对吧。现在安插异性秘书很少见了，纵然他不过看在她父亲的面子，安排她实习，总易于留下被人涂染花边的余地。他不管。

我们在车上沉闷无言。良久，他向我解释："顾盼是因为她父亲的缘故。我不想得罪。原本不指望她做什么，然而她的确敬业称职，实习后就一直留在畅意了。后来怕你有想法，才辞退她的。如今确实会按照她这样的标准找人。你别介意我这样说，我很少以私徇公，虽然——"

"我并不介意。"我说，心里酸溜溜的。

沈觉明说："她找你了？"

我没回答他，问："你喜欢我什么？不够漂亮，不够贤惠，不懂情调，没有品位，有点任性有点自私。"

"大概就是这个不够。哪一点都不够，可就组建了一个生动的你。"

这话让我有点动容。可他接着说："你还没说一句话，你还不够爱我。正因你不够爱我，才比别人对我更有吸引力。"

"你吞那么多苍蝇，跟我在一起，就为了争一口气？"

他闭住嘴。良久才浅淡地笑笑，"你别瞎想。"他这个样子，让我好难过。我其实愿意他发火、咆哮，跟以前一样恶狠狠骂我，"你脑子里想什么啊，我用一生幸福来争一口气？"再不济，也该有个紧张的表情啊。难道他与顾盼真的有那么幸福？

我没有陪他吃饭，在一家商场前让他停下，说要买东西。他没有勉强我。

那天晚上，我死活睡不着，起身，披了衣服去阳台。

刚下过雨，长空如墨，云层厚重地游移着。万家灯火遍洒其间，露出星星一样温暖的光泽。风卷在天地间，拂去白天的暑热，留下惬意的凉。

觉明不知是什么时候出来的，无声地把我抱在怀里。我微微仰躺着，任自己的身体小小地柔软地消失在他臂膀围成的世界中。夜的颜色风的感觉和他的身上的温度构成了此后我行走天涯时对他唯一的记忆。

这个无所事事的夏季，本以为事事都可以。

"觉明，要是我，沦落成一个跟别人都一样的黄脸婆，不再有以前吸引你的品质，你是否会厌倦呢？"

"怎么问这个？"

"回答我。"

"这个，诚实地说，会吧。"

"我以前有个梦想，想周游世界。我想去实现它。"

"可是我怎么办？"他含糊地说。他这样说的时候，分明是爱我的。

"想我的时候，我就回来。"我这样说的时候，分明也是爱他的。

他把下颌靠在我发丝间，柔柔地叫我："锦年，锦年……"

"嗯。嗯……"我一遍遍回应他。

"因为你对我隐瞒，我也不想向你完全展开。"

"我明白。"

"你说，我们两人维持着一个倾斜的弧度，不知道是好还是不好。"

"其实想保留，是因为尚有牵挂。隔一阵，对我们不是坏事。"

"你想去哪里呢？"

"英国。"

我开始行动，联系学校，学习语言。觉明没有阻止，但应该有矛盾。他平时很少抽烟，只要抽，必是到了心乱如麻、难以抉择的时候。可那些天，他一天一包的量。

婆婆闻讯，赶过来劝："好好的，怎么要出去？"婆婆的表情与语气一反往常的严肃。

我说："想趁年轻，出去走走。"

婆婆说："你是为阿盼吧……觉明的确对不起你。不过，话说回来，你也不好。结婚那天，你缺席，后来，也是你扔下他，半年不归。你怎么可以指望把丈夫扔半年不出一点事呢？其实，你和阿盼，我们大人当时更属意阿盼，你们婚后分居，我们也跟觉明商量着是否离婚，毕竟，你们也没走正式的仪式。他当初说不能就这么放过你，可我知道，他是放不下你。现在好端端的，你又说走就走。纵使不考虑我们老人家要孙子的想法，也得为他考虑考虑啊。他人在盛年，工作又辛苦。我说句不中听的话，你要出去，未若先离了吧，彼此也都没束缚。"

我没语，半晌说："听觉明的。"

婆婆砰地站起来，是真的生了气，"你也真上套了，我看我儿子的确没有必要这样待你。"

我走前，并没有办离婚。

我没想，觉明也不想。

我们难分难舍，又各有心病。难以言说。只有离开。

我办妥后，顾盼给我打电话，将陈勉的地址告诉我。为了得到觉明，她真是用足了心思，不惜在茫茫人海觅出一个与她不相干的人影，只为了制衡我。比起她对觉明的上心，我真的被远远甩在后面。可感情可以这样步步为营吗？

我从来就是一团混沌，也从来收拾不干净自己。跟觉明散步的时候觉得好，床上打闹的时候觉得好，在阳台上彼此静静地拥着也好。只是好，没有想过，天长地久或别的。

我记下顾盼提供的地址。我不一定会去见陈勉，即便见，我想也只是远远一眼看看他好不好，决不进入他私生活的半径。我出去，本质上与陈勉无关，我一直是个蠢蠢欲动的人，细流般的平静不足以吸引我。

顾盼说："你放心，虽然没签协议，我仍会履行部分承诺。其实陈勉的地址我是从安安那里套到的口风。我一点都不看好安安跟陈先生。你有没有觉得他们兄妹俩，都有点不切实际？脚在尘寰，心在云端。"

其实不止他们俩，好多人都这样。生活永远在别处。

顾盼还说："我爸爸决定跟畅意进行全方位的合作，在技术、业务、营销上结成统一战线。……锦年，你听不出来内在的意义吗？觉明此前被朗恩压制，全线委靡，现在正好重振旗鼓。"

这大概也是觉明愿意放我走的缘故吧。顾盼的父亲不会做没好处的事，肯定是嗅到了其中的光明意味。

我离开南京那日，逢着觉明跟顾盼父亲的公司签约。他没法送我，而且他也说过，并不打算送。

我到北京，翌日由安安送至首都机场。

北京已经很冷。沿途树木都被剃了光头，没有剃光的，被塑料纸紧紧包裹着。天气却很好，天空湛蓝，鸽子冷冷地掠过，衔来了丰盛的日光。我和安安沐浴在斜打进来的透亮光线中。我侧过脸，看到安安脸部的肌肤好白好亮，都能看清里头血管精巧的分布；细细的绒毛浮在轮廓线上，带着呼吸时的轻微颤动。

我想说些什么，但是什么也没说。她大概也一样。我们只在航站楼大厅拥抱了下，拥抱并没使我们拉近距离；相反，像柔软的石头，生生地硌醒了我们。

再不能没心没肺地亲热了。

不沾欲望的纯洁岁月已经远走了。所谓的纯洁与美好，原来是盛放在成长这个粗糙的容器内；摇晃的时候，会听到记忆的巷壁传来似是而非的欷歔。

我收到最后一个电话，来自觉明。

他说："我现在就想你了。"

我关闭。

飞机在跑道上不断加速，一个仰起，在瞬间，与地面完成一个倾斜的弧度。

那是我和觉明的情感弧角。

飞机脱离地球的引力，向高空呼啸而去。我们也一样。游移与偏离是活在像金字塔一样坚实的秩序中的芸芸众生们所向往的。虽然倾斜的后果，他们其实未必承受得住。

31

　　冬天去英国好像不太明智。早上推开窗，总是有雾。湿气随风涌进，在地板与墙壁上洇出细蒙蒙一片水渍。随着日头的升起，漫天牛乳一样的混沌中，会渐次浮出人与车与建筑的模糊影子。影子一律笨重。因着这城市赋予的古老而厚重的历史。到日中，雾基本散去，光线却依旧惨白。穿风衣的男男女女在街角消失。一只猫喵呜一声窜过。公寓楼阳台上的花木静静地垂着枝叶。楼裙间的缠枝雕花上慢慢汪起一片油色的光亮，这是一天中最好也最安静的时刻。日头缓缓地向西偏着角度，到四五点钟再抬头，必定已变成了一枚腐败的鸭蛋，流着暗黄色的汁，风大了起来，横冲直撞穿梭的时候，把天空的墨水泼翻，一天就宣告结束。

　　对初来乍到的我来说，伦敦不过是一窗雾来雾去的风景。

　　功课紧、物价高、语言不通，加上马虎大意造成的被骗、丢钱等突发事件，让独在异国生活的我很有压力。有阵子，很想觉明，想了，不管时差，就打电话给他。

　　跟他说读书辛苦。觉明说，那就别读了呗，又没指望你拿文凭。

　　跟他说结婚戒指挤丢了。觉明说，那就再买一枚呗。

　　跟他说地铁又老又拥挤。觉明说，那就打车呗。你钱够不够？

　　他回我话的时候，困意阑珊，表明在睡梦中；匆匆敷衍，大概在开会或干其他正经事；话多的时候，多半是睡前精力充沛时。

　　有次他兴致好，讲了挺多公司的事。规模扩大后，发展很好。某项业务已占市场百分之三十多的份额了。在竞争激烈的通讯市场，已近乎垄断了。

　　我无法不想起顾盼。对喜滋滋畅想未来的他说："你现在，一个人啊？"

　　他不明所以，明白后，半真半假，"两个人我也不能告诉你啊。"

我说:"对你们男人来说,事业终归比感情要重要一点吧。"他就有点怒,"明明是你要离开的。要自由,要独立。"

我说:"你当时不反对,并不纯是尊重我的意志吧,私自帮我辞职的事你也不是没做过。你其实是希望我在那段时间消失,好跟顾家谈合作,因为夹杂着儿女私情。"

沈觉明发火了,"哎,你怎么这么刻薄啊?裴锦年,我花钱供着你在外边玩,你还挤兑我。告诉你,我就算拉着你去签合同,人家也不会不签。"

我想追问,他气呼呼地摔了电话。

半月后,我收到他寄至伦敦的信件,是用毛笔写的小楷。他小时候很毛躁,他妈妈为去掉他浮躁的脾气,请人教他修习书法。后来每遇上需要决断需要冷静的事,他都会选择用写字的方式来平和情绪。当然感情是例外,因每次发作都太突然而来不及让自己反思。

展开宣纸,那秀顾纷披的字一个个面貌端丽、心气平和地讲述着他的情感始末。

"锦年,我一直不想跟你坦白那段历史,一则因为我不愿意回顾,二则恨你心里种着自留地,三则我要我的尊严。"他开篇这么写着。

我继续看下去:

顾家与我家算世交,虽然大半基于生意的情面。我与顾盼打小认识。但在我的记忆中,我好像不很待见她,盖因她老是欺负安安。还记得,小时候跟她们玩过白雪公主的游戏。她和安安都想做公主,就猜拳,结果安安赢了,她不服输,哭。妈妈跑过来问什么事,知道后,就把白雪公主的位子派给顾盼了。顾盼破涕而笑,指派着安安做狠心的皇后,我做王子,我不肯合作,只愿意做魔镜。然后,每次她问:魔镜魔镜,谁是世界上最美丽的人?我都说是安安皇后。她气得掐我,指甲很长,在我胳臂上拉出长长的血痕。安安叫妈妈过来,可那时候,我家生意刚起步,妈妈有求于人家,一个劲庇护她,非要我说,是白雪公主最美丽。我没有说。顾盼满地打滚。这一幕,我一直没有忘记。顾盼也没有忘记。她说她长大后每次回头想，都觉得是我那时候的坚持吸引了她。当然，我不过一笑而已。

顾盼上大学后，两家大人私下的确有联姻的念头。但是我父母也不是刚愎古板之人，很尊重我的想法，见我没念头，也就作罢了。

我有限几次去学校找顾盼，或者把她带去 W 市，纯粹是为向另一个人展示无所谓。你大概想象不到，我这样一个人，在爱情里笨拙又敏感。

那个人的不在意总会让我事后陷入惶惑与困窘中。我从小养尊处优，顺风顺水，想要的东西一直紧贴着我的手心，只有她是游离的。我一开始追求的也许就是这样一种边缘的感觉。

时至今天写下这些字时，我依旧不清楚她是否爱过我，我也不敢问。如果你打听到不好的答案请别告诉我。

我一生最快乐与最绝望的时刻就在同一天。我清楚地记得那天早上，她起身下楼梯时，我看到窗子外有一团紫红色的朝霞。她还没有完全清醒，散发着熟睡暖气的脸上也有同样紫红色的晕，不过比朝霞更加娇艳。在剩楼梯最后两级时，我当着我们全家人的面伸手把她抱下来，吻着她的红晕，跟她说：我很幸福。她有点害羞地推着我。我爸我妈站起，异口同声说：我们什么都没看见。

那天早上天气明明很好。可到晚上却下雨了。很大很冰凉。我蹚着水往饭店赶，公司在紧要关头出事，我只想早点解决好早点回去参加我们的婚筵，虽然没有登记成功，但是请柬早发出去了，几个最重要的亲朋都会参加。我也把那天当做我和她最神圣的一天。

路上打她手机没通，我想她或许生气了。后来妈妈打过来，说你们在哪里？亲戚都来了。她原来没有参加。

我心里漫上凉意，而后慌张。我从来没有这么凉，也没这么慌过。我却还要笑着对满室宾朋编谎："诸位，新娘太激动，脚崴了，我哪舍得让她瘸着腿过来，下次一定补过。这杯我自罚。"我一桌桌饮下罚酒。

顾盼也是参席者之一。酒过三巡，她把我叫出去，说，我知道她在哪里。

锦年，你大约不会知道，我在酒店大堂看到她与她的情人先后出来时遭遇的绝灭般的痛苦。雨下得那叫大。真大。我唯一记得。

在她说"结婚没意思"之前，我已经对自己说了。后来决定结完全是因为她再次把不结婚的主动权拿到手了。如果那天，她改说，我们结婚吧，或者疑问句，还结婚吗？或者再退一步，沉默，什么都不说，我都不会选择结婚。

那次结婚对我来说，已没有任何意义。结婚不过给她一副锁链，并不给我。

我与顾盼发生在她离开南京那天。她走前说：找足证据再吓唬人。她的语气真冷漠，眼神够凌厉。

去她的。我叫来顾盼。就那样了。

那段日子真的很混乱，看不清自己的真心，也不屑于去看清。知道了无非是添些怨愤。我是谁啊。

她做得比我还绝，大半年，可以不闻不问。她心里没我吧。她怎能没我？她哪里知道那个时候，只要她对我示半分软，我就跟她离婚。可我愣是没等来。

安安因为被那个王八蛋撇了，生了场大病。我去北京探望。想到那王八蛋跟她的关系，我说不上来的愤恨。晚上就去找她。

我对自己说，看到她只说一句话：游戏结束了。

我翻来覆去对自己说。在这样的黏糊中，我自己明白，其实是想她了。真想她。

她偏偏不在。我等了大半夜，终于等到火气都出来。我来离婚，她都要端架子？

她姗姗归来，喝得醉醺醺，还带了别的男人过夜。

我跟她纠缠在一起的时候，真的不知道是爱她还是恨她还是只想羞辱她。我没有勇气说离。只因，我不想自己收获那样深重的挫败感。我要她离不开我，就像我离不开她一样。我要她爱上我。

我在玩逞强的游戏？也许。只是这游戏太累了，然而我不想输。

在我累的时候顾盼在我身边。锦年，对一个男人来说，跌宕起伏的爱情固然让人怀念，然而他们最终需要的却是温暖与呵护。我与顾盼在一起，从来都是她顺着我。在事业上、生活上，顺从我，取悦我，哪怕背后再偷偷矫正我做错的地方。顾盼比我那个名义的妻子爱我。我一直觉得顾盼很笨，不如她聪明。后来发现，恰恰倒过来，顾盼是太聪明，以致把感情也当做了棋局，而她呢，笨到是非真假都难明。

顾盼偷了我的技术我不恨，我总有办法加倍拿回。她爸清楚他女儿做的事，清楚他女儿的一生在我手上。可是她呢，我的妻子，她偷了最重要的东西却不自知。

锦年，我想了很久，告诉你这一切。真的惭愧，感情这事原本并不足为外人道，然而当着她的面，我想我说不出来。

现在说出来，也能够坦然面对了。

很多决定下在那个雨夜。我知道她爱的人是她的舅舅，她因为无法跟她舅舅在一起而找到我。请你转告她，我不能容忍。她跑出去的那半个小时，我在考虑是就此崩盘，还是达到我孜孜以求的目的。

——要她离不开我就像我曾经离不开她。

我手下的笔难以为继，因为想到她。我和她那么好，每次每次，都那么好，我全身心地投入和战栗，我恐怕再不会爱一个人，但是我一定要像戒毒一样戒掉爱情……

我合上信纸，万千滋味呼啸至心头，化做眼里的蒙蒙雾气。

他终于向我袒露了真心，然而我也知道当他袒露的时候我们的关系已到了最后。

现在只差了一个分手的形式。

出国前，他没说，只是不习惯说出口吧。我呢，是留恋着没敢说。他最爱我的时候我一掷千金地挥霍着；他不爱时，我反缩到他的怀里求暖。

他在顾盼那里游弋与医疗自己，明白婚姻是现实的归宿，哪怕对方做得有些过火。一个肯为感情营谋的人总比一个什么都不做的人强。他在感情的淬火中迅速成长起来。我呢？

也许只剩了苦笑。我的情感之路，好比在搭积木。搭得再豪华再壮观，

168

也是假的，也要推倒。可是纵有些遗憾，也不算失败。因为曾经辉煌地构建过，每一次每一次，我都没欺骗自己，带上了真心。也许我在情感里迷了路，那也是因为岔路太多。

雾气肆虐。我想哭，但是我还是笑了。

沈觉明，关于离婚，你终于抢在我前头，你高兴吧？

32

此后，我与沈觉明没有联络。他打给我的钱，我全部退还给他。我换了更偏更小的房子，找了份零工，给沈觉明写 E-mail：自食其力很光荣，请不要为难我。

他没再为难我。

初到伦敦的那年冬天分外漫长。白天短促，而黑夜涌流无际。挨不过枯寂长夜，我经常会在夜半醒来，开一盏小台灯，读一点书或写一点在异乡的感触。有时候干脆什么都不做，只与自己待在一起。心经过长此寂寞的蛰伏，渐渐静下来。这样，迟迟的春日就过来了，天空恢复明丽，在薄柔的云彩点缀下，蓝得从容不迫。

我终于想到去找陈勉。

当年，陈勉在美遭到移民局遣送时，是顾盼托了朋友帮忙，将他带至英国，安排在一家广告公司打杂（只是顾盼一面之辞）。这家公司的地址，我早已烂熟于心，在伦敦西角，严格说来，与我学校并不算远，但我一直未有行动，跟沈觉明大有关系吧。与他分手后，我只觉事事无聊。

去前，我打电话到那家公司询问，未能得到关于陈勉的半点音讯。我又赶到公司,前台在电脑上输着员工名字,而后告诉我没有这个人。我不甘心,要找他们的人事主管,前台拗不过我,电话打过去。

人事部门有人接待我。我描绘着陈勉的相貌,人家一头雾水。我便拿出陈勉的相片给人看。那人看后立即恍然,笑眯眯地说,啊,我知道了,你说的是 Eric,是做过一阵兼职,但早就不做了。

"那你知道他去哪吗?"我急问。

对方耸耸肩,表示爱莫能助。

陈勉曾经与我近在咫尺,然而我丢失了他。

我打电话给顾盼询问去向。顾盼轻飘飘地说:"是的,他走了。去哪里?我想我没必要知道。"

是的,如今没必要。我苦笑。要挂未挂之时,顾盼忽说:"你不跟觉明说几句吗?"沈觉明大概就在她身边。现在是那边几点呢。我发现自己还是不能释怀,但不能又能如何。"不了。"我说完就挂。

我不知道顾盼是否跟沈觉明提我找陈勉的事,也不知道沈觉明知道后如何反应,但想来,正如我不能对他的事多加干涉,他同样也不能。我已在 E-mail 里跟他明言,放假即回去跟他办手续。他什么都没回我。

接下,依旧是过日子。读书、打工,赚点钱就消耗在远足上。时间一点点走。春天浅黄而夏日浓绿,阳光水一样绵延。

预备回国前,我坐火车去约克镇。

约克镇是个很古老的小镇。古罗马时代就存在了,街道上常能看到打扮成罗马战士的本地人在那宣传小镇的文化与特色。又兼是英国两大教区之一,教堂修建宏伟,所以,颇招来些观光客。饶是如此,还是安静,是那种带着历史隧道的阴凉与尘埃味道的静。从一砖一瓦,一草一木中渗出来。纵然偶尔也会爆发出游人的喧嚣,但不用担心,没多久就会被统统没收,仿佛一颗石头扑通跌入海洋。

从教堂出来,我绕进街区。

街道用方形或菱形石头铺砌而成,很窄,两边是有着斜斜人字坡顶的房子，一律不高，楼身被线条横成诡异的几何形状，应是老建筑。楼与楼近得仿佛能触手招呼，垂下的影子彼此交融，成年透不进阳光。

游客稀落，多是独行侠。总不知从哪里钻出，一闪一闪，如魅影。

天气在下午暗下来。风从狭长的道口一路卷过来，发出呼呼的暴响。我疑有雨，也累了，就钻进一家酒吧。

我靠着窗子，要一份食物，外一杯红酒。

等食物端上桌时，雨果然倾盆而下，在檐下垂下白惨惨的帘子。

我叉着烤土豆，边吃边跟妈妈通话："我后天就回家。高兴吗？"

妈妈说："觉明去接你吧？"

"妈，我们准备离婚……是我的问题。"

"我说你是不是有毛病——哎，你去英国干什么啊？跟你说，你回来我就不让你走。……有什么事不能商量呢，婚姻不是儿戏。"妈妈在那边劝解。

"妈，感情的事，没有办法的。你由着我吧。"

有服务生给我上甜点，"慢用。"

"谢谢！"我自如回，没去介意对方说的是中文，还在跟妈妈周旋。

也不知多久，神经突然跳了跳，刚才是中国人？声音好像有点熟，"慢用"。我摁了电话，站起来四顾。因为下雨的缘故，店里人多，服务生在里头穿梭，穿着一样的衣服，做同样的托盘动作，分不清谁是谁。

我叫来旁边一个服务生，"你们这有中国人吗？"

"有。"

"陈先生在吗？"

"Chen？没有这个人。"服务生甩着脑袋。

我懊丧地坐下来，脑子一偏，靠到窗子上。是我生了妄念？的确，这些日子，在英国的大街小巷、都市城镇乱窜的时候，是带着"说不准能碰上陈勉"的念头的。尽管，知道这不大可能。

我将脸压在玻璃上，轻轻呵着气，而后伸手无聊地抹擦着玻璃，不久后，玻璃上呈出好几个无比陌生的中国字：陈勉，陈勉……

这个无处安身的名字。

我的眼睛仿佛被这久违的字灼烫了,居然热辣辣起来,望出去的世界跟这被水气肆虐的玻璃一样模糊难辨。

街灯好像亮了起来,昏昏的,也有一点点暖,浮起黑润的小径。

此后,不知道是我出现幻觉,还是酒醉的缘故。总之,我以为我看到了陈勉。

就在马路斜对面,穿长长的风衣,影子被薄暗的光拖得既瘦且倦。

我付了钱,昏头昏脑地追出去。影子在正前方混沌如豆点。

我继续追。

好像生命只剩了追,其实那豆点一样的陈勉何尝不是雨中的一个恍惚?他在我失意的时候跌进来,又在我得意的时候消散。陈勉、陈勉……如此悲哀。

我呢?我要的东西是这样拔脚就能追得到的吗?我的脚和心一样一个趔趄。

一辆车正好拐出来。

我劈面撞上去,又轻飘飘地反弹出来。我在雨中坠落的姿势,像蝴蝶一样轻盈优雅,倒下时,我闻到大地蒸发出的清润香气,耳边有整齐而浩大的鼓点,轰响着将我覆盖……

我像做了一场噩梦醒来。

醒来后有明丽的日头和薄如蝉翼的云纱。同室病人哼着圣歌,昏昏欲睡的调子,却有着让人心生安宁的力量。

妈妈和觉明都来了。

他们照料我的漫长日子,我除了微笑,也不多话,偎蜷地躲在自己的壳里。妈妈理解我,也不发话,只偶尔在挪动我身体时低头问疼不疼,我总是摇头。我知道我的腿不会有以前那么灵便,脸上、身上呢,也会留下很多永远褪不去的伤痕,但是,伤痕无非是日子的标记,结了疤就成了过去。

觉明怀疑这场车祸与他有关,总不敢将目光直接垂覆在我的身上。他看我时，目光一律轻而浅，像睫毛扑扇。他是个好人，终于主动说次话，却无端背上负疚的十字架。

一个晚上，我在梦中醒来，发现被觉明团在怀里。

我欲翻过身去时，他搂住我，说别动。

"你做梦了？"他问我。

我做梦了，梦到陈勉被车撞，像蝴蝶一样扑出来，我目睹了他的离去，锥心难过。

"你叫我。"觉明说。

我叫他？

我梦到陈勉，却叫着觉明的名字？

陈勉需要我引渡，而我需要觉明引渡？这就是我记忆昏暗中的原始形状？

我无语。

"推我下去走走。"良久我说。

住院部设在一处古宅内，应该是以前的王公贵族住过的，颓墙残瓦，锈门深井，配上浩月当空，草木离离。时间的苍凉直逼入骨髓。绕到园内正中，一棵不知名的高大乔木亭亭如盖，树梢间泻下一地清辉，被风一吹，宛若银河泻影。墙角种有石竹和蔷薇，枝蔓纷披，地面遍铺碎石，在树的阴影中，自得其乐。

觉明缓缓地推着我，仿佛时间无涯。

我不知道他是否也在怀念我们共同走过的日子，多少个月夜这样流连。时间一过，终究惘然，只有亘古的月亮无言地观看着人间的悲欢痴怨。

"锦年，我说声'对不起'。"他俯下身，对我说。

"该我抱歉。"我笑笑。

"觉明，月亮从树梢间看过去，好像特别大特别亮。"我指着，醉笑陪君三万场，不要诉离觞。

他蹲下来，靠在我身边，与我并排抬头。我们同时浸润在异乡湿漉漉的月光中。

"等我好了，就回去跟你办手续。……我留在你那边的东西你叫她随便扔好了，我什么都不要了。"我对他说，同时吸了下鼻子。他摸摸我的头发，轻言："不要说这个好吗？"

"你会跟她结婚吗？"

"还没考虑。"

"那我不管你了，总之以后，你好好保重。因为我……不想也不会再找你了。"我说得难过。他也是。

他撇过头，竭力平静地说："不要说了，好不好？"

半年后，我拿到学位回去，在第一时间找了他办离婚。

律师是现成的，财产已然交割好。我得一半。我坚持不要，他坚持要我要。最后拗不过他，就让他帮我管理。

最后的步骤便是去民政局办离婚手续。

手续办得很快。

出来后，阳光满面，金光流转。这座已经萧条的古都，隐约现出了曾经画栋流丹、佩玉鸣鸾的气象。结婚没有选对时间，离婚倒是碰得巧。

我深吸口气，对他说，再见！

一眼都没敢看他，即跳入匆匆人海，不是不想看，而是怕自己会软弱，会不舍。

这一天，很多人都注意到了一个腿有些微跛的女人在拔足狂奔。再仔细看，会发现她脸上有泪肆虐。

我和觉明就此各奔前程。

我开始一个个国家地穿梭。打一阵工，旅游一阵，而后换一个地方。是一只鸟，不过不是候鸟，我没有固定的归期。

而沈觉明则在属于自己的人生路上固定地走着，去维持他的家业，去创造他的梦想。

三年，我没有再见他。

我也没遇上陈勉。

觉安——爱上爱情

1

陈勉回国前给我电话，向我求婚。

"安安，到我身边吧。可以结婚。"

我想我会永远记着这句话，记着听到这句话时心动与怨恨交织的累累情绪。然而我不能接受。是我骨子里在拿腔拿调，还是我为着自尊拒绝做他生命中的配角？

离开陈勉已经有一阵子，我以为我心如止水。

在下决断要彻底跟他了结前，我曾质问他：如果我的来临算不得奖励，那么离去算不算得惩罚？

那三年，候鸟一样的三年。我每次飞去的时候，都暗自期待与满怀喜悦；而每次离开的时候，却无一例外地收获着失望与沮丧。

我没见过如此执著的人。

为一份已经不成样的感情，顽强自守，刀枪不入。他一个国家一个国家地游历，说起来，也是为她吧。他曾说过，她的梦想是周游世界，她喜欢走路。他虽然渴望平静，但是为了她，他不得不选择用自己的脚去为她丈量土地。他真是个尽职的土地勘测员，每到一个国家，都要买下当地的

175

明信片，拍下很多鲜为人晓的新奇画面。他难道期待着有一天能跟她详细汇报这一切？他为她进行的旅行，用完了自己的一生。

我真是说不上感动还是觉得可笑。

我唯一能做的就是退场，跟哥哥一样。

我问过哥，怎么会喜欢锦年呢？

哥说，如果把他比做函数的坐标，锦年就是那条向他无限靠近却永远抵达不了的曲线。对于这样的曲线，人们往往有仰望的心思。

陈勉于我或许也一样。他不是我世界的人，也向我紧闭着心扉。我不过是在自己的幻觉中演一场寂寞的戏，演到壮烈牺牲为止。

高中的时候，他在我们学校操场跑步。一圈一圈，那时候，他身体瘦弱，其貌不扬，总是沉默。偶尔笑一笑，笑起来，用锦年的话说，羞涩得像个小媳妇。我认定他是个火山型的人，爆发的时候，会有让人震撼的能量。

我风雨无阻地等着他，只为了守候这份属于自己的豆蔻心事。

有次下暴雨，我依旧在操场擎伞翘望。我以为他不会来，但是他来了，穿着土黄色的胶皮雨衣，蹚着水到我身边，"哎，不知道下雨啊？"

"我。"我低下头，看着沙坑里跳跃的水花，"人家有名字啊。"

"那个，"他好像有点不安，踌躇着说，"下雨我不跑步，另外，你，你也不要等我。"

"谁说我等你啊……"我脸腾地热起来，辩解着，"正好，休息嘛，我醒醒脑。"

他没说什么，抽过我的伞，帮我举着送我回教室。

雨顺伞沿哒嗒落下，那一方晴空，分外幽谧。我不时偷眼看他。他感觉到了，便微微笑笑。我把他的笑吃进嘴里，被胃消化，而后输送到全身各处，荡起浅浅的甜蜜。

在教室走廊，他犹豫了下，说："有个说明书，你能给我翻译下吗？"

他从兜里掏出一张纸，是英文，很专业的词汇。我也看不大懂，就跟他说："我得查查字典。明天告诉你好吗？"

那个晚上，我打电话给哥，在哥的帮助下，终于顺利译完。我哥纳闷说，"你们英语老师是不是有毛病啊，这么专业的东西，你一辈子也用不着。"

后来，陈勉英语方面有什么问题都会问我。再后来，我就主动请缨做了他的英语老师。每天吃过中饭，他都会来学校找我，我就在校长室后头的竹林里，为他授课。

那真是一段非常开心的日子。

春天的时候，竹子旁边会生出尖尖的笋。陈勉会拿着小铁锹偷偷地刨上几根。我给他望风。校长室的窗子时开时闭，把我吓得一惊一颤。陈勉看我那样，摇头说，你真是个好孩子。我知道他是在拿我跟锦年比了。锦年有点人来疯的。我呢，只是心向往而实不能至也。

"偶尔做做坏事也是很快乐的。"陈勉跟我说。

我拼命点头。后来，跟着他，我真的做过不少坏事，比如，去饭店吃饭，看到人家的勺子很是精致，我爱不释手，陈勉说，那就藏一把吧。等买单的时候，我用餐巾纸裹住勺子就往包里塞。服务员拿来找钱，开始收拾桌子。我心咚咚跳，提到嗓子眼，三步两步便夺门而跑。陈勉跟出来，笑说，你真像贼。又掏出勺子，举着喊，捉贼啊。

"哎，你怎么这么坏呢。"我跳起来够他手里的小玩意儿。

陈勉说："安安，人是理性兼现实的动物，绝大多数时候都被各种戒条约束着，但不妨碍时不时地任性一把。"

"嗯。"

我还和他一起去偷农人种的草莓，愚人节的时候给他的工友搞恶作剧，也见过他和别人打架，被打得满嘴是血。我很担心，可是他满不在乎，说，流点血没什么的。

他跟我的哥是不一样的，哥哥健康阳光，他幽暗鲁莽，却别有生命力。

最忘不了的，自然是跟他一起学跳舞。

我们是跟着录像带学的，他握住我的手时，脸也红了，说："真不知道他们怎么想这一出的。"

我笑，"其实不难的。我教你。"

他脚步有点笨拙，唯恐踩着我，不停地看地上。我说："要自信，把节奏听进去，让自己融入音乐。"

后来，我又要求他："投入感情，看着我。"

他便专注地看着我，瞳孔是琥珀一样的褐色，像小动物一样的驯良。

我望着他眼中倒着的我。

他哪里知道，那个时候，我就对自己说，要在他瞳孔里住一辈子。从那时候起，我就盲了，再看不到这个世界别的男性。

"你比锦年要高一点。"他尴尬的时候会没话找话。

"是啊，我有168。锦年是163。陈勉，你跟我哥哥差不多高。"

"你还有哥哥啊？"

"嗯。"

"我觉得你很像妹妹。"

"像锦年，不会啊。"

"我的意思是，你乖巧温顺，注定要做妹妹的。而锦年不像，她从不叫我哥。你要没有哥，我可以做你哥，谁欺负你，我为你出头。要不，你叫我一声哥？"

"想得美啊。"

陈勉托我背的手很轻，像蜻蜓的翅膀，其实我希望他用力一些，我不计较。这么一失落，我莫名其妙地叫他，"哥。"这一声哥，轻柔、婉转，叫出了哥以外别的意味。我没这样叫过我哥。

然而陈勉喜欢的是锦年，哪怕跳舞时我那样深情地寄居在他眼睛里。跳舞之后，我不过是一个乖巧文静的邻校女生，而锦年有勃勃的生机。我不知道她哪来那么大的胆子，在黄昏的运河边，夕阳挑起激滟的细浪，我亲眼见她和陈勉在吻。他们拥抱着，又倒下去，热浪烫人。对跟她同龄的我来说，未免惊世骇俗。

我是那个转身离开的人。

只是在梦里，我会梦到我是锦年，被陈勉压住了拥吻。我不知道唇舌该如何运作，只觉得头晕脑胀，气息短促。醒来怅然，才知自己只配做梦。

我的教养，以及长久以来被灌输的道德规范教导我，女孩子要矜持，不能主动。

很多年之后，陈勉在锦年那里受了伤害——他跟她的谈话被录音，而后被我哥公开。我去找他。他喝了很多酒，醉了，拽过我，好像把我当成锦年。他眼里的愤怒熊熊燃烧。然后，他的唇决然地掠过我，周身全是浓烈窒息的酒气。酒气过滤后，是属于身体内部的干燥而又蓬勃的渴意。

他用力扯我的衣襟，我拉住他的手，哀求说："不要这里。"

他的房子脏而乱，毛糙的水泥地上积着经年擦不掉的污垢和尘屑。

这一句话，即把他的幻觉破灭。他酒醒大半，闷声说："对不起啊。"

我一颗颗无措地系着纽扣，跟着他结结实实地沉默。

也许锦年不这样，也许我也不该这样。然而，我做不到。我希望至少有一张干净的床。

"你走吧。"他赶我。

我说："你，搬我那边去吧。我可以住宿舍。"

他冷冷笑一笑，"小姐，我还没穷得要接受施舍，如果需要，我会找你。"

我慌乱地站起来，局促难安，"陈勉，我今天，并不是……"

"你别靠我太近，我不是好人。"他扑哧又拉开一罐啤酒。

那是我失败的第一次，但是我记住了他的吻，莽撞粗鲁而富有进攻性，也记住了他身体里的渴，如此浓烈。

他真的是座火山，把爱的熔岩一点点化进体内，明明很烫，却能够深深压制。

毕业那年，我不顾家里反对，执意留在北京，也不顾老师同学的诧异，放弃那么多条件优厚的 offer，选择做一个普通的计算机老师，只是为了陈勉，只是为了缩短我和他的距离。他有时候很自傲，但骨子里是自卑的。没有正经的学历，档案上描着污点，工作不好找，即使找到，即使做出成就，他的野路子也总是遭同行非议。他有很多不快乐，但他从不会对人说，一律选择自己消化。

我能做的，就是悄悄在他身边，没有面目，没有特色，像个普通妇女一样料理他的起居。我知道这样的我，他不会爱，但是至少他会接受我的存在。而如果我恢复沈觉安的面目，去畅意跟哥哥一起管家业，或者去别的企业做一个白领，他却是连够都懒得。

爱是一件很奢侈的事，要付出很多代价，并且还要付得无怨无悔。对此，我只能说，我愿意。

那个年年拿一等奖学金、为众多男生倾慕却从不对他人稍假辞色的沈觉安，陈勉永远不会知道。

因为录音带事件，陈勉的发展不太好。在和佳，业绩虽还不错，但是闲言碎语不少。老板留了心眼，对他也不是很上心。他看着无所谓的样子，我知道他苦闷。他需要做出一件大事情，让老板觉得他不可或缺。我留了心眼。正好，我家的企业跟朗恩夺标，和佳是朗恩的大代理商。

我那些时回家很勤，后来偷听了爸爸和哥哥书房的谈话，知道了技术的漏洞。哥哥向爸爸许诺一定会在竞标前解决这个问题。

我告诉了陈勉。

陈勉很奇怪地看我。他一定觉得我品质有问题，我微弱地解释："哥哥上次对你不应该，我只是帮他还。家业有我一半。"

陈勉提高嗓门："跟你哥没关系，是锦年。"他这么说时，分明还是很介意。

我说："你一定觉得我挺没出息吧——"

"不。"他面目有点凄惨，转而一缓，"你对我好，而锦年对你哥好。那就以其人之道还其人之身。"

陈勉那一击赢得漂亮。在和佳，他开始站稳脚跟。

他心情好，问我想要什么，他想满足我一个愿望。正好逢暑假，我说想跟他一同出去玩。他答应了。

他休了 20 天假。我们从北至南，一路走了很多地方。在途中，他跟我说起锦年的梦想——周游世界。我说，小时候，很多孩子都会有这样的梦想。长大后，有条件去实现的，不屑去实现；不能实现的，也就只当做了梦想。

"那锦年是哪一种呢？"他问。

"第一种。哥哥有钱，而且对她大概会千依百顺。"

陈勉淡淡笑，"我没有钱，但我会认真对待她的每一个心愿。"

我心里一滞，又漫上些微的酸楚。陈勉如此隆重地对待锦年，他会想着边上还有一个隆重对待他的人吗？

在普陀，我跟他走失了。我请香出来，不见了他。

我的包由他拿着，手机和钱夹全在里头。我漫山找着他。他大概也一样。我们一次次地隔着人流错肩。

找到黄昏，腰酸腿软，我快快出去，才见着他在出口处等我。

看到我，他指向夕阳下层林尽染的山坡，说："安安，你看，漂亮吧。"神情那么平常，好像他一直就等在那专要为我指点这一刻的美景，可闻着他身上的汗味，分明也是焦急地找过的。他就有这种本事，在等到结果后会消化掉不愉快的中间。这真叫人心安。

"你许什么愿了呢，这么晚，我还以为你在请菩萨吃饭贿赂呢。"他转向我。他也会开玩笑的，开的玩笑全是暖意的。

"是啊，最后要买单，发现钱包在你那，菩萨气得把先前的许诺都取消了。"

陈勉微微笑着，笑得含蓄。风从林子那头微微地拂过来，将那笑意扯得大了些。

"你这样别动。"陈勉喝住我，拿出相机，拍下林子在夕阳下堆叠的倒影，以及立于倒影上的那个被风吹得有点傻傻的女人。

我那时候真的很傻，傻到只想做他身边一个模糊的影子。可能抗拒不犯傻吗？因为跟他在一起附带着还有此生再不会拥有的甜蜜。

贵州某个晚上，我们在一个条件简陋的小旅馆就宿。我是但凡有条件每日必要洗澡的。看旅馆有卫生间，便洗去了。洗澡洗到一半，停电。幸好水没停,我潦草冲了下,摸黑擦干身体,胡乱地套上睡袍出去。

陈勉正好举着烛台推门进来。

光线一照,便看到我的狼狈,袍子未系紧,松松地露着一片被烛光熏成油画色的肌肤。

空气打了个旋涡,绷紧。

我咬唇,闷声,坐到镜子前,用毛巾擦着头发。

陈勉放下烛台。站在我身后。镜子里是一条黑黑的影子,全部覆盖我。

他伸手,接过我的毛巾,帮我擦。

好像擦了很久,好像又只是片刻的工夫。他扔了毛巾,手下滑,搁到我肩头,又双手交叉搂住我的脖子。一切都在昏暗的镜子里无声放映,像欧洲老电影,缓慢冗长,情节呆板,细节却丰富。

他触到了我的肌肤,小心地抚着。手是烫的,身体是渴极了的。我已经感受到火山爆发前那种火焰般的紧张,细碎的火星哗哗啵啵蹦溅出来。

带子松了,镜子里的我被完全打开。光影在我身上摇曳。他的目光在我身上厚重地搁浅,空气里有了他深深的喘意。而我只是注视着镜里,忘记自己是局内人。

他歪过头吻我,又猛然将我抱到桌子上。我裸露的背部贴着冰凉的镜子。奇异的感觉。热的、冷的,瞬间全蔓延上来。

我记起早上同他一起看石竹花,红的、黄的,漫山遍野,此刻在我眼内熊熊燃烧。那种感觉很春天……

灯突然亮起来。雪亮的一道,刺在我们纠缠的身体上。一怔忡后,陈勉探身把灯灭掉。

然而,热情毕竟有点冷却了。

只是黑暗中的一场情欲游戏吧,他解决他的渴,我呢,在他的戏里扮演一个角色,那个角色叫装锦年。

不晓得是不是有了肌肤之亲,我这会儿再无法忍受这样的想象。

"陈,我比锦年好看吗?"

"安安，其实女孩子自然一点就好。有什么想法，什么愿望，要学会表达出来。"

"那我，可以摸你一下吗？"

他点点头。

我用手指划着他的唇，"陈，你会不会永远记住这段行走的时光？"

"嗯。"他点头。

"也会记住我吗？"

"只有离开，才需要怀念。"他说完，即意会了我的醋意，便在我背部划字。

好长的一段话。我猜不出什么意思。陈勉一字字念：忍受对一个女人的渴就像忍受一道伤。伤总会结疤。我也会痊愈。

说完，他突然低落，拍拍我，"睡吧。"

半夜我醒过来，床边没有他。

锦年是他的初恋。初恋的伤口有多大？

2

大概在陈勉走后，我就变成了一株喜阴植物，怕光，怕热闹，怕人群，龟缩在自己的小天地里，恍兮惚兮，拒绝外界的照耀。

有时候很想念他，就会一直一直流眼泪。

流着流着，又发呆，想，他若在，必定要说我，"小姐，我又怎么你了？"

他其实对我不凶，我们发生口角多是因为生活习惯，我想干涉更多。贵州之行后，我叫他搬到我那里，他不愿意。我想了办法，周末的时候，把孤儿院里的孩子轮番邀到家里住。他看在孩子的份上，每周都过来。后来，形成习惯。无论孩子在与不在，他周末都会过来，陪我吃饭、散步，有时候也会踩着夜色去看看电影，找找星光。

我偷偷给他置了满柜的衣服，还有一格格的领带、袜子，在他晨起的时候，给他搭配好放在床头。

可他拒绝，依然不修边幅。

我说，陈，你现在也算是一个经理人了，应该注重下仪容仪表——

"你别管我。"他不耐烦地回过来。

我低下头，不晓得为什么，只要他大声说话，我就觉得委屈，眼泪就会在眼眶打转。他闷声看看我，头也不回就出去。

门砰的一声，把我的眼泪撞得更多了些。我真没出息。

等我悄然抹干泪、收拾好自己、开门上班时，会发现他其实没走，点了烟，靠着楼道拐角处的墙壁抽。

我说，你怎么这么无赖呢，还不走？

他没好气地说，我走了你还不哭死。

然后我又哭了。

在爱情里，总有那么多眼泪，为伤心哭，为幸福哭，为失去，为得到，为一点点小小的悲欢与感动……

当然也有笑啊，那些清浅而安宁的笑容，像河面上细小的涟漪，也像叶片上被第一道阳光蒸发的晨露。虽然终要逝去，但是消失前的那一刻，如此静美。后来我在书上看到一句话，大意是：只有把付出看得比获得更重要，才能够不计代价，摆脱成本与利益的换算公式，获得心灵的满足。

我很满足，因为我有那么多的美丽回忆，那些回忆在我想起的时候都成为内心斑斓的阳光。有时候，因为太宝贵，都不愿意跟别人分享。我总觉得锦年所拥有的，其实没有我那么丰富。

他在教孩子们打羽毛球，弯腰不厌其烦地一次次拣着球，又小心翼翼地喂给对方吃。有时候回过头，冲我笑一笑。那个时候的他很有爱心。

他发了奖金。如果是现金，他会在灯光下数。数的时候，觉得钱好多啊,他脸上会现出那种孩童式的惊讶和虚荣。数完,他大方地交给我,"安安,给你的生活费。"我会很崇拜地看着他,"这么多啊。"说实在的,钱在我心里,不过一个数字,然而陈勉这样郑重地交给我,就让我很幸福。女人对男人最大的爱,就是花他的钱。我每次拿了他的钱,都会买一样东西馈赠给自己:这是陈勉给我买的,我这样对自己说,脸上有浅浅的笑。

他周末要加班,给我电话说不过来了。我就去找他,也不上去打扰,只在公司附近等。无论多晚,一定要等到他出来。他出门会习惯性地扭头,找到我,早就见怪不怪,却总要数落我:"谁让你等的?"

我低头含糊笑,然后看地上那条被路灯扯得长长的影子,好像所有的等待在一瞬都有了回报。

等公交的时候,我会偷偷地把脑袋倚到他胸前,他心情好的时候,会揶揄我:"哎,怎么了呀,没见过像我这么伟岸的男人吧?"

"是啊。"我满足他的虚荣心,乖乖说。

他虽然升了总监,依然保持着坐公交车的习惯,喜欢看着老式的电车,迂缓笨拙地擦过路边杨树的枝叶,在闪烁的城市霓虹中撞出一条属于夜的幽僻通道。

我慢慢也习惯了他的习惯,不再谋划着要给他买车。因为公车内尽管总拥塞着很多人,可正因此,我们俩的存在反而更突出,仿佛人潮汹涌后彼此交握的一双手,是冷是暖,只有我们自己知道。

他也会来学校看我,往往是偷袭。我在上课,他站在窗口,仿佛饶有兴趣地听。

我一瞥眼,不经意看到,心立时慌了起来,就像一个,被老师逮到的开了小差的学生。

我放下粉笔,走到门口,轻声说:"哎,你怎么来了呀?"

班上一个男学生调皮地起哄:"想你了呗。"

哄堂大笑,我跟他也笑。我发现他的脸微微红了起来。午后的阳光洒金碎玉般镀到他侧脸,让那一点着涩分外可贵。

185

我想，那时候，陈勉一定是在很努力很努力地试图忘记锦年；我也想过，他或许也是爱我的。哪怕不多，只有一星半点。但是，只要在某时某刻，他想我的时候，心里闪过一瞬的柔软，我也就知足了。

他是个很有责任感的人，虽然知道我很喜欢他，但是贵州那次冲动后，他再没在我这边寻找过慰藉。

其实我是很失落的。很多个夜里，我走到他房前，抬手要推门，但是每每触到冰冷的房门即收手。不该。我不能贪求太多，多的话，也许早就消耗光了。

有一个春节，我跟他说不想回家了，陪他过年。

他赶我走，"那哪行啊。你父母一定很想你。"

我说，我还有哥哥，可以陪我爸妈，可是你一个人孤零零的。他说，我不有很多孩子嘛。他给我买了机票，送我去机场。回到家的时候，却惊讶地发现我已经站在门口了。

"小姐，你怎么这么浪费呢？一张机票好多钱的。"他好像苦口婆心，可是眼里分明有点感动的。

"你是不是觉得我很没出息？"我直直看向他。

"是啊，很没出息，老是赖着我。"他说。

那个新年，我随他去了老家。到南宁后，还要坐几个小时的长途车方能到那一个荒僻的小镇。

他的家还在，和其他一片平房一起很突兀地趴在新建的高楼的阴影下。

陈勉推了门进去，一股经年未住人的陈腐味迅速弥漫开来。

我把窗户一一打开，阳光惨淡地进来：满屋的尘屑。

陈勉指着布局，一一介绍："这是我爸的卧室，他在这张床上辞世。这间是我的……嘿，你别笑，我爸就有这个习惯，把奖状都贴在墙上。他哪里知道，我做不了他眼中的好人……"

我过去，摸着那一张张奖状——他曾经也是阳光下的花朵，曾经也冀望过一帆风顺的未来。然而……然而现在这样，也不算坏。他不也活出了自己的精彩吗?

"陈,吃点苦头,也不是坏事。我总觉得人的一生也遵循能量守恒定律。早早吃了苦,后面就都是绵长的甜。"

"借你吉言。"他心情很好。

然后,他带我去河边,跟我讲他父亲的事。

某某年,发大水。他和父亲在冰凉的水中等到了救援,可是关键时刻,他父亲突然出现幻听,听到有孩子在水中哭。然后,他父亲不顾众人拦阻跳下水去救,被浪头吞噬。

他不是他父亲亲生的。他怀疑他父亲的幻听跟他的身世有关。然而,具体是什么,没人给他揭谜底。

那个时候,他还未从锦年嘴里得知自己跟锦年家的一段渊源。他只是很困惑,出生到底是怎么回事。人是要靠社会关系来确立自己是谁的。可像他这种情况,没有父母,没有亲朋,好像在宇宙中没个支点,那自己到底是谁?

——我是谁?我要奔向何方?他突然产生大的寒冷。

那个冬季,南方阴寒湿冷,天地有如洗一般的寂灭感。灰色的河面、发黄的草茎、僵硬的大地的面孔。天是结结实实的冰。到下午的时候,彤云密布,有股子湿雪的清淡气息。陈勉说,可能会下雪,难得一遇。

那年,我真的碰上了南方少见的雪。

雪下起来的时候,我跟陈勉在人影寥落的旅店里喝鱼汤。因为冷,陈勉让我喝酒暖身,是黄酒,用话梅和姜丝煮过了,入口有一点甜。

我喝了好多,没去想后劲之大。

后来是真的醉了,但是记忆也不模糊。

我清楚地记得,陈勉扶我回了房间。为我脱了鞋,盖上被子,嘱咐我好好睡觉。他说的是:安安,一觉醒来,世界就变成了白色的童话。

他立身的时候,我借了酒胆,抱住他不让他走。

他掰着我的手,温言劝:"乖。好好睡,会着凉的。"他从未这样温柔过。

我愈发不肯,头次那么刁蛮,把被他掰掉的手重新合拢。

"听话啊。"

"我为什么要听你的话？你是我的谁？你又不是我哥，我也不稀罕你做我哥。"我好像又掉眼泪了，淅沥哗啦的。窗子已经蒙上了清冷的雪意，室内的灯氤氲昏暗。

"别人都说，女孩子不该主动说那几个字，可是我没有办法，我就是喜欢你。很多年了，我偷偷喜欢你。不计较你不喜欢我，不计较你对我凶，只要这样，能看着你，让我在你身边，我什么都不要求了。你信不信前世今生，我想也许以前我们有一段孽缘……"我边哭，边诉说着那些深埋在心底的，我有理智时断不会说出口的卑弱乞怜的话。他后来抱住了我，擦我的眼泪，说："我知道，我都知道。我也跟你一样……"

我都忘记自己是什么时候睡着的，醒来后发现他睡在另一张床上，我立刻摔了被子，跑到他床上，横过手从背后紧紧抱住他。他顿了下，才握住胸前的那只手，说："安安，对不起，我要等到锦年结婚，等到自己彻底死心。万一她后悔了，过来找我——"

我慢慢缩回了手。窗外的雪好大。一个银装素裹的世界。我和陈勉错位的爱，真的像一个寒冷的童话。

——一个叫安安的女孩子执拗却无望地爱着一个人，可是她的情人是一只折翼的鸟，他没有能力再飞。

我在雪意纷飞的返程车上，构思这个童话，与陈勉相顾无言。

3

哥哥打来电话，说要跟锦年结婚。

　　我恭喜。除此无话可说。

　　出于私心，我非常希望哥哥和锦年在一起，又暗怀愧疚，毕竟我知道锦年待哥哥不如哥哥待锦年，我也不希望哥哥吃亏。

　　所以，当哥哥说"你回来吗？哥哥希望得到你的祝福"时，我只有推搪："不回了。等你们正式办婚宴。"

　　"老妹，我跟你说啊，你要多跟人接触，多看看外面世界，别神经兮兮一天到晚只想着那个浑蛋。"

　　"哥——"我不高兴了。

　　"好，我不说你了。你自己注意点。还有，你要记住一句名言，男人除了你哥哥，其他人都居心险恶，需要防范。"

　　我咕哝着："谁的名言啊。有本事，让锦年爱上你。"

　　"哎，她不爱我能跟我结婚吗？"

　　"哥，老实说，你对锦年满意吗？你知道我指什么啊。"

　　"废话。"哥哥很干脆。

　　婚前的哥哥是快乐的。我好像也没理由不快乐，毕竟来自锦年的压抑很快就要成为过去。可是该在什么时候以什么方式把这消息告诉陈勉呢？陈勉知道后会如何反应呢？是不顾一切搅散婚事，还是从容祝福？我没底。

　　那阵子，正好陈勉出差在外。因为忙，每次通电话，都很仓促。我每每要说此事，临到脱口又因心虚口吃，陈勉不耐烦，就顺势挂了电话。

　　直到哥哥他们要结婚的当天上午，我才跟陈勉开口。

　　陈勉听后遽然沉默。我的心在那沉默的深渊里不停下坠。

　　"今天？"良久，他不可置信似地问一声。

　　"嗯，我，我是怕你接受不了——"

　　他挂了电话。

　　我不知道他会如何行动。晚上，试着跟妈妈打电话。妈妈说，也不知道怎么回事，亲戚都到场了，你哥和锦年都没来呢。哎，雨下得让人心烦。本来跟你哥说，要挑个好日子，可你哥偏说不信这套……

听筒从手头滑落。我知道，陈勉必是去找了锦年。他一定会痛切地恳求，就像我曾在他面前乞怜一样。我很恨这副场景，连带着恨锦年。她有什么资格让陈勉如此卑微？我不能容忍我爱的人在别人面前卑微。大概就从那一刻起，我跟锦年多年的友情烟消云散。

那日后，哥哥与锦年还是结婚了，但是婚姻形同虚设。

而陈勉，在不久后跟着蒸发了。

我打他电话，总是不在服务区；去他住处，他房子退了；我又到他公司，和佳的人说他已经交了辞职信，但是老板没批，只是准了他假。坊间传言甚多，说是他受到多家企业青睐，目前正在权衡比较中。

我知道并非如此，他的失踪必然跟锦年有关。究竟是什么事？他还会回来吗？我陷入日复一日深重的猜测与惶惶不安中。某天，终于下定决心去找锦年。

锦年很忙，正在会议室做着一个案件相关人的笔录。

透过玻璃隔断看到我，她冲我笑一笑，做个小手势，表示稍等。

果然没等多久，她冲到接待室，叫我，"安安，怎么有空来？"

我安安静静地坐着，"很忙吗？"

"是啊。忙到抽筋。"她坐到我旁边，打个哈欠，脸色青黄不接，眼下浮着肿肿的眼袋，分明睡眠不好。

"哥说你们结婚了？"我找些话预热。

她听到此话很昏暗，点点头。

"为什么呀？你不喜欢他，还跟他结什么婚啊？你这不是害他吗？"我有点激动。

锦年说："是你哥想结的。"

"你的意思是你一点都不想结，你一点都不喜欢我哥？我哥想结你才结，你好像很隐忍很伟大。"

锦年别过头，大约控制了下，淡然道："也不是这么说，就是有些事发生了，没有办法补救。你哥，很理想化，我大约触怒了他的底线，可是他

190

又很骄傲，不甘心就这么把我轻易放了。那我就接受他的惩罚呗。"

"那个晚上，你跟陈勉做什么了？"我还是憋不住问了，像个被丈夫冷落的正妻，凶凶地质问小三。锦年闻言，似乎也不很舒服，蹙了下眉，但还是告诉我："我们去了酒店，他希望我跟他走，我没有做通自己的工作，他就走了。然后你哥在酒店把我堵住了。"她顿一顿，神色萧条，"安安，你是来问我要陈勉的下落的吧，很抱歉我不知道。还有，他以后不会再找我了，你可以放心。至于我跟你哥，我也说不清楚，我无意伤害他。……对不起，我还得继续那个案子，改日再请你吃饭。"锦年站起来。礼貌而客气。

我也站起来。我们四个人好像都很累。

我不久去了陈勉广西的老家。

我曾经也这样满世界地找过他。那是在考上大学后，我千方百计地寻找他的影踪。辗转知道他在广州，就一趟趟地往广州跑。工夫不负有心人。我在火车站找到彼时落魄潦倒的他。

他看到我第一眼就想逃，后来安然地坐在我对面享受着我买的方便面，因为他只想吃那个。

他那餐总共吃了五包，撑到说不出话。后来他蜷在候车室的长椅上睡觉，半夜迷糊醒来，不忘对我说，安安，别告诉锦年我这副样子。我坐在旁边，眼泪独自吞。

只有对不在意的人，才愿意展露自己的狼狈。那个在意的人，看到的全是光鲜。

暗恋总有一种悲剧味道，但也正因此，心灵收获的层次更为丰富。

在那个小镇，我一次次跋涉，一次次无功而返。

后来脚步就放宽一些，由那个镇辐射到近旁的其余乡镇。

有一次，走累了，在某镇街头小摊上买冰花吃。正闷头喝时，旁边响过一个男人的声音：老板娘，生意好啊。声音很熟。我一震，抬头。要不是那男人手里牵着一个小女孩，那小女孩在叫着"阿爸"，我真会把他认成是陈勉。

男人见我目不转睛地看他，嘿嘿一笑，露出满口黄板牙。真的不是陈勉，比陈勉要老一些，也粗率些。可真的很像。眼睛、鼻梁，乃至下巴上的一道沟。

"阿姨，你吃什么口味的？"小女孩用方言问我。

我大略听清，说是绿豆冰。她就跟她爸说，我也要。

男人买了冰花，拉着女孩子坐到我对面。女孩子边喝边看着我手上的水晶链子。

"阿姨，你这个真漂亮。"她指着。我连忙摘下给她玩。男人想是要呵斥他女儿几句，来不及了，就转而对我憨厚地笑。我找话："住在附近吗？"

"嗯，就东头食品厂宿舍。"

"你跟我一个朋友长得很像。"

男人听我如此说话，很受用，挠挠头皮，有点羞涩道："我还真有个孪生兄弟，不过生下来就给我妈送人了。哎，不会就是你那个朋友吧。"说完，他自以为幽默地嘿嘿笑了。我也没上心。在我潜意识里，陈勉跟这个男人简直不能同日而语。虽然，他们在同一个县，虽然陈勉如果不到外面混，恐怕也会跟这个男人一样，憨厚粗笨，有一群孩子。

告别的时候，我把链子送给了那个女孩。

男人慌忙说："哎，不要。"他说"哎"的语气跟陈勉有点像，我觉得我大概想陈勉了，就无限怅惘地笑了。

那次回京路上，我收到陈勉电话。

他说："安安，我要走了。"

"啊？你去哪？"

"去美国。大概不会回来。"

"你现在在哪儿？"

"机场。"

"陈勉，你等我下，可以吗？我很快——"

我恨死自己了，干嘛无头苍蝇一样乱跑，恨不能跳火车。然而就算跳了火车即刻换上飞机也追不上他了。

"陈勉——你怎么可以这样对我？你为什么呀？"

陈勉说："安安，我以前想过的，跟你结婚，至少可以拥有你家一半资产，凭我的能力，也许可以争到更多。我可以不费力气地达成我这么多年的目标，然后去羞辱锦年。可后来我打消了这个念头，因为……不能对你那么卑鄙。我现在也知道锦年为什么离开我了，跟我想象的原因不一样。我以前以为只要努力，就能弥合跟她的距离，可原来我是被诅咒的。我再怎样做，都是徒劳。我真的不知道该怎么办了，以前活着有目标，现在只觉一片虚无。我只想逃走，离这里，离锦年，远远的。"

我流着泪，断续说："你到了，打电话告诉我。你一定要告诉我你很好。"

"安安，等我想清楚，如果能够给你承诺，会找你的。"

陈勉走了。

差不多隔了大半年，我才从锦年嘴里知道了他们分离的真相。

用现在的网络术语表述，很雷人很狗血。

他们居然是舅舅和外甥女的关系。

当然了，仔细想想，也不突然，如果没有关系，锦年的妈妈不会发了神经把一个陌生男人领进家门，就算有心要做好事，一般人更倾向于收养小孩。而且据锦年说，她爸与她妈很早就离婚了，离婚的原因很是蹊跷，搞不好跟陈勉有关。

我很想心安理得地接受并消化这个消息，可是偏偏心神不定地想起在那个小镇见过的那个酷似陈勉的男人。他说他有个孪生兄弟。

陈勉似乎豁然的身世转瞬又变得模糊。

我觉得胸闷。

我知道，只要我再去一趟，问问那个人的父母，也许就能真相大白。陈勉要么就是锦年的舅舅，跟那人长得像纯属巧合，他与锦年永隔天堑；要么就是那家人送走的双胞胎孩子，他与锦年毫无瓜葛。他们俩想怎么爱就怎么爱。

可我不敢问。

我宁愿忍受时不时的胸闷。

后来实在憋得难过，我告诉哥哥。告诉的时候，我是暗自期望能够获得哥哥支持的。因为那时候，他和锦年，已有和解的迹象。哥哥常跑北京，虽然累，但是笑容反比以前多了。有次吃饭，趁锦年去洗手间的时候，他对我说，安安，哥哥真是栽在这女人手里了。他这样说时，好像在回味什么，眉眼有自甘被俘的笑。我说，哥，如果要你出卖灵魂，停顿此刻的幸福，你愿意吗？哥说，其实，我跟她在一起时真不知灵魂那玩意儿在哪里。锦年对哥哥，似乎也越来越上心，对有关我哥哥的话题颇感兴趣，虽然加入的时候总是用了贬损的语气。有时候跟她逛街，她也会指着名品店的衣物问我："你哥穿这合适吗？""你买的他都喜欢。""那也不一定，他说我品位差，昨天还抱怨我的衬衫纽扣多得让他发疯……"她的脸悄悄红了。

当我在电话里对哥哥说"哥，你有没有想过，锦年跟陈勉有血缘关系"时，哥哥像吞了苍蝇一样震惊而嫌恶——不是我预料中的自私的欢喜而是嫌恶——竟至半晌说不出话。后来问："这就是锦年愿意与我结婚的原因，这就是锦年愿意与我妥协的原因？只因，她自己看不到出路？我有那么蠢吗？"

"哥，陈勉与锦年有血缘，他们永远靠不近，对你来说，不是好事吗？"

"好事？"哥哥冷笑，"我沈觉明要靠这个玩意儿来苟且一份感情？安安，你也不要这样想，爱是彼此拥有的感觉，而不是权宜下的东偷西藏。"

哥哥后来与锦年分手。不是哥哥不爱锦年，他爱得深沉，也正因如此，他要捍卫自己高洁的理想。有些东西如果得不着完整，一鳞半爪他不要。

我呢？却没有勇气去扔掉记忆。那一点点小小的记忆，可以让我在恍惚中愉快大半天。

哥哥长在明处，高悬高挂，是少数人才能够拥有的一轮明月；我却愿意做一株背阴的植物，在角落独自舔噬过期饼干上的糖屑。

4

陈勉走后，我大病过一场。

病好后，哥哥觉得我的自闭状态很危险，有目的地带我出席一些社交场合，也介绍一些青年才俊给我。

其中有一个叫姚谦的，虽然相貌平平，但因常年出差海外，倒引起我的兴趣。那次酒会上，我主动跟他攀谈，无非问他的海外工作经历。他是个管技术的副总，常年负责北美这块市场，一年365天，倒有300天在美国。这让我倍感亲切。缘由无非是陈勉也在那个国度。

姚谦年过三十五，对婚姻之事非常急迫，因常年在外头跑，找不到理想的对象。一年寥寥几次的探亲假就全用在了相亲上。这一次认识，他大概对我也比较满意，之后，即向我展开了热情攻势。用我同事的话说，送过来的鲜花可以把办公室淹没。

我和他无可无不可地交往。算起来，一周也有两三次会答应随他出去。

他是个温厚踏实的人，一开始追我，就开宗明义表明是认真的。他没有年轻人的那种油滑，但也绝不沉闷，会时不时冒出几句西式幽默。

一开始我总是让他讲美国的地理风情或者华人在外拼搏的故事。他绘声绘色地讲，我俯首帖耳地听。随着日子一页页翻过去，故事慢慢也消磨了。他见我还是一副百无聊赖的样子，就提议外出运动，打网球，或者游泳。

他总对我说，出身汗就什么都好了。好点没？

见我没反应，他会比画着手势，不停地问：好点没？好点没？直到我说，好，好死了。

后来就一点点熟起来。因着他的年长与包容，我在不开心的时候，会找他倾诉。经常是，他坐在我对面，看我稀里哗啦流眼泪，然后撕着纸巾一张张递给我。

我知道他对我有一份宠爱,我也贪恋他给予的那一点点温暖。

有日,他送我回家。在公寓楼下告别时,他忽然说:"能否请我上去喝杯茶?"

我想想没有拒绝的理由,就邀他进。

他喝着我泡的绿茶,说,放点音乐吧。

就放些舒缓的乐曲。

他放松身体,微微地沉醉。听到某一曲,他起身,说,这个曲子适合一起跳个舞。便邀我。

我伸手,他一用力就把我从沙发上带起来。

是很慢的曲子,带一点缠绵兼恼人的意绪。让我想起少女时代跟陈勉一起共舞。姚谦一点点逾越尺寸,靠近我,我也没有在意。良久,他附在我耳边,说,你觉得我怎么样?

什么怎么样?我懵懂。

他点点我的鼻子,说,我不久就要回美,想在走前,跟你确定下关系。

什么关系?我还装天真。

他说,如果你觉得可以订婚,我希望订下婚约。如果你觉得时间仓促,比较突然,那么我们就做男女朋友的关系。

这是不可能的,但是我没有说出来,只是不言语。

他看我低头无语的模样,想是起了怜惜,手底一用劲,将我拥到怀中。

"我一直喜欢婉约优柔的女孩子。觉安,你低头时,脖子那一段弧线非常漂亮。"他伸手欲抚,我偏头躲开。他也不以为意,落落笑看我。

我说:"给我一点时间考虑。"

他走前,特意要我送他。在告别时,他掏出一个首饰盒送我。我推脱不掉,只好收下。回家后看,是一条卡迪亚的铂金项链。幸好不是戒指,我松一口气。

此后,姚谦每天算着时间给我电话,会说一些情话。比如,现在要开会了,可我想着你,待会儿说错话怎么办?该不该罚你?比如,纽约下着雨,我的思念跟雨一样绵长。又比如，我睡觉一抬头就看得到一轮明月，觉安，你那也有吗？但愿人长久，千里共婵娟，可我希望的不止如此。你休假来看我吧。

这些湿漉漉的情话，是我未曾听到的。我在他的言语中发呆。

有个念头突然电光石火般掠起——

我要去见陈勉。我为什么不能去美国找他？

出国后，陈勉曾经给我打过一次电话，主要是告诉我他汇了钱到我账上，让我定期转至他资助机构的账户。我奢望他说更多，可是他没多余话，只说，我很好。

"那你留我一个电话或者地址或者 E-mail 可以吗？我不打扰你，可我要拥有你一样联系方式，让我知道你好好地在这个世界上。"

他将电邮报给我。我遵守诺言，他不找我我也不找他。

这是怎样的感情呢？

暑假的时候，我问哥哥要了一笔钱，准备去美国。因为知道有姚谦在那边接应，哥哥也比较放心，觉得我出去散散心开开视野是件好事。

那个时候，锦年辞了职回了南京，哥哥万事无忧，只忧我一个。他在电话里婆妈："要不要我找人送你去？"

"不要。"

"那你注意安全。姚谦会去机场接你。你有什么事就打电话给姚谦，他要欺负你你找哥，哥二十四小时为你开机。到后，给哥打个电话报个平安，听到没？"

"哥你好啰唆。"

……

去前，我给陈勉发邮件，告诉他我某某日抵美。我没说要去找他，也没说要他来接我。

姚谦等在机场，捧一束艳红的玫瑰花。

"You are so beautiful." 他恭维我。大约觉得我此番来是为他，他心里的念头遽然膨胀了好多,暴露在脸上,是掩饰不住的春光满面。

驾车去他的公寓。

公寓收拾得雅致干净,仍有花,小小的雏菊和丁香,衬得满室清香流转。我估计是哥哥告诉他,我喜欢小小的细碎的花。

姚谦打开一个卧室门,把行李提进去。是主卧,双人床很大。我吓一跳。

姚谦看出我的心思,说:"我睡那边,你放心。"

有时差,我很疲劳。姚谦也很体恤,已经熬好了清淡的莲子粥。他招呼我吃完,便让我沐浴睡觉。

睡思昏沉。也不知睡了多久,我被床头柜上轰响的手机惊醒。

以为是哥哥,我接过直接说:"哥,人家在睡觉呢,你烦不烦?"

那边一个微沉的声音:"你到了?在哪儿?"

我一震,残存的睡意立即消散,急道:"陈勉吗?我,我在一个朋友这里住。我也不知道是哪里。我要问问——"

对方说:"你休息吧。"

"等下。"我怕他挂,急吼一声,他没挂,静听我说,我想了半天,张口:"我想你了。"

他沉默半晌,"我会联系你。"

陈勉是在三天后联络我的。这三天,我在心事重重的情况下,梦游一样跟着姚谦逛遍了这座国际大都会,却毫无游客的兴致。

第三天,姚谦把我带到他朋友开的餐馆吃饭。那边情调还不错,古朴的桌子,雪白的桌布,精美的配饰,背景音乐放着幽婉的《茉莉花》,丝绒般的烛光跟着音乐微晃,给食物铺上艺术的色泽。因为饿了,我吃了好多。姚谦在讲什么,我不知玄奥,却很配合地笑。周围有好些年轻情侣,酒过半酣,都处在亲密状态中。姚谦同此,热身完毕,跟着进入气氛,借给我递餐巾的机会,探首过来吻我。我一低头,但人家早就预料方位,适时变换角度,我没有躲开,只觉得一团温热覆在我唇上。

"哎。"我低声哀求,却给了他可趁之机。我不喜欢,可是又不能太驳人家面子，正辗转为难之际，有人过来解围了。

"嗨，姚谦。"

声音挺熟。我一抬头，赫然就是陈勉。

他留了胡子，面色黑了些，皮肤也糙了，身上穿着普通的 T 恤和仔裤，样子看起来有点潦倒，但神情举止洋洋洒洒，疏落不羁。

"女朋友啊？"他吊儿郎当指着我说，居然认识姚谦。

姚谦被破坏好事，有点不高兴，但也强充风度为我们介绍："对啊，我女朋友，沈觉安。觉安，这是陈先生。"

陈勉抬出手，我想解释几句，发现一句也说不出口，只好尴尬地跟他握手。

"沈小姐，很高兴认识你。"他说，声音温沉，什么内涵也听不出。

"打扰了，慢用。"他继而转身。

我失魂地看着他的背影一点点远去。姚谦在边上说了什么我没听到。片刻后，我看到自己鬼使神差般站起来，然后在姚谦目瞪口呆的注视下朝陈勉飞奔过去。

"陈勉，等下！"

陈勉没有等。他进了他的车，发动，离开。

我站在门口泪眼婆娑。姚谦出来，不愧是有过阅历、见过世面的，把局面迅速判断出了个八九不离十。

"他就是你失恋的对象？"

我点头。

"你就是为了他来纽约？"

我继续点头。

"需要我给他解释吗？"

我摇头。

他扶住我，"安安，你们已经过去了。记住，人不能老活在过去，当断即断。你还未忘掉他是我的错，我会更加努力。"

姚谦的应对从容自信不失风度。

饭毕回去的路上，姚谦跟我讲了陈勉的事。陈勉一开始来美国是为和佳调研海外项目，公司分析了他的调研报告，觉得此时进军海外为时过早，不予采用，召他回国。陈勉已不想回，辞了职，后来找工作，找到姚谦他们公司，姚谦已知他是当年那个用不堪手段帮助朗恩把他的朋友沈觉明搞得很狼狈的家伙，虽然见他的资历与他们公司的要求还比较吻合，仍是在关键时刻投了反对票。陈勉在美国人生地不熟，此后一直有一搭没一搭地做着零工。姚谦有次去拜访客户，在那边大厦居然看到陈勉系着安全带吊在半空擦玻璃，不知道是不是受了寒，他一直在咳嗽。姚谦动了恻隐之心，主动与他认识并介绍他去了朋友的餐馆工作。

我半晌无法言语，想起陈勉潦倒的面容和穿着，难过起来。好像他这个样子，完全是拜我所赐。

"那，他现在还好？"我问。

"还行吧。在那做采购经理。采购这个活很有门道，能做到此，也算是受老板器重了，不过，会比较累吧。另外，他以前做销售，现在换行，用非所长，会比较郁闷。不过生活就这么回事，大抵不会太遂人愿。"

那个晚上，我注定无眠。辗转到后半夜，我接到陈勉的电话，他只有短短一句："你下来。"

为这句话，我应声而去。

开门的时候，姚谦被惊醒。我说我要出去。

"去哪里？"

"陈勉在楼下等我。"

"你不能。我答应过你哥哥。"

"我一定要去。你管不着我，我哥哥也管不着我。"我推着门。

他挡住，"他对你，呼之则来，挥之则去。你有没有想过不值得？"

"值不值得我最清楚。我知道没有结果，但我从来不是为某个结果而爱他。"

姚谦瞬间没了声息，最后做个请便的手势。

下得楼，有风灌过来，一把一把的。虽然刚过八月，纽约的夜风居然有了些北京秋的味道。干脆尖锐，袭到肌肤会让人不由自主地打个激灵，但或者只是因为我紧张的缘故。

便抬头看天。深色夜幕悬一轮正在逐渐消隐的月亮，存久的旧报纸一般泛着时间的黄边。挺立的枝杈将月色切割得稀汤寡水，遗到路面，只有一层浅浅的水白。

车门打开的声音在这时传来，我循声看过去，几株树下居然潜着一辆破旧不堪的小车，毫无疑问，是属于陈勉的。

我几步过去，刚坐稳，车子便如离弦之箭飞驰出去。

我看着他的侧脸，想讷讷地解释几句，话到嘴边又咽下。他的坚毅的嘴部唇线与目视前方的疏离眼神叫我忐忑不安。我只有撇过头，沉默再沉默。

鲁迅先生那句话：不在沉默中爆发，便在沉默中灭亡。面对陈勉，我大概只可能出现第二个结局。

陈勉的住处在一幢老旧的公寓楼的三楼。楼梯是木质的，踩上去微微晃动，咚咚作响，很像我对于他的头重脚轻的爱情。陈勉走得快，几步就窜上去了，我有点不知所措地跟在后面。

他站在门边，看着我。稀薄的月光从楼道的窗口探进来，走到他棱角分明的侧脸，发出雕塑一样的光，看上去是更加地冷。

我嗫嚅："陈，陈勉。"

他回身开门，开后见我没动，便一把将踟蹰的我拖进。

门砰地关上。屋里暂时没有开灯，黑魆魆一片。

他习惯黑暗。以前他加班或应酬晚回，灯从不开，关了门，直接将自己投入床上睡去。每次每次，都要我代为开灯，拉他起来，劝他洗澡料理自己。

我靠着门，模糊想着，顺着旧日的习惯去摸索开关。

他居然感知了，伸手阻住我的手，一用力又将我顶在门上。

他托起我的下巴。我不敢看他，一瑟缩的当口，被他吻住。

我浑身激灵了下，还没回应，来自他身体的那团火直接窜进我体内，熊熊烧起来。

"陈……"我想叫他。

他暴喝一声："别说话。"

我不再说话，任他咬牙切齿地拥抚我。在我身上囤下粗暴的力量与炙烈的咬痕。我，在他身下一点点流失，属于骨头的部分渐渐销蚀，化成大片大片水一样的柔软。

如同第一次，他依然带给我疼，但是疼也是亢奋的。谁都说我是个安静内敛的女孩，又有谁能想象我其实渴望着这样一种爆发的力度。我不要细水长流，不要平稳如镜，不要道德的桎梏，不要规则的约束；我要在瞬间焚毁，化成烟，化成气。我不要是我，要死去。

我的呻吟放肆地出来，手掐到他背脊上，滑滑的，全是汗。夜光镀在他起伏的身体上，一层细碎的光芒。

陈勉，陈勉……

他是我的火山，给我带来爱与痛，经历生与死，我怎能忘记？

那个短促的夜，我们又更换姿势做了几次，直到精疲力竭，虚脱得要死去。

阳光泼洒进来，他醒了。环住我的手神经质地弹跳了下，另一手即横至眼前，挡住光天化日下赤裸的尴尬。

一时又无言。

我把头埋到他胸前，闻着他独特的体味。想着，真的好想跟他结婚。真的好想把这一刻永驻。我是他怀里永远受宠的新娘。

可是，白天到了，梦就要消失了。赖也赖不到哪里去。

陈勉的臂弯已经离开我，他起身，穿上裤子。

背对我，"安安——"

这样的踯躅难言，在第一次醒来的那个清晨，他就表现出来了。他只是一时冲动，他不要声音，不要光亮，也在掩饰着一个分裂的自己。

"没什么，我愿意。"我仍是像第一次那样说。

"我把你拉出来，你为什么不反抗？"

"你明知我无从反抗。"

"交了男朋友？姚谦，倒是不错的选择。"

"你可有一点不舒服？"

"……有一点。"说毕，他转去卫生间。水声不久哗哗地传出。

他出来的时候，我已在厨房弄吃的。

这是一处一室一厅的房子，老而破，内部陈设粗率得像他这个人一样。

厨房可能是长年租给中国留学生用的，墙壁和窗子蒙上了很深重的油烟。破窗子常年不开，阳光进来的时候糊涂一片，好像得了近视。

我煎了鸡蛋。把面包放入烤箱。牛奶还有一袋，需要温一下。他的胃不是很好。肺呢？碰到过敏气体，还会喘吗？像一条被扔到岸上的鱼，做着垂死的挣扎。还跑步吗？

他站在我身边，"安安，我不想回去了。这样满世界跑挺适合我的。"

我将置好的食物端出去，说："你总有一天想安定下来。"

他说一个关于自己的笑话："是啊，打黑工，老被移民局抓到。我跟他们说我的美国梦，我想和我的美国梦一起留下。移民局的答复是：先生，您留下梦，走人。"

我扑哧笑。

"跟人家玩藏猫猫的游戏，也是生活的一剂色彩。没有家，没有负累，自由自在。我不需要靠血缘靠别的什么玩意儿界定我自己。我就是我自己。"

我们一起用餐。我静静地听他说。我知道我永远说不过他，也不想。我喜欢他这样子。在世人眼里潦倒落魄，又怎样？

他在这世上，独此一份，希望仅有我欣赏。

"安安，你的名字好像就注定着要过一份安定的生活。我不能给予你。"他的目光垂向我。

203

"不是这样的。"我迎接他的注目，惶急地表述，"我不在乎怎么样，安定也罢，漂泊也罢，我只要你给我一个地址，告诉我你在哪里，你想要我，我就来找你。"

他瞳孔色泽加深，"你不觉得不公平吗？"

"没有不公平，我爱你，想见你，所以没有不公平。"

"你要嫁人，生子，过静好的一生。"

"我不嫁人，也不要过什么平静的日子。你还不知道我吗？"我想我又要哭了。

5

此后我做了他的情人。

他一个电话：安安，你过来。

我便千里迢迢过去，像一个送外卖的，无须预约，只要一个电话，准时奉上滚烫的服务。

总是在深夜。他等在门口，把我抓进去。夜色如墨。我们都盲了眼，只有年轻耗不竭的激情。风尘不必洗掉，时差也用不着倒，我恍兮惚兮，攀到他身上，把自己最后的气过给他，而自己片片崩裂，直至空无。

这个样子，我不怨，我喜欢。

我喜欢他突然的爆发，喜欢他激情四溢的手段，喜欢，痛与温柔同时存在，喜欢交融那一刻拥有的感觉。

性是神的恩赐，不是肉欲的可耻。我爱他。我享受爱。

最叫我快乐的是，清晨醒来时发现在他怀里那一瞬的温馨。他的臂环住我的肩，我缩在他胸前。我们像这尘世所有凡俗的夫妻一样相亲相近。因着此，我总是延宕着起床的时间。

拉住他的手，"别走，陪我再睡一会儿。"

"你接着睡。我会早点回家。"

"不要嘛，你请个假吧。"

他为难，"小姐，我会被炒鱿鱼的，这份工作很难找。"

"陈，我辞职，跟你一起漂吧。"

"你家人会杀了我的。"

"反正他们早就有杀你的心了。陈，其实我爸妈都很开明。哥哥也很疼我，他们不会为难你的。"

他摇头，"安安，你忘了，我们说好的，只是陪彼此一程。"

"我只是想，陪你的时间长了，你或许就习惯了我。"我爬起来，搂住他的脖子，"告诉我会习惯我。说嘛。"

他轻轻拿开我的手，似笑非笑，"或许。"

他在餐厅做采购，非常辛苦，早早就要起床进货，要凭着技巧配备适量的菜码，还要精打细算，去赢得老板的信赖。做非所长，也没余裕去扩充自己的业余。但是在这个国家，有个立身之本已经够好。

我给他洗澡的时候，会闻着他的体味，猜他今天进什么货。

"好膻，羊肉？腥，海鱼？还有胡萝卜、西芹、甘蓝……"

"嗯，我就是个粗人。嫌弃了吧？"他闭着眼，靠着浴缸壁就要沉沉睡去。

我顺着泡沫的痕迹给他按摩，可是最后，都沦为了浅浅的爱抚。

"你干吗？"他有时会半睁着眼捉住我水中的手。

"你好看呗。"我同他说。

他迷糊地看我，良久目光一松，叹口气，便放开我的手，随我去。

他太累了，只想随波逐流，什么都不想，可是心里是否还有一角紧绷的块垒？哪一天他彻底松了，我便彻底拥有他。只是我不知道那个彻底放松的人还是不是我爱着的人——一个看着血性锋棱本质上却温厚谦卑的人。

"嗯，可以起来了。"我拽他。

他在起身前总会把自己完全地没进水里，直至将近窒息，才呼噜一下钻出来，用手抹着水汤汤的脸面，神志也在瞬间清醒。他在美国，不是南方那条运河。他越走越远，终于再见不到她。

"要不要换份工作？"我自然不明所以，只觉得他疲惫。

"又要求你哥施舍或者姚谦？"他语气轻佻，可是神色淡然，我难以分清他究竟是愿意还是不愿意要我帮忙。

正好那次回国后不久，顾盼来北京看我。

顾盼一直与我保持着密切联系，只要到北京，她必会邀我出来小坐，给我带些价值不菲的礼物。平时，三天两头也会有一通电话，关切、问候，聊些闺房话题。她很聪明，知道农村包围城市，知道分散歼敌、各个击破的战术。我虽然从小就不喜欢她的心计与手腕，但是面对她曲意奉承和过分的热络，也不好摆出脸色去拒绝。

那天，顾盼同我讲前些天去英国某家跨国企业考察的事，她一个朋友在那做高管，如何招待她云云。我一时脱口："能不能引荐一个朋友？"

顾盼眼睛亮了下，"说说条件？"

我说："以前在通讯和电子行业都做过，很有才华，初到美国，没有任何社会资源，现在不得不大材小用，做些杂事。"

"让妹妹如此费心，何方神圣？"

我脸一烫，"只是朋友。"

我哪里知道陈勉与顾盼早就认识呢。对顾盼来说，陈勉是一个关键的棋子，她将其牢牢镌刻在记忆的备忘录上。此刻，在哥哥与锦年两情缱绻而她情场失意的时候，正好需要这样一枚定时炸弹。

"妹妹的朋友，说什么都要帮啊。给我传份简历。"顾盼巧笑倩兮。

我给陈勉做了简历，交给顾盼。大约两个月后，如我所愿，陈勉去了英国（我一直不希望陈勉在美，被哥哥的走狗姚谦虎势眈眈地监视，每次去美，都要瞒着家里，偷偷摸摸）。好像同顾盼达成了某项协议，他在那边读书，并在一家小公司做兼职，住处宽敞明亮，搞不好是顾盼的馈赠。总之，生活比之美国期间余裕从容。闲暇，他有大把时间去欧洲各地旅行。

顾盼安排利索后，也问我邀功请赏。我虽然对她的好心有些怀疑，但是她也算帮了我大忙，言语间我不免客气，偶尔也会在哥哥面前说上几句好话。

然而此后不久，哥哥那边开始变故迭出。先是锦年在毫无征兆的情况下，离开哥哥，远赴英国。然后车祸，再然后与哥哥准备离婚。

我不知道这一切是不是跟顾盼有关，却也不敢跟哥哥提。

有一日，我在陈勉那里，无意间接到顾盼的电话，很是惊诧。他们怎么还保持联络？回想顾盼的为人，疑窦丛生。待陈勉从浴室出来，我逼问："你们到底什么交易？"

陈勉淡淡，"她给我机会和平台，我也愿意放手一搏。"

"可，你能给她什么好处？"我说。

"什么好处？"陈勉略笑了下，"女人的欲求不就是男人吗？越有资本越疯狂。"他托起我的下巴，调侃，"你不也很疯狂？"

他的不正经让我的脸灼灼烫起来。我想说我跟顾盼是不一样的。可哪不一样呢？我不也曾为了自己的私心做过有损家业的事？

"陈勉，"我徒劳哀求，"跟我哥有关吗？你不要对付我哥。"

"对付你哥？"他皱皱眉，忽然哂笑，"我倒很乐意跟你哥较量下。其实，每次你提到你哥，都会令我不太舒服。我知道我是靠着你哥走上一个平台的，当年，是你和锦年为我说情，在你们眼里，我是被怜悯而不是被尊重的。只要想起当年的情况，我就愤慨。有些人可以捍卫尊严，可我不能。我恨你哥，恨他高高在上，恨他一出生就可以拥有太多，恨他可以光明正大地拥有锦年。我有什么？唯一的一点爱连偷偷摸摸想念的资格都没有。我现在，除了她的梦还有什么？"

陈勉猛力拉过我，双手交叉自后搂住我的脖子。他靠在我头发上，在我脸上呼着气，一字字说："安安，说你爱我。"

"陈勉。"我挣扎着。

"说你爱我。"他提高声，而后探首吻我的脖子、前胸，细碎温存、柔软缱绻，简直是魔鬼。他知道我无法抗拒。

我怎能抗拒？明知自己只是一个不平衡的替代品，明知他黑暗中的激情只为把自己逼到思念的绝境，明知他即使放弃也会在心里竖一块永恒的纪念碑，明知他为了维系她的梦想不惜签定魔鬼协议……我睁大眼睛看到太多，明白太多，依然飞蛾扑火，只因毁灭，谁说不是一种快乐？

在蔓延的激情中，我叫了："我爱你，陈勉。我爱你……别离开我，求你别离开我。"

陈勉满足吗？

他其实不。他伏在我背上，重重的，如濒死的动物，呼着绝望的气。

他的爱只开一次，开过后，就枯萎了。

他哪里知道，那个时候，哥哥与锦年的感情也到了尽头。

锦年的腿在车祸后留下永远的后遗症，这个爱动的女人，再不能疾走如飞。

她还会找陈勉吗？用残疾的腿，我不能想象。可爱情都是残疾的。

最后见锦年，是她来南京，跟哥哥办离婚手续。

那阵子，为财产交割一事，家里气氛不好。妈妈打电话让我回。她对哥哥欲将他名下一半财产给锦年颇有微词。妈妈的说法：不是我小气，关键是锦年对你不好。给她，我有气。

哥哥在沉默中坚持。

我反过去做妈妈的思想工作，"哥其实是想锦年拥有他的东西。哥还喜欢她。"

"可离婚是他自己提的。哎，现在的孩子，我说什么也弄不懂了。"妈妈慨叹。

找律师公证那天，原是定在哥哥公司商谈。锦年不愿前去，就在她下榻酒店的咖啡厅进行。

我也去了。

锦年生过病后，憔悴了很多。原本锐利的眼神如今也很惨淡，只是嘴角仍有笑意盈盈。她爽快地跟律师握手，向我和觉明问好，仿佛还是好多年前，我是她的朋友，哥哥，是朋友的哥哥。陌生，而亲切。

谈话几乎都由律师负责。哥哥没有话，看着别处，偶尔掠过锦年。

锦年什么都不要。公司的股票、房产，她没有一点心动，跟律师反反复复交涉，甚至说，离婚是因为她的缘故，她是过失方，不接受什么财产。

哥哥越来越焦躁，最后站起来，跟律师说，按着婚姻法关于财产割的条款进行，你别跟她啰唆。

拂袖走了。

锦年盯着他的背影，好像笑了。很微妙。

之后，我跟锦年坐了会儿。

我问她的伤如何。她说，还好。她的眼圈不知为什么红了，我从未见她如此。失神片刻，她开我玩笑："听顾小姐说，你有男朋友了？在国外。"

"顾盼找你？"我避重就轻。

"对啊，我们见过面，你哥很器重她。"

"你别误会。顾盼只是从小玩到大的。人很精明，我和哥都不喜欢。"

"我没有别的意思。"她站起来，跟我告别，"安安，把握住自己的幸福啊。"

"锦年你，有什么打算？"

"没什么打算，出去随便走走呗。"她眼圈忽然又红了，低声道，"跟你哥说，他有什么资格对我那么拽啊？走就走好了，谁稀罕。以后不见得谁比谁过得好。"

锦年在赌气，我想她也许也爱哥哥的。

而哥哥呢，在外面车子里，压根没有走。

我敲敲窗，他反应了很久才开门让我进。

"锦年走路还是有点问题，哥，你不应该在人家这样的时候跟人离婚。"

车子嗖地窜出去了，哥哥懒得回我。

他们去民政局办离婚那晚,哥哥没回家吃饭。妈妈让我打电话催,哥哥没接。我赶到他和锦年的房子。

门没锁,一推就开。

听到声响时,坐在摇椅里的哥迅速回了一眼,见是我,毫不掩饰地流露失望。他在等锦年吗?他以为锦年还会回来东西吗?

我在房子里转。衣柜里有锦年的衣服,卫生间里有锦年的瓶瓶罐罐,书房里有锦年喜欢看的旅游小册子。褥子和窗帘是蓝色的,那是锦年喜欢的颜色。一幕泻玉流水般的贝壳帘子,将主卧的休息区与卫生间隔开,应该是哥哥为投合锦年所出的创意。

这样一间满是锦年味道的房子,哥哥怎能忘记。

我站在卧室门口,看着一晃一晃仿佛自得其乐其实闷闷不乐的哥哥。

哥哥怔怔地说:"锦年对我说再见,一眼都没看我,一眼都没看我。你跟她说,不要再见。"

6

哥哥离婚后,据妈妈说,顾盼来我家走动得很勤。她跟妈妈学做饭,陪妈妈聊天,也拉着妈妈出去逛街、看戏。妈妈说,她倒是比锦年做得周到,可是咱也不知道你哥什么想法。

妈妈对顾盼大抵满意,问我的意见,我说,总得哥喜欢呀。咱们看得再上眼,也不跟人过一辈子啊。

妈妈又慨叹着,年轻人的感情,她是愈来愈糊涂了。絮叨着又说起我来,"阿盼说,你交朋友了,怎么不带回家?"

我未免嫌顾盼多嘴，推脱："还不是很成熟。"

妈妈说："不成熟有什么关系，带回家看看嘛，妈妈给你把把关。是不是你哥以前说的他那朋友姚谦啊？姚谦我见过，人品不错，又肯上进，可就是岁数跟你差太远。不过，话说回来，安安，你就得找个能照顾你的。你哥哥那头妈妈倒不是很担心，他会料理自己，就你，有时候啊，妈妈都猜不透你的心思。你要跟阿盼学学，人家多机灵……"

妈妈一唠叨就刹不住口，我急忙切断："妈妈，我要备课了。"

后来，跟陈勉通电话，我忍不住提到我家人希望见见他的意思。陈勉没给我一点情面，断然回绝。

那个时候，他已经拿到学位，在一家大企业实习。

他是个聪明的人，又兼着勤奋和孤独，可以把全部的精力都投在工作上，不久就作出成绩，很受上头器重。成就的取得也日日增长着他的自信。他虽然依旧穿着简朴，略带潦倒，与人交往，谦恭有礼，暗含距离；然而举手投足间，挡不住锋芒。类同裸钻，混沌地包裹在粗砺中，但那光耀无法掩藏。他的魅力与他周围那些规矩传统的英伦绅士不同，也与哥哥那种讲究科学管理的学院派精英不同，他从民间上来，每一步都在付出代价，看到阶级的藩篱，看到人性的卑劣，感知出生的不公，他的手段便会比其他人复杂。风光背后杂质太多，成功的滋味必然大打折扣。然而，人与人是不能比的。光明纯粹的人谁都想做，却是需要运气的。在他少年时期，拿着三好生的奖状时，他未尝不期待过蓝天白云，未尝不信一份耕耘一份收获。可当他作为被侮辱与被损害者身陷囹圄时，他的美好展望必然已经全面萎缩。出来后，开着货车，没白没夜地长途奔波，梦都不做了，只求一日三餐，草芥一生。

如果有什么心愿，那就要一个世俗意义的家，一双安抚他灵魂的手。他不要什么人模狗样。然而，谁能做得了自己的主？

对于目前的自己，他一定是痛恨并享受着。轻飘的感觉有时候不能承受，有时候如在云端，灵魂可以出壳。

陈勉有时候会在半夜惊醒，醒来后便不再睡。到书房，打开电脑，看自己在旅途拍下的照片，以及写的旁注，所有的注解都有一个预先设定的阅读对象。

文字只成了告慰。影象化做残念。一烟在手，袅娜不止。不知道烟雾散后还有没有退路。

我总是悄悄地站在门口，隔着烟幕，望向他被橙色灯光映亮的侧面，有时肃然，有时惆怅，有时盈盈。都与我无关。

我在他心里有多少呢？虽然我牢牢占据着他私生活的半径。

像候鸟，逢着节假日赶去看他。他依约接我，请我吃晚餐，淡淡聊天。生日和某些特殊日子有礼物，碰到熟人，介绍我为女朋友，也做爱。只是，随着时间的漂浮，他不再惧光，不再生涩，熟极而流，按部就班。我不会疼痛，只剩了半明半昧的享受。呻吟与喘息如此空洞，我不得不放下矜持，恳求他下手重一点。

可他连暴躁的兴趣都逐渐丧失。

有次床帏闲话，我建议他把主卧与主卫打通，用帘子做隔断，说这样会带来新鲜感。

他疲倦说："何必这么折腾，总会审美疲劳的嘛。"

我用肘推推他，脱口："锦年和我哥的卧室就有这么一道帘子，是贝壳的，摸上去，哗哗响。你想想，一人在床上隔帘欣赏另一人……"

"闭嘴。"他恼怒。这是我与他同居以来，第一次光明正大说起锦年。原来他还是不能承受。

他闷闷坐起身，捞过床头柜中的烟盒。

"不许抽。"我夺过。

他手势停顿，片刻茫然，"她现在做母亲了吧？"他一直不知道锦年离婚的消息。

"你知道锦年为什么会喜欢贝壳？"

我听他说下去。

"她很喜欢少女时代的那条运河，老说要坐个船一直一直漂下去，直到大海。我说，怎见得一定会看到海。她说，百川汇海，当然看得见了。我到北京后，一直攒钱，想跟她一起去海边。后来，我订了去北海的火车票，我知道北海的银滩很漂亮，沙子很细很软，她一定会喜欢。那时候，她已经冷落我了，可我妄想着用海来唤醒她。去找她的那个晚上，她妈妈说她跟你哥出去了。我就在楼下等。看到他们回来。你哥让她叫他名字，她就叫。她的目光很亮。后来，我一个人去了海边，海风不知道为什么吹上来很冷。我把另一张车票平放在水面上，任其沉浮。感情能这样漂走多好。"

我无声地滑进被子，闷了很长时间，说："陈勉，你怎么可以？"

"什么？"

"如果我不知道你们有血缘这回事，我可能要为你的痴情感动，可我恰恰知道了，只觉得——"

"锦年跟你说了？"他震动。他一定想把这隐私牢牢掖住，以让自己的思念不沦为罪。

"嗯，锦年说你是他舅舅，很平常就告诉我了，我哥也知道。"我无谓道。

陈勉听后，脸色由白而青，身子竟至微微痉挛。这个打击太大，可也不能怪我啊，锦年确实跟我说了，他将之奉为圭臬，可人家不在意啊。

他抖索地点过烟，吸了好几口，才艰难地跟我说："安安，我要告诉你，我爱不爱她，跟乱七八糟的东西都没关系。哪一天，我真正放下她，也不会是因为这个乱七八糟的理由。而且，跟你说，我不信。"

"又如何？锦年信。"我好像从未说过这样刻薄的话，但不能怨我，他怎能跟我躺在一张床上，却公开着对别人的深情。

他即跳下床。我嘲弄地笑一笑。

之后，我们开始冷战。在如此状态下，我同他提见我家人之事，无疑自讨没趣。

他的回复很冰冷：说过的，不谈将来。

中秋我失意地回家，愕然看到姚谦和顾盼都在。

顾盼在厨房帮掌勺的妈妈打下手。妈妈退休后，闲极无聊，开始学烹饪。哥哥没法天天享受她的美食，就怂恿她开博。每天，妈妈把自己做的菜照下来放到网上，写上短短几句话。哥哥无论多忙，都会捧场，抢着坐她"沙发"，甚至鼓动他的员工上去留言，把妈妈的兴致抬得越来越高。妈妈现在俨然网络红人，对烹饪的热情一浪高过一浪。

我跟姚谦打过招呼，也到厨房，抱住妈妈，"妈，你打算什么时候考级？我们家至少可以出个一级厨师吧。"

顾盼说："绝对是特级啊。"

几年来，家里头次这么热闹。妈妈喜笑颜开，"都开我什么玩笑。安安，你快出去陪小谦。"

妈妈都把高龄三十七的姚谦叫成小谦，可见姚谦同学做足功夫。

"那是大叔。"我说。

顾盼一双眼投过来，似笑非笑。我低头，难免怅然。

姚谦在客厅跟我爸套近乎，看我出现，立即指个位子让我坐，同时鞍前马后地给我泡茶，削水果。我说："哎，好像是我家哎。你别让我拘束好不好？"

哥咬着大苹果贼笑。

爸爸说："安安，有点礼貌。"

姚谦并不在意，就大方地坐我身边，"没听说过吗？惧内的男人比较有出息。像什么丘吉尔、罗斯福、胡适都怕老婆。"

"哎——"我瞪他。他做个鬼脸，"好像说错话了。"

饭局摆开。次序是这样，爸爸妈妈居中，爸爸右手是哥哥、顾盼，妈妈左手依次是我和姚谦。

顾盼真行，给爸妈敬酒，嘴巴跟抹了蜜一样，使得老人家的嘴一直处于合不拢的状态。又不时给哥布菜，把哥烦得要死，说："你怎么知道我要吃什么？"顾盼说："我全部问过伯母，都是你喜欢的。"哥哥托着额，仿佛有些烦恼。姚谦给哥斟酒，"喝。"哥哥就干掉。姚谦继续，"修炼得不错啊。"

我对顾盼使个眼色，"怎么不挡下啊。"顾盼笑笑，"一家人吃饭，不要紧。"

一家人，居然一家人了。

我低头饮下一口酒，茫然想，其实这样，未尝不好，至少姚谦跟顾盼都重视我和哥哥啊。爸爸和妈妈那么快乐！

"干吗自斟自饮啊？"顾盼走到我身边，给我满酒。姚谦手快，接过，"我代了。"一仰脖喝干。顾盼不依不饶，"哪有这道理。"

大闸蟹上来了，我掰下一腿，自顾吃。

哥哥捧了头，"我要去休息。"

顾盼跟过去。哥哥说，我上厕所你是不是还要跟着。一步三摇地攀上楼。顾盼转头去卫生间，拿过热毛巾上去。

"真贤惠。有妻若此，夫复何求。"我说。

妈妈说："你哥酒量一直不好嘛。"

我说："哥哥那叫酒不醉人人自醉。这点酒有什么力道呢。"

姚谦发冷话："男人真可怜。"

我白他，"男人可怜什么。走了一个，还有成千上万的后继者。"

"弱水三千，我只取一瓢饮。"姚谦马上脉脉含情。

妈妈对爸爸说："老头子，我们该赏月去了。"

"安安，"爸爸妈妈走后，姚谦忽然跪下来，"我等你两年了。你不接电话不理我也两年了。我就算没有功劳，也有苦苦等待的苦劳吧。年华若水，再等下去，我两鬓就要生霜了。安安，是时候了。"

"可你有点老。"我直言不讳。

"女孩子大多有恋父情结，不是好多女孩子喜欢昵称老公爸爸吗？"

"你也不够坏。"

"你怎么知道我不够坏。"姚谦匍匐靠近我，拉住我的手，把自己的脸贴上去，一张猪肝脸滚烫异常。

他开始吻我的手。我怀疑他欧洲骑士小说看多了，不过做贵妇人的感觉谈不上坏。我抬头看窗，月亮从云层出来，很大的一坨，有点突兀。我想中世纪的那些贵妇人跟我一样无聊吗，非得让那些仰慕者斗来斗去出出血才叫刺激。"姚谦，你愿意为我决斗吗？"

"只要夫人吩咐。"姚谦细啃我的手心，哈巴狗一样让人痒。

伦敦也有这么一坨月亮吗？我有做坏事的冲动。

"你住哪儿呀？"我站起来。楼上忽然传来哗啦啦摔东西的声音。然后是哭泣，细碎的，属于顾盼。

"哥发酒疯了？顾盼真倒霉。姚谦，你觉得顾盼和哥哥在一起的几率有多高？"

"一半一半。"

"等于没说。"我靠在他肩上，"零。"

顾盼奔了下来。妈妈过去询问并为自己的儿子打着圆场。顾盼抹着脸，说："我知道，没事……"向我看过来，"安安，能不能陪我说说话？"

姚谦愤怒地举了举拳头。

妈妈说："也好，安安你送阿盼回去。阿盼，我会劝觉明的。"

姚谦只好做绅士，"女士优先。老男人孤独赏月。"

7

顾盼有自己一个人的公寓，装修毋庸置疑地腐败。哥哥虽然喜欢过有情调的生活，却向来不主张奢侈，正如他的着装风格，款式简洁，细节精致。生活关键是给自己看。

陈勉呢，型与款，里与外，都不讲究，他是连内生活都舍弃了的。破罐子破摔，乍看粗鲁失态，久了，回味出那是人家独特的地方。在这日新月异的 E 时代，谁都要个性，可个性是学不来的，是本色。

"桂花好香。"我一路嗅过来。南京在政府的大力倡导下，桂花种植的密集度很高。一入秋，整个城市便陷在一片甜腻腻的香气中，让人遥想秦淮八艳时期的旖旎风情。到顾盼房间则是另一番的香艳，中式风格，红色主打，金色为辅，色泽热烈到窒息。又兼帘幕低垂，庭院深深，让我没法不想起张艺谋先生的审美。我开了窗，让风把沉闷之气捎走一些。

顾盼换衣出来，倒酒，递过来。还没喝够？

我接了，与她碰一下，抿抿嘴而已。

"哥哥来过吗？这里。"我问。

"你说呢？"顾盼在沙发坐下，很安逸的坐姿，黑发云一样堆在胸前。

"没有吧。你这布置明显不合他胃口。"

顾盼说："合不合胃口有什么要紧呢。久了都会习惯。"

我说："有时候想，你不见得多爱哥哥，只不过你一直心高气傲，想要的东西从来没有失过手。"

"可这回你错了。"顾盼纠正我，"我喜欢你哥，真的很喜欢。刚刚他要去露台，我跟他说今天风大容易感冒，他就对我吹胡子瞪眼睛，使劲刻薄我。我是真的难过。他未婚前，我兢兢业业地工作，讨他欢喜；他结婚了，我不气馁，等他离婚。他离婚了，我想我总有机会了吧，还不行。他对人家念念不忘，好像分手，只成全了他的思念。"

"那你怎么办？"我问。

"你说我怎么办？"顾盼抬头看我，神色玩味，"你会接受姚谦吗？"

"我……"我哑口。

"我们的情形其实差不多。傻妹妹，你要谢我把你拉出来，刚刚你是不是还想着做坏事报复下陈先生。跟你说，你做了，人家眉头都不会皱一下，你不过是让你们本就不稳固的结构更松散罢了。"

"散了有什么不好呢，我烦透了这样不死不活的局面。"我撇嘴。

顾盼说："你要真想散就好了，别口是心非。安安，你难道看不出，陈先生已经一步步向你妥协了？"

我一惊，"哪有？"

"他若不妥协，会把你留在身边？会跟你同居那么久？要只是玩呢，大约早就倦了，要想利用呢，也早就可以用了。他没有那个意思，就是尊重你。凭着我跟他的接触，不多，却给我一个强烈的印象，他是个没有安全感的人，也因此，他非常渴望一种稳定的结构，比如说家。也许现在，碍于某些因素，他没法给你承诺，但是只要他给了，必定是真给，是要负担起责任的。他这样的男人其实比你哥更容易妥协，只因他拥有的东西太少。只要累了，就会倒下来。"顾盼娓娓道来。

我心里一磕巴，有点战战兢兢地后悔，又有点迷迷糊糊的小欢喜。旁观者清，当局者迷。顾盼的分析未尝没有道理。

"陈先生会妥协，你哥却难。因为生活经历不一样，欲求就不一样。对你哥来说，此阶段最大的缺憾大概就是感情。"顾盼接着道。

"你既然认识这么清楚，是不是已经想好办法？"

顾盼嘴角扯出稀薄的笑，竟似有几分凄凉，"我转移他的欲求怎么样？他事业太顺，我可以让他稍微不顺一点？让事业成为他急于攻克的主要矛盾。"

"你想怎么做？"我问。

顾盼意味深长地瞅我，"你以为我给陈先生搭平台是有钱没处使还是纯粹讨好妹妹你？"

我似被噎了下，"你的意思，跟陈勉有关？"

顾盼点头，"嗯。陈先生答应跟我做一项交易。在这出戏里，你也会扮演重要角色。"

我一头雾水，跟着惶惑不安。陈勉＋顾盼－哥哥＝？感情真叫人疯狂，越有资本越疯狂。陈勉说得对。

"能否跟我说下，我需要做的事，我也许可以更好地帮你。"我竭力平静。

顾盼站起来搂住我，"妹妹，你要记住，不是在帮我，是在帮陈先生。"她说得悦耳动听，若电影里的那些蛇蝎美人。

顾盼其实不坏，就是太聪明。小时候跟她玩游戏，从来都是她制订规则又兼做裁判，因此她总成最后的赢家。大家都不服，但不服没用，她会用一切手段迫你服，比如撒野、号哭、告黑状。也不知道是不是她小的时候就参透了那句著名的论断："经济基础决定上层建筑。"反正，因为她家实力雄厚，无法等闲视之，我们的家长们在单纯的孩子问题上，一律采取巴结姑息纵容的策略。只要跟她有口角，不问青红皂白，上来就甩自家孩子一巴掌，并大大地抚慰顾盼一把。顾盼的气焰由此愈盛。

哥哥是唯一的例外。顾盼点名道姓要哥哥跟她玩，哥哥从来不答理。因为太过偏孽，有次挨了妈妈好几个巴掌，打到牙口出血。顾盼终于不忍心了，过去求情："阿姨，算了。"

她怯生生地给哥哥一方手帕，被哥哥拂落。她委屈了，眼泪在眼眶里转，却没发出声。此后，她不再跟我们玩游戏。此后，凡有哥哥出现的场合，她都会让自己表现得很淑女。那个时候，她就在意哥哥了吧，想想，也不容易。

哥哥上中学的时候，跟着爸爸转学去了南京。顾盼听说后，也央着她爸转去南京。听说哥哥成绩好，她也发愤读书。虽然跟哥哥不好比，但是偶尔也能混进班级前十。她爸爸习惯了女儿排末座，见此简直乐开了花，问她哪来这么大的动力，她说，觉明哥哥总是考第一，我要靠他近一点。她爸爸后来就跟我爸爸说，怎么办呢，我家阿盼瞄上你家小子了。我爸说，好啊，我跟他妈双手双脚赞成。可能也因着此，顾家总是照顾我爸的生意，我爸也过了瓶颈期，以后的路越走越顺。

女大十八变，上中学的顾盼忽然就变得跟小仙女似的。那是妈妈的原话。我比顾盼要小上三岁，那时候还在老家跟锦年一起土头土脑地念初中。我跟锦年都属于发育比较晚的，经常会坐在学校的双杠上懵懂地讨论两性话题。我问锦年为什么有的人屁股上会流血？锦年啪嗒啪嗒吹着口香糖，好像很有把握地说，因人而异吧，别人屁股大概没有我们长得好看。我说，你胸部有没有胀起来？锦年说，有一点点，不过我穿那件宽一点的衬衫一点看不出来。我说，被男孩子亲一下嘴巴会不会生孩子？锦年说，不会的，要睡在一起亲。我说你怎么知道？锦年说我看电视啊，电视上两个人在床上亲，不久后就哇哇生下一个孩子。我们呵呵乐。那时候我们很傻很天真也很快乐，觉得我们俩永远不会来月经，互相警惕着不要被坏人在床上亲。后来，我来了。她也来了。我们的屁股原来都不大好看。

回到顾盼身上，上高中的顾盼，叫人惊艳。学校开运动会举牌走在前面的是她，开艺术节报幕的是她，给市里领导献花的也是她，万千宠爱集一身，可人家发话了，我要嫁给觉明哥哥。她跟我哥哥差了三岁，差的却不止是三岁，简直一点缘都没有。她上初中，哥哥上高中，她上高中，哥哥上大学了。永远见不到。等到哥哥终于毕业回南京，她总算可以追他了吧，偏偏哥哥已经有偷偷爱的人——我的好朋友裴锦年。

我也是偶然发现了他和锦年的合影才知道哥哥对人家有意思的。

他和锦年好配啊。尽管锦年不那么漂亮，个子也矮，但是她自信啊，瞳孔漆黑灿亮，如星光，身上有掩藏不住的青春气息。静态的形式展现动态的美，饶是斯文儒雅的哥哥，在她身边也只能堪堪打个平手。

我在哥哥面前使劲地说锦年的好话，总是卖关子让他想入非非。一贯热闹的哥哥，在锦年的话题前很安静，有时候会浅浅地笑。我那时候想，锦年做我嫂子，那真是件神奇的事。可等到锦年真的成了我的嫂子，我跟她已经连起码的友情都没有了，无非是因为我爱上了她的"哥哥"。

爱真是疯狂的事，实在怨不得顾盼为爱疯狂。

"安安，你老实说，你要锦年做你嫂子，是不是有自己的原因？"顾盼问我。

我语塞，一开始没有，后来有了。

"安安，说心里话，你觉得你哥跟我合适，还是跟锦年？"

"锦年。"我说了实话，虽然锦年仿佛哪都不如顾盼，但她直率、热情、仗义。跟锦年在一起很快乐，我想哥哥与我一样一定感同身受。

不知道为什么，那一刻，我眼前忽然浮现起最后一次见锦年，她拖着腿一瘸一瘸爬楼梯的背影。我怎么没想着，上去扶她一把。

在感情的通道里，我越走越狭隘，越走越冷漠，越走越自私。我还是以前那个安安吗？锦年在我生日时送我的书上写：跟安安做一辈子的好朋友。

我眼睛湿润。那些青葱岁月，欢声笑语，抖落起来，这般轻易。

顾盼不知道我在想什么，冷冷地说："你还不承认你的私心？"

回到家，我去敲哥哥房门。

哥哥没有应声，我推门进去。隔着窗，看他枯坐露台。一轮浩月正顶在他头部，因为色泽若纸，光晕模糊，室外的哥哥有一种在皮影戏里的感觉。

怀念一个人是不是在演戏？

我拧开露台门，即有风迎面扑过来。诚如顾盼所言，今天风大，不适合看月。

哥哥看的或许不是月，看几年前的心情。

他和她或许曾在这样的日子流连过。那时候，有情动的波澜，如今物是人非。感情真是最说不好的事，你可能热情似火，逢着对方却急于如厕，于是，该错的就错了，该对的也错了。什么也打捞不着。新感情、旧回忆，困顿一辈子。

我嘿嘿笑了，对哥哥说："要不，你给锦年打个电话，问问她在哪里？"

我拿过哥哥身边的手机，翻通讯录，第一个就是锦年的号码，称呼是：大象。

为什么是大象呢？我不知道。我说，哥，你何必绷那么紧呢？你喜欢她就留下她嘛。

哥说："不知道她现在在哪里？"

我拨过去，将手机放在耳边。哥急急看向我，是那种初恋时患得患失的目光。

响了很久,没人接。

哥的目光随之灰暗。"大概不想接我电话吧。"

"或许是睡着了。很晚了。给她发个短信吧。"

"不用了。"

"哥,要是接通了,你说什么?"

"不知道,很紧张。"

"你跟锦年能做朋友吗?"

"不能,要么就不见了。"

"要是错过她,会难过吧?"

"会,但好过委屈。我不要委曲求全。要么没有,要就完整。"

哥这句话,在这样的氛围下,忽然令我感动。我看到自己卑微的爱,小心地盛开在泥泞中,看到自己在爱里匍匐、迷路,看不到光明,并且孤独。

"哥,这纷繁芜杂的社会哪能奢望完整?再说完整的东西,也保不准会随着时间破碎。"

"总得先等等吧。"

我茫然回身,腿好像很虚,使不上劲。走一半,我掉过头,"哥,我其实想跟你说,顾盼可能会跟公司过不去。"

8

返京后,我决定将自己的感情冷冻下,没有跟陈勉联络。陈勉自然也不会主动跟我联络。倒是姚谦,在两年后,又卷土重来,对我发动猛烈的攻势。

我问过姚谦，以你的条件，追慕的小女生还不多了去，怎至于沦落到"剩男"的境地。姚谦说，我又不是单为了结婚，结婚是容易的，可要找爱的感觉却是很难的。

"你爱我吗？"我问。

"我爱你。"他说。

我笑了。有些人一辈子都吐不出来的话，有些人却像嗑瓜子一样轻易。子之砒霜，他人之熊掌。我干吗要让自己成为毒药，而不做爱物？难道我期待着他能够说出"你是我的毒药，我甘愿吞下"之类无聊的话吗？饮鸩止渴，为的也是一时的爽快。我和他都不想结局，但又有几年可以如此奢侈地消费？

"这两年，你都做了些什么？"我问。

"工作啊，我们在北美的市场份额增加了3个百分比。我升了一级，加了薪。也陆续相过亲，一直没有合眼的。后来想想，好像每次都在用你的标准审视对方，对方无不比下去。"

"那，你这样，会不会累呢？"

"会累的。我对自己说，最大限度是三年，三年你不答理我，我就放弃。"

"会可惜吗？"

"得之我幸，不得我命，别人早说过了。这世界上好东西很多，哪里可能你看上了偏巧就能得到。"

我很惊讶，没想到姚谦这么豁达。

那日送我至家，临告别时，姚谦说："安安，虽然说还有一年，刨掉我在国外的时间，刨掉你不在国内的时间，我也许只有十来天或者一个礼拜的机会。"

"要我多给你一些吗？"

姚谦摇摇头，"顺其自然吧，有时候一个礼拜也够了。"

他抬起头。天空有一点细蒙蒙的雨。我说你等下，回家给他取了伞下来。他开车，其实用不着。但是，不一样。

那晚，我翻来覆去睡不着。我想，我的感情也许就像一辆被拔掉气门芯的自行车，不久不是代步工具，还成了负担，我或许可以扔掉它，赢得轻便的自由，但是好像又暗怀期待——也许一个修车铺会在前边出现。

在我艰难地权衡与抉择时，哥哥的公司出事了。仿佛三年前那一幕重演，他新产品的核心技术惊现网络。我马上联想到顾盼，给她电话。顾盼轻描淡写，"与我没有关系。你哥哥报警了，初步确定发布服务器来自海外。"

"你这样，能得到什么好处？你以为哥哥会喜欢一个处心积虑的人？"

"安安，你要弄清楚，跟我无关。这些天，我一直在南京。"

"你是要嫁祸陈勉？"

"我不懂你在说什么？警察还没有调查清楚，难道你就知道嫌疑人是谁？那不如告诉你哥，省得大费周章。"

我砰地挂了电话。凝思片刻，打给陈勉。

他很长时间才接，声音嗡嗡的。

我停顿片刻，声音自觉软化，"你感冒了？"

"怎么了？"

"我哥哥的技术被泄密，不会是你蠢到要做顾盼的替死鬼？"

"对。"他居然不慌不忙地来了这么一句。

"真是你发布的？你不知道你在犯法？"在我吼出声的那一瞬，我忽然明白了顾盼的用心。核心技术在她身上，不见得能逼哥哥就范，反让自己担着巨大的风险。她不敢跟哥哥坦诚布公，唯一的方法就是转移。陈勉无疑是最合适的人选。他跟哥哥有积怨，他一定会觉得这是报复哥哥的最佳机会——让哥哥十几亿的投资见鬼去，让哥哥尝尝一无所有的滋味。就在哥哥因沉重的债务而一蹶不振时，顾盼她可以如天外来客一样雪中送炭、施以援手，哥哥必然感激涕零以身相许。因为按顾盼的理论，这个时候，哥哥的主要矛盾已经变为公司未测的前景，而不是那可有可无的爱情。陈勉那边呢，因为是我最在乎的人，我不会也不愿让他受牢狱之灾，必会苦苦恳求哥哥放手。

顾盼真的是打了如意算盘。陈勉居然也同意。

"你怎么这么无耻？"我愤怒。

"无耻？"他好像笑了，"你爱一个无耻的人。"

"你以为我会为你求情吗？"

"这一点顾小姐很有把握。"

"那么，她错了。"

"希望如此。"面对我的激愤，他不急不躁不咸不淡，没多余情绪。难道他是吃准我了，或者，坐牢也不怕？他觉得他的人生没什么期待的，可以 over？念至此，我又觉得很悲哀。如坐针毡的那个人，不是当事人，不是指令者，是我，他们算计了我的感情。

我请假回南京，径奔哥哥办公室。

他的新秘书邱淑玲挡住我。

"我是他妹妹。"

"不好意思，劳烦你稍等下。沈总在跟重要客人商谈。"邱淑玲引我至会客区，给我端过茶水。我注目她，长得很一般，没有任何出彩之处，只是言谈举止皆合体，相当职业化。

"新来的？"我问。

"不是，以前在市场部，最近沈总事多，叫我过来搭把手。沈小姐，您翻翻杂志……待会儿我叫你。"她含笑走开。

差不多一小时后，哥哥和客人出门。客人原来是顾盼的父亲顾大同。两人到电梯，握手言别。可是，两人的脸部神情与我想象的大相径庭。本该春风得意的顾大同愁眉不展，本该焦头烂额的哥哥却神清气朗。怎么回事？

片刻后，哥哥站到我面前，没好气地说："知道你会来的，进吧。"

合上办公室门，我背靠着门，"哥，你真沉得住气。"

哥哥仰靠在老板椅上，姿势悠闲，"那怎样，你可以求我，我求谁去？"

我见他如此神情，大松一口气，但还是不明所以，问："哥，那些技术就作废了？投资人的钱呢？"

哥说,你是不是觉得你哥的智商尚不及顾盼?

"你的意思是,公布的所谓核心技术只是一堆没用的东西?"我一喜。

哥说:"可以这么说吧。你想想,上次技术披露后,我再照本宣科地沿用不是脑子进水?"

我拉过一张椅子坐到他面前,"那么,你还是报警了?"这个是我关注的问题。

哥哥点头,而后倾身,咬牙切齿地对我说,"安安,你不会来为那个家伙求情?"

我想完了,仿似兜头被泼一冷水,寒战四起,所目茫茫。

"几年?哥,他们做的事,该承担怎样的责任就承担,只是,请你,手下留情。陈勉他,少年时候坐过一次牢,身世又很凄凉。你要不看我的面子,总得看锦年,锦年要知道了,一定会恨你的。"

不说这个还好,一说,哥哥怒不可遏,"我还真想把那小子绳之以法,永世不得超生。"

我心头一颤,好像看到一棵救命稻草,捞住再说,"你的意思,跟陈勉没有关系。"

"跟他当然有关系,可是他狡猾,发布时用的是顾盼发给他的原始文件,有各种源代码信息,追究起来,无非是从犯。顾盼算是损了夫人又折兵。"

我心里石头猛地落地,长长呼口气,才问其他:"所以,顾叔叔想同你私下调解?"

"嗯,我早知技术是顾盼偷过去的,否则她不会把当年那些细节了解得那么清楚,也太热衷于让我相信是那浑蛋的手段。我不揭穿她,只是因为这也是个机会。跟她爸谈过,她爸知道其中的利害,他出资加盟我这边新产品的开发,就是为了让我吃定心丸。其实真有损失我也不怕,因为最大的输家是他们顾家。我还真不知道顾盼怎么出了这一步臭棋,她可能过高估计了那家伙的良心。"

"哥——"我总是不喜欢哥那样说陈勉,"是顾盼太聪明,所以把别人

226

看得蠢一些。话说回来，要放在我身上，她大概就得逗了。我先前还真被她这一石几鸟的方法给吓坏了。那么，你会选择私下和解？"

哥哥凝神片刻，莞尔，"姓陈的肯定早料到我会这么了结。所以他，从容地借人上位，然后杀人灭口。"

"哥——"我觉得哥说得太不堪，忍不住埋怨，"不是所有人有你这样的机会，靠出卖自己混上去不见得出于个人的本意，只是没有别的机遇和办法。"

"他会混得很好。"哥说，微一仰头，"但是安安，你别接近他了，哪天他把你卖了你都还要为他数钱。顾盼是前车之鉴。"

一场风波很快平息。顾盼是唯一的输家，输到鼻青眼肿，脸面皆无。此后她远遁海外，销声匿迹，对哥哥的痴缠就此作罢。哥哥没有趁火打劫要顾家的东西，顾大同心存感激，两家合作愈加密切。陈勉虽说有良心的拷问，从法律角度看，他也没罪。他忠实地履行跟顾盼的协议，虽然手段有点不齿。可是想想，如果一个人认定自己生来就是被诅咒的，在这个尘世只是浮萍一样的寄客，那么这人世的法律与规则对他有什么约束力呢？能坏到哪里去呢？他一定会这么想，活着很轻。只是一口长一点的气罢了。

陈勉不久后升职。他所在的公司在竭力培养他，派他去某些重要国家考察、培训、实际上是让他更好地了解全球趋势，积累更多经验。他发展的空间越来越大。他能成就如此，并不难猜度。工作，是他唯一的依傍；一步步向上走，是他唯一的目的。人有纯粹的目的，并发挥一切力度去实现，何愁攀爬不上？

寒假，姚谦让我去美国，我却飞去了伦敦。

我好久没见他，不是不想念，只是害怕这样一日胜似一日的想念。有次，我梦到自己成了一条被豢养在玻璃缸里的鱼，摇着尾巴，晒着阳光，忘记海洋，优游自在。只要主人在玻璃器皿前站上一小会儿，我就仿佛能凝聚一生的幸福。但是有天，我突然把自己甩了出来，在光滑冰冷的大理石地面上笨拙地挣扎着，没了优雅，没了风度。我疼，窒息，那被主人宠爱的彩鳞纷纷剥落，难看无比。

醒来时，我大口地喘着气，好像真的窒息了一样。

我要离开他，结束这场已经身心皆疲的游戏，再不离开，我会一点自我都没有。

他依然在机场接我，纸一样削落的身影。不必言语，磁铁一样，我一下就感知了他。

他微微咳嗽。我搓着手，"伦敦好冷，比北京冷。你感冒一直没好吗？"

"不要紧。"他略带倦意。

车上高速。我默默看他的侧脸，轮廓如花岗岩一样坚毅，唇角却勾出一个柔软的弧度。我想吻他。这样想时，我低下头，看到自己的心猛烈地打了个旋涡。不，我要警惕自己最后的缠绵。我不想让自己积了一个冬天的勇气在看他第一眼时就毫无抵抗地溃散。

他换了房子。不是 apartment，是 house，楼前有花圃，围着一棵不高不矮的树。

"樱桃树吗？"我问。

"不知道。花圃是东家留下来的。"他一贯粗枝大叶，或许水都不会浇。

一条小径通向屋子，小径边沿一溜圣诞红，哨兵一样迎宾。花跟叶子一个纹理，虽然灼灼地开着，看着倒像假的。

屋子几乎没怎么收拾。书本与衣物随处乱放。茶几上一层烟灰，偏偏一盘三明治就在茶缸边上。

地板好像也是多日未擦，有细细的灰尘。厨房倒是干净，因为什么都没有。

"刚搬吗？"

"有一阵了，就是懒得动。待会儿出去吃吧。对了，回头我们去买条床单，那一床好久没洗，有点脏了。"

我低下头，很努力很努力地说出细若蚊蝇的话："我，打算住酒店。"

他愣了下，迅速回过神，"也好。那，行李箱不用打开了，附近有一家，直接去 checkin 吧。"

我很努力很努力地说："嗯。"

那我跟他回来算怎么回事呢？我难道期望他说，安安，留下来，我想你。他不会这么说。这个无情的人。他只会觉得我做作，他一眼就能看透我。

我背过身，忍住起伏的心，"你等过我吗？"

他要说等，我就不顾一切地留下吗？他要否认，我情何以堪，我干吗要问这愚蠢的问题。离不离开，不需要结束的仪式，只要做就可以了。可怜的安安，你分明离不开他。

就算人走了，心也在着。心已经在勤快地收拾这个家。买上厨具、储备食物，做他喜欢吃的菜。还有被褥、床单要晒过，有阳光的气息。心在拥着这个男人，贪婪地闻着久别的气息。

他没回我话。我看不到他表情。不知道这算否认，还是别的。

我只有往前走。

迟了几步，他拉住我，我看到他食指上一个月牙型的伤疤。

"怎么回事？"

"我看到锦年了。"他顿一顿说，"上个月在法兰克福开会。住 Bristal Hotel。用早餐的时候，我看到她也在，边吃边用心地看一本书。我因为太过惊讶，刀子割到指上。"

"她看到你了吗？"

"没有。"

"你没跟她打招呼？"

"没有，后来去服务台求证了，是她，一个人。在这里住两晚。我没有找她。"

"为什么？"

"我找她干什么？"

"陈勉，我一直没告诉你，锦年离婚了。"我说。以为陈勉会惊讶，可他淡然，"那怎样？我也不是以前的我。我放下了她。"

　　既然放下她，为什么又要在她面前背过身去。我完全可以想象当时的场景。清晨，阳光很好，映在锦年小小的瓜子脸上，一片娇人的艳红。他的视线一直逗留在她身上，很小心地触摸这几年丢失的记忆。他一定想了很多，目光潮湿了。然后，在她注意到他之前，撤退。经历了这几年的翻云覆雨，物是人非，他不会再有当初的执念，但心中未必没有遗憾，偶尔在独处的时候，会有哀伤涌现。就像指上这块疤，疼过了，却永远记下了彼时彼刻他怎样的心情。

　　我在这一瞬，好像想明白了，与其做别人不得已求其次的选择，未若做另一人心心念念的伤疤。我走后，他会怀念我的。只有缺憾，才会永远被记住。

　　于是我笑了，转过身，提过行李，"如果我的到来对你来说不是奖励，那么失去，算不算得一个小小的惩罚？"

　　我去了美国，跟姚谦过了一个春节。

　　唐人街很热闹，有传统的杂技、舞狮、腰鼓表演，也有烟火、爆竹的喧闹灿烂。小吃全面开花。凉润的夜色被人群冲跑。穿中装的人们喜气洋洋。

　　姚谦拉着我的手，在人堆里挤。

　　"安安，想吃什么？"

　　"随便啦。"

　　"哪有随便的。"

　　"那我想想，哎，这是什么呀？那个呢？"

　　"笨蛋，这个都不知道啊，你好像多年没在人间，哪里仙游去了？"

　　我笑笑。在人间。

9

其后，我与陈勉只通过孤儿院的孩子们才有联系。他让我代转救助款项，我定期去孤儿院看看。也会跟以前一样，轮番带孩子们住到我那过夜。我换了房子，以免触景伤情。

姚谦好像等到了他的春天。在三年期满前一周，我戴上了他给我的求婚戒指。

说起来，是我那阵子情绪太过波动。

只因，我接到陈勉电话。他说打算回国。我说好啊，观光还是常住？他说，说不好。然后沉默。

我找话，"前阵子，我见到锦年了。她这几年一直在外头跑，说不准在找你。她说钱花光了，四处找工作。离婚前，她有一笔哥哥的钱，她分文不动。我哥哥要知道一定会发疯的。她花过你的钱是吧？那就是爱你。出于私心，我介绍她去哥哥那里工作。你知道吗，我哥哥还爱她。尽管三年没有给她电话，但是爱她。她还是那么耀眼……"

我不知道自己怎么可以这样啰唆。是为了掩饰沉默的尴尬吗？他在认真听吗？为什么张口来了这样一句："安安，到我身边吧。我们可以结婚。"

我木然了下，而后热泪盈眶。他终于意识到我的存在了吧。不是他生活中一个模糊的暗影，是一个温暖的家的缔造者。可也不晓得为什么，可能是因为等了太久，等到时发现已经没了当初想象的兴奋。

他妥协了，低下头来。这个样子，一点都不好看。

"陈勉，你只是需要我，不是爱。你能给我一个学会爱的期限吗？如果有，我等；如果没有，很抱歉。"我很悚然地听到自己这么说。说话的人是以前那个安安吗？我的心分明在欣慰在沸腾在欢呼，为什么我还能这么理智这么冷静地拒绝,是贪图更多?

陈勉也许在那边摇头,否则为什么这么语重心长,简直慈祥了——"安安,你长大了。祝你幸福。"

他缩回去了,一碰壁就缩回去了。为什么不坚持呢?陈勉,你究竟是在求婚,还是只完成一项任务?结局不重要,重要的是说出这句话。放下电话,我在怔忡中难过、懊丧、遗憾、骄傲,乱哄哄的。

上课的时候,脑子一遍遍自动回味着他短短的求婚话语。

可以结婚。

如果我答应,会怎么样?现在的我是昏头昏脑、乐不可支吗?我不知道,头疼……

"老师,你是不是失恋了?"调皮的学生说。

我讪讪,"跟失恋差不多。但不是。"

下课,姚谦来接我吃饭。他铆足劲,用着最后一个礼拜的时间。原来什么都是有期限的,尾生抱柱的故事只是传说。

"除了吃,就没有别的消遣了?"我大发脾气。

姚谦唯唯诺诺,"那,看电影吗?周末我们去香港看没有删减的《色·戒》。你不是喜欢张爱玲吗?碰巧我也喜欢。"

很难想象我真的随姚谦飞去了香港——

那晚的情形是有些怪异的。姚谦大概也会始料不及。他一直觉得她是那样温婉可人的女子。一低头的温柔,一回眸的羞涩。可事实让他大跌眼镜,发生那事很久后他都不敢出现在这个女人面前。

为那个晚上,姚谦其实蓄谋了很久。卡迪亚三克拉的钻戒,3000多美元一晚的海景房,问香港同事借的将近全新的劳斯莱斯轿车……当然,安安也很给面子,简直太给面子了。晚餐结束、看电影前,她换装出来,他惊艳——真没想到她如此隆重:一袭贴身剪裁的翠绿暗花的旗袍式晚装,脖子处一圈金色的皮草,两条雪白如藕的手臂光光地裸露在外,凹凸有致的身材简直引人犯罪……他在那一瞬只觉得口干舌燥、呼吸急促、火烧火燎。

"安安，我……你实在太——"他话都说不连贯，只能听到自己的心脏扑通扑通地狂跳着。活到将近不惑，他第一次这样失态。

看完电影出来，夜色已很浓郁。然而街头人群与灯光凶猛依旧，大都会像一头嗜血的动物，在子夜时分醒来，露出狰狞的面孔。

他慢慢开着车。他还不想这么早回酒店，因为尚没有把握。他想营造一下氛围，至少要营造到六成的把握。

"喜欢么？"他问。

"嗯？"她在神游。他重复，"喜欢么？香港？"

"我以为你要说影片。"她笑笑，"不喜欢。太小。影片倒喜欢。手法很细腻。对女人来说，身体的感觉大概比那些坚硬的主义要来得重要。"

他对她如此直接一时很是惊喜，暗忖，这是不是传说中的暗潮汹涌。接着问，"要你，肯定也会放过那汉奸？"

她不置可否，将皮草拿在手里玩，颠着翻着，仿似无聊。这个动作放在平常会让人觉得可爱，可在这时的氛围下在他的贼眼看来偏偏有几分挑逗。

他心一痒，腾出右手去抓她的手，嘴没有闲，"你觉得王佳芝爱上易先生了吗？"

"嗯——"她拖腔拖调，手任他握在换档处，"王佳芝活在戏里。一开始知道自己在演戏，后来戏我两忘，戏我难分。她是个很好的演员，可从另一角度看，也相当蹩脚。"

"怎么说？"她的不反抗愈发撩拨了他的兴趣，他轻轻地揉捏着她的小手。那是双纤纤玉手，有修长的骨感，很艺术。

"布莱希特不是提倡演出中的'间离'效果吗，好的演员应该把握那一个度。"

"入戏是挺奇妙的体验。"

"怎么说呢，拔不出来，就比较悲惨。"

车子驶入偏道,蜿蜒爬山。在半山停下来。旁边有密集的梧桐和路灯。仰头朝灯光看过去,会觉出一层昏黄的肥腻的氤氲。静默片刻,她抽出手,说:"别是要下雨了。"就推开车门出去。空气中确实充满了层叠的水气,仿佛随手一抓,就能掐出水来。抬眼俯瞰山下,低处的树木、街道、房屋均罩在天青色的夜光中,模糊如剪影,一窗窗的灯却天南地北地汇集起来,缀成一条水晶链子,一闪一闪地晃荡着。

他站到她身后,说:"安安,是时候了。"

她就笑。因为她记得他三年前说过同样的话。而她三年前和三年后一样,不知道是什么时候到了。

他掏戒指盒。不晓得是不是太过紧张,还是半跪的姿势不利于掏裤兜,一时半会儿摸不出来。她的笑容便愈发放肆。他飞红了脸,抹抹汗,解嘲说:"你看出来了,我是第一次。"

她手里还是抓着那围脖,童心未泯地玩弄着。

他毕竟是掏出来了,给她戴,她手里那圈毛茸茸的东西掉下来,落在地上,他眼明手快,去拣,站起,她碰巧也弯下腰,他的脑袋就撞上去,撞出一池动荡的涟漪,他很明显地感受到了她胸部的柔软与圆润。

他抓着那毛茸茸的东西有点不知所措,半晌才接近狼狈地说:"好看吗?"其实他应该说"我爱你"、"我会给你幸福"或者别的更俗套的话,怪只怪,她漂亮到让他口拙词穷,心一颤一颤的,好像着凉了,又好像是烧着了。

水汽渐渐凝聚起来了,路灯下可以看到斜飞着的细碎的雨雾。

她没有回答他的问题,也没有将那枚戒指摘下来。他的心在刚才的踌躇中算定下来,便拿起皮草替她围,"有风,还是有点冷。"

围得不大好看,只因他的心已经不在那毛毛的玩意上了。他与她挨得那么近,除了能感受肌肤辐射的热力,还闻到了女子身上特有的香。也许是觑到了她指上自己送的那枚戒指,他胆壮了些,说:"安安你适合穿旗袍。"手鬼使神差地一滑,仿佛是无意,便落在她胸前那团丘壑上。

他的手和心一起慌慌地抖,只待她一声娇叱就全线溃逃,可奇怪的是她没有反应。她将脸侧过去落在他不知道的地方，在路灯的照耀下，脸上没有绯红却泛着苍白的光。

他见她不排斥便开始像一个成熟男人一样运作起来。透过丝绸光滑的面料，他能真切地感知底部肌肤的弹性以及质地与色泽。这让他腹内升起了一团火，烧得越来越旺，简直是酷刑。他便不管不顾地去解旗袍侧旁的盘花纽扣。解了半天死活解不开，她扑哧笑出声，"这是装饰。"

这样一笑，他的"色·戒"宣告落幕。

我躺在床上，看着一艘艘的邮轮缓慢地行驶在宛若银河泻影的维多利亚湾。红的绿的光线迸进窗户，便在地板上铺出交错的迷乱的暗影。

姚谦的戒指被我放在床头柜上。是时候了，姚谦说。可是我在演戏，跟王佳芝一样，配合着自己的心情。

如果不是姚谦太过猴急，也许可以完满一点的。

我闭上眼睛。脑子闪闪烁烁——

安安，你过来。

她靠在冰凉的门上，手被他蛮横地架住。吻铺天盖地。月光溜在他起伏若河流一般的身上，有节奏地冲刺。她看到他额上、身上全是亮晶晶的汗。

她说痛，然后爆发。

明明是王佳芝，怎么成了她？

他们是原始的猎人与猎物的关系，虎与伥的关系，最终极的占有……

她这生是他的人，死是他的鬼。

"你过来。"她拨了电话。他正在隔壁辗转反侧，一时如听天籁，急惶惶就过去。事后他一直想，其实他本该可以更从容更镇定也更老练一些的。怪只怪，她太漂亮，漂亮到让他生生觉出了距离。

235

他推开门。屋内是扎扎实实的黑暗。廊道的灯都灭了,窗帘如墙壁一样结结实实地堵着。他开灯,她制止了,"别。"

他以为她害羞,说:"宝贝,我要看看你,"他调暗些,暗到光影在她身上堆出边边角角神秘的影子,却不妨碍他的观瞻。她挡住光,侧在床上,青丝云一样地横过来,遮住大半张脸,他看不清她的表情。

他也不想看清她的表情,急急地上了床,撩开被子。

她穿着黑色的真丝夜衣,衬得裸露的肌肤雪一样晶莹洁白。他想了大半夜的手便控制不住地蹭上去,凹凹凸凸地探索起来……

后来她微微哼了下,好像说了什么话。他凑进了,才知是在说,不是这样的。重一点。咬。

他吓一跳,先前以为像她这样的女孩子,似弱柳扶风,该万事从轻。他也打算贡献出一个成熟男人最体己的温柔:轻挑慢捻,温言款语,再魂归温柔乡,却不意得到这样的指令,一时乱了方寸,手脚都僵硬起来。半晌侧过身,他将她拥怀,说:"安安,你——"情话还没说全,已被她暴躁地阻止,"不要说话。"

他心头一凉,饶是美人在怀,也拘谨木讷起来。

伏到她身上,三下两下,还没进攻,突然泄了。

他暗骂自己一声,极其狼狈地结束了战役。

清晨,我在餐厅见到姚谦。姚谦眼皮耷拉,瑟瑟的,是吓的?一个男人最忌讳的是被女人瞧低了那方面的能力。然而,我不能骗自己。手势、姿态以及重量都是不一样的,我对姚谦感到失望。

我其实很想接受那枚戒指。

陈勉——素年锦时

1

回京第一夜，我睡不着，打开电脑，边抽烟边缓慢地敲字。

在这样的静夜向一个固定对象抽丝剥茧般献出自己，于我来说已很平常。在国外多年，我养成了如此这般诉说的习惯。每一次诉说都轻柔无比，心团在一片安然中，像躲在一个温暖的巢穴。怀念真的是一个最安静的动词，只因怀念具有某种乌托邦的色彩，每一次怀念都是一次臆想的旅程。可以轻装上路，可以海阔天空，心是无所不在的。然而这次，总是不同的，因为，我回来了。回到一块现实的土壤。曾经的亲密已如云而去，只剩下冰冷的距离，连梦都做不得。

锦年，我是黄昏时分到的北京。血红的日头在车窗外冉冉下落，给川流不息的人与车镀上沉暗的金边。喧杂声逐渐过滤，变得安静，宛如石块。无论怎么克制，我还是恍惚了下。时光在我这里好像打个盹，可我一睁眼，却成了陌生人。

我竭力想找到一点熟悉的感觉，可是，一无所获。熟悉，是一种心灵的感觉，跟外物的沿革、保留毫无关系。锦年，对于这个世界，其实我一

237

直有着无法磨除的局促，觉得自己好像是被谁恶作剧似的偷偷扔在人间的，我孤独并卑微着，迷糊并无措着。只有在你那里，我才能找到一点踏实的感觉。认识你，不知道是幸还是不幸。

还是幸吧。如果一早知道终须别离，我仍会选择去遇见你。只因人这一生过得其实很糊涂，有那么一段眼明心净的日子可以铭记已经足够幸运。总是忘不了我们第一次见面，你把一双干燥的拖鞋放到我面前，让我长那么大，第一次感觉心原来是个熔岩，会轰地生出滚烫的液体。也忘不了，在我生病的长长日子里，你为我捶背的殷勤模样。后来每次生病，都会无比眷恋你的小拳头，然后怅怅地想再不会有。喜欢听你弹琴，你不知道吧，每次送你去钢琴老师那边学琴，告别后，我都没走，一直在楼下听你弹。有时候会嫌老师麻烦，你弹得那么好，可她老要中断你。喜欢，你练完琴下楼，看到我时两眼发光的样子，"来这么早？"你说。我跨上车，你老实不客气地跳上来，脚踢腾着，总是不安分。你在我身后说，陈勉如何，陈勉怎样……说了好多话，我都不记得了，只记得我很喜欢。落在我们之间的风很轻，轻得我听到自己的心在扑腾扑腾地乱跳着。

那时候就喜欢你了。可是不敢，觉得你那么好。

锦年，那时候，觉得这样偷偷喜欢你就好了，固然有点伤感，但是知足。

后来去了郊外，就一周一周地等你来。你总觉得我不苟言笑，说我冷漠无趣，我哪里敢让你瞧见我热切的模样：你要晚来几分钟，我就担心车子是不是出事了，或者，你是不是病了，就会焦灼，就会失落，就会不安。有次，你没来，我急急赶回市里你家，你原来是参加学校的运动会来不了了。锦年，那时候我贪恋着，你若不能来可以给我一个电话，好叫我不要这样担忧。

锦年，我是看着你一点点长大的，像一朵花一点点地在我面前开放。我看到初萌，看到盛放。你很美。教你游泳的那个夏季，我看到你全部的美。

细软的身体，萌芽的乳，甜甜的体味。我说好香。你总以为我在说桂花。其实是你独特的味道，一点点游丝一样钻出来，捆住我。

　　锦年，那个夏季，我不敢离你太近，远远在岸边，抽着恼人的烟。我知道我不能拥有你，很惆怅，就会恨自己。

　　后来，在后山林子中，你说爱我，我狂喜到昏头昏脑。我反复亲着你，这味道是不是叫梦？你说不是的，你说吻真的很好，我们再来。锦年，你好可爱。再来。我们不知疲倦，好像把一辈子的吻都亲够了。够吗？不够。永远不够。锦年，我又渴了。这样的渴是在别人那边无法解决的，它不只要水，也要心。

　　那段日子过得像黄昏的落日，浩瀚盛大、浓墨重彩，可终是要被黑暗挤走。我喜欢安宁平静，可是为了你，我不得不出去找机会。只因，我希望我不仅能给你幸福，也希望你能以我为傲。

　　我从没想过，原来我是被诅咒的，原来我深陷泥淖。就像一个竭力要摆脱自己影子的人，每一次努力，都只是徒劳。

　　生命是一场虚无。

　　怎么不是？

　　我是谁？我不知道我的父母是谁？你们大家也别得意，以为知道自己是谁？你是你父母的产物，那么请告诉我，在这之前，那团包裹你的混沌是什么？

　　为什么你是这对父母的产物而不是那对？为什么你一出生就存在于这样的环境与关系？你的拥有为什么与别人会有那么大的差异？是你以前做了什么合该得到？那么，又有什么凌驾于我们之上做着这样的分配？根据什么？

　　每个人都是一片沉在海里的黑暗岛屿，它露出水面的东西只有那么一点点。

　　锦年，每次想到这里，我就会产生巨大的恐惧。恐惧来源于未知，未知让人寒冷。我时常会在梦里惊醒。渴望着握一双手，握住尘世一点暖意。可谁有本事让那肌肤的暖从指尖直抵心头？

　　安安不能。

我和安安的关系，真的很难说清。她在我身上找传奇，我在她身上寻慰藉。我们彼此利用。

或许也不尽然。我最初接触她，也有嫉恨的念头。后来跟她相处长了，也有超越朋友的感情。

锦年，在国外生存很不容易。语言不通，找工作不顺，我几乎什么都干，擦玻璃，洗盘子，送快递……因为气候的缘故，旧疾经常会被勾出来。咳嗽得厉害。你说我身体里有只鬼，是这样的，总在我落魄的时候跳出来。可是如今，没有人把我抱住，说，我不怕，你朝着我。说，我要把它敲出来。

锦年，有时候很累。工作完回家的时候，会特别渴望田螺姑娘，渴望灯火通明，渴望香喷喷的饭。当然只是白日做梦，打开门，展现给我的依旧是黑暗与冰凉的租房。

我想要家。你能明白我的迫切吗？别人都有一个家，不管好赖，独我缺。我多么渴望自己能够被收容。这可能也是我接受安安的一个原因。

有个暑假，她到美国来，跟姚谦在一起。我也不知道是出于什么心理，可能是愤恨，可能是报复，也可能是不平衡，总之都是很见不得人的理由，我把安安叫出来。自此后，离你越来越远。

后来想，针对姚谦的那些理由都不是理由，我只是累了，倦了。我不要再想你了，我要回归正常的生活。正如锦年你，可以把我们的隐秘随随便便告诉别人，可以坐视我孤独无动于衷，可以一次次拒绝我，以道德的堂皇借口。你做得比我好，无望的事情为什么不抽刀断水？抽刀后水要流便流，至少要把刀子架上去，这是一种决心。你要放下我，我也要放下你。锦年，我把你放在特殊的位置，但是我不要再想你了。

我要结婚了。对象是一个认识了不过两个月的女子，离异，有一个孩子，年纪比我还要大一点。我不计较这些，因为她宽厚善良。这次回国，官方的说法是参加公司在华十周年庆，私人的目的是办结婚手续。你也许要问我为什么不是安安。安安拒绝了我。拒绝是好的。她迟早会明白她看到的我跟现实的我并不是一码事，她隆重地爱着她的青春和她的爱情。我不过

240

是斜逸出她世界的一条轨道，她觉得我这边的风景独好，只因为她从不曾真正踏足。她不懂得我。

我相信姚谦或者如姚谦那般的男人应该才是她最终的归宿。他们有同样的底子，根本不需要懂得后的慈悲。有本钱在年轻时恣肆消费叛逆，然后在适当时候回归。回归对她来说就是洗个热水澡一样轻便的事情。

我们也都要回归，只是回归的方式与心态不一样。

锦年，我不知道你现在在哪里，也不可能再去找你。

在德国见到你。我已经没有勇气站在你面前。

连喉咙里最轻的一声"嗨"都发不出来。锦年。原谅我，我原来不能等着你，以蔑视世俗的全部勇气与无悔一生的坚持。

我老了，早不是当初疯狂冲动的毛头小子，喊着北岛式的"告诉你，世界，我不相信"。相信也罢，不信也罢，都只是情绪。时间之手有能力把所有毛糙的东西抹平，把所有峥嵘的犄角砍掉。走了一圈，才知人生是落花流水一场。这么多年，我是青也没青过，春也没春过，青春二字，连同其附丽的意思，都已交付流水一样不会有回返的时间，只有每年不变的檐雨，还在滴答滴答地叩响虚空的往事。

2

电话响了，一声声掉在寂静的夜里，立即涡轮一样把空荡的房间塞满。

我接过，里面有个细细的声音，"你回了？"

是安安。我嗯一声，把烟掐灭到烟灰缸里，加话，"傍晚到的。"

"没吵着你吧。"

"没。"

她迟疑了下，然后有点解释似地说："看报上新闻知道的，原想去机场接你，手机我没打通，后来打听到你住这家酒店，就试着拨过来，我总该尽点地主之谊……"说着说着，停住了。好似也知道自己在睁眼说着瞎话，陷入难堪与无聊。"其实，你根本知道我——"她解嘲地笑了笑。

"你住哪里？我这有些东西要给你。"我迅速地说。我知她必是费了很大的踌躇和思量才给我打过来的，不好让她这般僵持着。对安安，总不是没有感情的。

与她生活的时候，纵然知道我们不在同一的世界，却也并不是完全没有责任感的游戏。有时候清晨醒来，看到她搭着我的腰，把脸埋在我胸间时，我心头也会漫过柔软的心思。这一幕在我幻觉中产生过无数次，虽然未免怅望不是另一人，然而，如这般的相依相偎——你需要我、我需要你——一直是我这么多年来汲汲渴慕的境界。不管这景象最后是否要破碎，抓住一刻是一刻，所以我，在每个这样的清晨，沐着温暖的阳光，看着她发丝折射出的七彩虹霓，总有相携一生的念头。

我只是不会说。我希望她能够给我时间让我慢慢地消化并溶解。后来才逐渐明白，她未必在乎我的消化，她所求与我所求根本不一致。

我要平淡，她要激流；我要俗世，她要传奇。她摆出一个与众不同的手势来标志青春的存在。而我身上，只住着一个独向一隅的老灵魂。

我们各取所需，永远无法叠合。我后来向她求婚，不过是还一段日子。

"不如，我过来吧。"她在电话里说。

"还是，我过去吧。"

我到了她那里，没有上楼，只打电话叫她下。公寓楼间绿化不错，有一处白色拱廊，架了些紫藤，廊尽处，有一花树，开着繁茂的黄花，因太拥挤，便有那向往自由的不管不顾地脱离了桎梏，在空中旋转一周，再落到地上，委身成泥。我知道我们的感情，也如此花树，开到了荼靡。如今的相见，不过是收拾一地的狼藉。

安安下得楼，靠在树上，环抱自己，仿佛不胜其寒。

我取出送给她的披肩，递过去，"一直觉得你很需要——这些比较累赘的玩意。"

"是最后的礼物吗？"她神经质地抓住，手有些微微的痉挛。

我摇下头，"有合适的机会，还可以送。"

她微微喘口气，笑一笑，脸色苍白。

我给她围上，同时，告之我的婚期。

她低头没有做声，后来抬起头，我看到她脸上的泪痕。可是她却说，是雾。

离别总叫人伤感。我伸手给她抹。她摁住我的手，殷殷看着我，"你上次跟我求婚是真的吗？"

"是真的。"

"为什么不能多给我一点时间？你知道我心里有气。"

"你的拒绝是真实的。安安，其实你明白，我们走不到最后。婚姻是很俗气的。那样俗气的日子，并不是你为你的感情设计的。"

"我怎么听不懂？"她咬着唇，仿佛困惑。

我相信她其实并不糊涂。我们这样的分别是理所当然的。她可以一辈子记得，并遗憾。轰轰烈烈的爱情，刻骨铭心的伤口，足够标记盛大的青春。残缺才是完美。

"抱下我可以吗？"她声细若猫。月光照亮她细瓷的脖颈和潋滟的双眸，的确漂亮，却并不动人，真正的美来自于自然，而不是刻意的形式。

风拂过，又有不甘寂寞的花雨落下。这样凄美的情境如果是安安需要的，我愿意成全她最后的想象。

我把她和树一起圈起来。

"你爱过我吗？"她难以免俗地问。

"想过跟你结婚。"

"还有呢？"

"喜欢你给我做饭，虽然做得很难吃。还有，陪我跑步，虽然你总没有毅力跑完全程。还有,早上在我怀里醒来,让我觉得一生一世好像就是这样子。"

"一生一世。"她缓慢地念。

"那么,你记住我的是什么?"我问她。

"是——"她低下头。苍白的脸泛出红晕。

"我们记得的一定是不一样的。"我放下手,正视她,"安安,你是个聪明的女孩子,一定知道什么时候放,什么时候收。"

她惶惑的眼紧张地停在我身上。

我继续谆谆教导,"幸福是心态的平和,游戏是允许的,但不要玩过火,尊重别人才是尊重自己。"我把手搭在她肩上,"谢谢你陪过我。再见!"

"陈勉——"走了一程,我听到她在叫我,可我没有停顿。天地间好像真的起了薄雾,落在我们各自的脸上,会不会就是告别的泪珠?

ARR 的庆典活动隆重举行。上午,作为 ARR 的投资顾问,我出席并作演讲。

助手早帮我备好冠冕堂皇的讲稿,我只需照本宣科。我也不似以前,愿意作些个性化的阐述,以博得听众的笑声与掌声为荣。生命的喧哗与骚动已然过去,表面的风光都是做给外人看的,我已经不需要。

结束演讲,我拐去后厅抽烟。年龄上来了,烟瘾也跟着越来越重,这样浓重地依赖某样东西不是什么好事,可有些事情明知不好,仍旧要做,只为贪恋那一时的畅快。

有记者溜进来,见缝插针地问我一些问题,对 ARR 经营模式的看法,对国内经济的展望,有无回国的打算。林林总总。我略作回答,不过是体谅记者的辛苦。记者见我仁慈,愈发不肯收场,问起私人问题,"陈先生,听说您此次回国,是为婚事?能否透露未婚妻是哪家闺秀?还有,听说,畅意的泄秘事件是您操控的?您和沈觉明先生早年好像也有恩怨。关于朗恩前任总裁的下台是不是与您有关……"

我不胜其烦。这时手机响，我很庆幸这个时候有人打扰我，立即接起，同时向记者做了个不便继续的手势。

"陈勉。"有个声音静静地叫我。听上去，恍若隔世。

我一时懵然。忽然记起昨晚，敲电脑的时候，我把以前的 SIM 卡安上了，后来一直忘记卸下。

"在报纸上看到你了，跟以前不一样，你这么出色让我很自豪……"

手机悄然从耳际滑下来，停顿在掌心。她在里头说什么，我听不到了。

——锦年，不要再找我了。你去吧，沿着自己的轨道，祝你幸福。我在心里说。

这些年我逐渐明白一个道理，我无从与锦年厮守，只因，我们就是不能。没有道理可讲，这是强大的命运。

以前我也想不通。在我摔烂锦年送我的手表之后，我发现自己并非处于震惊而是激愤状态。

可笑，我凭什么要相信？锦年凭什么要我相信？

我在这世上茫茫辗转，血缘从没有给过我一分帮助，现在，它有什么理由来干涉我的自由？关于这件事的所有证人都已经消亡，谁又有权力来发布真相？许素议吗？她真的以为她是上帝？

我不信。我为什么要信别人的判决，而不是让自己来判决！

这人世太多谎言，告诉你什么生而自由，生从不自由；告诉你生而无辜，生从不清白。告诉你，人定胜天，命运掌握在自己手里，这更是笑掉大牙的事。我这么多年，为了抹去罪的印记，为了填平出生带来的鸿沟，一直在努力追赶，以为自己能扼住命运的喉咙，原来只是年少狂妄的托大。

那个雨夜，离开锦年后，我跑了很多地方，查她的外公和我父亲的档案。后来知道了父亲曾与锦年的外公在东北某县同守林子。父亲当年 42 岁，比锦年的外公尚年长几岁。他祖宗几代全是赤贫。能与锦年的外公同事，其实是接受党的光荣任务——监督。锦年的外公确实出了事情，然而档案上只轻轻一笔带过，作风问题。

在当年的林场现在某农副产品基地,我找到见证过那段历史的老人,得到的答复很叫人寒心。

"陈正东?哦,记得啊,不是去了广西那边了吗?白拣了个媳妇。你想知道详细的?话说来可长了。那是几几年?反正是文革中嘛。北京来了个大干部,听说还是个教授,就在林场劳动。给林场运煤的肖师傅家的闺女老是上山找人家学文化,一来二去的,就对上眼了。然后,那女孩子肚子就大了,她父亲出面,把她嫁给了陈正东。可我们都心知肚明,不可能是陈正东的。为什么不是?陈正东那地方被人踢过,废了。不然怎么四十多岁还打光棍……也好啊,这一下,他什么都有了,媳妇、儿子,听说还拿了一大笔钱。那教授出手很大方啊,他那时好像快翻案了,说可以做大官的。……后来的事?哟,真不很清楚。只听说,他们去广西的第二年,那边发了大水。有传言说母子两人都死于水灾;但也有说,母亲走了,孩子没有;也有说孩子走了,母亲后来才跟着走。反正什么说法都有,嚼舌头呗。究竟怎么回事呢,隔了天南地北的,谁也说不清……"

在广西老家,我根本找不到熟知父亲历史的人。父亲在世时就很自闭,基本不与街坊来往,我们没有朋友,也没有亲戚,我甚至连母亲的印象都没有。年少的时候,曾问过父亲,妈妈长什么样子。他不说话也不看我,只心事重重地抽烟。关于母亲,我没有得到过零星的暗示。后来我又想出几个疑点,每年五月十日,也就是广西发大水的那个日子,父亲会祭奠逝世的母亲,叫我纳闷的有两点,一是供桌上的食物有两份。另一份给谁?父亲从来没有明说;二是他从不叫我叩拜。如果她真是我的母亲,拜上一拜在情理之中。只怪我那时候年轻,以为出生是不容辩驳也无需查证的事,没有任何怀疑;现在有了怀疑,却已然问不到真相。

如果不遇到锦年,真相对我来说也无所谓,可偏偏要遇到,偏偏它要成为我们之间最关键的绊脚石。

我病了一场。在一个破败的旅馆,听秋声四起,然后冬天以迅雷不及掩耳之势汹汹到来。

我终于悟出我生存的真理，就是不能与锦年在一起。只要不在一起，我的生存不会有任何困扰。

我出国，就是认命。在认命前，做最后的挣扎，给锦年留了条：我要走了，等不到你也要走。我知道她不会来的，我只是完成自己的心愿而已。起飞的瞬间，我的心腾空而起，锦年，那一刻，我原来已经放弃。

要平和自己的唯一办法就是没有愿望。

我读书、工作，一步步往上走，终于获得了别人眼中的风光——职位、薪俸与名声。

三十五岁之后，岁月呈现波澜不惊的趋势，终于在一个人感到累的时候提供了彻底宁静的面貌。

可这形迹相似的生活已经不是我当初的追求。

平静与死寂是不一样的。前者是有心的，静水无声，花开自足，是王唯诗的意境。后者是缺心的，尘埃满目，黄沙掩面。没有过去，也没有将来。爱情是生命瞬间绽放的光亮，却要用一生的黑暗与寂寥来作陪衬。

然而生活，多半如此。芸芸众生过的是柴米油盐，而非钻石黄金。因着此，青春才弥足珍贵。

我把手机关闭，指间的烟也烧到了尽头。

3

遇到锦年前，我先碰到沈觉明。

和佳的老总几次三番约吃饭，推不掉，就去了。席间作陪者有沈觉明。

我不知道他如何看我，在我看来，他变了很多，固然依旧流光溢彩，原先那层浮华喧嚣却褪去了，代之以清明简约，仿佛被时间淘洗，留下了嶙嶙峋峋的骨节。有时候冷不防观察他，甚至会嗅到某种落落寡欢的气质。当然了，在大多数人眼里，他有节有度，笑语喧然，依旧是那个热情爽快的沈觉明。

他过来敬我酒，跟我寒暄着，说着天气、股票、新闻，在别人眼里，亲密热络，好像我们从不曾有过节。

所谓的"过节"只有我们自己知道。

我去洗手间，他正好吐完在洗手，脸色煞白。

我站在他身边，说："很多都变了，只这酒量还是没变。"

他说："安安那里，你打算怎么办？"

我说："安安是成年人，她可以为她的行为负责。"

他一拳就挥向我，出手又狠又准。我猝不及妨，鼻子出血。我没有回击，卷了纸巾擦血，默默地。我好像失去了血性。以前不是这样。自尊受伤的时候，我会竭力捍卫。可是现在，自尊早就在求生存中一点点抹掉了，只觉得为一些莫名其妙的理由动干戈甚至生气都是无聊的事。

他对着我，"刚才那一记为安安。"

我不做声。

他又说："中银那一单你会介入吧？我等着跟你较量等了五年，希望你不要让我失望。"

我笑了笑，本想说你最好做好准备，没有说。我的好胜心似乎也磨掉了。

他转过身去，身量依旧挺拔。我转向镜面，流血的鼻子怎么看怎么狼狈。

我和沈觉明较量了很多年，在商场上各有胜负，在情场上双双失意。一个得不到，一个已失去。我输给命运，他输给自己。

我相信他的内心不会像他的外在那样饱满结实。五年后再相逢的我们，都少了当初的意气与劲道。石子击向水面，破坏水面的张力，圈圈波纹流向未知。我们都是为一颗石子改变的人。

不久后，ARR 中国区进行人事改组。新改组的班子正好碰到中银信息化改革的一个上亿大单。大老板很重视，要求我留下帮助新任总裁合攻。
我答应了。五月初，公司在四川银厂沟风景区开会。到十日，会议圆满结束。
同僚陆续撤出，就我和研究院的詹森博士留了下来。詹森博士第一次来华，
为中国地大物博、人杰地灵所震撼，成天端着个 DV 机，事无巨细地拍来拍去。
他是我在伦敦的朋友，我有义务作陪。

十一日晚上，我扛一箱啤酒，与詹森在山谷夜饮。天公作美，到得十
来点钟，一轮月亮从阴霾的云层中钻出，给环绕的云霓涂上亮度不一的色泽。
天空仿佛一卷水墨画，淋漓而缥缈，衬得底下的山峦愈发地仙风道骨。

"陈，快看。"詹森博士忽然大惊小怪起来。

我朝他手指方向望去。只见不远处的草丛波浪一样持续翻动，偶尔一闪，
会露出黑色的毛皮。

"啊！"詹森又跺脚跳起来，与此同时，一道黑色线条从他脚边刷地掠过，
原来是老鼠。

"深山野岭，有几只老鼠不足为奇。"我跟他解释。

他惊恐未定，拍着胸脯，"怎么这么多呢？"

我想起那个老鼠娶亲的动画片，说："大概碰上了它们的节日。"

詹森的兴致却已经败坏，死活要回去，我只好弃了美景加啤酒随他撤离。

这夜有些诡异。刚回到下榻的山庄门口，方才硕大如盆的月亮说退就退，
天地迅速陷入浓黑，只有风狂呼海啸，把路灯光和灯光下满地的花木影子
吹得飕飕乱颤。

我走得有点累，低头点烟。詹森举起 DV 机通过镜头窥伺夜象。如此
这般安静了会儿，又听他再度叫嚷："那边！陈，看那边！"

不会又是老鼠吧。我侧过头。看后未免觉得好笑。他这回诧异的对象
是一个女子。她坐在庭中的喷泉边，一腿蜷起，搁于边沿，鞋子脱了，露
着一只被灯光濯洗得光辉灿烂的赤足，手正揿住了脚踝部位，仿佛行路太久，
急于给双脚来个抚慰。

"博士，你是不是看过本国的《聊斋志异》，不过我向你保证，绝对是人，

不是狐仙。"我开他玩笑。

詹森怔怔地说:"我知道,不过你没觉得她很,很漂亮吗?从这个角度看过去。"

我没有詹森的专业工具可以拉近距离窥伺,也从不期待桃花运。所以,我对詹森说:"要愿意,你可以上去跟她打个招呼。中国姑娘对老外还是很热情的。运气好的话,接下你们可以喝一杯。"詹森点点头,过去搭讪。

那女子似乎听到了我们的对话,放下腿,轻捷地跳起来。

一双眼睛滴溜溜地切到我身上,钉住,不动了。

"Hello。"詹森以为她在看他,兴奋地跟她招呼。她没心没肺地笑,还是跟以前一样,仍喜欢穿舒服宽大的衬衫、长裤,有着归拢不齐的蓬松的头发,明眸皓齿,笑起来,灿烂生辉,像一株风情万种的热带植物。

我心上像被什么蜇了一口,不见得有多疼痛,却奇痒难忍,如受酷刑。几乎没作反应,我即背过身,向大堂行去,似乎不忍心破坏同事的一场艳遇。

背后有一点灼痛,来自于她的目光,慢慢地,也轻浅了。我上了电梯,进了自己的房间。避开她,就像一个陌生人。

我已经表明我的立场,我希望她明白。

我闷头洗澡,出来时,听到哗哗的水声。疑水笼头未关,过去查看,关了。才知是外面下了雨。不由得有些胆战。我撩开窗户向外看,只有白茫茫疾行的雨脚,哪分辨得出是否有打湿的影迹。

终于是煎熬不住,套上衣服往下赶。

出了电梯,一眼就看到女子靠在门阶前墙壁上。雨丝撩在她身上,大半已泼湿。

我走过去,站在她身后几步开外,没有出声。她却已感觉,轻轻地说,雨下得真大。

她说话的时候,室外的湿气迎面扑到我脸上,让我在瞬间感觉冰凉。我不知怎的想起与她在崇安寺看过的那对忘情的恋人,雨从漏斗状的天空落下,如同纸钱。那时候我们以为不过在旁观别人的爱情葬礼。若干年后,谁看我们?

"你等谁?"我把语气故意扯得淡薄。

"一个故人。"她回答我。

"多久没见了?"

"好多年了。"

"等得着吗?"

她笑笑,伸手接一点水花,"等等看吧。"

她这么自信我会下来?我有些许的怒意。然而,当她转过身,掬着一把水,甜甜地叫我"陈勉"时,厅前雪白的光糅在她的眼内,她的眼睛依旧那么明亮那么耀眼那么年轻,我没法不去想热恋的那段时光,她也就十七八岁,她用她或调皮或热烈的目光在我心上种一颗芽。如今那芽已长成苍天大树,眷顾的人却早离我远去。

我感到悲痛。

然而她无知无觉,调皮地将水珠甩到我脸上,迷糊地笑着说:"这是惩罚你假装不认识我。你说你认不认识我?"

不知道别人是怎么看待重逢的。走了一圈又碰到一起,没有更陌生,也不会更熟悉。记忆只留在过去。缺失的时间太长,空白里,只有各自的幻象在开放。

锦年在洗澡。出来的时候,衣服穿戴很整齐。

我的一根烟正好完了,把窗户关上,又不想看她,有一点疏离的无措。

她用毛巾擦着头发,边跟我说来找我的原因,只是因为做了个梦。梦里,我需要她。我不知道是不是她编派的谎言。我跟她说,我现在很好,身体健康,人模狗样。

她擦头发的手有点僵滞,发着愣,半晌后继续使力。她的头发长长了,还是很蓬松,毛茸茸的像小动物,一点点咬着我的心。

沉默的感觉不好。她找话,"有没有回 W 市,看看运河?"

251

"没有。"

"不去倒也好。我上次去了一趟，那个旅馆已经不在了，运河也大变样，修了广场，很是热闹。我们，我们待过的地方已经找不到了。"

"我们待过的地方？"

她甩了毛巾，走到我身边，仰起头，"你有多恨我？"

有多恨？

爱恨早就茫然。

可她还要执拗，扳住我的身体，"怨我没跟你走？"

我没法去看她的眼睛。她的眼睛为什么还是如记忆里那样？那时候，她是我的锦年。那时候，我们有属于我们的运河。

月亮在深黯的水上铺出银色的小路，潋滟无声。她用脚毫不客气地搅散。"陈勉。"她找不见我，呼唤着。我在近前凫出，拉她下水。她呛了，拼命咳嗽。眼睛咳出泪来，愈发地清亮。我抱住她如鱼一样光滑的身躯，载沉载浮中，觉得幸福就是这片刻的拥有。

在离离的青草间，她在我身下，因为羞涩与害怕，眼睛紧闭着。借着月光，我看着她浮现出来的青春的身体，隐晦流畅、青涩丰盈、天真妩媚，有着女孩与女人的双重美感。我的手一寸寸感知，吻不停地深入。我终于理解了那对忘情的情侣，爱到致至的确有濒死的感觉，那感觉绝望而痛楚。因为烈度太高，太纯，一下就铸到了沸点。那时候，她十八，我二十四。于她是青涩记忆，于我却是最焚身的爱欲。我沉寂的青春在瞬间开到最盛，但我不能。我忍受住肌体蔓延的焦灼的渴意，像休眠的火山一样安静，等待着自己蝴蝶一样华丽的蜕变。

痛快淋漓地爱一场一直是我这么多年来心心念念的渴望。

可是不能啊。以前只怕自己卑微无能，担不起她的爱，后来是为那子虚乌有的血缘。我相信那不过是荒唐的阻挠，可是找不到证据，荒唐就能堂而皇之。

这些年，我认命，试图让别人来引爆并平息掉我身上的火源。我闭上

252

眼睛，不要光亮，拒绝声源，全副身心地想着她。那个女孩变成了女人，青涩的骨骼与隐晦的暗角已经被人开启挖掘。我嫉妒，痛楚，战栗，爱恨交加，结束后，却是挡不住的空茫。有声音诅咒一样在我耳边回荡，代替不了，代替不了……她送你火焰，是要你甘心做死火山。

锦年，你不知道我深心里的渴，就不要用好听的借口来接近我。你一个无意的举动，却要我用很多力气来克制。

我焦躁起来，很失礼地掰掉她的手，"你休息吧，我去隔壁，就是你见到的那个外国人那里。"

她吸了下鼻，眉眼萧索。我背过身，拿过烟盒，在还没被软化前出去。

4

回来时，已到后半夜，雨已经停了。天上挂起了一牙新月，带着淡晕的毛边依依地贴在枝杈间。风过的时候，会有水珠从叶面蹦落，啪嗒一声，遗失在无边的寂静里。

刚刚我哪都没去，就在楼道间抽烟，间或透过窗子看雨苍茫。

我在逃避？不错，我不想被锦年乱了方阵，只因我已决定回归平淡。看阳光日日从檐顶爬过，再顺着屋脚溜走。一年一年，如此消磨。偶尔心里耿耿，但是毕竟曾经爱过。如此也就够了。

推门的时候，我希望她走了，虽然有点遗憾，好过纠结。

但她并没走，趴在我的笔记本电脑上，边上有一瓶葡萄酒，已经见底。我以为她睡着了，想抱她上床。她忽然睁开眼，眼睛红肿，是哭过了。我很少见她哭，想到刚刚给她的委屈，有意说几句无关的软话，她没给我时间，抢在我前头，说："我想看看她的照片。"

"什么？"

我诧异。她已伸手开我的电脑，边说，"你未来妻子啊。安安说你要结婚。"我连忙去挡——不是害怕她看什么照片，压根没有，而是不想她看我写的关于她的乱七八糟的玩意儿。可晚了，她不久点着一个"锦年"的文件夹，说："这是什么？"

我闷声说："你是不是已看了？"

她点头，很无辜地回："当然，因为写着我的名，我有权力审查，偏巧又成功破译了你的密码……"

那个文件夹搁置的都是沿途拍的风景和夜里写的文字，把她当做了潜在的聆听者。缺失的几年，其实有她一路相伴，说起来并不孤独。

当然那些文字真的被她看了，还是有点局促的，我不知怎么反应，只能机械点点头，"你很聪明啊。"

"是你笨，要用我的生日。"她忽然轻轻软软说，睫毛一闪，垂覆下来，有点失神。

我无从猜测她的心意，更不愿领取她由此而来的同情，解释："我也就是随便写写，纸上的文字多半有夸大的倾向。锦年，我们的事过去了。因为过去了，所以才需要怀念……你没说错，我回来就是办结婚手续，在这边不会待长。我成家立业，有人照顾，想必你也会为我高兴。锦年，真的不要担心我，也没必要做那样的梦。你不在的几年，我不一样好好地过来了？你没觉得我现在的状态比以前好很多？锦年，我们互相释怀、放下，可能是最好的出路。"

"是吗？"她歪着头看我，一下一下咬着唇，若有所思，"为什么我在你文字上感觉到的跟你这会儿说的不一样。知道我为什么来吗……你再跟我说一遍，锦年，文字是假的，我不需要你。你说一遍，我马上就走。"她死死盯着我，目光有点雾气。我哪里说得出来。她惘然笑了笑，松开对我的注视，拿过酒瓶，"喝一点。我从法国背回来的，还有一瓶。"

接下，我们坐在床上喝酒、打牌、玩游戏。酒是上好的酒，她很有鉴别力。牌打的是蜜月桥牌，我教她的。游戏，玩的是测情缘的算命游戏。电脑很会哄人，说我们的缘分有95%。她在那吃吃地笑。她把自己弄醉了，齿颊留香，憨态可掬。

我们都知道这只是消除隔阂的引言，后面还有长长的正文，但究竟写着什么内容，现在还没法揣测。

她好像迷糊了，头一下下点着，又猛然警醒，对着我笑。我看得累，说："那就睡吧。"收掉残物，撩开被子。她叫陈勉，一双眼有点思考的分量，尚有矛盾，我不知道刚才她都想什么了，按着她的肩把她摁下去。她好像叹了气。天边微露曙色，有枝影横在窗上，无声无息，泼洒的水墨画一样。这磨人的一夜终将过去。

我坐在床尾，只是睡不着而已，无所谓守不守。

夜静得空空荡荡，我发觉自己也空空荡荡的，原来是有期盼的。这不该。

也不知过了多久，大概一个钟点过去了。她猫一样爬起来，跪在我身后，双手箍我的脖子。我浑身一震，有电流击过。隔了那么久，身体的接触居然还让我难以自控。轻软的身体，细腻的触感，与记忆严丝合缝。

她在我耳畔细细说："你说过我很会勾引你。不知道现在还行不行？"

我艰难回应："你醉了。"

"不好吗？"

"你现在怎么定义我？"

"陈勉啊。"她伸一只手划我下巴上的沟壑，补充一句，"独一无二。"

"不后悔吗？"我颤抖了。

"你后悔吧，你好像说你要结婚了……"

我再无压抑，反身抱住她，片刻，我们像小动物一样纠缠在一起，做声不得。

欲望已如蓄积千年的洪峰，理智纤细的闸门根本无从阻挡。我身体里压抑冷冻的那部分青春突然复苏，宛如一块肥硕的油脂，烧起来哗波有声。

我深潜喉部，拼命索取，手箍她很紧，只怕她如此前一样会从我身边溜走。

紧张感慢慢消失，我知道自己失态，略略松开她。她满面潮红，不敢看我，侧过身去。

如此静了一下，我将她圈入臂膀。她的身体小而轻盈，像一叶竹筏，蓬松的发蹭着我的下颌，如同流水，这令我想起在楠溪江坐船漂流的感觉。那是春天的午后，水量丰沛，阳光鲜润。合上眼，水和天空一起消失，只有灵魂在自由地行走。跟锦年在一起，就是这样的自在而舒展。这样的感觉，在别人那里得不到。

我不知道，这是不是梦，如果是梦，不妨再长一点；如果是醉，不妨再眩晕一些。

锦年说："你走后，我的生活一团糟，心也不再完整，给不了旁人，我知道你也一样。年轻的时候我们害怕世俗的眼光，也以为尚有路可走，想试试时间遗忘的力量。可是走了一遭，碰壁了，我们都没法忘记过去，都为丢失彼此遗憾。那么现在我们再不必给自己套枷锁。我来找你，是因为我一直在找你，在国外找了几年，没钱了，回国赚钱，赚差不多还会去找。一直一直，直到找到你，给我一个说法。听说你回来了，我很高兴，你回来第二天我就给你电话，可你没听完就挂了。我知你不愿见我，安安也说你要结婚了，这几年过得还不错。我本不该来，可后来想想，还是想要你亲自给我，不，给我们一个结局。陈勉，我们不要逃避，以前是我逃避，现在是你，再不要逃避了，都经过这么多年了，得失大家都想得很清楚，做什么决定也不怕承担。先前你摔门出去，我有点难过呢，想这可能就是你给我的答复，原是想走的，开了你的电脑，想留几句话，可是看了你写给我的文字，我知道你还爱我，是用生命在爱，你刚刚那么亲我，我也知道你是用整个生命在亲。你离不开我。可沈觉明呢，他可以。他可以按心愿挑三拣四，没有完整的一鳞半爪他不稀罕，在感情里他一点委屈都不能受，这样高标准，我自问给不起。离婚后，他可以几年不跟我联系，在畅意，他可以把我当平常的下属，一年两年，他无所谓的。可是你只有我。陈勉，让我爱你吧，我们去一个没人知道我们的地方，过朴素的生活。我会给你做饭，给你熨衣服，陪你跑步，种满园的花草，让别人的眼光统统见鬼去。好不好？"

我说不出话。眼前茫茫，仿佛太过突然，无法置信。我真没有想过我还可以赢来这样的结局。

"你不愿意么？"她见我没回音，惶惑地问一声。

我才反应过来，说："你在向我求婚吗？有没有带上戒指？"

她转过身，埋在我胸前，"你好讨厌。"又说，"陈勉，我一直以为你会和安安在一起。安安说，这几年你们一直有联系。"

"不要说过去好吗？"

"嗯。"

"可以进行下半场了吗？"我附到她耳边。

"什么？"

我的双手老实不客气地探进她的衣内，划着她的背脊，"很细软。一匹缎子。别趴着呀，转过身。"

我解开她的衣服，看到她肩胛骨旁有一块月牙形的咬痕。她跟别人也有这样关乎血肉的至深交缠，这让我有点难受。当然，我也不清白。我只是无奈，明明两个人都想供奉自己的纯洁，却交付不起，只能在千疮百孔后拥有一点破碎的慰藉。

"嗯？"锦年敏感了。

"没有什么。"

她伸手掩住伤痕，有一点无措，"对不起。"

"我爱你。"我又不是沈觉明，高标准，严要求。谁没有一点历史？

我吻她，行进在腹股间的时候，感觉她轻颤了下，有点僵滞。她还是没有完全突破伦理的阴影，虽然她打算牺牲，可是爱情里是不需要大义凛然的牺牲的。我呢，我固然不怕，但我有什么资格让她陪我挑战这社会，只因我爱她？我闪过一丝模糊的怀疑，这个时候，像诅咒一样，她的手机响了。

我忽然有不好的预感。我们有过好几次，都要突破，最后总会卡在关键处，这会不会是命运的一个提醒呢——别犯错，别犯错。快乐是短暂的，痛苦是漫长的。会有什么痛苦呢？混乱秩序，淆乱纲常，会入地狱？原本不顾一切的我居然在拥有后患得患失起来，怎么回事？……手机还在响……

"接吧。"我说。

"不接了。"

"接了心安。"我坚持。

她去拿手机，看了显示，说："是沈觉明。"我点点头。她接。

"我昨天交的辞职报告。签不签那又怎么样，又没卖给你，还不让走人？"

"同志啊，我们离婚了，别那么关心我的行踪，我这几年也是一个人跑，也没见你热心啊……"

对方是突然挂的，也许是锦年语气不好，也许是嗅到了锦年声音中的喘意。总之，突然撂掉让本来气势汹汹的锦年有点措手不及。锦年的表情龇牙咧嘴了半天，没有想好挂哪一张。

"这人……"她咕哝着摇头。

我知道我们的激情就此熄灭，给她衣服，"为什么离呢？"

她抱膝坐在床上，下颌有一搭没一搭地触着膝盖，好像也很颓丧。良久她说："陈勉，我不瞒你，我跟他结婚后，也想好好跟他过的。可是因为你的缘故，没法全心全意。实际上过日子吗，也是一种习惯，谁还不能有个私人花园，可他骄傲得要死，不愿意将就，就散了。他对我倒是真心，真心又怎么样呢？在遇到他之前我已经遇见你。我不能把我前半生劈了吧。算了，不说了，反正过去了。"她默默出神。

"睡吧。"

"你先睡，我酒喝多了，还在兴奋中。"她对我说，又伸直腿，"把头枕过来。"

我依言。她用手抱住我，像母亲一样哄，"小宝宝，快睡觉。"她身体轻柔温软，舒服极了。我暂且什么都不要去想。

这是我有生以来睡得最香甜的一觉，醒来时发现自己置身香喷喷的阳光中，里头的家具泛出釉亮的光泽，窗帘没有拉，可以看到薄蓝的天空上缥缈的云霓，像游子浪荡的爱情。扭过头，是爱人酣睡的面容，睫毛轻覆，嘴唇娇憨，带着孩童的纯真。我在她额上覆上吻。

她翻个身，又睡去。

我看看时间，已然中午，连忙洗漱。刚洗毕，有敲门声，我仓促出去，是詹森叫我去吃饭。吃完饭，我们就要走了，六点前要赶到机场，直接去上海出差。这个时候，很懒惰，真想留下来陪锦年好好待待，也顺道犒劳自己，过几天不知人间的日子。

但知道不能。中银的项目大老板盯得很紧，跟沈觉明过招也需要小心应付。

"什么好事？"詹森问。我才知人逢喜事精神爽，那种神采飞扬是无法掩盖的。

"嗯，待会儿吧，待会儿给你介绍。"

"有人在你房间？昨天那个女孩子？"

我点头。

詹森眼睛发亮，最后悻悻地说："你运气真好。"

约好两点走。可是锦年一直在睡。我又不忍心破坏她的睡眠。到两点，詹森来电话催促，我只好把锦年叫醒。

她看看我行李，"你去哪里？"

我简要地说了下自己的差使。她表示理解，说："那我在北京等你。"

"这里风景挺美，你要没事，可以多住几天。"我从皮夹里取出信用卡，又从她背包里掏出她的皮夹，放进去，"可以吗？"

她笑，"多多益善。"

我又拿了几张现金塞进去，把她贫瘠的荷包鼓囊囊地撑满。

她奔下来,"我差点忘了。"伸手在背包里搅了一通,取出一个盒子,里面是一块手表。

"送给你。"

"以前那块呢?"

"我留着呢。"她帮我把表戴上,"好看吗?"

"还是原来那块好。"我说。

她笑笑,"是啊,可惜被你摔坏了。"

我吻她,忽然叫她,"亲爱的。"因为这场景很像妻子送别丈夫。很温馨,真叫我留恋。

她吐吐舌,做个鬼脸,肯定觉得这称呼很土。

催命的手机又响了。我提了行李到门口,又返回去,拥着她吻。难舍难分。

最后轮到她劝我:"快走吧,还有一辈子时间让你亲。"

就在我带着美好的幻觉转身时,命运又开始了翻天覆地的变化。一切都没结束,一切才刚刚开始。

觉明——求仁得仁

1

七月十五日。从梦中惊醒，随手打开电视。CCTV6在播《碧血黄花》。看下去了。

意映对林觉民说，除了你，我什么都怕。

除了你，我什么都不怕。我反过来说了这么一句。蓝色的屏幕在黑暗中分外刺眼。我不知道眼睛被刺痛的感觉是否叫做流泪。

灾难已经过去两个多月了。中国人流的泪无以计量。

那些日子，妈妈哭，安安哭，就连沉淀得没有喜怒的爸爸也哭了。我没有，只是眼睛涩得厉害。在那些大悲大爱的画面前，我一次次选择转身。回到房间，躺到床上，好像只是普通的劳累。

时至今天，我依旧无法去想两个月前在成都的心情。回忆就像撕照片。横着竖着，把人影与光阴彻底铲除。大雨之后，阳光妖娆，有颗粒的质感，落在人身上，觉得很重，但或许只是恍惚。

从十一日起，就过得糊里糊涂。

邱淑玲跟我说："锦年打辞职报告了。"

乍听到，也没觉得意外。她自由惯了，除了她自己，谁又能干涉呢。

她在我那边待了那么多月，我小心地不去接近她，明着对自己说，都过去了，云淡风轻了。其实只是不敢。有多爱就有多怕。

她生日那天，边跟我从容过招，边浇灭我重逢的期待。

她不知道我有期待，攒多久，期待就长。

三年，她在旅途中忘了我，我在无言中惦念她。没有爱，大概就不会心有灵犀。我早该明了。

到她清晨要走，我们只剩下玩世的心态。

"刺激吗？我太太要来。"

"你这么怕老婆吗？跟前妻见个面有什么了不起。"

"见面没什么，过夜说不过去。"

"帮我拉上拉链。"

"我不擅长建设。"

我揽住她，温软轻盈的身体，好像要飞走，却叫我沉沦。鸦片一样的感觉，从心口一路痒上来，这个叫人烦恼的人，真的不该见面。

没什么好下场。我说我从来碰不得有瘾的东西，烟酒的水准都很差，爱情也一样。

后来有好几个月一直没见。她过年回家时，跟着她母亲来过南京，我当时不在。

妈妈晚上给我电话，说，锦年把玉镯还咱家了。

当时我恼羞成怒，就想破口大骂。忍了忍，对妈妈说，应该的。

妈妈说，送出去的东西哪有收回的道理。跟锦年聊了一会儿，我跟她说，你一直在等她。你虽然不说话不行动，那反而是对你没法释怀。她妈妈也说，觉明这几年一直照顾我。锦年拿起你们的合影，看了很久，后来说，你们脾气犯冲，在一起还得吵。我说，脾气都会磨掉的。要不在意你，发那脾气干什么。镯子还是留着。她没留。

我觉得很软弱，叫妈妈。

妈妈心疼地说："算了，你们是真不适合。"

我说："我知道了。"

近几年，随着业务量的扩展，我在北京待的时间多过南京。我的办公室就在市场部楼上，三年了，我们从未这么近过，却一如既往的遥远。

邱淑玲跟我透露过她的情况，一个人租南三环外一个小公寓住，坐公交车上下班，下班后喜欢在办公室留一会儿。她留的时候，淑玲会打电话告诉我。我后来跟她说，别跟我说。淑玲也就不自作主张。

有次，大约晚上9点来钟，我准备下班。电梯在市场部那层停了下，进来的是锦年。她看到我，打招呼，"嗨，这么晚。"

"你也很辛苦。"我拿出老板的口吻，此外没有多余的亲切表示。

她嘿嘿笑着，"应该的。"摁了一层。我是去地下取车，有心想送她回去，终归开不了口。

"再见！"电梯门开了，她跳出去，轻盈的身体，没心没肺，让我很想揍她。

还有一次，开全员大会，她迟到了，按照规定，迟到者要在台上站十分钟以示薄惩，我没有通融，让她在众目睽睽下站了十分钟，然后我点名特意要她回答一个问题，她回答后，我用了差不多十个理由反驳她。把她当一个批斗的靶子，看她张口结舌的样子，我也谈不上畅快。没人知道她是我前妻，好多人都担心她要被我炒，待不长。她大概也从没想要待长过。安安说，她缺钱。你给她的那些她一分不动。她什么意思，藐视我？还是表明我们没有一分感情？我气得抓狂。

她走是意料中的，只是没有想到那么快，他一出现她就走了。她这么多年的积蓄就是为了等到他。她在他面前，会诉怎样的情衷，摆出何等楚楚姿势？我呢，同样的离别，说丢也就丢了。

很没劲啊。

十一日晚，我越想越没劲，辗转反侧，给她电话，知道很晚了，可是不想体恤她。

她是在哪里呢？

我没意料我一上来，有这么和缓的语气，"在哪儿呢？"我好久没给她电话。接通的时候,发现自己有多贪婪。

"干吗要告诉你?"她说,很清醒,还没睡。

"邱经理说你辞职了?"我态度也算好了。

"对。白天谈公事不行吗?"

"打扰了?旁边有人?"我是随口说,没想她怔忡了。有时候人会很敏感,我听出了她略带急促的喘息。她在哪呢?我知道我没有权力知道,可我忍不住生气。

我硬硬性子,跟她说,没有批,必须回来办手续。她冲我吼,又一次架上硝烟。我们的谈话总是不欢而散,沈觉明,你能想得出你们有几次温情脉脉、平心静气?想不明白你留恋什么。

我挂了电话,心绪难平。床头有双人照,抽出来,想撕个粉碎,临了只是用指尖触摸她笑意盎然的眼睛,坚硬而冰凉。

锦年,告诉我,爱也是这么冷硬的吗?

十二日晚,她妈妈给我电话,"觉明,知不知道锦年去哪了?我刚打她电话,怎么也打不通。你说她这孩子四处乱跑,会不会跑去四川?"

我愣了下,安慰着,"她跑那里去干什么?"

"也是啊,这孩子,机德不好,把个手机当装饰。你说这个时候,关手机吓我啊。"

我安慰着,也拨她手机,传来网路不通的提示信号。

后来就找邱淑玲,询问锦年递交辞职信后的蛛丝马迹。一无所获。焦头烂额中,安安电话进来,说,ARR刚在四川那边开过会,说有两个同事没有回,一个就是陈勉。

我瞬间明白,那晚电话过去时,她必是跟他在一起。难怪接电话这么踌躇,难怪语气有刻意的压制。被我猜中了,好事当中。

我放下电话,也说不清自己的感觉。只给她母亲回了下,说十有八九追随陈先生去了。她妈妈很无语。

电视开着,一幕幕悲怆的画面。

仓皇的废墟，瓦砾中的残肢。劫后重生的悲欣交集，死难后的固态沉默。

只有关了电视机了事。

吞水，想事情，找 ARR 的人，据说，与陈勉一起的英国人詹森已经脱险，他说陈先生地震前夜碰到故交，一个女孩子，叫裴锦年。

以后的事情开始模糊。因为所作所为，不清楚意义。

我应该是找过部队的朋友，辗转请求想办法。

朋友问，是你什么人？我说妻子。他们说，整个风景区夷为平地，生还的可能性很小，让我做好心理准备。我说，她生命力强，肯定在等，你们尽快去。

十四日，我和她的母亲去成都，中午赶去彭城。在路上，朋友联系我，真是你妻子吗？她还活着，跟她在一起的那个，死了。

她母亲痛哭失声。

十四日晚上，一个生死情侣的故事在千家万户的电视机上演绎、传诵，与我无关。

她和他在废墟中。她要别人先救他。说，说好了的，要么一起活，要么一起死。

她紧紧扣着他的手。这出自我的想象。他们同穴差不多两天两夜，其间的情意已非人间的条条框框所能压制。我毫不否认，他死的话，她大概也枯萎了。

当时的情况，要救他，他们两人可能一个也活不了，救援者是人，人间的人，觉得好死不如赖活着，活着才有光明才有希望。他们不知道经过炼狱的情，有怎样的能量和杀伤力。要我在，就成全他们了。

她被救上后，执意不肯跟医护人员走。等着他。

救他费了很多劲。

救援人员后来问他话，他已经没有声息。大家说，可能不行了。她不肯放弃，求着他们。她那时候，眼睛里全是血丝，身上褴褛，鬼一样。一个困了两天两夜的人也不知怎么来的能量，可以说话。她几乎不停地跟他

265

说话，哪怕没有对方回音。

经过六小时的艰难营救，他出来时，气息冰凉。

都以为她要号啕大哭。她却没有。只是趋前摘下他腕上的表，手滑下去，扣住他的，仿佛只是在跟他寻常握别。几分钟后，背过身。

有随行记者毫无人道地拍下她的侧面，我看到她眼睛像一口深不见底的枯井，没有一丝波纹。真的没法看。

尸体没法带走，别人跟她解释着，就地处理。

她没有话，看着远方，天空。

后来就倒下去了。

在华西医院。我对她妈妈说，我就不进去了。

难以面对。

十五日夜，她妈妈紧急电话，"医生说，锦年可能不行了。"

我依旧说不出话。

从我住的地方到医院大概是八百米的距离。我赶过去。

那条路是我一生中走得最长的路，它几乎和我的生命等长。在锦年失去陈勉的刹那，我也失去锦年。对于死者，我们可以痛快地释放悲伤，可对活着的人，却只能将眼泪逼入死角。

大家都在为他们的爱情振奋鼓舞，我是谁？

我的前妻。从来不是我的妻。

在国难面前，儿女情长是渺小的，大时代的号角听不到个人的叙述。被时代淹没也好。

走到尽头。今日终于是尽头。

锦年妈妈迎出来，欣喜地，"觉明，锦年的心脏又跳了。"

"她是一棵野草。阿姨你别担心，肯定会蓬勃地活下去。"

"觉明，你回家吧。"

我回家了。真的太累。

2

我不知怎么去评论如今的媒体。报道抗震救灾是应该的，可是拿悲哀来煽情却很不仁慈。毕竟这不是太平盛世，非要给活得麻木的人们一丝娱乐至死的牙祭。

锦年和陈勉的故事还在余波中。

有记者蹲点关注锦年的病况，又有人挖掘陈勉生前的故事。他的照片和遗留的影像资料在电视、报纸、网络上流传。

他真正地成名了，带着草根特色的传奇人生，被人一而再地咀嚼。

我们个个需要传奇，纵然不能亲身经历，也希望被别人润泽。这是个庸常的年代，我们除了偷鸡摸狗地幻想奸情，为一块钱还是一块二的青菜讨价还价，也渴望惊心动魄，枪林弹雨，出个把英雄。

不久后，有人联系电视台，说陈勉是他失散多年的孪生兄弟。他要认亲。

媒体又振奋了，把那人请进演播室。

陈勉的身世在死后浮出水面。他是广西某县一个普通农民的孩子，姓张。跟裴家压根没有半点关系。他和他的孪生兄弟在她母亲肚里遭遇洪水的侵扰，然后哇哇出生于一片创痍的土地。陈勉因受凉，得了先天性的肺炎，家里负担重，无以医治，有意送人，正好有家姓陈的刚好在大水里失散了儿子，孩子母亲非常伤心，天天垂泪，那家男人为抚慰妻子，便跟他们协商抱来收养。

后来，待家境好转，张家想起孩子出生时凉薄的表现，后悔加内疚，去那边索要。其时，那陈姓男子已失去了妻子，他跟孩子相依为命，深有感情，坚决不肯。张家坚决要回，甚至威胁要武力解决。陈不得已跟张家说了隐秘。他原先死去的儿子并非他的亲生儿子，他的老婆嫁给他只是为给孩子一点名分；婚后，更是把全部心思花在了孩子身上，他怎么对她好她都无动于衷。他嫉妒了，发大水的时候动了邪念，本可以救孩子，却把孩子推入了水中。以为以后夫妻两人做伴，再抱个孩子，感情会有所改善。哪料孩子的母亲失子后一直愁眉不展，不久郁郁而亡，而他就此陷入良心的审判。他总是做噩梦，梦到水，孩子的哭泣，他想救，拼命跳下去追，浪头袭来，孩子淹没，起来出一身冷汗。为抵消良心的罪过，他有意无意地把养子当从前那个孩子养。他把他的负疚与爱全部用在他的身上，这么多年，他已然离不开他。

张家觉得他可怜，暂时偃旗息鼓。后来再找的时候，陈家搬走了，此后没有音信。

那个孪生兄弟说，妈妈去年去世了，去世前一直惦记着哥哥，我也一直在找。在电视上看到陈先生的照片，我女儿说，爸爸，这个叔叔很像你。我父亲也说像，我们都想落实。

电视台带着那男子去见锦年母女。

锦年那时候已经恢复大半。她果然如我所言，生命力强悍得很，如那蓬勃的野草，野火烧不尽，春风吹又生。

锦年和她母亲意外地接待这批扛着摄像机的不速之客。

那男子说完后，看到了可怕的沉寂。他哪里猜得到这两人内心的滋味。往事汹涌，酸甜苦辣，到头来，得荒谬一味。

锦年母亲不住地朝锦年看，锦年不做声，后来冷笑，说："你以为他很有财产吗？阿猫阿狗都可以来捞一把？"

"我不是要财产，"那张酷似陈勉的脸说，"我只是要知道真相。"

"真相？你现在找真相，有什么用？你是能让他起死回生、归祖认宗还是怎么着？"锦年从病床上跳下来，对着他下巴上原来以为独一无二的沟壑说，"你以前死哪里去了？你爸爸妈妈死哪里去了，说声后悔就有用吗？你们真正关心过他、想过他吗？怎么啦，觉得他现在飞黄腾达、煊赫风光，可以光宗耀祖就苍蝇一样过来攀附了？以前怎么就不能找，三十多年，一寸寸地皮扒，都可以把整个中国翻几遍。你现在告诉我们干什么？他听不到，他走了！他，走了，走的时候连是谁生的都不知道，做噩梦，良心不安，死无葬身之地……"她又指着记者们，"你们也不是什么好人，一个个装得无比同情，实际上在猎奇……你们还想挖掘什么？告诉你们，我们很有故事，够你们轰炸一年……"

她哽咽着，流着泪，被她妈妈捂住嘴，抱走了，"你们快走，走吧。"

谁能理解锦年那刻的心情？我和安安能吗？

说实在的，我讨厌陈勉，讨厌他在知道自己的身份后还对锦年纠缠，讨厌他商场中不够磊落的手段，讨厌他对安安的不负责任，太多讨厌的理由，说穿了，只有一点，锦年爱他而不爱我，我自问什么都比他强。

现在想起来，他也够倒霉的。

感情最浓郁的时候，被虚无的血缘硬生生地掐灭。沉寂若干年后，两人都要不顾一切，又遇上天灾。他活得真激烈，永远在弦上，嗖的一声，在最用力的时候绷断。

绷断后，才知那股以为隔如天堑的力是玩笑一场。他幸好不知道，知道了非气到吐血撞墙再死一把才好，他又不幸无从知道，知道了，灵魂那层不安或可释然。

他到这世上，辛苦辗转，仿佛只为认识锦年一人，只为参与一段无望的感情。这样的宿命，难怪锦年肝肠寸断。

电视上闪过一个小女孩，怯怯地拉着男人的衣角，腕上有一串水晶链子。

安安挂着泪说："哥，知道吗？那是我的……"

安安在旅途上与这个男人碰过，她曾经握有打开陈勉身世的钥匙，但她出于个人目的没有去打开，真相一个错身就过去了。

安安说："我没想到那么巧的。一开始是惊诧，想过有可能性，后来是忘了。真的忘了。哥——"

"跟我说有什么用。"我明白陈勉为什么没有爱上我妹。

感情里固有的坦荡她都不具备，去爱什么？爱自己吧。

"我,要跟锦年说吗?这件事。"安安无措地问我。我回答她:"你自己看着办吧。"

锦年回老家的时候,安安和妈妈去看望了。我没去。

安安给我打电话汇报情况,说,锦年身体和情绪都基本正常了。晚上她吃了很多。还跟我说起你,问你怎么不来?我说你忙,她笑笑,说,你怕她……

偏巧这晚很无意地就看到了《碧血黄花》。

锦年说对了,我怕她。永远都怕。

出了这个事后,我知道我们基本没有前途了。但是我依然可以无言地爱她,狼狈地怕她。这不算懦弱。灾难没有叫我动过眼泪,这回泪水却对着蓝色屏幕蔓延。

让悲伤尽情地到来吧!因为我也希望它快快过去。

悲伤之后,我们都会迎来新的一天。

每一天我们都要庆幸自己活着,可以去深深爱一个人,可以呼吸他们呼吸过的空气,握住这尘世最美丽的阳光。

锦年身体复原后,执意孤身前往伦敦处理陈勉的后事。她妈妈给我电话,让我送她去机场。那是我地震后第一次与她相见。

她很瘦,瘦得我很想把她抱住,放在秤上,并告诉她,拜托吃点肉吧,只有三两重。

当然,我其实是什么都没说,也没做,只是注视着她左眼下方的一块疤,不是很难看,但是,最好消失,我不要她每次照镜子就提醒自己有过那么一次梦魇。

但也无所谓了,反正心里的伤也是很难消除的。

她妈妈跟她告别,"药要按时吃,路上小心,到了给我电话,早点回家……"她嗯嗯地应着。

我将行李放到后备箱。拙于言辞。这样木讷的沈觉明我也是第一次见。

"妈妈再见!"她上车,跟她妈妈挥手。我发动。她不久回头对我笑,"谢谢你！"客气到家了，我更无话可说。

此后沉默。以前，我们俩都不会这么安分如木乃伊的，三分钟不到，就要互相蔑视，恶言相向，老拳相对；现在呢，我眼光都不敢碰她，害怕任何一次不经意的相遇，就会引出人家一声不堪的叹息；话都不敢说，怕哪一句不对，就会触发人家经久不息的伤痛。该死的，我说我，不如死了吧。

我伸手放了音乐。

很不应景的，是汪峰在呐喊——我要飞得更高。

锦年侧向窗子，仿佛听得入神，又仿佛看得入神——快奥运了，沿途随处可见用鲜花堆叠出的"北京欢迎您"的字样，或者挂着那五只欢天喜地的吉祥物。其实我手头有客户送的票，锦年喜欢看排球，我本想当康复礼物送给她，可想来她奥运肯定回不来了，什么时候回，我也不知道，也许跟以前一样三年，也许五年，也许一辈子。她的人生好像没了支点，只有随处流浪，每个国家都是她的迁徙点。

我死心死过千千回了，但想起来，还是觉得阴霾。

"我要飞得更高——"我跟着哼起来。我唱歌很难听，跑调，但是我要飞得更高，看得更远，不要被这个女人磨死，咱也不是林黛玉。

路程出人意料地顺利，好像刺溜一下就到了。下车的时候，我懊恼地看看手表，不过二十分钟。平时上班也不止这个时间啊。太顺了。顺畅的隐含意思就是——沈觉明你尽早滚蛋吧。

送到机场大厅，她要办出关手续，站定了，与我告别。

"觉明，谢谢你！"浅笑盈盈，正常得一塌糊涂。

我知道她下逐客令，不甘但是只能情愿地走。

我点点头，转身，好像很无所谓。

转身的时候，心脏咯嘣了一下，像遇到了一粒子弹，痛感弥漫。我想起她妈妈在电话里跟我说的话，"锦年恢复得太快，有点不可思议。她从没有肆无忌惮地发泄自己，都是一个人默默地舔伤。她一辈子不爆发，一辈子就这么过去了。觉明，你们做过夫妻，你想想办法。"

　　我没有什么办法，但是不该就这么轻易走了，我想我应该说点什么，说不定以后没机会了。

　　说什么？

　　锦年，别怕我，你这个样子，我总不会对你有非分之想。还是——

　　其实你这个样子一点都不好看，你不适合做淑女，还是以前那个凶巴巴的女孩子顺眼一些。或者干脆地——

　　再见……

　　我猝然回身。

　　发现她居然也在同时侧身，隔着人流，我们四目相接。往事如烟。这惊喜来得太大了，我没有自控的力量，只能不知所措地看着自己的腿疾步奔过去，看到自己的手重重地把她搂在怀里。只觉得千言万语汇集心头，又堵在喉间，热辣辣的，无从言说。这个伤心的沈觉明。

　　她病猫一样温柔地任我拥抱。这只猫病了，所以不会挣扎。

　　很久后，她轻声说："我要走了。"我好像才明白怎么回事，放开她，嘿嘿笑着说："我，只是感受下你的体重，也就差不多三两肉吧，不够做一顿饺子的馅。"

　　她扑哧笑了，定定看我，目光有点忧伤。可别哭啊，我可不希望这是一个诀别的场面，虽然也有可能，但我没有做好准备。

　　"保重。"我拍拍她的肩膀。几步后，听到她在我身后说："觉明，我会给你写邮件，让你放心。"

　　放心是什么意思呢？彼此放下心，做熟悉的陌生人？

3

开车往回返，玻璃窗外有丰盛的阳光，将天幕擦得白花花的，行人、建筑、车丛迷失在腾腾的暑气中。

说起来，夏天是我顶爱也顶恨的季节。

爱它是因为有回忆；恨它是因为它总与离别相关。记得几年前，锦年离开我去伦敦是在夏季，出车祸是在夏季，与我离婚是在夏季，这次走也是在夏季。我不知道她会不会回来，但是我不想悲伤。

没有什么好悲伤的，因为没有什么好后悔，我自问没有做错什么，若说年轻时不恣肆不任性不放手搏一场，生命的峰值又会在哪里闪耀？纵然此刻我不得不舔噬属于自己的失败，我也基本豁达，最多不过用嘴角上翘的弧度对自己暗嘲一番——在这场爱情战局中，沈觉明不仅孤单而且节节败退，但至少他输得并不难看。

话说回来，这么多年，我未尝不惦念她。好多个无眠的夜里都想给她电话，问声好，甚或说声想念，可是不敢，害怕她嘲笑，害怕自尊挂不住。感情需要势均力敌，我没有与她交手的把握，那么只有选择沉默，在沉默里最大可能地消磨自己的意气。

我有时会无法克制地一次次地去揣测她怎么过的？三年的孤单旅程，于她而言，那么多海阔天空的时间，她的心里有我几页？

也许浓墨重彩，也许寥寥几笔，也许什么都没。都是也许，也只是也许。假设是怀念者最热衷的游戏。绝望与希望并重，色彩斑斓。但我依然不后悔放她走，因我相信爱。

相信你爱我。锦年，你能告诉我这到底是不是幻觉？隔了时间的烟雾，隔了地震的生死，往昔如尘梦，浮嚣般掠过，仿佛并不由人把握。

273

可是那个夏季，我真的觉得似乎拥有了你。

还记得吗？每晚我们都要为开不开空调争执。我是个容易出汗的人，怕热；你呢，冷体动物，嫌闷。我说，同学啊，南京是火炉，要不开空调，躺在席子上都会闻到自己身体烤糊的味道，第二天醒来就是一块现成的牛扒，七分熟。你说那正好做我早餐。话虽如此，你还是依我，只是半夜三更偶尔会弃我去客房，把窗子哗哗打开，自以为是地安然睡去。然后第二天总会被冻醒，发现旁边躺着一个我，独霸着被子在寒气飕飕的空调下舒适地过冬，而你像只懒惰的寒号鸟，只能瑟缩地向我靠近，"狗熊，给我一点被子，明天我就垒窝。"

我不给。你抢，"有你这么自私的吗？"

终于被我一把抱在温暖的被子下，你兀自糊涂，"我好像去客房了呀。"

"那是做梦。"我暗笑。我对你的感觉像雷达一样灵敏，你一走我就会知道，然后把你偷运回来。

你胖了，总是被我嘲笑。在床上，我用小指戳着你的屁股，假装一只蚂蚁的声音，上下呼号着，"大象，大象，请让一让。"又或者，在你背上指指戳戳，"大象，大象，让一下啊，你挡了我的手机信号。"你气得咚咚捶我，又忍俊不禁。你一直是一个莽撞糊涂的人，常常转弯过早，一头撞在墙上，或者转身过急，一头撞在门上，或者走路太横，一头撞在窗框上，因此身上常有不明来路的淤青。我看到，必会狠掐一把，问你怎么回事。你会很苦恼地想不出个所以然。我只好叹息着说："大象啊，你实在太胖，撞伤自己都没感觉啊。"

后来，在我手机里，我便用大象做了你的指代。亲爱的大象，蚂蚁很想念你。那是你不在的三年，我偷偷对你说的话，只是这样的怯懦从不敢示人。锦年，你大概永远不会知道，你曾经在一个人心中是一只"大象"的形象，也再不会有其他人会把你和"大象"联系起来，因为你现在那么瘦，那个夏季后，你再也没有胖过。

谁会怀念你胖的模样？恐怕连你自己都不乐意回味，但是我记住了，因为那是属于我的私人时光。

爱是如此卑微，但并不可怜。回想的时候，除了叹息，也会微笑。

大家都说，爱不执著，才能有后退的余地；然而不逼到最后，又怎能甘心罢休。说到底，爱，不是一个自己挑选的问题，与理智无关；而是一个遇与不遇的问题，当嘟一下砸蒙了，那就是属于你的头晕目眩。

三年后，你回来了，你已不属于我。

说起来可笑，我为求爱情的完满放弃你；最后所得，是彻底的失去。这多么像一个辛辣的讽刺。

在我品咂自己的荒诞时，也感同身受地理解了另一个人的悲剧。

陈勉为了和锦年在一起，几乎穷尽了一生之力，然而隔着冲不破的命途，他的拼搏是徒劳的。

在爱情里我是个理想主义者，把爱与婚姻画等值。要么都没有，要么全部，斩钉截铁，没有丝毫通融的余地。我的追寻也是徒劳的。

可人生的意义谁说不是在这样徒劳的追寻中呢？西绪弗斯不断推动着巨石上山，石头因自身的重量又从山顶上滚落下来。大家都说，最可怕的惩罚莫过于这样既无用又无望的劳动。可是谁又能知道，西绪弗斯在每次推石上山的过程中，都享受着天上变幻莫测的云霓、四时绝不雷同的更替，每一次，他都带上了新鲜的心情。

那是锦年有问题吗？她也没有。她享受不了爱情的单纯与轻盈，那是因为陈勉所交付给她的是一份不可承受之重——夹杂伦理，夹杂生命。她如果没有彷徨与逃避反倒不真实。

在生命的漂流中，爱情带有岸的面目，然而它不过是一条船。想起自己曾经那样奢望完整，哑然失笑。

笑后又觉怅然。谁真的能理解其他人？我们大多数人考虑事情都是从自我出发。我们觉得自己疼，忘记别人也有伤口。

懂得是最大的慈悲。也许经历地震的震荡，我们的观念也会获得新生。

回到办公室，桌上有电话响，捞过，"沈总，方便吗？有个文件要签下。"

声音有点熟，听不出谁，公司的女员工在我看来不仅长得都差不多，连说话声音也一样。

"进来吧。"

不久后，门推开了，居然是阔别几年的顾盼。

"意外吗？"

我错愕了下，"稀客啊。"

顾盼头发剪了，比之以前，少了妩媚，多了清爽。着装品位自然毋庸置疑地高：无袖恤衫和迷你热裤衬出纤细的四肢，流苏短靴和头上的编织礼帽带出一股子酷劲。走掉的几年，她似乎吸纳了足够多的阳光，更加耀眼起来。

她伸出手，笑，"握一下吧。"

握手时，她低头轻轻叫我，觉明。

"觉明，我嫁了。"她抬起头，眼里雾蒙蒙的。

应该为她高兴，可是没有，大概因为她两泡眼泪，勾起旧事。

一直以来，跟顾盼的那一段，总不愿意去回顾。要说对锦年，这是唯一的不理直。尽管跟顾盼在一起的时候，我心里根本没有承认跟锦年的婚姻，但婚姻毕竟是存在的。

我低估了我的恨，其实是无处安放的爱。

偏偏顾盼那个时候，以为春天到了，满心满眼都是盎然春色。

陪我加班。看我心情不好，她独自处理事情，搭着自己的私人关系，也不跟我邀功。

在外面吃饭，从来都是点我喜欢吃的菜。偶尔弄点新花样，会看我脸色回馈，如果我满意她会很开心。

她狠劲地拍着我爸妈的马屁，每次去北京都要给安安买礼物。我的朋友她应酬得当，家里做饭的阿姨，她也打点。她把什么细节都考虑了，只是忘了我本人的态度。

其实，想过跟她结婚的。

有次她生日，问我给什么礼物？我说你喜欢什么就给什么呗。她说戒指。我默然，想起曾给锦年买过一个戒指，被她走前扔在沙发里，恨意顿生，杀心四起，"等我办了手续，现在是要犯重婚罪的。"

我找了律师。

如果安安不生病，如果我不去北京，如果去了北京不找锦年，我估计已跟顾盼做了夫妻。固然不会有太美妙的琴瑟和谐，也不会有后来纠结的伤痛。

后来跟顾盼分手。顾盼问为什么。我说，我喜欢你，那没错，因为你用得很顺手，不用我动脑子。可是爱情，却偏偏是那种贱馊馊的东西，非得要磨得浑身不舒服才是。顾盼说，觉明，我不会放弃的。

她在爱情里像个斗士。不，或许还可以说，像个指战员，很有韬略。

她太聪明，这种聪明用在她爸爸的生意上，再加上她的美貌，几乎可以无往不胜；可是用在爱情上，就显得锋芒太盛，爱情其实不要锋利，钝钝的，反而比较安全。她如果当时像所有失恋的人一样傻傻的，绝望的，我或许也下不了心，会为自己的荒唐买单。

可是，她一点都不失落，简直有点愈挫愈勇。她坚信自己能够打赢这场无硝烟的战争。

早些时，我跟锦年还处于游戏阶段的时候，她就用过手段，让陈勉看到我跟她在一起，她原指望陈勉告诉锦年，没料到我被人家修理了一顿，一个月没法出门。

后来，她偷技术，找锦年。以为目的纯粹，就理所当然。

我的婚姻最后解体从本质上说与她无关，但那也算是导火线。

我不爱顾盼。但我在失落的时候，利用过她，就像锦年利用我，就像陈勉利用安安。所以现在想起来，谁也不能指责谁，没有谁真正干净。

三年前三年后，我、锦年、安安仍没有什么变化，一团糟，顾盼却有了归宿，看如今明媚可人，应该还算找到了良配，可喜可贺。我恭喜她。

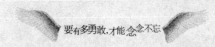

她笑笑，笑意微凉。

我们出去午餐。她提起泄密的事，问我是否原谅她。我说我也没损失。

她抬头，"这次回来，是想还你一份人情。"

她的老公是一家投行的老板，她知道我需要钱，决定给我投资。

"你老公背后有你这个女人，一定会成功。"

她惘然，"觉明，其实，我对做企业一点兴趣都没有，努力学管理，都是为了能帮你忙。只是为你。现在，结婚了，他让我帮他做事，我根本没心情。"

"那，你做什么呢？"

"养孩子啊。哎，我生了对双胞胎。不过，真的很可惜，不是你的孩子。"她放低声音，"有时候做梦，会梦到我的孩子长得跟你一模一样。这大概是我一生中没法弥补的遗憾。当然，人生有点遗憾是好的，可以想念。"

她眼睛又雾蒙蒙了。以前我没见过她那么爱哭的。我不喜欢女人哭，所以她从来不在我面前哭。

她意识了，马上又展颜笑，"你还单身啊？有没有小姑娘死死黏着你，就像我当初黏着你一样。你还等她吗？觉明，别等了，你完全可以开始一段新的爱情。你试试，会发现并不难。"

我一本正经地说："阿盼，我已经老了，老到只能发生一夜情、婚外情、奸情，而绝非爱情。"

4

顾盼回南京后，抱着双胞胎去拜访我妈，我妈对俩孩子爱不释手。据安安说，妈妈抹眼泪了，很伤感。"哥，你要努力好不好？家里传宗接代的

278

任务等着你呢。"

我比谁都明白，但也不能马路上随便拉一个配种。

不久后，妈妈开始逼我相亲，我并没有反对，我算是比较传统的人，知道"不孝有三，无后为大"。我让妈妈先过目，看看人品，以及是否对她老人家胃口。妈妈对这类工作很积极，不过一周，就给我回话，说已经圈定五名，让我赶快回南京跟人家见面。我让妈妈把名字一一报于我，妈妈边报边介绍条件，都是一等一的好条件，而且年轻，年轻到让我觉得自己无耻。我说，就那个叫方静存的吧，名字挺好听。妈妈听我这样轻率，火冒三丈，"终生大事啊，要跟你过一辈子的。你花点心思好不好？不要敷衍我。"

我并没想敷衍，只是观念老土，觉得婚姻是要经由爱情层层铺垫然后水到渠成的。相亲既然只是为一个结婚生子的目的，那只需条件交换即可。我于是直接告诉我妈："妈，实话说，我心里还有锦年，你要我抹掉一段感情重来，一没时间，二没心情，三没精力，四也嫌费事，五就算抹掉了，我也不太相信有奇迹发生。差不多就行了，我就几点要求，基因别太差，人品要好，你满意。"

妈妈苦口婆心，"怎么说你也要见见啊，说不定你对人家会产生好感呢。退一步海阔天空嘛，别老锦年锦年，我一听头就大。"

我最后还是答应老妈见人。的确，见见女人没什么坏处，可以清热、败火、怡情、舒心，有效防止各类疾病，避免早衰。

挂了电话，我点开电脑，例行查看邮件。

这一日终于收到锦年的信。全文摘抄如下：

觉明，我已在伦敦住下，打算常住。目前找了份教汉语的活，一周上三次课。另外，也收到 T 报专栏约，下月开始写稿赚稿费。总之，经济有保障，生活蛮自由，我身体也已恢复。勿挂。祝你一切顺利。锦年。

我反复看了几遍，心里空落落的，扭头望向窗外，一幢幢冰冷的写字楼横亘着视线，写字楼下，是同样冰冷的车水马龙，步履匆匆。这就是所谓的现代生活。我已被囚禁了十多年了，如此麻木，如此甘心。悠长的假期，公路边的青草味道，想起来，上辈子的事。我觉得疲惫。桌上电话却又响了。总是有事，一刻也不得清闲。售后经理说，W公司装的我们的某型号系统瘫痪，原因不明，要我们马上派技术人员过去。说那边李总发怒了，要解约……

一周后，我处理完毕，回到南京。晚上吃饭时，我对父亲说，爸，我想歇一阵。

父亲说："那怎么行？事很多呢。"

我说："活永远别想干完，我累了。"

母亲插嘴："也是啊，让儿子好好休息。老头子，你不是说那个谢什么很能干吗？上次中银的项目立了大功，让他挑挑大梁。"

"谢开。是能干，毕竟是外人。"

母亲说："有什么外人内人之分的，把畅意这个品牌做好，能让他一直维持下去，不是两三代就完掉，就是人才，就该培养锻炼。"

我笑道："妈，你才是真正的人才，既有眼光又有开放心态。"

母亲撇撇嘴，"那是，当年你爸起家，其实都是我在后面撑腰。你爸，胆小得要死，做什么决定前先要抖上几抖。"

爸也笑了，说："那就让谢开上上手，不过主要是负责日常行政管理，研发、销售还是不要他插手。信任都是有限度的，否则我们自己就被动。"

我明白。谢开的人品尚不清楚，还得慢慢察看。

妈妈转头笑容可掬地问我："觉明，休假，你打算去哪里？休假要带个女朋友才好。有没有人选？"

妈一做出保媒拉纤的姿态我就害怕，我笑说："我带妈妈吧，妈妈风韵犹存，很有魅力。"

母亲说："那你爸该吃醋了。"

哐啷一下外面传来铁门打开的声音。母亲站起来，"别是安安回来了。"出了陈勉的事后，安安状态不好，一直休假在家；但是也不安分，几乎天天出去。我们也不知道她在忙什么。

我们出厅。果然是安安，眼神涣散，面色惨白，状态似乎不太好，跟在她身后的居然是谢开。

母亲惊讶道："你们，怎么在一起？"

"哦，董事长，夫人，沈总，"谢开一一恭敬称呼后，方道，"沈小姐好像有点低血压，在路上走着走着晕过去了。我恰巧经过，就送她去了医院。现在差不多没事了。"

母亲扑过去，拉着安安，"现在怎么样？快，回房躺着。"

安安跟妈妈上楼了。我们正好把谢开留下来，一起吃饭，同时商量我不在的一个月由他全面主持公司日常工作的事。谢开非常谦逊也非常感恩，连称一定不辜负信任。

谢开是爸爸挖掘的，原是顾家企业的人，据说因为他母亲动手术的缘故，急于要钱，他用顾家的资源为别的企业做了好几个项目，顾大同觉得此人人品不好，要把他辞退。他苦苦哀求，正好被前去拜访顾大同的爸爸看到。爸爸宅心仁厚，想起当年自己的母亲因为没钱治病而亡，动了恻隐之心，把他带到了畅意。谢开很感恩，工作也努力。爸爸对他一直很留意，有意栽培，他不久就崭露头角，升至经理的职位。他也是个有心人，逢年过节，都要给爸爸准备一份礼物，像皮拖鞋、羊毛坎肩、家乡的土特产以及爸爸爱听的越剧唱盘等，都不是什么贵重的东西，但很能击中爸爸的心坎。

他像陈勉一样有个特点，很有决断力，想清楚就下手，狠辣、干脆，决不拖泥带水。这种风格正好是我和爸爸缺乏的，我们都比较宽柔，明白自己的弱项后，我们愿意在决策层安排与我们性格不一样的人互补。鉴于谢开的好几次优秀表现，我提了他做行政副总。谢开在顾大同那里，干了五年也没干出个成效，在畅意，几乎每年一个台阶，他干劲越来越大，当然野心也越来越膨胀。

我和爸爸都不是闭塞的人，也认可年轻人的事业心，愿意把畅意当成一个各色人等都能施展才华的舞台,而不是一份狭隘的家产。爸爸的目标就是希望百年后还有畅意,像那些知名的跨国企业一样,有经久不衰的文化和品牌。爸爸一直对我说,有多大胸怀做多大事,这也是我的立身之本。因而对像陈勉、谢开这类人,我们愿意栽培,哪怕担上风险。

谢开走后,爸爸有意无意地问我:"小谢结婚了吧?也没见过他太太。"爸爸妈妈退休后,重心就放在子女的个人问题上,有什么顺眼的人都要想想是否能留给自己的孩子。对谢开,他未尝没有这样的心思。

"嗯。他老婆一直在老家照顾生病的母亲。"

"哦。"爸爸好像有点失落。又说,"姚谦好久没来了。你妹妹,安安分分的一个人,长得也漂亮,怎么没人追?"

我差点想笑,老妹安分?老爸啊,你怎知安安在情感上口味之刁。姚谦见着安安,像老鼠见猫似的,大气也不敢出。我私下问过怎么回事,姚谦苦着脸说,哥啊,饶了我吧,你这个妹妹,俺可攀不上。现在还落下阴影,见了女人都害怕,越文静越漂亮越害怕。他后来火速交了个女朋友,胖胖的,像刚蒸出来的馒头,很不中看。我哪里知道他是急于找回自信心。

安安在陈勉过世后,整个人就好像在梦游。据说上课的时候,讲着讲着会茫然停顿,失忆的样子,校长让她回家休养,妈妈本想就此给她办辞职,安安不肯,就办了停薪留职。安安是要做一辈子老师的,尽管她小的时候从来没有为自己设计过老师的角色。她想过读博、搞学问,想过进电台、做主持,想过进外企、做女强人,就没想过当老师。后来问她为什么选择做老师。她跟我说,陈勉有次说她斯斯文文,恬淡知礼,很像老师。我当时一口茶差点喷出来,说:"老师怎么恬淡了,没听说过,国地税,公检法,人民教师黑社会。"

回家后的安安一直精神不振,尤其是在知道陈勉身世后,更加愧疚难安,时常会在半夜敲我房门,祥林嫂一样向我重复悔恨,说着说着,念起旧事,就扑簌簌掉眼泪。我一边心烦,一边哈欠连天地开解她,都不知道自己在说什么话,只是迫切希望有人能把安安接收,救我于水深火热。只不过这个人迟迟没有出现。

这日睡前，我依礼去安安房间探望。

安安好像没什么事了，眼睛骨溜溜地转，若有所思，"哥，你们公司还有谢开这种人？"

"他怎么你了？"

"没什么。"安安神神秘秘地笑笑，转移话题，"妈说你要休假，是去英国找锦年吧？哥啊，你这种知其不可为而为之的精神让我感动死了。"

"谁说去？"可我的心分明咯噔了一下，为何不可以？

不能相濡以沫，也不必相忘于江湖。

5

我去了伦敦，在那里安静地度我的假期。每天睡到自然醒，醒来后写端庄的小楷。饭后骑单车沿着城市转。阳光从葱茏的树隙间落下，不晒，但使人昏昏，于是就停下，在路边喝杯咖啡醒神或者干脆在草坪上摊开四肢睡上一觉。睁开眼，再拍拍屁股走人。浪荡而自由的感觉。夏天从来没有这么迷人过。

有阵子，喜欢上了去图书馆。

因为喜欢那种味道，书和建筑和历史和文化共同交织出来的既馥郁灿烂，又阴森幽暗的味道。我经常在书架间转来转去，蚂蚁一样，很快淹没于浩瀚书海。

有次，在一楼大厅阅读。下午三四点钟的样子，阳光正好，从巨大的玻璃门窗喷泄进来，把整个空间耀得白花花的。

283

有个女子，借了书，边看边朝外走。

就在她觉得将要跨进喷薄的阳光的时候，突然，砰的一声，脑袋子弹一样撞在透亮的玻璃门上，接着，整块玻璃就像砸碎的冰面一样在她面前哗啦啦地蹦出一条又一条交缠的经络。她头晕目眩，温热的血液顺着额头不停地涌下来，在她眼前罩出一片片的红雾，她抹都抹不开。几个看客包括我和一个穿制服的管理员奔过去。管理员吓坏了，张皇失措地摇着她的手臂不停地问："没事吧，你没事吧。"她只是傻傻地站在那里，用手堵住汩汩涌出的鲜血，好像不明白怎么有这么多血可流。呆若木鸡地傻站了会儿，她指指玻璃，问："这个——我得赔多少钱？"

管理员连忙说不要赔，是我们失职，阳光这么晃眼，应该写个指示牌。我心里叹口气，真这么做了，恐怕就是侮辱其他人的智商了。

我上前一步，熟络地跟女子打招呼："锦年，来借书啊，没戴隐形？"

她捧着头斜眼看过来，更加痴呆。

我自然地接过她怀中的书，像领一个闹事的女儿，"走吧，我带你去医院看看。"

只是皮肉伤，略作处理，就好了。她还在诧异中，时不时回头死盯我一眼。

"我是沈觉明，没错。……别用看人贩子的目光瞅我，你没有贩卖价值……裴锦年我真怀疑你的自立能力。"我边说边拉她到马路边，招手打车，上车后，向司机准确报出她的住址。她这会儿闭口不作惊讶状了，应该想到必然是她妈妈将她的行踪包括周三下午来图书馆的习惯悉数向我作了汇报。我此前没有找她，只是不想；我来英国，只是想来，没什么意图，包括去图书馆，说不上是不是等她，只是喜欢这边的氛围，我也是纯粹的度假。

"什么时候来的？出差？"过一阵，她谨慎地问，微微靠窗挪动了下身体。英国的的士很小，我们坐后排的样子显得过于亲密。她的右胳膊挨着我的左胳膊，转头的时候，蓬松的头发会乍乍呼呼地飞起来擦到我的面颊。可能她中午刚洗过头，自然蜷曲的长发满满铺陈在她轻盈小巧的肩骨上，发丝散发出清新干净的茉莉香味，盈满局促的车内。我承认，我要略微克制一下，才不向她的头发投降。"嗯，休假，有一周了吧。"我带点心不在焉地回复她。伦敦的夏天很明亮，阳光多么好。

"去哪里玩了呀？"她也没追问我为何不早找她，只是有一搭没一搭地随便聊，像陌生人之间非要说些天气之类寒暄的话作为礼节。

"没去哪，一直在伦敦。就是纯粹的休息，睡觉。"

她有点好笑，"就到伦敦来睡觉，你好奢侈。"

"为什么不能呢？非要跟着旅游团跑来跑去拍几张照算休假吗？"

"你就不能一个人啊。买张地图，坐个小火车，英国交通很发达，去哪都很方便。算了，懒得跟你这种人说，看着挺有情调实际上是伪浪漫。只会在条件很好的酒店住下，然后坐上豪华的大巴离开，最好有导游全程陪同，兴高采烈地与真正的景致擦肩而过。"她喋喋数说我，这样子看上去比较亲切。我继续观察她，身体恢复还算不错，只是依旧瘦，脸色也略显苍白。

"腿脚真没事了？"我问。

"好得很。我上周爬山去了，健步如飞。"

"吹吧，我见你第一面你就把自己撞一大包。"

"那是碰着你才倒霉的。我以前从来没发生过这样的事。"

她倒赖上我了，我笑笑，"你自己注意点，我觉得你吹牛本领行，生活能力弱，一个人，跑那么远，也没人照顾你。想照顾你也不成。"

她怔了下，把眼光从我身上撤回，垂下头，大概有点感触吧。

"他的事处理完了？"我指的是陈勉的后事，我想我总该问一声。

"嗯。"

"可否不用语气词？"

她回我："房子给了他以前的小时工，存款全部捐掉。"语气还算平静，就是让人感觉有点隔日的灰尘味，在无人的房间飘啊飘的。

"为什么要给小时工呢？"

她淡淡地说："他想跟她结婚，因为她把他家收拾得干干净净——他觉得干干净净就是家——"她没有哽咽，但也说不下去了，枯淡的语气中自有浓伤。

沉默。良久我叹一记,"其实我理解他,要一个干干净净的家,一个本本分分的人,这个理由对婚姻来说足够。"

锦年瞥我一眼,有丝诧异。

她总以为我对陈勉成见很深,不错。曾经很深。我和他较量了很长时间,商场、情场,现在火已燃尽,成败几何,却再说不出道理。

锦年在伦敦外城租一个小公寓。一房一厅的格局,房子布置很诡异,不伦不类的东方色彩。她看我皱眉头,解释说是一个尼泊尔学生住的,租了全年,结果有事回家了,很便宜地就转租给了她。家具装饰都是现成的,她也懒得改。

我去卫生间洗了手,而后在屋子里转来转去。

锦年在厨房烧水,问我:"喝茶还是咖啡。咖啡只有速溶的。"

我说:"茶。"

我从她卧室退出来,她正好沏好茶,水不知有没有完全沸腾,茶叶浮在水面,像蓝藻一样,挤挤挨挨,难以下嘴。

她见我面色有异,说:"先别忙喝啊,要沉淀一下。"

"什么茶?"我随口问。

她忽然笑,先还掩嘴,看控制不住,索性就大方地笑出声,笑得前仰后合,笑得我莫名其妙。可怜的孩子,大概久不笑了,看到沈觉明觉得很亲切,可以肆无忌惮地嘲弄。好吧。让笑声来得更猛烈些吧。我自顾喝茶,不理她。

可她就像水龙头里放不完的水一样,收不住了,捂着肚子蹲在地上,任泪水雨一样洒出来。

"可以让我也笑笑吗?"我忍不住说。

她揉着肚子努力告诉我原因:那个租她房子的尼泊尔学生第一次见她,请她喝中国茶,她问是什么茶,那学生想了半天说,洞,洞什么?有个洞……

286

山顶洞人。她诧异，那不是一种类人猿吗？后来才了解，原来她想说冻顶乌龙。

我没觉得好笑。可是她说好笑死了。她曲着身子，肚子在痛，泪水更肆虐了。

我把她拽起来，拖到沙发上。她又歪过身笑，倒下去，两只拖鞋啪啪扫到我身上。

我不知怎么了，烦躁之后，转身重重压住她，对着她的眼睛恶狠狠说："不许笑！笑就吃了你。"

她肌肉瞬时绷紧，果然不笑了，被泪水洗过的眼睛无辜而迷惘，而后逐渐过渡为紧张慌乱。

我离她脸面大约一寸的距离，她的脸在我面前放大，每个变化的瞬间都不会错过——她大口喘气、呼吸紊乱；瞳孔收缩、面色苍白。她不是在怕我，而是太压抑，太疲惫。她要出口，可是找不到。伦敦，连个听得懂中文的人都没有。可是谁叫她跑到这个鸟地方？

我心内渗出些悲哀的意绪，把她扶正，认真地说："锦年，他走了。"

她惊恐地摇头。

我指指卧房，"是他的手表吧，我看到了。"她把两块男用手表搁在了枕边，手表都坏了，空有两个凝固的时间。我不是特别清楚这两个时间对她而言有怎样的意义，我只知道，她每晚与它们同眠，心心念念记取一份无从弥补又无法追及的缺憾，绝对不是什么好事。人承受不了这样的重压。我希望她可以释放，于是我几乎是刻意地挑起关于陈勉的话题。

"锦年，我以前挺讨厌他的。知道吗？他生前，我为了安安揍过他，打得很重，他没有回击，出乎我意料。"

"别说——"她侧过脸。

"很奇怪的，他走后，我倒是想起他以前在畅意的情景。我们一起联手打过几个单，配合还默契。他是个有心人，看待事情，角度总是跟别人不一样些。以前，觉得他有点不够磊落，阴损，现在想，不是所有人都可以有资本光明的。大家的生长环境不一样，认识不一样，走的路自然也不会一样。其实，我也挺阴损的，我的阴损就是心安理得地利用别人的阴损，还要维持自己道德的优越。说实话，在朗恩的事情上觉得挺抱歉的，他未必有出卖我的念头，但是我不得不防。锦年，对你我也说声抱歉。很多事情，必须经过时间沉淀，置身其中的时候，容易坐井观天，觉得世事不过我们想象中的那样，现在回头琢磨，才觉得当初的很多判断都特别武断。话兜了一圈，锦年，我只是想跟你说，我理解他在你心中的分量，理解你为什么会对他念念不忘……"我不爱说这类话，很不洒脱，我是那种即使在退场的时候也要维持风度的，但这一次，我愿意放低身段。

"你别说了好吗？"她抽泣，很快就泣不成声。

她后来断续说："我对自己恨得不行。他从来就不相信我们之间有什么问题，可我从来就相信。事实证明他是对的。我伤害他。现在回想起以前他给我打电话，一遍遍求我，叫我不要离开他，说他有什么不好，指出来，他一定改……我就非常非常难过。我可以不去爱他，我当时怎么荒唐到要这样伤害他。他一个人生活，在这世上也没亲人，就信我一个，可我一点都不关心他，就知道想着我自己的感觉。那么多年，就随他一个人在外边辛苦，单纯地问声好都没有。我们结婚的时候，他求我跟他一起走，我不肯，他说我不够爱他把手表摔坏了。他千方百计去找真相，可我从来没有想过要去找什么真相。我不够爱他，我配不上他的爱。他没有办法面对这份感情，背井离乡，他不是逃避，而是想，他什么都没有了，但至少还可以拥有我的梦想。你不知道他拍了多少照片，写了详细的附注，我看了，真的为他难过。他何必这样对我？不值得的。我决定嫁给他，什么都不想，要结婚。可是，我最后还是丢下了他。他咳嗽，奄奄一息，说锦年，你上去等我，可我把他扔下了。你不知道，他连个葬身之地都没有啊，就这么草率地被处理掉了。我每次想起来就揪心，不知道灵魂会不会飘，我希望他到我身边，我要永远爱着他，我错了……"锦年说不下去了，就是扑簌簌地掉眼泪，边擦，边流。眼里都是绝望的痛楚。我看得也很难过，只是没法出声。

很长时间后，她才没有声息。她累了，弓腰收腿蜷缩在沙发里。细细小小的身体，看上去像一个被弃的婴儿。

我找了床毯子，给她盖上，就坐在她身边。其实我很想抱住她，给她抚慰。然而这些亲昵的动作，终是不敢做。

就如陈勉发现血缘将他与她隔成天堑，此刻，陈勉之死，将我与她也隔成天堑。

夜幕渐渐降临。锦年从自己摧枯拉朽的黑暗记忆中探出头，"你回去吧。我没事了。"

她侧脸栖着一小片从窗户流进来的月光，眼泪已经干涸，眼圈还肿着。我哪里放心得下，说："锦年，跟我回去吧……你妈妈很担心你。"

她坐起来，下颌一下下触着膝盖，良久，"觉明，你别再找我了。"

"谁说我找你？"我被噎了。

她深吸了口气，好像是横了心，急速地说："我不爱你，也不可能再爱你。"

我像被什么急剧扎了下，一星星的痛，痛从肺腑蜿蜒上来爬到舌尖的时候，竟自作主张地拐了个弯变成了嘿嘿的笑。

她迷惘地研究我。

我拍着她的肩，说："你是不是觉得我很可怜啊？那我就可怜到底，裴锦年，求你再加一句话，沈觉明，我从来没有爱过你。"

我说完，即出门。

我觉得自己很无聊，爱与不爱，如今追问起来又有什么意思？

6

第二日，锦年打电话到我酒店，向我道歉。

我说，你为什么道歉。她说，让你难过。

"道歉有用吗？"

"我无意伤害你。"

"锦年，如果我死去，你会不会像记得他那样记得我？"

"你……"

我笑，"你放心，我会好好活着。"

我决定提早终止假期，因为写小楷也无法阻止情绪的低落。宣纸上的字，一个个面目可憎，而我本不该自寻烦恼。

回前，又收到锦年电话，说，有东西要托我捎给她母亲，问我是否方便去她那取。

拒绝不够大气，我也从来没想要拒绝她，就跟她约了晚上的时间。

我没想到的是，应门的是一个欧洲男人，很年轻的样子，最多20出头，论五官谈不上英俊，但是身形伟岸，汗湿的T恤紧绷在身上，浮凸出左右两枚发达的胸肌，约等于好几百斤的TNT。

我错愕，不爽的感觉自腹内升起。

"嗨，沈？裴的朋友？我是史蒂文，认识你很高兴。"男人热情地与我握手，又耸耸肩，侧向一边做个"请进"的手势，像男主人一般自在熟络。

锦年这时从厨房蹿出来，给我介绍，"史蒂文，我的学生。你来得巧，一起吃饭吧。"

屋里飘荡着油烟，很呛人。我咳嗽几声。想，什么叫来得巧？是来得不合时宜吧，干扰了她的浪漫晚餐。

290

吃醋的感觉真叫人倒胃口。我克制住，尽量淡漠地说："把东西给我。"

"都做好了，吃了再走吧。"锦年有礼有节。

"不了。你们享用吧。"

史蒂文手搭在锦年的肩上，俯身凑至她耳畔，用一种只属于情人间的轻佻口吻说："亲爱的，可以吃中国大餐了吗？"

锦年"嗯"一声，眼睛朝他一扫，水汪汪的，在我看来，简直媚态横生。

我背过身，急躁地，"快一点行不？"

"哦。"锦年取了来，递给我，"谢谢啊！真不吃了？"眼睛亮亮的，分明是巴不得我不吃，我感觉糟透了，啪地摔门走。

爬下楼梯费了很多劲，脑子无从思考，只觉得小腹有火星噼里啪啦闪跳。待跨出楼道，进入流光溢彩的暮色，火星已连成愤怒的火焰，一波波涌上来。她怎么回事？找个四肢发达的家伙成心气我？

我给她打电话，"你下来。"

"后悔了吧，上来吧。我们还没开始吃。"她笑嘻嘻的。

"我叫你下来！中国话听不懂啊？"我提高嗓门。

"觉明，讲点道理，你知道我有客。"

"哼，什么客？"我冷笑。

她没好气，"对，如你想象。"要挂电话，我忙说，"你敢挂？是不是要我冲上来跟他打一架你才肯下来？"

"你发什么毛病？我跟他早约好的，我叫你晚上来，现在几点，七点，你来这么早干什么？"

"你嫌我来得早？你怎么就不知道请我吃饭？哎，谁替你扛东西回家？我是你谁你敢这样支使我？"

也许是我语音中的暴躁叫她害怕，她不久后踢踢踏踏下来了。

我攥住她的胳膊，直直往马路牙子走。她哎哎地叫，"别动手动脚，有话好好说。"我不理，欠身招的士。

"沈觉明，说过了，我有客在！"她踢我。

291

"他出多少钱，嗯？"

"你神经病——"

终于有车停下，我抱她进去，她负隅顽抗。

司机回头，纳闷地张着嘴。我递过钱，"某某酒店，谢谢！"

英国司机也有见钱眼开的，收了大面额的钱，把车开得一溜烟地快。

锦年知道逃不脱了，平静下来，借我的手机给她的客人打电话。

还我手机的时候，我注意到她手腕一道青紫的抓痕尚未褪色，然而是她自讨苦吃，不是吗？她存心的，找一个男人当面羞辱我，她觉得她那一句不爱还不够狠吗？

我的火气又冒了上来。裴锦年的下场可以预见的惨烈。

到酒店，我仍旧像抓俘虏一样对待她。她忍无可忍，说："我有脚，能否尊重我？"

"你尊重我吗？"我摁电梯。

她看出我的醋意，"怎么啦？不舒服？"

"你到伦敦干什么，鬼混？"电梯冉冉上升。

"需要你管吗？"

"我代陈勉管。几天前，谁哭哭啼啼叫着喊着要爱人家一辈子？"

她面色一寒，"跟你没关系，少提他名字。"

"就你这种人，谁喜欢你简直是耻辱。"跨出电梯，楼道静悄悄的。

锦年讥笑，"跟你说，我不爱人家，没有感情，这种游戏纯粹就是放松。"

"知道了，放松。"我手上一使力，她惨叫一声。

接下，我跟她游戏。

关了房门，我吻她。咬牙切齿地吻。

她很疼。却说不出话，嘴被堵得严严实实。

终于被扔到床上，得空，她说："你干什么！"

我说："他能干的我自然也能。他给多少钱我加倍。你不说陌生人无所谓吗？反正只是身体的欢娱，不涉及背叛，我在你眼里反正陌生得可以。

如果你拒绝，我是不是可以认为你承认对我有感情？"

她眼露悲哀，"觉明，你还不死心吗？我这样对你，什么意思，你不明白吗？别找我，我们不可能。每次站在山顶，看着蓝蓝的天，眼睛一闭，就想跳下去，你知不知道那种感觉？觉明，我承认对你有感情，所以不想你受伤，不想你等待，我也不想为你烦恼，太累了，我没有精力。你别执迷了好不好？找个合适的，结了吧。"

"我的事轮不到你操心。"我又堵住她的口，肆意掠夺。

她反抗了很久，最后在我持之以恒的暴力下败下阵来。

心神俱累。完事后，都没有力气。

静静地躺着，默不作声。窗帘布很厚，除了两人的呼吸不闻其他声响。

过一会儿，我侧身拥住她，脸贴着她光滑的脊背，唇轻轻地需索着。"如果这样可以拥有你，我宁愿做你的陌生人。"我说。

良久，我臂上一凉，发现她在流泪。眼泪为谁而流？为陈勉，还是为我？

无论她的眼泪中是否有属于我的情感因子，我都知道没法割舍她。如果注定要纠结，就这么纠结下去吧。只因我已经把她当做我的一部分。只要拥有，我不计较其他形式。

锦年走了，没有给我任何答复。

我把床头灯打开，昏昏柔柔的光从火红色的灯纸钻出来，耀到被子上，反射出一串串奢靡华丽的光线。我闭上眼，任这些光簇拥成一个华丽而不切实际的梦。

我不年轻了，但是居然还想做梦——等着去焐热一份感情。

等待是件疲惫的事，但是颠覆一段感情再重来只有更加疲惫。

在机场，我给她电话，"十天半月最多两月，我过来见你。"

"这不可能。"

"就当我们没有过去，从现在开始。你不必要负担，我对你没有任何现实的索求。"

7

回去上班第一天,惊见穿西服套装的安安出现在行政部,她对我挤眉弄眼,"沈总,早上好。"

我非常意外,但不是为安安出现在畅意,而是为她脸上的神采。陈勉走后,好像从来没见过她这样焕发的神情。

"沈觉安,到我办公室来一下。"

安安进后把门掩上,"哥,我正要找你呢。"

"先给我沏杯茶。"我指挥着。

安安说:"你真能摆谱。"但也乐呵呵地沏了茶来。

"哥,玩得愉快吗?"

"还好。昨晚你去哪儿了,没见到你。有礼物给你。"

"谢谢哥。"安安接过我送她的香水,笑容越来越甜蜜,"那个,谢开的助理上个月不辞职了吗?我可以顶那个位子吗?"

"沈觉安,你才做多长时间?是不是还想顶替爸爸当董事长?"

"我才不稀罕什么董事长,你的职位也不要,我就要做谢开的助理。哥,助理又不是什么需要技术的工种,就算需要,我也可以学啊,我很有悟性的。哥,畅意,除了你和爸爸,我就服谢开。你不在的时候,公司的事不都他处理吗?他很有统领能力。开会的时候,别人作冗长的报告,他听完,一句两句就鹰隼一样抓住重点,然后给出决断,从不迟疑。"安安的眼熠熠发光,露出神往之色。我还未曾听她如此评价一个男人工作上的表现,分外好奇,"你怎么知道?"

"好几次会,爸都让我参加了,爸希望董事会的人认识我,也希望我对畅意的全局有所把握。"

"觉得他像陈勉？"

"……"她哑口。

"就为了他，你放弃教职？你以为你可以找一个炮灰？"

"不，哥，我想改头换面，重新开始。"

"告诉我，当初做老师跟现在突然要做人家助理一样吗？"

安安闷了一阵，"差不多。"

是日起，我开始关注谢开。这个人工科出身，原本做技术，但是其实更适合做管理。很有才能。考虑问题，逻辑清晰；部署工作，井井有条；为人处事，大方得体。总之事情交他办，很少有差池。他对工作也很投入，那份投入不是把工作当做谋生手段，而是表明了一个男人的野心，他的目标不止是目前这个位子，他要走得更高。他是个人才，如果用他得当，对畅意的发展不可限量；如果不能，他倒戈起来，对畅意的影响同样不可估量。我恐怕安安只是他的棋子。

安安仍旧在行政部，工作卖力，表现很好，日日走上职业化道路。

谢开对安安，似乎也很平常，看到了打个招呼，"沈小姐"，客气礼貌，没有多一分亲近。有时候，那些只有少数人参加的高层会议，我会将安安特意安排在谢开身边，整个开会期间，谢开不仅忽略她的在场，甚至全然遗忘她。可是安安却一直充满期待地凝望他，那因为思念而变得凹陷妩媚的大眼睛里躲着憧憧烈焰，简直有不顾一切的缠绵风情。我深为担忧，无法用谢开已有婚约或心思不纯来劝解安安。我深知安安的癖性，越是艰于得到越不顾一切。

有次，跟妈妈提起。妈妈恍然了下，说："也是啊，上次听李嫂说，是小谢送安安回的。安安最近变化是很大……我倒是赞同安安交朋友。可是，她怎么就不能找个清白一点的？"

妈妈不久找安安谈了。回我，表示做不通工作。安安死偏，反问她，结婚又怎么样？爱情没有道德之分，再说结了婚还可以离。妈，是哥哥反对吧，哥是怕人家有了平台后超过他。我彻底无语，想想算了，有些人天

295

生能折腾,拥有的东西不算少,但是很喜欢放弃重建,不让她摔跤,她脚都会痒。

奥运之后没几个月,金融危机在全球蔓延。畅意海外业务急剧收缩,造成相当影响。那阵子,为解决退单纠纷,我疲于奔命。所以虽然说好至多两个月就去见锦年,这份承诺却一直没有办法兑现。

虽然繁忙,我依然记得每周五看锦年在 T 报的专栏。跟以前一样,她的专栏以旅途见闻为主,只不过她现在加入了自己的情感片羽。比如:

C,欧洲的冬天快到了,柏林这个时候会经常性的阴天,伦敦街道到处都是穿着黑风衣的行人,圣彼得堡可能已经有冰凉的雪意,但是在托斯卡纳的斯蒂亚,阳光像蜂蜜一样,金黄、黏稠、甜蜜,深蓝的天,又高又远,完美到让人哀伤。C,天空这么美,可我没有翅膀,不能追随你而去。我只能沿着你的足迹重返托斯卡纳,让曾经感动你的感动我。

C,我看过你拍的斯蒂亚的修道院、教堂、墓地以及红色的砖房,都是朴拙而粗劣的,好像与人类的文明无涉。你说你就想成为托斯卡纳山上一个穿着高筒胶鞋的农民,自己垒一个房子,养鸡、种菜、砍柴、腌肉,然后要有一个像我一样刁蛮的老婆,一堆调皮捣蛋的孩子,大家聚在一起拌嘴、打架、开怀大笑,热热闹闹过每一天……C,在浮嚣的文明社会,返璞归真往往被讥为矫情,可我愿意把这矫情的梦继续做下去。

我现在山上一个叫帕皮亚诺的村子住了下来。白天,帮主人干点杂活,在院子里剥栗子或者修枝浇花铲草皮;晚上,给你写一点文字。山谷很静,能听到风筛过每一道松针的声音……

C,昨天又梦到你。

不知道是我中学时候的光景,还是你在南京工作时的光景。总之,那时候我们很好。好像刚看完电影,我们依偎着坐在电影院前的台阶上,面前是闪烁摇摆的城市流光。我好困,一点点打着盹。你却精神抖擞,晃着我,说，哎，我们像不像五线谱上的两只麻雀？我说，两只呆鸟罢了。

醒来的时候，有一种尖锐的怅然，想，再不会有这样熨贴如棉袄的感觉。

C，告诉你，又一年的春天到了。春天，是爱情开始的季节，多么美好。忽然想起了越南。因为我在那里曾观光了一场特殊的婚礼。那是大约三年前的事了，我去了胡志明市，就是杜拉斯笔下的西贡。是四月份，天气又潮又热，空气里飘满着木瓜、青柠与鲜花的味道。我在临河的小旅馆住，白天昏昏睡觉，傍晚的时候沿着河散步。有一天，偶然地看到一对新人在河边行结婚礼，女孩子穿着酒红色有玫瑰刺绣的越南裙子，很漂亮；男孩子穿着白西装，有点像梁家辉演的那个角色，看上去有点羸弱。行完礼，他们拥在一起，朝着河水静静看，好似怀念。所有的爱情都有别人没法知道的湿漉漉的隐衷，但是，能像他们那样，经过心灵重重藩篱，结合在一起，也是幸福的。

……

看锦年的文章，总要消化很久，才能把情绪过滤清明。锦年在旅途上缅怀陈勉，忽视我，对此，我连嫉妒都不能。我只有闭上眼，想象在越南或者托斯卡纳或者世界任何地方的锦年，她依旧有让我心驰的魅力，这是一种游离的吸引，只因我知道我绝对不可能如她那样随心所欲地生活。过这种非常规律的生活，除了要资本，也需要有勇气。

其实，我们大多数人的生命都是平铺直叙的：出生、上学、就业、成家、生子、天伦、死亡，固守着一份由来已久的稳固的秩序，又被生活的法则牢牢钳制。这样的生活似乎没有什么不妥，但叫人遗憾，感到失落，就像一枚发芽的种子在春天会蠢蠢欲动。但是大多数人心内的那枚种子，都会被理智或规范掐死，只有少数人会被一个偶然绊倒，旁逸斜出，就此改变命运。下场好坏不论，飞落的时候却一定会存在快感。

我大概就是这类人。门槛内的平和优越不足以让我留恋，门槛外的光怪陆离却吸引着我。纵然知道险象环生，纵然知道最终免不了回归，仍愿意在可消费也能消费的时候一试。

我也会给锦年电话，多半她说我听。她总是像个话痨一样从一件事跳到另一件事，不给我半点插足的机会。看上去，好像多么依赖我，有多少故事要与我分享，我再不打电话，她的口水都没办法留在口腔了，实际上我知道，她如此猴急，不过是害怕给我们彼此间留下沉默的尴尬，怕我一沉默就提未来，这些她无力给予我答复。

再见锦年，已是第二年的春天。我去慕尼黑出差，想见她一面。辗转联系到她，我提出希望她能来德国，因我这边安排很满，很难抽空去托斯卡纳。她沉默了很久，才同意来见我。

她到的时候，我尚在跟人会谈，叫人接了她去酒店等我。

虽然迫切想跟她会面，但是无奈手头合约总谈不拢，斗智斗勇至饭点，又不幸有宴会缠身。等回酒店的时候，已经到午夜。打开门，房间空荡荡的，锦年已经走了。在桌子上，我看到了她留给我的果酱和纸条：

觉明，这是我亲自做的，你拿回家尝一尝。原谅我不见你就走。你知道原因。

我知道，可是傻瓜，你难道不知道我有多想见你。

第二日，我把事交代给属下，自己坐火车去托斯卡纳找她。

斯蒂亚正下着雨，很急，我在车站买了雨衣，一步三滑地攀上山道，去找那个叫帕皮亚诺的小村子。

雨中的山谷非常漂亮，远看层峦叠翠，烟雾迷离，近旁，身材修长的柏树隔出小径，肃穆优雅地引我向前。雨线偶尔一闪，于浓绿中会显出一个尖尖的钟楼，或许是教堂也或许是修道院。空气清润，杂着植物的香气，叫人心旷神怡。

下坡的路，土质较为松软，走着走着，脚下一打滑，就摔到在地。泥巴糊上脸，雨弹跳着落到身，感觉竟也是欢快的。

锦年的住处是一栋淡红色的二层砖房，房子外用篱笆围成一个小院，院内种满了各色花草，浅紫深红，看上去热闹无比。我只认得玫瑰一种，艳红的花在雨的濯洗下鲜明透亮，仿佛风华绝代。

我上前敲门，没人应，只好守株待兔，逢人经过，便上去跟人核实地址。可惜基本没人听得懂英语，折腾几番，好不容易才遇着一个会说英语的，地址确凿无疑，他还友好地提醒我，克里斯蒂娜去城里看她的先生了，她的房客好似也外出了。他口中的房客大概就是锦年，而克里斯蒂娜应是锦年的房东。

整个院子只有窄窄一道屋檐可以避雨，但是因雨大风疾，雨丝借助风力斜飞过来，编织成网，将人没头没脑笼住，那屋檐便形同虚设。我身上虽有雨衣，可惜轻薄局促，加之先前摔跤时被树枝划了一口子，基本也起不到阻挡作用。可我不能走，我好不容易来一趟，谁知道什么时候再见锦年。我从兜里掏出烟，刁起一根，暂且安心守候。

时间寸寸挪移，等到天色将暗，我不免惴惴想，锦年不会还滞留慕尼黑吧，昨晚她离开酒店后并没马上回家。想到我与她可能错身，我身上一阵阵发起寒来。

就在我准备离开，考虑去斯蒂亚城住一晚的时候，看到雨中一个渐行渐近的身影。是背着双肩包的锦年回来了。

她穿着宽松的套头毛衣，因为瘦的缘故，衣服显得很大，大到似乎可以在胸前腋下孵一窝小鸡。但是精神状态却好了很多，眼神恢复以前的明亮，漆黑的眸点像星辰；头发还是那么繁茂，野草一样满溢生命力。

她的脚步在篱笆门前诧异地停下了，因为发现有人，待看清是我时，她大大地吃了一惊。眉飞起来，嘴张成 O 型，与此同时，脸上现出了羞涩的不安。是为昨天的事自知理亏吧。

"你，你怎么来……"她走近我，瞄着我的眼，底气不够地问。

我截断她的话，虚弱地做了个手势，"先别研究了，也别质问，让我进去暖和下。"

她看我湿哒哒的样子，叫我赶快去洗个热水澡。

水绵软而多情，抚慰着我又累又冷的身体，身体一活泛，脑子便空了，我靠着浴缸壁不知不觉睡去。

是被锦年推醒,蒸汽氤氲中,她眼睛雪亮,双颊潮红,头发湿湿地贴在额上,脸上挂着一副成色复杂的表情,似嗔怪似担忧也似尴尬。

"被你吓死了,怎么睡了呢?"触着我似笑非笑的目光,她触电一样局促地扭开,声音低低地,"水都凉了,更容易感冒。"她开水龙头,往浴缸里注热水,神情凝重地盯着热水汽,只是不看我。

放差不多了,她站起来,指指浴巾,"快起来,好好睡去。"

边说边急急退出,偏巧地上有水渍,她走得太仓皇,脚底一滑,就摔了一跤。我的笑便肆无忌惮地爆发,我说:"要不要我起来扶你一下?"她又羞又气,狼狈无比。

我洗完出来,觉得头重脚轻,走路晃悠悠的,如踩棉絮。

"没事吧?"她过来扶住我。

"没事才怪,"我连连打着喷嚏,"我淋了差不多五个小时的雨。你干吗一声不响就走?你明知我一定会找到你。"

"觉明。"她哀哀地看了我一眼,好像很无奈很可怜。我最受不了这种目光,又加之思念心切,将她搂到怀里,抚着她毛茸茸的发,说:"锦年,对不起,这半年,公司特别忙,一直走不开。"

"我……"她估计想说,"我没等你"或者"我不要你来找我",看我走了那么多路,淋了那么多雨,没法将这绝情的话说出来,只说,"快去休息,我找药去。"

锦年的卧室在阁楼,单人床,写字桌,衣柜,小沙发,简单到不能再简单。但是小房间看上去非常温暖,只因桌上、床头鲜花葱茏,灼灼的色彩将灰暗的房子点缀得缤纷起来。

锦年喂了我吃药,我身体无力,头沉得像石块一样,暂时没有心思诉别情,挨着枕头便睡去。

不知多久,被手机铃音吵醒。床头有暗黄的台灯,发着暖暖的光。锦年站在光晕中,举着我的手机,"要接吗?"

我接了，是慕尼黑的同事向我汇报谈判进程。我们正与欧洲一家企业谈战略合作，想在某些特定产品领域进行技术互补，以共度金融危机的冬天。可对方似乎只希望获得我们的钱过冬，技术上还固守着堡垒，并不愿与我们平起平坐地置换，我们又不甘心只做一个小股东，所以谈判很难推动。

我在电话里做了些原则上的部署，费时三十分钟，艰难地结束谈话。

锦年已把食物端上来了，菠菜馅的意大利饺子，米粥，腌肉，还有色拉。看上去香喷喷的，可是我并没有食欲。

"畅意受金融危机的影响大吗？"

"有一点。"

"很操心吧？"她坐到床边，给我后背垫上靠枕。

"你要乖乖听我的话，我至少可以少操一半心。"

她不语，用手探我的额，大概很烫，让她很慌乱。因为没有温度计，她又拨开自己的刘海，用额头触我额，这样获得的感觉可能会准确些。我趁此揩油，揽住她的腰，用呼着滚烫气流的干燥的唇吻了吻她。她眼里的星光动荡了下，慌慌放开我，又撇过头，焦急道："怎么办呢？这里可不好找医生，最近的医疗所在三里外……"

"没事，出身汗就好。"

"早知如此，我昨天就……"她很懊悔。

"你是怕我纠缠，还是怕自己？"

她微微蹙起眉，又松开，婉转道："吃点东西吗？"

我真没胃口，可是看她忙碌了这么久，给她点面子，"那就喝点粥。"

她一勺勺喂我，灯影下的侧面柔和而安详。看到我总是目不转睛盯着她，她有点嗔怪，"我脸上又没写字。"

"你很美。"我没法不俗套，因为实在留恋这样的场景。

夜雨淅沥，山谷幽静，窗外一片浓黑，屋里的灯光于是非常暖和。我和锦年倘若能在此一生一世，也是非常好的。我迷迷糊糊地又睡过去。

又一次醒来，还是在夜里，台灯调暗了，氤氲若雾，锦年斜靠在小沙发内打盹。

我想给她盖条毯子，撑着下地，脚没有想象中的劲道，没踩实，身子前倾，发出哐啷的声音。锦年醒了，过来扶我，"要上卫生间？"

我恭敬不如从命，之后又问锦年要水喝。

喝后，她又人工测试我的温度。我的额汗湿一片，她微微舒了口气。

"快睡吧。"她要给我卷紧被子，我反掀开一角，往内墙靠了靠，"一起挤挤吧。"

"哦，不用。"她笑笑，"这床小，你又太壮。挤着睡不舒服。"

"我要喜欢呢？"我要无赖，"否则老是记挂你，睡不踏实。"

她犹豫了下，终于爬上床。我拦腰抱住她。两个蜷在一起的人在单人床上还能留下余裕。

"你力气怎么这么大？哪里像病人？"她说。

我说："锦年，我想你了。"

我的身体很热，烘烘地把火焰传给她，她没有办法拒绝一个病人的爱情。

我在那边待了两天，算是养病。在此期间，锦年对我空前地好，不知道是我身体的缘故，还是她在长久的旅程中获得一份清明的领悟，总之，她贤惠温婉偶尔带点调皮，就像山里任何一个以夫为纲的农妇。一天三餐，她变着花样做好吃的。我接电话的时候，她目不转睛地看我表情，而后适当地开解。

雨还是绵绵地下。一场雨和一场雨的间歇，她拉我出去散步。村口有一家杂货店卖芝士，锦年说很好吃，非要逼我吃，我吃后才知她的坏心眼，味道太浓烈，像臭豆腐，根本不是我的脾胃能接受的。

我们玩笑着往山谷走，空气在此时分外清润，植物的香气若有若无地缠绕，枝杈上一排鸟在打盹，有那呆头呆脑的，睡过头，扑通一下就栽倒在地。跟着有叶片上的雨哗啦啦倾泻到我们身上。

斯时斯景，让人于安谧中渐生恍惚。只因这一切像一场不知深浅的梦，最终免不了要消逝无痕。

"那里。"锦年忽然跑过去。是一条干涸的沟渠,上面搭一块极细的木板,或可称桥,应该是方便大家穿近路用的。

锦年说:"玩个游戏,我们一人从一边上,看谁能率先通到对面。"

"好啊。"我们玩兴大发,各执一边晃晃悠悠地走上去,到中间,互相推搡,我当然不敢太用力,结果总是输,很狼狈地跳到沟渠里。

锦年就笑。我走近她,有风过来,吹起她的发丝掠到我的脸庞,这感觉如同初恋,单纯、芬芳,美妙极了。就在我打算拥抱她时,她却在瞬间敛了欢颜,默默走远了。她在思念别人,陈勉,她或许会想,要是他是我该多好。

这样的感觉很不好受,可是我必须受。谁都不能跟逝者争宠。逝者在生者心上是一种永恒的霸道的独占。

我失神片刻,奔过去,在她身后说:"我不介意你想着谁,也不要你什么承诺,我只要你允许我见你。就这样在一起轻松几天就好。"

她说:"你何苦呢?"

我说:"这样我并不苦。"

她摇头,"不能这样,人生很短,我无所谓,但是你不值得蹉跎。"

"值不值得这种事我可以自己判断。锦年,来个约定吧。"我突然兴起,"不提将来,也不必担责,趁我们尚能消费的时候,陪彼此一段时光。谁累了,就撤。"

"你以为我们玩得起吗?"她微妙地一笑。

"不妨赌一下,如果你玩不起,那就是被我打动。"

"你为什么要这样念念不忘?"

"你呢?对他不也如此?我现在不过是另一个你。"

此后,我们建立了一种奇特的联系。就像候鸟,没有固定的归宿,来回迁徙是它们的使命,但是总有停顿的时候,是为假期。我们在假期里,休整与调养自己,为下次独立飞翔积蓄能量。

这样的情感,没有未来,只有过程。我们俩都不知道会走向怎样的结局。

没有谁会去想,因为想不了。但是这种形态却是最适合我们目前的状态。

心里有个疮不能揭,但是我们之间又分明有情潮暗涌。

每次我去找她,她迎接我,带着无邪的笑,跳起来,箍我的脖子,新洗的长发飞卷开来,蹭到我颊上,我闻着她身上的馨香,心里微微地痒,会想着,她也是爱我的吧。

我在日光下打盹,她搬了我的脑袋非要找白头发。近旁有一株火红的花,低低地压在视线里,蔚蓝的天在火红花丛的间隙里看去,极其的铺展,感觉中,天仿佛从来不曾这么遥远。太阳晒得很暖,她的手很轻柔。我有点迷糊了,觉得平常夫妻不过如此。

我去欧洲办事,她凑我时间,一起住上几天,又在机场等候属于各自的班机。

她在我身边,安静地看一本旅游小册子,头发垂下,遮住眼睑,我间或给她拂一下刘海。她冲我客气地笑,像对陌生人。她要我们都有一点距离的感觉。距离要慢慢放大,大到我们可以在今后的日子里适应。

我要回归正轨。她要去向远方。

每个假期结束,总是要到告别的时候。

8

在我和锦年的感情处于胶着、蒙昧状态时,安安的第二春已经轰轰烈烈地开始。她的感情沸点太低,一点就燃。

在书房,她坐在我对面,郑重地跟我讲着她的故事。

她与谢开第一次见面,是他送她去医院。出来后,已到夜里,天空起了些薄雾，蒙蒙的，像极了三流爱情电影的布景。谢开靠着车，拿出烟，说，不介意等一下吧。他用火柴点烟，划拉的姿势，洒脱而干净。安安没法不去想记忆中的那个人，有足够浓重的烟瘾，随时随地，都想吸上一口。依赖烟生存，是因为对现世不够确信？

本来对谢开毫无感觉的安安停住了脚步。谢开以此打开安安的心门。

"沈小姐，你叫什么名字？"

"觉安。"

"很好听。你也很漂亮，好像不是这个时代的人。"

说安安漂亮的人很多，但说她不是这个时代却有点新鲜。安安喜欢这样的新鲜。

"是吗？那你觉得我是什么年代的？"

"上个世纪，二三十年代，林徽因、凌淑华那种闺秀。"

安安淡淡笑了，觉得心被什么东西很舒适地挠了下，"你很像我的一个朋友——"

谢开也笑笑，大概觉得这样的开场实在太顺。他不见得没见过安安，要没见过绝对不会送她去医院；他刻意留下恭维的时间，而且不是在车里，而是在笼着轻雾的流光溢彩的夜里，肯定别有用心。他只是没法想象怎么看怎么像情场老手的安安有这么容易上钩，此后他还将一步步见识着安安的单纯和热烈。

安安爱上他了。他只用了一点点小心思就俘获她了。在公司，他与她面对面开会，感受她热辣辣的注目，他无动于衷。她给他送文件，他头也不抬，签字扔过去。她出了差错，他耳提面命，毫不容情。在她自尊快要崩溃的时候，他又安排了一个"偶然"共坐电梯的机会。她进去，看到他，压抑着惊喜，落在他眼里，只是淡淡一扫，他还是那么冷漠，对她完全忽视，虽然她贵为董事千金。

在电梯快沉到底的时候，他突然偷袭，这样的热度反衬在昔日的冷漠上，让她委屈交加，又爱恋丛生。她软软地捶着他，"你怎么这么坏？"他很恭敬地说:"你是老板千金,我要保持分寸。"

一个下雨的晚上,半夜了,他给她电话,"睡了吗?我在你家楼下,下来的时候别惊动你家人。"

这样突如其来的邀约有点像某人在国外的霸道了,"你过来。"她不会忘记,并且心跳加速。

他瞅着站在他面前的她,说你穿这么少。就过来拥她。

她出门前匆匆套了件真丝长裙,薄而服帖的面料绷在身上,凹凸的身材淋漓尽显。她其实也知道她对男人的吸引力。

"暖和吗?"他问。

她点点头,觉得他似乎比另一个人还要体贴一点。

他叫她进车,沿着山道往下开。开了一程就停下来了,说:"这边空气好,下了雨尤其好,我们走走。"

宽阔的马路,粲亮的水银灯,繁茂的林子,洁净的空气。这一切只为住在山腰的几家名流富室准备。

他站定了,俯视满城的灯火,豪气顿生,说:"以后,我也要在这里买房子,可以天天把别人踩在脚下。"

安安有点意外,意外后又有些许的惊喜。她喜欢的男人就要有这么一点蛮横与自大。她在他身上再次找到某人的印痕,然后把之当成上帝给予她的一份迟到的礼物。

他和她往深处走,山间的草异常繁茂,如千万双手拉着他们。可他举步从容,很快走到她前头。她穿着细高跟,磕磕碰碰,一不留神就要跌倒。他回过身,对她笑着,"沈小姐,要我拉你一把吗?"顽皮的语气却有不尽的霸气,他是谁?不过是她哥哥手下一个打工的。只要她乐意,一挥手就可以让他滚蛋。可是他就有这么强硬的气势——要不要我拉你?她反倒成了需要他救济的。

"好。"她只能这么说。

他一直把她拉到他怀里,在清蒙的夜色里,对着她的唇,说:"你要不要我吻你？”

她终于有点骨气，说：“谢谢，不用。”

他说是吗，缓缓凑向她，又不真正接触。

她心烦意乱，只能主动吻他。

他抚摩着她光滑的身体，真丝锻面在夜色里发出清冷的光。

“你结婚了？”安安问他。

“重要么？”

“你爱她吗？”

“重要么？”

安安不知道说重要还是不重要，只觉得他像一个旋涡，而她似乎就要被卷进去。

在陈勉走后，安安终于借由谢开拂去了昔日沉闷抑郁的面纱。再爱一次又有何难？安安容光焕发，在死去的废墟中重建爱情坐标。

与陈勉相比，她跟谢开在一起更如鱼得水。她大概也能明白，之所以如此，是因为谢开有求于她，处处投合的结果。这一次，她也学会了聪明，把自身的条件当做了情感的筹码。只因，她已不再年轻。作为一个女人，说到底，仍要一个归宿。

谢开要什么？平台。

他跟陈勉一样有能力，比当年的陈勉还多一份眼光和涵养。他需要一个更大的平台让自己的野心盛放。他已经在一步步谋求，安安是偶然进入他视线的一个完美的棋子。然而这些，在我不知道他与安安的故事时是无法知道的。在我面前的谢开，谦卑、恭谨、服从。他知道，掌握生杀予夺权利的只有一个。他现在还不是，他需要引人注目，也要避免锋芒过露。他只是默默积蓄力量，等待着有一天自己堂皇地做主人。

“然后呢？”我继续问安安。

安安没有多少朋友，但一样有倾诉的欲望。她说着细节，并不在乎是不是应该在作为异性的哥哥面前避忌。

谢开不定时不定期地约会安安。没有白天黑夜之分。什么时候,去哪里,全凭他的兴趣。撩拨她却不真正占有她,既表现出足够的理智,又反应出高超的情商。我听了后,都咋舌,自愧不如。

他有时给她分机电话,"来我办公室,带上次那份计划。"

她给他。他刷刷翻着。她问:"有什么问题吗?"

他扬起脸,"有问题,我想你了,想看看你。"

她去出差,他已经等在机场。她一脸惊喜,"你,你怎么来了?"

"周末嘛,一个人也无聊。陪陪你。晚餐安排好了,吃日本料理怎样?"

"销售部和市场部一直在打架。"他有时会跟安安貌似平常地提起这类事,"沈总要管全局,没有精力管太多具体的事。"

谢开是管行政的副总,在畅意与他平级的还有好几个,不算特别有权力。他更想管有实权的销售或市场部,但是这块一直是我亲抓。

"对啊,下次我跟哥哥商量下,看能不能把这两个部门之一分给你。"

"沈小姐,畅意既然是你家的产业,为什么你,股权那么少?你爸爸也重男轻女?"

"不是的,我家人对我和哥哥都是一视同仁的,爸爸说,我和哥哥拥有的东西会一样多。但是企业,爸爸希望哥哥来做。哥哥管理得很好,这是有目共睹的。我可以有别的房产金钱方面的弥补。"

"沈小姐,我有个目标,就是想以后也要拥有一个像畅意这样的企业。"他雄心勃勃。

春节前,他要回老家过年。安安吃醋,"想你媳妇了吧。去吧。"

他在南京有一套顶层的复式,却从来没有把家人和老婆接来过。

他过来跟她亲昵,挽住她的脖子,"我总要回家看父母,一个父母都不爱的人,怎能指望他爱别人。"

"又没不让你回……你妈身体不好,对吗?"安安听爸爸说过,谢开是为了给母亲赚手术费而不惜用顾氏的资源给别人做程序。

"做了肝移植。每年要花不少钱用于后续治疗。"

"为什么不把他们接来呢？"

他笑笑，"妈妈待惯了，来大城市不适应。"

"那你老婆也够辛苦的。你会不会觉得对不起她？"

他面孔板了起来，只是瞬间，又舒散，亲着她说："我没有离婚，就是因为不能卸磨杀驴。嗯，你乖乖等着我。就一周。"

"我为什么要等你？你凭什么叫我等你？你有婚约，跟你交往不道德。"

"你等不等？嗯？"

"等是有时间限制的。"……

在我面前，安安坦然对我说："如果是情感交易，我愿意做。因为爱他。陈勉是我的初恋，我不计较结果，但这次不一样，我要。我一定要得到他。我跟他说，三个月，最多半年，他不离婚，我不等。"

"你真做得到？"

"哥，我想明白了，陈勉我不能，但他一定能。"

"为什么？"

"陈勉对我没有要求，无欲则刚。而他呢，至今没有跟我有实质接触，那是因为他有忌惮，他忌惮哥哥、畅意，他还有欲求，那就是我能给予他的前程。他太想要而不敢放肆。"安安原来也不傻。

"那么，你明知他有目的，依然要跟他结婚？"

"是的，哥，人没有那么纯粹的，他可以爱着我也可以同时想着别的东西，这不矛盾，其实包括像姚谦，他娶我做老婆，也是觉得我漂亮。对容貌的贪恋跟对金钱对权势一样，对爱情来说都是杂质，可是爱情离不开杂质的铺垫。哥，爱情的滋味，不用我向你描绘吧，像旋涡一样，不是静水，让人甘心卷进去。陈勉可以满足我对于爱情的想象，谢开也能，他们有那种姚谦无法具备的魅力。"

"但是安安，我告诉你，你抓不住他们，很可能他们在得到你和你拥有的条件后，下一步就是把你踢掉。"

安安昂起脸，笑，"那是下一步的事。"

安安不久后送给谢开一座半山的别墅，只因谢开想把其他人踩在脚下。

我不知道等待安安的是不是又一个悲剧。不，作为她的哥哥，我希望这次她有好的结局。

9

随着公司业绩逐步上升，母亲觉得我可以考虑个人问题了，勒令我非见方静存小姐不可。我没法以忙搪塞，答应见上一面。

见之前，正好接了锦年的电话，我趁机把相亲之事告诉她，问她是否建议我取消。可她却说，见吧。

我心一沉，却跟她打哈哈，"锦年，今后你若对我有意思，得到我妈那排队。"

她也跟我不正经，"看在多年的交情，总可以插个队吧。"

我说："那要快。你眼里的过时货，在别人那里也许是香饽饽。"

她忽然叹口气，"觉明，我们说好的，彼此都是自由的，累的话，随时退出。"

"裴锦年，你真强悍啊。我服了。"我撂了电话。

带着负气的心情见方静存，倒是觉出对方的不一般来。至少，在我埋头喝闷酒，或者无礼扫视她的时候，她不以为忤，静物一样存在，就像墙壁上用于装饰的海报。

之后，我要送她回家，她拿过我的车钥匙，"我来吧，你喝酒了。"

在车里依旧静默，我酒意上头，说："为什么不说话？"

她安然地说："你对我没有意思，我知道。"

她如此直言,我倒是一震。

到家门口,她打电话,通知我妈妈。然后跟我告别,在马路边招的士,闪身走人。

风袭到我脸上,我又是一震。

为这无端的两震,我开始零散地跟她交往。

她二十八岁,也算是到了"剩"的年龄。容貌、家世和教育背景都好,之所以没有结婚,据她说是在上一次的恋情中失足,淹死了。也算同病相怜。我们的交往,也因此自然起来,没有功利目的,好像不过在应付家长的好意。

锦年又不知疲倦地换了新的国度。她的理想状态是半年待一个国家,半工半游,如果某个国家令她感觉愉快,便耗长一些,但是无论多长,最终仍要迁徙,抵达另一处未知之境。

我一直想,像她这样一种人,将行走当成生活,将生活看做艺术,吃苦受累都只是不同的生活体验,有趣构成生活的动力,如果觉得无趣就是离开的时候。自由随性,对困顿于生活泥沼的凡夫俗子来说的确构成永恒的魅力,用安安的语言,就是旋涡一样被吸引;但是这样的生活方式注定只能远观而不能近待。

麻雀爱上大雁,只有两种下场,要么做情人,在人家栖息的时候,接受短暂的抚慰;要么就永久停留在惊鸿掠影的阶段,把此当做一桢心像,安然与另一只麻雀共担一生。

我现在处于什么阶段呢?做情人,天涯海角去接受短短的温存,固然刺激,时间一长,也渐感疲累,毕竟不年轻了,有各种各样的压力;可让我娶一只麻雀又不甘心。生活要有波澜,我虽然不喜欢折腾,但是也向往那种不同极性之间迸发的强烈磁场。

这是个苦恼的问题。

我不若锦年洒脱,虽说也享受犯禁的快乐,但是责任感对男人来说总是第一的,一个稳固的家庭绝对是今后努力的目标。如果不出意外,我也会被时间消磨,选择与生命妥协:娶一个说不上爱也说不上不爱的女人,生一个足能够担起家庭纽带角色的孩子，心里偶尔念起一个人，不无遗憾又强作豁达地想，至少曾经爱过。

在我消极地等候时间之手将我的激情铲除的时候，原以为固若金汤的生活啪嗒裂出了一个缺口——锦年做不成候鸟了。

她母亲有一晚从楼梯上滚落，摔成骨折，因身边无人，错过最佳救治时间，腿脚堪虞。

那阵子，我南京 W 市两头跑。白天在南京，晚上在 W 市。中间隔着两个多小时的车程。凌晨走高速回南京的时候，眼皮不停地耷拉下来，好像一闭合，就会沉沉睡去。

偏偏那阵子，公司迎来多事之秋，并购、诉讼都集中在一起。电话不离手，腿脚也没有闲过。很疲惫。

锦年是五天后赶回来了。到医院的时候，大概夜半，我在楼道的塑胶椅上抽烟，说是抽烟，其实已经睡着了。身子半瘫着，眼皮紧闭，嘴里含着烟，半天没动，好像要一口气过足瘾似的。烟在指尖变成白色烟沫，一段段落在衣襟上。

锦年抽走了我嘴里的烟，我迷糊醒来，楼道里的光很稀薄，摔在人脸上，含糊而小气，抖抖索索，没有任何的底气。

"什么时候这么大的瘾？"她轻轻说，又道，"去附近开个房间睡觉吧。"眼睛里闪烁着一层感动。

"哦。"我还在迷糊中，仿佛她回来是多么平常的事，而实际上我大概已有三个月没见她了，"那我走了，明天还要上班。"

我站起来，手机响，是在哈尔滨出差的谢开，说，警方已查到盗窃者，是三年前离开畅意的叶辉，不过因为咱们的技术在当时并未申报专利，所以……

我边接电话边往车库走。锦年跟过来，拿着我遗落在椅子上的打火机。

"你忘了。"她递给我。

我一手拿手机，一手抓着西服，电话那头还有谢开在汇报，没法分神

312

去接，只站定了。

锦年靠近我，把打火机塞进我的衬衣口袋。我对她挤挤眼睛，笑，表示收到了，你可以回了。她却没有转身，而是抢手拍掉我肩上尚存的灰点，然后忽然就从腰间一揽，把我轻轻抱住，我僵了下，那被她环抱的一圈却生出酥麻的热气，我终于知道她是锦年，回来了，站在我面前。

"你说怎么办？是不是将计就计？"谢开说。

"按你说的办。"我挂掉电话，愣愣地看着胸前的锦年，好半天，抓起手机，举过头，笑着说，"我投降！"

锦年的母亲出院后，锦年一直侍奉在侧，在小城市里安分地过着平静如流的生活。

天倏忽热了起来。走在阳光里，像走在一滩白气中，黏腻而昏沉，整个人仿佛要飞出去，蒸腾、汽化。

这天，妈妈生日，她把静存邀到家了。看着静存在厨房帮妈妈打下手，我有点不太习惯。

安安歪在沙发里看电视，声浪很响，她看得心不在焉。谢开正在闹离婚，但似乎并不顺遂。

"哥，"安安一勾手，百无聊赖找我消遣，"你想清楚了没有？"

"什么？"

"锦年和静存，你总不能脚踏两只船啊。挺自尊的一姑娘，妈妈一招呼就到咱家来打下手，八成看上你了。"

我拧眉，"管好你自己。"

"哥啊，不如我给你们扇扇风点点火吧。你知道有些化学反应是需要催化剂的。"

"你无聊，替妈妈做饭去。"

饭桌上，妈妈很无耻地把我和锦年的过往公开给静存，"觉明这人呢，恋旧，重感情，前阵子老往 w 市跑，照顾他前岳母，你别计较。他对别人那样，以后对你们家也不会差。"

我饭都咽不下,妈妈啊,至于说这样的话吗?我跟静存连手都没拉过。

静存却一抿嘴,荡起一点笑,"这是优点,很难得了。"

安安在接手机,"锦年!真巧,刚说你呢。也没什么啊,哥哥不有女朋友了吗?正好妈妈生日,一起吃个饭,说起前阵子你妈的事,都夸我哥重情意……对了,你妈恢复得怎么样了?能走路了?那就好。……你找我什么事?没有问题,我帮你联络,你有时间来南京,我安排你们见一面。"

安安接完,转向我,"哥,锦年谢你,"抬过头,"还有妈妈,锦年祝你生日快乐。"

我平淡无奇地嚼着饭粒,"她找你什么事?"

"哦,她不在找工作吗?对做杂志感兴趣。我正好认识《城市生活》的主编,想安排他们见一面。"

静存搭话:"觉明,你前妻叫裴锦年吗?我看过她的专栏,挺感性的一个人。"

我没有说话。锦年的专栏只为一个字母设,我掺在她的感情里,小丑一样可笑。

大概也是这黯然的一念,让我默许了静存的介入。

静存的确是个聪明的女孩子,知道以退为进,从不逼我谈论过去,也不干涉我私生活的领域。我们淡淡地,若有若无地交往,看似没有威慑力,其实触角已经神不知鬼不觉地伸入。

静存有亲戚从台北回来探亲,静存说,知道我还没考虑好,就不邀我参加接风宴,但是希望我能抽点时间陪她一起给老人家选个礼物。

说得合情合理,我没有办法拒绝。

我们用过晚餐,便去商厦选礼物。

来来回回走了好多圈,终于相中一套保健用品,价格不贵,但是贴心。

一层,是珠宝首饰柜台,静存忽说她一只耳环的碎钻掉了,想问问能否补一颗。我便随她过去。

柜台小姐看了耳环后,满口应承能补。看我们大包小裹很像要结婚的样子，便竭力推销卡迪亚一款新戒。设计确实别致，静存来了兴致，套在指上试带。

"很独特。"静存展示给我看。

"确实。"

"我很喜欢。"静存盯着戒指不是我。神色如常，好像买戒指跟买衣服一样，只是她个人意愿的问题。

"这款戒指是限量版，整个南京只有这一枚。如果现在买可以参加我们蜜月行活动，给新娘送……"柜台小姐使劲地撺掇。

"我想买下。"静存语气淡然但是很有决断力。

"那就开票吧。"我对柜台小姐颔首。说的时候风平浪静，但是心里轰隆了一下，也许就是这样，很多决定靠偶然促成。

拿单子去交费的时候，接了安安的电话，"哥，向右转30度角。"

"搞什么？"

"有惊喜啊。哈哈。"听筒里的声音很大很清晰，我略一侧身，即看到不怀好意的安安，还有锦年，真是冤家路窄。当然，巧合都是人为的，安安说过要扇风点火。这火烧得可够旺的。

"怎么来了？"我对锦年说，像前夫问候前妻，没有什么异样。

锦年也没有，嘴角有似有若无的笑，只不过头顶雪亮的灯光可能太耀眼，让她瞳孔蒙蒙地渗着雾气。

"约了人见面。"她回复我。

"是《城市生活》的主编。就约在附近，等得无聊，过来逛商场。"安安补充。

"不打算瞎跑了？就在这里落地生根？"

"我不是一个人，有妈妈。责任最重要。"锦年说。这时，静存过来了，很大方地与锦年认识。

锦年看手表，对安安说："时间快到了，我们先走吧。"

我近在收银台，递过单子，买下一枚戒指。

"安安怎么知道我们在这里？"我问静存。

"她发短信问我的。我觉得没必要隐瞒。"

"没错。"我把单据给柜台小姐。静存接过戒指，玩味，"我知道这戒指没有任何意义，我也只是纯粹地喜欢。"

我没答话，开车送她回去。

然后，回自己的公寓。不开灯，将空调打得很低，躺在摇椅里对视观景玻璃外的人生。

满目皆是一格格温暖的灯火，橙色的火光铺展在葱茏繁茂的花木上，树下花丛游弋着纳凉的居民，摇着扇或牵着狗，一律温温糯糯的样子，熟人碰到了，就问声好，对话声音随风传上来，一鳞半爪的，听不分明……

我好像被什么击中了，心生恍惚。明明是最平常的景致，怎么就触摸不得。

很久后，我抓过手机。那串数字烂熟于心，不经大脑就发出去了。

她接了。

我说："过来吧。"

她挂下电话。

我不知道她会不会来，但是耳朵在等着。每次有电梯上升的声音，心就会跟着升起来，悬着，要好久才能扑通放平，然后等下次电梯再响起、再升腾。周而复始。

等了很久，还是等到了敲门，我已经有点不耐烦了，这不耐烦于是化成了火气。我拉开门，伸手把她抓进来。

门哐啷合上，我没头没脑拥吻她。

她起先抗拒，"不行。"

"那你为什么来呢？"我浮出隐约的笑意，"别这样不合作，我们除了这事，还有什么？"

"你，退出了。"

"还没结婚，就算最后一次。"

她踢了我一脚，说："沈觉明，你现在倒是很新潮，几分钟前向人求婚，

316

几分钟后搂别的女人。"

"不跟你学的吗，性爱分离，说起来，你比我厉害。"

"你再说一遍！"

她这是在吃醋吗？

"好，我说——"

我还没说完，她踮起脚尖，堵住了我的声源。她不能听，也不想听，就让这成为最后的放纵吧。

这一回，我们都很激烈，粗浅不一的喘息将稀薄的月光切得七零八碎……

她身上的汗水渐涸，骨头渐渐从柔软中浮现。我圈住她，以手轻柔地划过她瘦骨嶙峋的肩胛，感到自己心上有水一样满溢的脆弱爱怜。

彼此沉默了下，她找话，"这边的电梯好像换了？"

"嗯，三年前就换了。"

"以前觉得这社区很高档，现在也败落了。"

"楼盘年年在建。物是人非，或者物非人也非的事情很多，反过来，物非人是很难。"

"对啊，为了告别的聚会，总是要到告别的时候。"

"我想问你，"我说，"你和我处了这么段时光，会不会觉得对不起他？"

她龇了牙，神情很痛，嘴角却是笑的，"会。……可是我没法抗拒你。一开始是被迫，后来有点自甘堕落。就像现在，可以为你一个电话就狼狈地过来，而且在你狠狠扇了我一耳光之后。"

"你觉得痛吗？"

"或许是应得。"

"对我说一句话。"我把她的脸扳过来。

她看着我，目光涔涔的，好像要脱口，但是爬到舌尖的时候，拐了个弯，变成一句无厘头的玩笑，"技巧很熟练，一直没闲着吧。"

我气一松，也是笑，"让你满意我很荣幸。"

"我给钱。"见我没反应，她说，"算，开你玩笑，你也可以用钱侮辱我。"

"可你并不职业。"

她跳下床，"借你卫生间用一下。"

她侧过身的时候，我觉得她很疲惫。

洗过后，她穿戴齐整，跟我告别，很简单，"再见。"

她的目光掠过依然在床上的我，停顿片刻，转身。

"能不能不走呢？"我的声音吱呀钻出来，满是褶皱，苍老得很。

"我没想好。虽然知道没有时间了，但是我依然想不好。对不起。"她开门出去，有热气迫不及待地涌入，与空调的冷匀在一起。无法言说的滋味。

10

在我的感情生活像一条淤塞的河，无法顺畅流通的时候，安安却以破罐子破摔的姿势迎来了她的归宿。

谢开的老婆在某一天找到畅意，当众扇了安安一个耳光，又破口大骂，极尽侮辱之能事。

安安颜面扫地后，下决心与谢开保持距离。她强硬地对谢开说："如果不离婚，不要来找我。我不想再挨第二记。"

自此，她不接谢开的电话，不接受谢开的邀约，也无视他在家门前彻夜的等待。谢开没有办法，有次用公事的借口把她叫到办公室。

他在惶惶人言中似乎憔悴了不少，但是凹陷的眼睛里却聚着一堆堆奇异而狂热的光。他灼灼地盯着安安，语气却温存，"还在生气啊？"

　　安安把文件扔在他桌上，转身要走，被他疾步过来抓住。他搂着她的胳膊把她逼到门上，慢条斯理地说："要走了吗？"

　　安安别过头，"说过了，别找我了。"

　　"我做不到。"他说着便低头吻她。

　　良久复抬起，他似调侃似玩味地说："沈小姐你真有本事，我谢某人从来没想过离婚，知道吗？我固然不喜欢我的妻子，但是她是我母亲的救命恩人，我妈妈动手术前一直等不到肝源，是她通过很多关系去监狱私下弄来的，后来还一直照顾我妈妈。她长得不漂亮，没什么文凭，在我们当地医院做护士。她知道和我条件悬殊，话也谈不到一块，所以对我没什么要求，只要我不离弃她。她对我妈妈很好，我妈妈也喜欢她，叮嘱我不要负她，我是最听我妈话的，我从来没想过离婚，但是这一次，我不惜让我妈生气也准备离了。是因为她打你那一耳光吗？不是。是你居然能够真的做到不见我。在你不见我的日子，我发现我好像很想你。每次在人群里听到你的声音，都要震一下；每次你从我办公室经过，像风一样过去，我久久怅然。我跟沈总谈事，他跟我闲聊的时候，我发现我很渴望他能说说你。有次他说，我跟你以前的恋人比较像。你对你以前的恋人百依百顺。那你什么意思？对我这么强横，是不够爱我？我承认我嫉妒了。我从来不知道我会嫉妒。沈小姐，我玩过感情，但没有真正爱过。不知道这次算不算？"

　　这样的情话，安安从来没有听过。她心里咚咚敲着鼓，竟是不知道下一步该怎么办了。

　　如果说感情的开展应该发乎天性，顺其自然，可是安安突然发现，如果真的顺着她的意愿，因为感动因为体恤她很可能把自己全部奉上，下场是悲是喜无可揣测。这是一个人心莫测的时代，爱情更像猎人套猎物的游戏，得慢慢来，得暗中取巧，得威逼利诱，欲迎还拒，甚至还需要别人客串一把。

　　谢开说："晚上我有个饭局，应酬完我找你。"

　　安安摇头，"我不打算等你。"

　　谢开终于离了婚。不久后的一个夜里，他开车送安安回家，在半道停下，说："有个事要跟你说。"他拉着安安，爬上山，在山顶无言地纵览万家灯火。

晚风拂荡，透着清寒。谢开却很有激情，"沈小姐，我希望每年这个时候，我都可以载你到这里，让你站在很高的位置俯视芸芸众生，我希望我是你的那个支点。可以成全我吗？"

他求婚了，拿出了戒指。

安安的爱情经过磕磕碰碰、山重水复终于柳暗花明，修成正果。只不过，回想起与陈勉的一段，她依旧有止不住的惋惜，在与谢开每一次枕衾欢爱的时候，她无法不想起陈勉在清晨的阳光中把她笼住，说，只是想抱一抱，并没有其他念头。可是她年轻的时候，更喜欢那种火山一样的激情，她把他当做了爱情的幻象，而现在，终于回归现实的残酷。

谢开或许爱她，或许不爱，这些她无法看明白。她只是觉得，爱她也好，不爱也好，大概都没什么了不得。算钱也好，不算也好，她都打算给。他有辉煌的梦想，她就给他铺阶梯，她想看看他是否真的可以永远做她的支点。

但也许等她到了山顶，会觉得还是山脚那些平凡的万家灯火来得温暖。与陈勉相伴的日子以及那些曾经被她忽略的片段可能会是她已逝梦中最难忘的……

安安跟我说："哥，结婚后，我打算把我的股权转给他。你同意吗？"

我说："你的所得你有权力自由处置。安安，哥哥希望你学会保护自己。但无论如何，哥哥恭喜你。"

安安流泪，"哥，真的得到了，我反而不知道是什么感觉。哥，你能告诉我幸福是什么吗？我是否应该感觉幸福？"

安安，很抱歉，我不知道幸福长什么样子，我只知道在心灵觉得满足的片刻，可能就是它造访我们的时候。

没有永恒的幸福，只有永恒的烦恼。幸福是烦恼中镶嵌的碎钻，小小的，米粒样的光华。

人的生活终归是庸俗的。幸福是自己给自己透的一口气。

11

锦年找到了工作，她打算携妈妈一起去北京办杂志。走前，她妈妈约我吃饭，我也就去了。

锦年在厨房稀里哗啦炒菜，她妈妈与我交谈，说我母亲前不久给锦年打过电话，锦年深为郁结。

这事我是知道的，我跟静存分手后，妈妈一怒之下给锦年打了电话，意思无非是叫锦年来个痛快的，给不起，就别挡着道，语气很泼，说完就挂。妈妈脾气不坏，就是这几年被我和安安的事磨得心烦意乱，逼急了。

说起我和静存的分手，也是相当荒唐。当天还送人家戒指，晚上就下了分手的决定。原因很简单，在安安的催化下，我看到锦年有沦为麻雀的可能。

最后一次跟静存吃饭，她执意把戒指的钱还给我，说："那戒指真不是讹你，我真的很喜欢。跟他曾经在脑海里设计过的差不多。"

他大概就是把她推下水的那位，可我做不成她的浮木。

我想，如果有条件，最好不要沦为各自的浮木为好。

锦年妈妈在边上叹气，"很简单的事，可这孩子走不出自己的心结。我也不好多说。想起来，何尝不是我当时多事。"

"谁又能料到呢？"我强作劝慰。

她妈妈沉默，又抬头，眉眼有了点哀求，"可日子总也要过，不能就这么埋一辈子了。觉明，我知道我不好要求你，你妈说得没错，不能耽搁你，要给你一个痛快的。可是，我希望你能稍微等她一会儿。我知道你等了很多年，但是，我还是希望能再给她一点时间。"

锦年端菜出来了，笑嘻嘻的，"说我坏话吧？"

"哪敢说你大小姐呢。"她妈妈没好气。锦年偷瞄我一眼，不做声。

三人均怀心事，一席饭吃得味同嚼蜡。

当晚，我在她家住下来。半夜渴醒，出厅倒水喝。一扭头，看到阳台上似有人，躺在藤椅上，说不上纳凉还是吹冷风。

虽说白天温度总有个30来度，但毕竟入了秋，晚上的风已经带上了棱角，割在人脸上，有了隐约的疼意。在这样的天气下纳凉，显然不太合时宜。

我喝了几口水，走过去。

她知道是我，身子没动，依旧仰望着星空。脚底下一盘蚊香袅袅散着青烟，看上去倒是蛮会享受的样子。

"我也坐坐。"我跟她说。

她手指划拉着竹篾子，发出清脆的嚓嚓声，半晌说："你去里头取一把呗。"

我说："都不如你这张躺着舒服。"

她坐起来，慢悠悠地瞥我一眼，"那你躺吧，我干脆睡觉去。"

我摁住她的肩，挨着她舒服地躺下，然后把她抱到怀里。她倒没怎么挣，只说："热。"

"不要紧。"我双手环住她的腰，她倚在我的胸膛，我们双双看向千疮百孔的星空。

锦年的发蹭着我的脖颈，我有点微微的痒，便打了个喷嚏。她侧过头，眼睛在夜里像两只萤火虫。"会感冒的，你回房间睡吧。"她说。

"你总是习惯把我一个人撇下。"我迅即又打了哈欠，眼皮子直往下掉，是迷糊了，便闭了眼睡。

因为身上压了东西，睡得不是很舒服。醒过来时，发现锦年已坐起，一边给我赶着蚊子，一边灼灼地盯着我。猛见我醒，她有点不好意思，连忙避过去。夜色中，她好似很怅惘，就像有什么东西丢失了，她没有办法再找回来。

"你这小脑瓜在想什么？"我拍拍她的头。

她沉默了会儿，下决心说："在他走的那一刻，我心如止水，就想孤身一辈子了。可是坚持好像是件很困难的事。觉明，你为什么也不坚持了呢？你以前斤斤计较的，是个完美主义者，现在为什么不了？你知道我心上永远会有人。"

我笑笑，"傻瓜，那是我理解了。我和他有什么区别呢？你是他的初恋，也是我的。他跟我一样爱你，我跟他一样只希望你幸福。"停顿下，又说，"你们经过那段历史，其间的情意外人没法置喙，其实说起来，你的余生你怎么处置都行，只要你心灵圆满。我只想说，不要为难自己，把怀念的形式搞得很畸形。你生活的质量跟对他的感情不存在直接的关系。"

她的手神经质地刮着扶手上的藤条，默默无语。仿佛在消化。良久她又问我："如果我们最后还是成不了，你不是竹篮子打水一场空？"

我说："恋爱是一个过程，幸福与否不一定就是用结不结婚来衡量。我享受跟你在一起的点滴时光，从来没有去想要是最后得不到你，那我过去和现在的一切都是白费劲。绝对不会这么想，因为付出本身已经很快乐，爱情中没有委屈可言，也没有牺牲之说，都是甘之如饴才去做的。我追你，固然辛苦，也是我发了神经乐意。"这番话蛮伟大，现代人谁不计较投入产出的比例呢，我是生意人，自然也要讲效益，但是我的感情已到这种程度，与其去计较结果让自己不爽，不如学阿Q享受过程。"锦年，谁也不是天生想做信念的叛徒，我们不过在接受生活的矫正，正如理想是用来破碎的，爱情其实是用来向往的。就像陈勉活着的时候，也打算藏起对你的爱跟别人过普通生活一样，我放弃了我那可笑的理想去包容你，与其说是一种妥协，不如说是一种成长。"

"前些天，去超市买东西，大包小裹地挤公交车，突然一个急刹车，我左右晃了半天才勉强拉住扶手，那个时候，突然想起你；一大早在医院排队等挂号，队伍一点点蠕动，站得我腰酸背痛，那个时候也想起你。沈觉明，你不觉得，很亏吗？"

"是很亏啊，你怎么不说看到我身边站着个女人很嫉妒，接到我妈的电话,虽然被骂得狗血淋头,但是知道我跟人家分手了,你还是忍不住得意地笑。还有,太多了,你不想我吗? 今天炒菜很卖力啊。"我眯起眼,调侃她。她面红耳赤,"要你胡说八道。"

我又道:"都说一个男人一生中可能会遇到两个女子,一个是红玫瑰,一个是白玫瑰;是否可以倒过来说,一个女人一生中也会遇到两个男人,一个是心里念念不忘的伤,一个是现实生活中扎扎实实倚靠的胸膛。相比于做那道见不得光的伤,我更愿意沦落为后一种。"

她垂头不语。良久嗤笑着说:"沈觉明,那我是你的红玫瑰还是白玫瑰?"

"红白你通吃。按你这种年纪,不是蚊子血,就是饭黏子。"

她闹着打我。我说:"轻点,别把你妈惊醒了。"

那夜,我睡得特别踏实。无梦。早上,被亮晶晶的阳光舔醒。

锦年带我去运河。路上,她说:"以前的古运河已开发成旅游点了,建了一个超大的广场,除了安置几个假模假式的人文景点,便是造了些吸引小孩子的娱乐设施,像摩天轮啊、海盗船啊,很不伦不类。但是,老板娘说,碰着节假日,来此地休闲的城里人还是相当多的。毕竟,周边还有农田、山林,是天然氧吧。"

我上次去是什么时候? 近十年了吧,那运河长什么鬼样,一点都不记得了,只记住了一个成语——失魂落魄。

十年生死两茫茫。运河怎能知道人世的翻云覆雨?

以前的旅馆还在,为迎接运河的新时代,外面刷了层红漆,只不过常经风雨剥蚀,原先可能非常鲜艳的正红已经沦为铁锈一样的暗红,衬着房子更加暗淡颓败。

老板娘正趴在柜台上无聊地打盹。屋子里静悄悄的,光线斜探进来,落到粉皮剥落的墙上,点到即止。因为静,因为房子老,所以非但不觉得热,还能感觉森森阴气,适合储藏记忆与爱情。

锦年犹豫了下,还是凑过去叫"阿姨"。老板娘迅速抬起脸,隔了十年的光阴,她跟着这房子一起老了。

"锦年？"老板娘揉着惺忪的睡眼，又从指缝中诧异地瞅着锦年背后的我，"是，小陈吗？"

"不是的，是我一个朋友。"

"小陈呢？"

"他，出国了。"

"哦。"

那一声"哦"字不知道是不是藏了很多洞明世事的无奈。

老板娘拈过钥匙站起来，"还住以前那间吗？哪间都行，这几天一桩生意都没有。"

"还是那间。"锦年拿过钥匙。

客房之间有个四方的园子，种满了植被，泻一地的阴凉。锦年指着角落一张石桌对我说："我们以前常在那边吃饭。我喜欢吃鱼，每次他都会挑最新鲜的留给我。旁边那棵树是陈勉栽的。我至今不知道名字，只叫它香花树。这种淡香缠绕了我整个的青春记忆。你闻到了吗？"

的确，鼻端有一种淡异的馨香，香中带苦，幽远缭绕，扑朔迷离。

再看那树，不见得高大，却别有风采。花是无数须须穗穗的白色细长花蕊组成，散开如发射状，一簇簇停顿在枝叶上，像片片逃遁的云。缠绵之极，又凄迷之极。

这时起了一阵风，花枝随着左右颤动起来，仿佛听到了锦年的话，在作着积极的回应。

锦年趋前仰望花树，"我跟他最好的时光都被它看在眼里。可是真的很短暂，全部的爱意只浓缩在一个夏季。可就是为了这一季的记忆，他搭上了生命。这么蠢。"锦年潸然泪下，"我每每想起来，就忍不住恨自己，同样一个夏天的记忆，他死死追寻，可我轻飘飘遗忘。"

你并没有错。我想说。感情不是利益的你推我送，给的人可以倾囊捧出，收的人完全可以一分不要。

我没有说出来。因为愧悔是生者对死者的最好礼物。通过愧悔，我们领悟曾经的忽视与伤害，由此眷恋生命，珍惜拥有。

那晚，锦年拨开长草，坐在一块突起的石头上，看滚滚逝水。

水色如墨，渔火三两闪烁，风一如既往地空旷爽利，带淡淡的鱼腥味道。月光如流，丝丝散下，人轻影重。十多年前的往事依稀似梦，浑然心头。我相信这一刻，锦年与陈勉已经跨越时空握手。

是记忆里一场不散的筵席，是不能饮不可饮也要拼却的一醉。缘起缘灭，如潮涨潮落，然而不管时光流转，岁月变迁，青春的疼痛总会硌在最柔软的内里，久而久之化为一颗闪耀的珍珠。

而我并不遗憾，因为，我明白，所谓爱情，是一种恩慈。

尾声

从乡野回归城市，晨光才刚刚挂起。街市灰蒙蒙的，懵懂未开，还是隔夜的面容。

我和锦年几乎一夜未睡，此时不免疲惫。她说，不如吃点东西吧。

我们进了一家面店，要了大碗的雪菜笋丝面，因为都是饿极了的。

面上桌的时候了，锦年说"等下"，便返身去了厨房。不久，她端来了两份煎得油光灿烂的鸡蛋。她用筷子将其中一份铺到我碗里。素色的面如锦上添花，一下子生动起来。

隔着腾腾的热气，我与锦年相视微笑。尘世烟火的温暖悄然钻进彼此的心尖，将昨夜的清寒逼于无形。

好像只是眨眼的工夫，街市活泛起来，人声，车声，网一样兜在一起，沉甸甸的，热闹而丰盛，金色的光斑四处流转，将马路擦得亮汪汪的。从窗子看过去，瓦屋上有鸽子在自在地逐食，枝杈间的天空蓝如宝石。新的一天又勃勃开始了。

"觉明，"锦年忽然从碗上探过头，转着眼珠子，说，"我明天要走，你难道没有什么建议要给我？"

"我给过你太多建议，现在只想听你的决定。"

"我的决定……"锦年咬了咬唇，蹙着眉，用一种无辜的口吻对我说，

"我不知道会不会给你带来困扰，因为从今以后你可能会多一条影子，可她不是哑巴，除了盯紧你，不许你这不许你那的，还要你哄着她顺着她允许她使性撒气，在她满脸褶子的时候，你依然要发自内心深刻认识到她是最美的女人。总之，我这个决定会让你很为难。"

"可是，我不入地狱谁入地狱？"我宝相庄严。

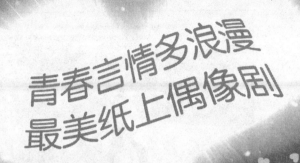

青春言情多浪漫
最美纸上偶像剧

纸上偶像剧——最具生命力的原创青春图书厂牌，由知名青年作家一草于2007年创建。以全新模式打造最畅销青春言情小说。

旗下拥有舒仪、Pluto、瞬间倾城等国内一线畅销书作者。出品有《曾有一个人，爱我如生命》《双生》《当糟糠遇见黑色会》等畅销书。是目前实力最强、知名度最高的青春言情小说出版方之一。

纸上偶像剧急需青春校园、女性言情类书稿。

投稿信箱：yicao@booky.com.cn

纸上偶像剧郑重承诺：双方签订出版合同，收到您的最终稿件后，一个月内出版大作。

最美的初恋纪念读物 写给女孩的勇气之书

是一部散发着玫瑰气息，薄荷冰激凌香味的小说。讲述了关于爱情信仰的主题故事。

现在这个社会，很多事物已经濒临绝境，但只要你相信它仍存在，它就存在，比如爱！

小说由三个既独立又相关的故事组成——对爱绝望的魔术师，不敢表达爱的大学生，将爱拱手相让的女翻译。每个故事其实都反应了一个主题：相信爱，相信生活，相信梦想。

这是最美的初恋纪念读物，也是写给女孩的勇气之书。

2009 年最畅销情感小说

最美的初恋纪念读物，献给依旧相信爱的善良人们！
和安妮宝贝、亦舒、岩井俊二、张小娴一起感动！

时光以后，你可以遗忘很多，但一定不会忘记，初恋时的甜蜜和承诺……

少年情怀，光转流年，所有的都会过去，仰头，低头，缘起，缘灭，终至一切面目全非。只是后来的日子，我再没有遇到一个人，像他一样爱我如自己的生命。

不傻不天真！很囧很家暴！

这部小说能让所有女人 HIGH 起来！！！
笑到你肚子疼，哭到你眼睛酸，甜蜜到你立即想去谈恋爱

特别声明：本文和乱伦一毛钱关系都没有！

若曦与继母带来的相差五岁的弟弟水火不容，两人在文斗武斗中产生了非一般的阶级情谊。继母刻意隔离和父亲的车祸使得一对小冤家各自天涯。十年后，当一个被包扎得几乎残掉的重伤病人出现在林若曦大医生的手术台上时，她的爱情将彻底改变